李耀平 ◎著

陆玑《毛诗草木鸟兽虫鱼疏》研究

北京大学出版社
PEKING UNIVERSITY PRESS

图书在版编目（CIP）数据

陆玑《毛诗草木鸟兽虫鱼疏》研究 / 李耀平著. 北京：北京大学出版社，2025.5. -- ISBN 978-7-301-36054-5

Ⅰ. I207.222

中国国家版本馆 CIP 数据核字第 2025SW2641 号

书　　　名	陆玑《毛诗草木鸟兽虫鱼疏》研究 LUJI《MAOSHI CAOMU NIAOSHOU CHONGYU SHU》YANJIU
著作责任者	李耀平　著
责任编辑	沈莹莹
标准书号	ISBN 978-7-301-36054-5
出版发行	北京大学出版社
地　　　址	北京市海淀区成府路 205 号　100871
网　　　址	http://www.pup.cn　新浪微博：@ 北京大学出版社
电子邮箱	编辑部 dj@pup.cn　总编室 zpup@pup.cn
电　　　话	邮购部 010-62752015　发行部 010-62750672 编辑部 010-62756694
印　刷　者	三河市北燕印装有限公司
经　销　者	新华书店
	650 毫米 × 980 毫米　16 开本　24 印张　420 千字 2025 年 5 月第 1 版　2025 年 5 月第 1 次印刷
定　　　价	98.00 元

未经许可，不得以任何方式复制或抄袭本书之部分或全部内容。
版权所有，侵权必究
举报电话：010-62752024　电子邮箱：fd@pup.cn
图书如有印装质量问题，请与出版部联系，电话：010-62756370

序

  古籍是连接历史与现实的津梁，古籍整理与研究是中国古代文学学科建设中一项基础性工作。只有基于科学、准确的史料，才能得出科学、准确的研究结论。这科学、准确主要依靠校勘、注释、考证等工作来实现。从学术研究角度看，目前古籍整理已经由传统的文本整理，外延到考据与研究。

  中国的名物学历史悠久，到中古时期已是经学一个分支，在诗经学中自成一系。陆玑《毛诗草木鸟兽虫鱼疏》（以下简称《陆疏》）是中国第一部研究《诗经》动植物的专著，该书突破汉儒关注名物人文意义的传统，开辟以考据名物治《诗》的新路径，奠定了后世《诗经》名物学基础，在诗经学、博物学乃至本草学、农医学等领域均具有不可忽略的学术价值。《钦定四库全书提要》评价《陆疏》是研究多识之学不容忽视的最古资料。《诗经》展现了从西周初期到春秋中叶五百多年周人"全景式"生活画卷，不管历史细节呈现，抑或文学艺术创造，很大程度上是通过名物的运用得以实现。研究《诗经》名物是把握其诗旨及艺术特征的重要基础，而要研究《诗经》名物，不得不以《陆疏》为基础。因此，以《诗经》名物学为切入点，进而对《陆疏》进行系统研究，有助于发掘《诗经》这部经典的文学、历史价值，推进诗经学研究。

  然而，虽然在新的学术观念推动下，《诗经》名物研究近年来逐渐成为一个深具研究价值的前沿学术领域，但迄今对《陆疏》的研究仍比较薄弱。通过爬梳文献发现，虽然目前《陆疏》研究处于《诗经》专题研究前沿，但整体来看，还存在不少问题：

  其一，《陆疏》今本版本问题尚存诸多疑点。专书研究首要注重专书整理，要对版本、校勘进行鉴别，此为后续研究的基础。但目前一些校本改字所据标准不统一,可能离祖本原貌更远;一些校本据后世文献大量增补,未必可从。《陆疏》今本版本问题迷雾重重。比如,《陆疏》今本版本源流如何、孰为祖本?《陆疏》今本与《毛诗正义》关系如何?这是探求《陆疏》今本祖本原貌、进而确立《陆疏》今本间关系的基础。《陆疏》今本多存错讹,孰为善本?需遴选善本作为研究底本,这是严谨分析、合理论证的基础。以上问题,现有研究未在全面对校今本的基础上进行微观分析、宏观比较,所得结论有待商榷。

其二,对《陆疏》训释系统尚未深入、系统研究,对其偏好名物"食用"价值的现象并未关注。一方面,既然《陆疏》构建的训释系统成为后世《诗经》名物训诂的典范,那么《陆疏》训释理念、体例、方式、特色与局限分别为何?它对《尔雅》有何承继与超越?另一方面,《陆疏》训释有一个特殊现象,即较之《毛传》《郑笺》等传统注疏,更关注其"食用"价值,这种训释倾向拓宽了传统经学、名物学的研究视角和路径。名物是文化的载体,透过《陆疏》由表面"名物"延伸至深层"人事"之训解,可窥见当时怎样的饮食文化?

其三,对《陆疏》诞生的社会土壤及学术渊源缺乏深入探讨。经典文本都不会诞生于真空地带,它们往往反映一个时代的学术与思想动态,是传统学术积累的结晶。《陆疏》为何能在三国时期以迥异于汉儒治《诗》的方式出现?究竟有哪些社会动因及学术积累促成其诞生?除以《毛传》《郑笺》为起点展开训释,它与《方言》《说文解字》乃至《神农本草经》《山海经》有何学术渊源?

此外,《陆疏》对后世《诗经》名物学(包括日本这一研究领域)有何具体影响?呈现怎样的传承轨迹?

以上诸多问题,目前学界还缺乏足够讨论,故本书重点围绕上述问题,对《陆疏》进行全面、系统的研究,努力作了如下的思考与探索。

要厘清《陆疏》的版本源流,需要熟练运用目录学、版本学、校勘学理论与知识,全面对校《陆疏》今诸本;在此基础上,考察《陆疏》今本与《毛诗正义》的关系,以探求《陆疏》今本祖本原貌。要把握《陆疏》的训释系统,则需运用训诂学理论与方法对《陆疏》文本进行整理、分析,同时,要向上溯源,探寻《陆疏》对辞书之祖《尔雅》的继承情况;还要向下延伸,梳理后世《诗经》名物学代表性著作对《陆疏》训释的继承表现;通过这样的研究路径,探究古代名物训诂的书写体例,清晰把握《陆疏》对后世《诗经》名物学的具体影响。要探寻《陆疏》的学术渊源,就得把握《陆疏》内容涉及经学、农学、本草学、训诂学等诸多领域这一特点,尽量广泛阅读相关文献,寻找蛛丝马迹,刺激思考灵感。《陆疏》援据浩汗,难以尽析,本书参照臧庸对《陆疏》引用情况的统计,一方面立足学理,选择《毛传》《郑笺》《尔雅》进行论析,因为《毛传》《郑笺》是《陆疏》训释起点,《尔雅》是辞书之祖,是后世《诗经》名物训诂必参宝典;另一方面立足《陆疏》文本,选择几类《陆疏》虽未明确提到或仅偶尔提到,但经文本比对、分析,发现它们之间有一定承袭性的文献,比如本草著作《神农本草经》、地志著作《山海经》与辞书《方言》等。要研究《陆疏》对名物"食用"价值的偏好现象,需要进入中国饮食文化史、中国食料史,把握中国古代食生产、食生活等人类基本生存活动历史、膳食结构的变迁,了解中华民族饮食文化呈现的区域性、层次性等特性,理解中华民族饮食民俗、中国古代饮食思想,尤其要深入研究魏晋时期的饮食文化、人们的食事活动,等等。为了让《诗经》名物变得直观可感,本书还比较、参考《毛诗名物图说》《毛诗品物图考》《诗经名物新证》《诗经动物释诂》《诗经植物图鉴》等研究成果,以期文献与图像通释互证。

总之,本书聚焦《陆疏》,通过考察历代经学、名物学、本草学等相关文献记载、研究成果,综合运用版本学、训诂学、校勘学等相关学科理论知识,旁涉民俗传统、考古材料等,相互启发、相互参证、相互借鉴,以追踪《陆疏》的成书动因、版本源流、训释系统、学术渊源、传承轨迹等,以期更全面、深入地理解这部经典,在更宏阔的生态中把握《陆疏》的学术价值。

本书研究过程中遇到的困难不少。比如,《陆疏》今本有十余种,所涉文献庞杂零散,需做细致的梳理、比对工作,需要扎实的古典文献学理论知识的支撑;《陆疏》内容涉及诸多领域,如何在宏观与微观双重视野下将纷杂的文献清晰分类、准确选择与概括是难点。于是,潜心研读相关文献,补阙挂漏,逢山开路,遇水搭桥,由问题牵引,由研究启发,由焦点而旁涉,由融合而凝炼,逐步开阔视野,向纵深掘进。

"经者,径也",只有潜心研读"经"的旨归,才能逐渐找到解决问题的门径。通过对校今本诸本,并参稽群说,考察《陆疏》今本与《毛诗正义》关系,厘清今本版本源流;通过从"史"的角度探寻《陆疏》成书动因,借以了解魏晋经学流变与博物学兴盛的学术风气、东吴统治阶层对古文经学与博物学高度重视的现象、当时的学术土壤,并基于文本分析探究其学术渊源;通过探析《陆疏》构建的名物训释系统,大体把握后世《诗经》名物训诂的书写体例;通过探究《陆疏》偏好名物"食用"价值的现象、《陆疏》呈现的庶民饮食文化,借以了解当时延续久远的民族食俗;通过考察《陆疏》在《诗经》名物学历史长河的动态呈现,把握《陆疏》的流传轨迹。

这样边读边思边写,一路走来,遥远而模糊的物事逐渐清晰、立体,内心更增添一份澄明与宁静。当然,入于名山,或耽片石;学识谫陋,挂漏难免。舛谬疏漏之处,敬祈方家不吝正焉。

2025 年 1 月 16 日

目 录

绪 论 / 1

第一章 《陆疏》作者与成书 / 22
  第一节 《陆疏》作者考辨 / 22
  第二节 《陆疏》的成书原因析论 / 36
  第三节 《陆疏》的书名及性质 / 50

第二章 《陆疏》版本考论 / 63
  第一节 《陆疏》版本三题 / 63
  第二节 《陆疏》主要版本异文辑录及推论 / 76
  第三节 《陆疏》今本与《孔疏》关系考辨 / 105
  第四节 《陆疏》志林本再考 / 121

第三章 《陆疏》训释系统探析 / 126
  第一节 《陆疏》训释理念与体例 / 126
  第二节 《陆疏》训释方式与术语 / 153
  第三节 《陆疏》训释特色与局限 / 168

第四章 《陆疏》的学术渊源 / 179
  第一节 《陆疏》对《毛传》《郑笺》的继承 / 180
  第二节 《陆疏》对《尔雅》的继承 / 189
  第三节 《陆疏》对《神农本草经》的继承 / 202
  第四节 《陆疏》对《方言》《山海经》的借鉴 / 211

第五章 《陆疏》对名物"食用"价值的偏好 / 221
　　第一节 《陆疏》呈现的庶民饮食结构 / 222
　　第二节 《陆疏》所涉丰富的口味与传统食品制作 / 254
　　第三节 《陆疏》体现的庶民饮食文化层次及其
　　　　　饮食思想 / 272

第六章 《陆疏》对后世《诗经》名物学的影响 / 279
　　第一节 文字类著作 / 280
　　第二节 图说类专著 / 295

结　语 / 307

附录1：《陆疏》历代志、序、跋等辑录 / 311
附录2：《诗经》名物学述论 / 333

参考文献 / 357

后　记 / 375

绪　论

一、选题的缘由

《诗经》是我国最早的一部诗歌总集,是周王朝制礼作乐的文化结晶。它在先秦不仅是重要的伦理道德教材,还是言语与博物读本。孔子从修身治国层面阐述学《诗》的具体功用,提出"兴观群怨"之说,又曰:"多识于鸟兽草木之名。"①强调其广识博物层面的重大意义:博识物名。《诗经》所载名物非常丰富,据胡朴安统计,《诗经》言草105种,言木75种,言鸟39种,言兽67种,言虫29种,言鱼20种,其他器用300余种②。但孔子时代尚无生物学专著,汉代研究《诗经》鸟兽草木的专著依然极为鲜见。夏传才说《陆疏》"是《毛诗》博物学与名物考据学的开始"③,高度评价其在《毛诗》博物学史、名物学史上的开山之功。

《陆疏》凡万余言,侧重对《诗经》所涉154种动植物从名称、形态、生长地、效用等自然属性进行详细训释。它是魏晋广征博物学术风气的产物。《诗经》中鸟兽草木因古今异名,加之年深日久,很多已属难辨之疑。《四库全书总目》如此评价《陆疏》:"玑去古未远,所言犹不甚失真。《诗正义》全用其说,陈启源作《毛诗稽古编》,其驳正诸家,亦多以玑说为据。讲多识之学者固当以此为最古焉。"④《四库全书总目》认为《陆疏》离古代并不遥远,对《诗》中名物的训释还不甚失

---

① 《论语·阳货》,见朱熹:《四书章句集注》,中华书局,1983年,第178页。
② 胡朴安:《诗经学》,见王云五主编:《万有文库》第一集,商务印书馆,1930年,第155页。
③ 夏传才、董治安主编:《诗经要籍提要·前言》,学苑出版社,2003年,第17页。
④ 《景印文渊阁四库全书总目》,《景印文渊阁四库全书》(后文简称《四库全书》)第1册,台湾商务印书馆,1986年,第324页。

真,而孔颖达《毛诗正义》(以下简称《孔疏》)《毛诗稽古编》或全用陆说,或多引之,故研究多识之学,《陆疏》当为不容绕过的最古资料。

《陆疏》自诞生起,对后世诸多学科尤其是诗经学、《诗经》名物学影响深巨。从内容上看,《陆疏》频为后世《诗经》名物著述征引,正如《钦定四库全书提要》云:"自宋蔡卞以来,皆因玑书而辗转增损者也。"[1]除《孔疏》全用其说、《毛诗稽古编》驳正诸家亦多以《陆疏》为据外,朱熹《诗经集传》注释名物亦多采其说。明代冯复京《六家诗名物疏》意在广陆、蔡之书,吴雨《毛诗鸟兽草木考》亦为引伸、推广《陆疏》而作,毛晋《毛诗草木鸟兽虫鱼疏广要》(以下简称《陆疏广要》)以《陆疏》为本,清代王夫之《诗经稗疏》、陈大章《诗传名物集览》、黄中松《诗疑辨证》、顾栋高《毛诗类释》、徐鼎《毛诗名物图说》、多隆阿《毛诗多识》等考辨名物均多引《陆疏》。从训释体例、方式而言,后世《诗经》名物学专著如宋人蔡卞《毛诗名物解》、明人林兆珂《毛诗多识编》、清人徐鼎《毛诗名物图说》、日本学者冈元凤《毛诗品物图考》等著作亦效仿《陆疏》。清人毛奇龄《续诗传鸟名》虽然在编排体例上不同于《陆疏》,但训释名物的角度多有学习《陆疏》之处。总之,《陆疏》从"多识"出发训释《诗经》名物,不仅在思想史上具有冲破传统经学、迈向自由知识的重要意义,更在诗经学史、《诗经》名物学史上具有里程碑意义。《陆疏》考证《诗经》名物专著,虽以《毛传》为训释起点,却并不拘之,而是采取分类注释的方式,尽可能详细记载每种动植一物多名、形态、习性、产地及效用。较之《毛传》《尔雅》着眼于以别名训本名、《释名》立足因声释名,《陆疏》训释内容更详细,训释方式更多元。此外,《陆疏》影响还旁及本草学、农学,一些农医学著作亦常以之为重要参考资料,如北魏贾思勰的《齐民要术》北宋唐慎微的《经史证类备急本草》(简称《证类本草》)多引其说。

---

[1] 《钦定四库全书提要》,《四库全书》第 86 册,第 314 页。

《陆疏》在诗经学、《诗经》名物学、博物学乃至本草学、农医学等领域均具有不可忽略的学术价值，但迄今对《陆疏》的研究成果寥寥。如前面序言所列，目前对《陆疏》的研究存在不少问题。因此，本书重点从这些问题入手，对《陆疏》进行全面、系统研究，以期推动《陆疏》研究走向深入。

二、名物概念与相关文献综述

（一）名物的内涵与外延

闻名往往可以知实，故曰名物。先秦两汉传世典籍中，"名物"一词，《周礼》所载颇多。《周礼·地官》述大司徒之职云："辨其山林川泽丘陵坟衍原隰之名物。"郑玄注："名物者，十等之名与所生之物。"①郑玄认为，此处"名物"特指山、林、川、泽、丘、陵、坟、衍、原、隰十等地域之名和其中所生事物。

宋代程大昌《禹贡论·正诞》云："若世所传《山海经》《穆天子传》《淮南子》之类所记山川名物，类皆卓然奇诡，如诞工之写鬼神。"②与上文郑玄所注名物内涵不同，这里"名物"侧重指神话传说中存在而现实中未必可见之物。

当代学界对"名物"界说不一。陆宗达、王宁《训诂与训诂学》认为，从词义学观点看，名物指一些专门词义，其所指对象范围比较特定，而特征比较具体。从词义学观点而言，"名物"包含名与实两个要素，除鸟兽草木虫鱼等自然生物之外，车马、宫室、服饰、星宿、山川等也属名物之列③。刘兴均在统计分析《周礼》"名""物"连言共16例，变言"名物"为"物名"、分言"名""物"、省言"名物"为"物"数十例后得出结论："名物"所指称对象均为具体而特定之物④。他认为："名物是人们从颜色、性状、形制、等差、功能、质料等诸特征加以区别并命

---

① 郑玄注，贾公彦疏：《周礼注疏》卷十，阮元校勘：《十三经注疏》第3册，艺文印书馆，2013年，第149页。
② 程大昌：《禹贡论》下，《四库全书》第56册，第98页。
③ 陆宗达、王宁：《训诂与训诂学》，山西教育出版社，1994年，第68页。
④ 刘兴均等：《"三礼"名物词研究》（上），商务印书馆，2016年，第27页。

名的具体特定的事物。"①这一界定比较清晰,"名"指特定名称,"物"指具体实物,凭借名称可区别事物。王强则认为:"名物所指称的对象一定有客体可指,除古代社会生活中具体而实在的物体,古人假想中的事物如鬼神、社会制度中的官爵与贡赋等亦属名物的范畴。"②认为名物是客体名词,不仅包括具体实物,图腾崇拜、典章制度等观念中的事物亦属名物范畴。黄金贵则认为,名物分为两种:一是直接名物,即一般名词义;二是间接名物,如"黄""青"等颜色词,本非名物,但用于服饰、礼俗、五行、职官等,就与名物有关,便也有名物义③。将一些与名物相关的其他词类纳入名物训诂范围,进一步扩大名物外延。

我们借鉴陆宗达、王宁的界定,认为"名"指事物名称,"物"指具体事物,"名物"狭义而言一般指草木鸟兽虫鱼等自然生物名称,广义而言既包括宫室、衣饰、饮食、动植物、礼器、交通、货币、农具、兵器、雕绘等实物,也包括天文、地理、典章制度、民俗、神异等指称事物的专名。而《陆疏》中鸟兽草木虫鱼是狭义范畴中的名物。

(二)《陆疏》研究综述

郗文倩教授认为:"名物之学是伴随着经学发展起来的有关草木、鸟兽、虫鱼、车马、宫室、衣服、星宿、郡国、山川等具体名称的解释之学。"④《陆疏》作为《诗经》名物学开山专著,在整个《诗经》名物研究史中占有非常重要的地位,但迄今为止,有关《陆疏》的研究成果寥寥。

明代以前,未出现《陆疏》研究专著。前人论述,主要集中于两个问题:其一,《陆疏》作者姓名及年代,讨论作者是"陆玑"还是"陆机",是否三国吴人。其二,《陆疏》是否为陆玑原书。最早对《隋书·

---

① 刘兴均:《关于"名物"的定义和名物词的界定》,《川东学刊(社会科学版)》1998年第1期。
② 王强:《货殖名物研究》,博士学位论文,扬州大学,2005年,第2页。
③ 黄金贵:《初谈名物训诂》,《语言研究》2011年第4期。
④ 郗文倩:《中国古代的博物观念及其知识分化》,《天津社会科学》2019年第3期。

经籍志》所载"陆机"提出质疑的是唐代李济翁,认为陆元恪名当从"玉"旁。此后《崇文总目》明确指出,《陆疏》作者是吴太子中庶子乌程令陆玑,这或许沿袭了《经典释文》的说法。又辨云:"世或以玑为机,非也。机自为晋人,本不治《诗》,今应以玑为正。然书但附《诗》释谊,窘于采获,似非通儒所为者。将后世失传,不得其真欤?"①既认为《陆疏》作者是"陆玑",又认为《陆疏》传本已非陆玑原书。晁公武《郡斋读书志》踵其后,认为《陆疏》作者"或题曰陆机,非也"②,也主张《陆疏》作者当为"陆玑"。陈振孙《直斋书录解题》进一步质疑陆玑并非三国吴人:"而其书引郭璞注《尔雅》,则当在郭之后,亦未必为吴时人也。"③之后各家围绕这些问题众说纷纭,但对《陆疏》其他方面的研究阙如。

明清两代才出现《陆疏》研究专著。毛晋《陆疏广要》可谓开《陆疏》研究风气之先。毛晋所编撰的《陆疏广要》,全称《毛诗草木鸟兽虫鱼疏广要》,又名《毛诗陆疏广要》《陆氏诗疏广要》。该书编排及主要内容有以下几方面:

其一,书前有自撰《序略》,主要说明本书编撰原由及主要内容。自言所得乃《陆疏》残本,内容不全;《陆疏》本来窘于采择,非通儒所为,况相传日久,愈失其真。不忍其湮没无遗,故因陆氏所编若干题目缮写本书,参考《尔雅》及郭璞、郑玄等人的著作及确见的闻,芟其芜秽,润其简略,正其淆讹。另外依照《诗经》章次而补充《陆疏》未载内容。其二,列出上、下卷目录,上、下卷中又分上、下子卷,计133条。其三,分列133条《陆疏》文本,在陶本基础上进行校正,开启《陆疏》毛本分支。此后赵本、焦循《疏》均属毛本系统。毛晋既对《陆疏》固有条目进行增补、正讹,又另增加《陆疏》未载内容,繁征博引,不厌冗长,以《左传》《周礼》《尔雅》《淮南子》《埤雅》等文献参证,并加案语。其四,于本书卷下之下末题跋,认为《陆疏》乃唐人陆玑字元恪者所

---

① 王尧臣等:《崇文总目》卷一,《四库全书》第674册,台湾商务印书馆,1986年,第8页。
② 晁公武:《郡斋读书志》卷一上,清康熙六十一年陈师曾重刻本,第十七页。
③ 陈振孙:《直斋书录解题》卷二,上海古籍出版社,1987年,第36页。

撰,《陆疏》今本乃辑录群书所载。

《陆疏广要》为后世《陆疏》文本校勘、辑佚等研究留下珍贵参考,也不可避免存在一些讹误:

1. 误字。"中谷有蓷"条,赵佑引《尔雅》郭注及《经典释文》以证毛本"萑"或为"荏"之误,并云:"毛子晋未察其为坊俗讹字也。"①"食野之蒿"条,《尔雅·释草》:"蒿,菣。"②《毛传》:"蒿,菣也。"孙炎曰:"荆楚之间谓蒿为菣。"郭璞曰:"今人呼为青蒿,香中炙啖者为菣。"③毛本"菣"误作"比"。"北山有楰"条,毛本"今永昌又谓鼠梓"句中"今"误作"金"。这些都是比较明显的误字。

2. 衍文。"其桋其椐"条"节中肿以扶老",毛本作"节中肿可作杖似扶老"。因杖即扶老,"可作杖"是衍文。

3. 内容讹误。《陆疏广要》于"言采其蘦"条云:"按:陆氏因《毛传》'水舃'误为泽舃,李巡已非之。"④陆玑是三国人,而李巡是东汉人,显然不能评论《陆疏》。

《陆疏广要》辨难考订,是其所长,但不少条目广而欠要。如"摽有梅"条,毛氏引《夏小正》对梅之记载、郭璞对梅之训释,联想到《陈风·墓门》"墓门有梅"之诗义,又联想到江湘、二浙四五月之梅雨、落梅风,再联想到贾思勰有关梅与杏区别之论述,《书》中以盐、梅作和羹之记载,又写到大庾岭上梅、罗愿对梅之训释、《蜀志》有关记载、《礼记疏》训解,《说苑》《西京杂记》有关记载,以及范成大评论。又加己按:"《摽有梅》之梅,《尔雅》独未有释文,真一欠事。"⑤此外,延伸至绿萼梅、红梅、腊梅之辨,及其他有关梅之诗赋。毛氏所引,不可谓不广,但很庞杂,难显其要,常与《陆疏》文本渺无关联。赵佑在"隰有六驳"案云:"毛晋既为之《广要》,曾不一察'爰有树檀'之疏,何得忽

---

① 赵佑:《草木疏校正》上,《续修四库全书》第 64 册,上海古籍出版社,2002 年,第四页。
② 胡奇光、方环海:《尔雅译注·释草第十三》,上海古籍出版社,2004 年,第 282 页。
③ 孔颖达:《毛诗正义》卷九,阮元校勘:《十三经注疏》第 2 册,艺文印书馆,2013 年,第 316 页。
④ 毛晋:《毛诗草木鸟兽虫鱼疏广要》(卷上之上),《津逮秘书》(二),汲古阁崇祯己卯年刻本影印本,第十一页。
⑤ 毛晋:《毛诗草木鸟兽虫鱼疏广要》(卷上之下),第三十九页。

称《晨风》诗中语为下章,何得忽言兽?是虽捃摭务多,于陆氏之书奚益焉?"①批评毛晋征引过繁,缺乏抉择,于《陆疏》无益。《四库全书总目》亦评之"至于嗜异贪多,每伤支蔓"②。这些均为中肯之评。

清代是训诂学发展的鼎盛时期,这段时期《诗经》名物训诂著述颇丰,成就卓著,对《陆疏》的研究也进入高峰时代。按其题名,大致分为考证、校正两类;但二者往往交叉,如焦循《陆玑疏考证》,名为"考证",内容实属校正类。

1. 考证类专著。主要有焦循《陆玑疏考证》、陶福祥《毛诗草木鸟兽虫鱼疏考证》。

焦循《陆玑疏考证》即《诗陆氏疏疏》(以下简称《焦疏》)。焦氏《诗陆氏疏疏·序》自言:"余以元恪之书既残阙不完,而后世为是学者复不能精析,因撰《草木鸟兽虫鱼释》。既成,又据毛晋所刻之本,参以诸书,凡两月而后定,附之卷后。"③又于《毛诗草木鸟兽虫鱼释·序》言:"戊午春,更芟弃繁冗,合为十一卷,以考证陆玑《疏》一卷附于末,凡十二卷。"④《焦疏》实质也算《陆疏》校本,侧重于考证《陆疏》文字讹误,虽据于毛本,但与毛本面貌迥异;在编排体例方面,与《陆疏》今本其余诸本均不同。

其一,在按草、木、鸟、兽、虫、鱼六大类基础上,依《诗》篇目次序排列,仍以包含所考名物之诗句为题。每类后有小计:草,凡得53条;木,凡得40条;鸟,凡得21条;兽,凡得10条;虫,凡得14条;鱼,凡得11条,总计149条。较之毛本133条,增补16条。其二,每题下增列《毛传》传文,体现《陆疏》疏《毛传》微旨,还可便于分辨《陆疏》与《毛传》异同。其三,每题文本下列出征引《陆疏》此条诸书及所在卷数。这为后世《陆疏》校勘、考证工作提供了索引。其四,有些征引文献后附加案语,阐明文字增删理由。其五,题名改动。《焦疏》对毛本有些

---

① 赵佑:《草木疏校正》上,《续修四库全书》第64册,第十四页。
② 《四库全书总目》,《四库全书》第1册,第325页。
③ 焦循:《诗陆氏疏疏·序》,《续修四库全书》第65册,第445页。
④ 焦循:《毛诗草木鸟兽虫鱼释·序》,《续修四库全书》第65册,第467页。

题名作了改动;如毛本"莫莫葛藟",焦氏订为"葛藟累之";毛本"狼跋其胡",焦氏订为"并驱从两狼兮";毛本"取萧祭脂",焦氏订为"彼采萧兮",等等。推其原因,或许焦氏认为"莫莫葛藟"出自《大雅·旱麓》,而"葛藟累之"出自《周南·樛木》;"狼跋其胡"出自《豳风·狼跋》,"并驱从两狼兮"出自《齐风·还》;"取萧祭脂"出自《大雅·生民》,"彼采萧兮"出自《王风·采葛》;而以上三条《孔疏》所引《陆疏》条目名分别出自《周南·樛木》《齐风·还》《王风·采葛》。既然《陆疏》今本大抵据《孔疏》所引而辑,故题名最好与《孔疏》引文所在篇目一致,因此焦本这种改动有其合理性。

《焦疏》按《经》次编排《陆疏》顺序之举,值得进一步探讨。《陆疏》现行诸本是辑本,明代姚士粦所见本总计174条,且仅一卷,未分卷,远超《陆疏》现行诸本所载131—142条之数。明代毛晋评价《陆疏》"盖摭拾群书所载,漫然厘为二卷"①,赵佑也批评《陆疏》"编题先后复不依经次"②,均指出其编排随意无序特点,但均未就此进行改订。《焦疏》将《陆疏》按《诗经》篇目顺序排列,相较于同为辑本的《陆疏》其他诸本,似乎更有序。就文献本身而言,《焦疏》表现了作者自己的编撰意图,但可能距《陆疏》原书面貌更远。或因《焦疏》顺序与《陆疏》其他诸本迥异,多为人所不采。

此外,就文本内容方面,焦循据诸书所引删改文字的处理方法有待商榷。如"采采卷耳"条循案云:

> 诸书所引无"郑康成谓是白胡荽"八字,惟见《证类本草》《图经》内所引。又案:汲古阁刻本首加云"卷耳,一名枲耳,一名胡枲,一名苓耳",诸书所引皆无,今删之③。

文献传抄致讹,自古无法避免。校勘的根本任务是存真复原,力

---

① 毛晋:《毛诗草木鸟兽虫鱼疏(卷下之下)·跋》,第八十九页。
② 赵佑:《草木疏校正·自叙》,《续修四库全书》第64册,第一一二页。
③ 焦循:《毛诗草木鸟兽虫鱼释》卷十二,《续修四库全书》第66册,第311—312页。

图恢复古籍原貌,而不是替原作者改错。一般情况下,疑误对读者只有参考、启发作用,而不能改字。卢文弨于《与丁小雅进士论校正〈方言〉书》中言:"故校正群籍,自当先从本书相传旧本为定。况未有雕板以前,一书而所传各异者,殆不可遍举。今或但据注书家所引之文,便以为是,疑未可也。"①卢文弨主张校勘首先要遵从旧本,一般不改本文,但注存他本异文,因古籍在流传中会产生各式异文,仅据注家所引之文删改本书的做法不可取。王引之明确说过"无本不改",倪其心也谈到校勘古籍原则:就校勘古籍而言,以书内考证所得为内证,以书外所得为外证。内证起决定作用,外证从属于内证。如果没有一种可靠版本提供文字作为内证,则外证即使理由充足,证据确凿,仍不可改动本书文字②。虽然也有学者主张校勘时可据义理改字,但仅注存异文而不轻改的态度要谨慎得多,因为谁都不能肯定自己的判断就是最终结论,如此,不如将自己的考证结果附于后,而不要轻改文本,这对保存文献真面貌意义或许更大。焦循自己也主张校勘应以对校为主,一般不改本文,但注存异文,其《雕菰集·辨学》云:"鸠集众本,互相纠核,其弊也,不求其端,任情删易,往往改者之误,失其本真。宜主一本,列其殊文,俾阅者参考之也。"③但《焦疏》往往据他书所引增删《陆疏》,所得文本可信度有很大考证空间。

  陶福祥所撰《毛诗草木鸟兽虫鱼疏考证》一卷,主要内容有以下几方面:

  其一,《陆疏》版本流传情况。他认为,《陆疏》原书南宋尚存,严粲《诗缉》所引便据《陆疏》原书;《陆疏》原书元代亡佚;《陆疏》现行辑本不外陶宗仪、毛晋两家;毛本后于陶本,序次仍照陶本。其二,《陆疏》辑本舛误不少,如标题不依《经》次,《疏》文编次亦不考《经》句之先后,与《孔疏》所引往往不一致。其三,主张《陆疏》可按草、木、鸟、

---

① 卢文弨:《抱经堂文集》卷二十,乾隆己卯年(1759)刻本影印本,第十三页。
② 倪其心:《校勘学大纲》,北京大学出版社,1987年,第106页。
③ 焦循:《雕菰集》卷八,《焦循全集》,广陵书社,2016年,第5768页。

兽、虫、鱼六大类编排，每类依《经》次编定，物名不必标《诗经》全句。主张要对《陆疏》辑本进行补遗、删伪、正误、考异工作，每条当注明某书所引。这种观点是对焦循考证的呼应。其四，说明自己考证依据及撰写体例。该文所据以《诗》类诸书所引《陆疏》为主，再考各书所引以证之；分拟补、拟删、正误、考异四篇，四类各有十四、十二、五、六条。校之以陶、毛二本，以诸书所引《陆疏》证之，并加案语定其是非。毛本已正者，附注每篇之后；考异部分之六条，均仅列己疑，以待考证。此外，因芄兰、苓、草虫、鷮三条毛本已正或附注，陶福祥赞成毛本所考，但将自己意见附在每篇之后。而梅、栗、鸿、熊、蜩、蚕各条，陶福祥认为其非《陆疏》原文，但《孔疏》《诗记》《诗缉》所引并题《诗义疏》，未考出著人名氏，不敢径行删去，拟抽出，附录卷末。

陶福祥虽未明示底本，但以陶、毛本作为参校本，可谓抓住要害。陶、毛本异文较多，若只取其一难以发现诸本异文，将陶、毛本同时作为参校本，以便发现诸本异文，进而考证，这种做法合乎校勘法则。其校勘的一般方法是，尽可能搜集不同版本，及该书所采前人资料，后人征引该书资料，然后择其善者、要者进行比较，列出异文，分出类别，予以分析，作出正误是非判断。此外，陶福祥只注存异文与考证过程及判断，但不改动底本，展示出严谨的校勘态度。

陶福祥所作考证不乏合理之论，为后世《陆疏》文本校勘、辑佚等研究留下有价值的参考。有些条目具有辑佚性质，如"蓍"，《孔疏》此条未引，陶福祥据《经典释文》明文引《陆疏》拟补。《经典释文》成书早于《孔疏》，其所引应能补《孔疏》之遗。此条陶、毛本无，而赵佑本、丁晏本补之，陶福祥或许也受到赵、丁启发。此外，陶福祥在"竹"条提出，若《经典释文》与《孔疏》所引《陆疏》不一致，当以《释文》所引一条著录，而以孔引一条附注于下。这也是合理之论。

对《陆疏》辑本有些题名诗句与《孔疏》所引《陆疏》所在篇目不一致的情况，陶福祥认为不合理，如指出"杞"当属《郑风·将仲子》篇，陶本误题"集于苞杞"；"榛"当属《邶风·简兮》篇，辑本并入"树之榛栗"句，误。《陆疏》不少条目存在这种现象，如"狼跋其胡"，条目名出自《豳风·狼跋》,《孔疏》所引在《齐风·还》。这种辑录之痕,可为《陆疏》是辑本之证。虽然辑本题名所在《诗经》篇目未必一定要与《孔疏》所引《陆疏》所在《诗经》篇目一致,但既然绝大多数均一致,且为便于查考,当以一致为宜。

陶福祥指出《陆疏》不等于《诗义疏》,这一看法很有见地。今人徐建委亦考证,《毛诗义疏》涵盖范围大于《草木疏》,《齐民要术》《艺文类聚》《太平御览》等所引《诗义疏》或《毛诗义疏》并非《陆疏》,《太平御览》当中所引《诗义疏》(又作《毛诗义疏》《义疏》)和"陆机《毛诗疏义》"也未必是同一文献。《毛诗义疏》这部唐以前最为通行的《毛诗》注本之一,汇集包括《陆疏》在内诸多注释。《陆疏》在两晋时代已被编入集注性质《毛诗》义疏类著作,并被著者随手增删部分内容①。此论建立在对相关文献细致考证基础上,颇有见地。《太平御览》同一条目下同时征引陆机《毛诗疏义》和《诗义疏》,应该不是同一部书,否则没有另列必要。

愚以为陶福祥《毛诗草木鸟兽虫鱼疏考证》有待商榷者有三:

其一,陶本是《陆疏》今本祖本,毛本较之陶本为善本,其他诸本,不出此二者。不过,赵本多从毛本,丁本多从陶本,赵本、丁本是很多人公认的善本,若列入校勘参校本,对《陆疏》异文考证大有裨益。

其二,陶福祥主要以《孔疏》所引《陆疏》为基础,参以《经典释文》《尔雅注疏》《诗缉》等文献所引证之。其文多次出现"《诗缉》《尔雅疏》引,并作《陆疏》语"之句,以《诗缉》所引作为旁证。但《诗缉》晚于《孔疏》,又是杂采诸说以明《诗》之作,若其所引本摘自《孔疏》,则自然与《孔疏》相同而无法作为旁证。

其三,陶福祥有些条目未作深入分析,有待进一步考证。比如他在"狼"条下按云:

> 《孔疏》引此条,无首四字,以引《尔雅》文在前也(凡条首有

---

① 徐建委:《文本的衍变:〈毛诗草木鸟兽虫鱼疏〉辨证》,《上海大学学报(社会科学版)》2018年第5期。

《尔雅》文者同,《尔雅疏》引亦然)。末有"故《礼记》狼臅膏,又曰君之右虎裘,厥左狼裘是也"十九字,当为《陆疏》原文。《尔雅疏》引作《陆疏》语,盖以证"煎膏为裘"二句。考《孔疏》引陆后,往往以己意申《毛传》语,此数语与《毛传》无涉(辑者不审,往往截去,如前栎与柞棫二条皆是。又有当截而不截者,考见下,拟删各条)。是陆语,非孔语也,拟补①。

陶福祥据《尔雅疏》及《陆疏》体例,认为此十九字是《陆疏》语,非《孔疏》语,当补。其实此十几字究竟归属《陆疏》还是《孔疏》,还有待进一步考证,陶福祥未进行有说服力的论证。此条缺漏还有二:一是《孔疏》引此条,无首四句,而非四字。《孔疏》所引《陆疏》从"其鸣能小能大"始。二是"凡条首有《尔雅》文者同"有些武断,因为《孔疏》引用《陆疏》,有时会因前有《尔雅》相同文字而节录《陆疏》,如本条;有时尽管前有《尔雅》相同文字,但仍会全录《陆疏》,如"茹藘在阪"条。

2. 校正类专著。主要有赵佑《草木疏校正》、丁晏《毛诗陆疏校正》、罗振玉《毛诗草木鸟兽虫鱼疏新校正》三部。

赵佑所撰《草木疏校正》编排及主要内容有:

其一,书前有自叙,主要观点有:(1)《陆疏》今本仅陶、毛二本,但有些内容孔颖达、邢昺等诸家所引有而辑本无,大概《陆疏》本非完书。(2)陶本舛错脱页特多,毛本较善,然于陶本之失,仍未能悉加厘正。(3)《经典释文》明确记载陆玑乃三国吴人,且每引《陆疏》,必将之置于郭璞《尔雅注》之前,亦可说明《陆疏》成书必早于郭璞《尔雅注》;《陆疏》所引有《三苍》、犍为文学、樊光、许慎、魏博士济阴周元明,而未提及郭璞,故陶本、毛本题陆玑为唐人误。(4)《陆疏》二卷于《诗》名物,甚多未备,编题先后复不依经次,怀疑原本未成之书,加之后世散佚,今本非陆玑原书,不过从他书缀缉,间涉窜附。(5)本书取陶、毛二本异同,参以诸家别录,详加校正,凡应改定题目、增订文字可疑之

---

① 陶福祥:《毛诗草木鸟兽虫鱼疏考证》,赵所生、薛正兴主编:《中国历代书院志》第14册,江苏教育出版社,1995年,第410页。

处,悉附于后。

其二,于书名后列陶、毛本题名,并加案语,认为《陆疏》作者当为三国吴陆玑,不能写为"陆机"。陶、毛本题为唐吴郡陆玑,误。《陆疏广要》题名陆玑撰也不妥,因为它与《陆疏》并非同一本书。

其三,列出上、下卷目录,计133条,卷上草木类合计80条,卷下鸟兽虫鱼类53条;于《鲁诗》《齐诗》《韩诗》《毛诗》目录后注云自己在陶本、毛本基础上补全目录。

其四,分列《陆疏》133条文本,将考证过程及判断注于文本之后。除考订误字、脱文、衍文、错简,还对遗漏条目进行补充,如"浸彼苞蓍"条,这点后来的陶福祥也有专论。从编排上,一则质疑有些条目分类的合理性,如"颜如舜华",因"木槿"出现在《尔雅·释草》中,由此赵佑怀疑《陆疏》归入木类失当。二则提示应改之题名,"谁谓荼苦"题名下注云:"《诗疏》引在《唐风·采苓》。"①准确地说《孔疏》所引《陆疏》出自《唐风·采苓》"采苦采苦"章,赵佑也想表达此意。如"莫莫葛藟"题名下注云:"《(毛)诗释文》及《(孔)疏》引在《周南·樛木》。"并在文本下加案语:"《诗》'葛藟'数见,始于《周南》'南有樛木',何当至《旱麓》始为疏?岂陆氏此书元在草创,未成伦次,有待详定故耶?"②这类考证给焦循一定启发,其《诗陆氏疏疏》对《陆疏》此类题名多作了订正。

其五,于最后一条"领如蝤蛴"后加案语,主要观点有:(1)赵佑引用徐坚《初学记》中所引《陆疏》栗、梅等条,因《经典释文》常采用沈氏之说,本怀疑徐氏所引《陆疏》源自沈氏书,而非陆玑原书;但因沈书久佚,《孔疏》很少引用沈书,而《经典释文》《孔疏》多引《陆疏》,因此《初学记》所引不是出自沈书,而是出自《陆疏》。(2)而《初学记》今自其诠"栗"以下文字,皆明见于《陆疏》中为《正义》《释文》所采用者,其间字句脱讹特多,则《陆疏》传本有增损,徐坚未能辨正。(3)《初学记》误以《草木疏》为《毛诗义疏》,未知《毛诗义疏》实际是承袭《草木疏》。(4)《草木疏》又有《毛诗义疏》之名,而《隋书·经籍志》所载

---

① 赵佑:《草木疏校正》上,《续修四库全书》第64册,第一〇页。
② 同上。

《毛诗义疏》共七部,诸家可能因此混淆。朱彝尊既知《毛诗义疏》一家,而仅因沈氏名气较大,便以为《初学记》所题《毛诗义疏》为沈氏作,实误。(5)《隋书·经籍志》之《毛诗草虫经》即《唐志》之《毛诗草木虫鱼图》。(6)《陆疏》今本阙讹难考,很大程度由于后人引述时未列作者名、书名,却将《陆疏》径据为己说,以致辗转而忘其祖本。

综观赵佑此书,有不少开创性成果:

其一,不少条目的考证过程与结果很明晰。"领如蝤蛴"条赵佑先从行文逻辑质疑:"陆既为'蝤蛴'疏,何得突起'蛴螬,生粪中'?"而后列出铁证:"蛴螬生粪土中,蝤蛴生木中,即桑蠹。"因此作出推测:陶、毛本皆不可凭,大概《陆疏》"本无此条,而妄缀者。抑有之,而脱舛已甚耶?"①不管《陆疏》有无此条,此条语意不连贯,脱舛很明显,赵佑此论很有说服力。

其二,对《陆疏》与《毛诗义疏》关系提出自己的看法。"食野之苹"条案云:"考今孔氏《疏》中并无'苹叶圆'云云十字,岂在《隋志》舒瑗、沈重诸人所撰《毛诗义疏》中者耶?"②赵佑怀疑后人将《毛诗义疏》混同于《陆疏》,认为这是两本不同之书,这对《陆疏》文本考证很有启发意义,因为《陆疏》今本许多文字是从《齐民要术》《艺文类聚》《太平御览》等所引《诗义疏》中辑出。后人陶福祥也认为《陆疏》与《毛诗义疏》不是同一本书。

其三,对陆玑与郭璞时代先后表明自己看法。"绿竹猗猗"案云:"陈氏见误本《资暇录》,不知'称'字下有脱文,遂援之以断陆在郭后。后人不知其误,并采《资暇录》所载入《陆疏》,遂有郭璞语。"③"食野之蒿"案云:"'香中炙啖'四字,郭注语同,盖取于陆者……凡《疏》文与郭同者甚多,盖皆郭之从陆出,不必陆之在郭后。"④本来《经典释文》记载陆玑为三国吴人,唐至北宋鲜有争议;自南宋陈振孙提出陆玑当在郭

---

① 赵佑:《草木疏校正》下,《续修四库全书》第64册,第三十三页。
② 赵佑:《草木疏校证》上,《续修四库全书》第64册,第八页。
③ 同上书,第七页。
④ 同上书,第八页。

璜之后以来,陆玑是何时人就成为学界疑问之一,后人对此问题很少进行深入探究,而不少人沿袭陈氏看法。陆玑与郭璞孰先孰后,弄清这个问题对考察陆玑为何时人有决定性意义。赵佑所论对此问题提出建设性意见,因为郭璞乃晋人,陆玑在郭前意味着他是三国时人,而非陶、毛本所提唐人。这点大体为学界认同,《皇朝通志》《四库全书总目》等文献都对此问题均有判断,与赵佑意见一致。此外,值得称道的是,赵佑比较客观、谨慎看待陶、毛本。"食野之蒿"条案云:"其陶、毛二本之异同,毛每较善于陶,然陶本可从者,不必偏徇毛也。"①赵本取陶、毛二本异同,详加校正;遇见陶、毛之歧,多从毛本,但尊毛而不墨守。赵佑还对自己未能考证的异文注明所从,如"赠之以芍药"条案云:"于是《广要》于《陆疏》元文削此五字,今依《说郛》存。"②"采葑采菲"条注云:"毛本于此句下多'一作芜菁'四字为正文,今依陶本去。"③这样注存异文,为后学留下考证线索。如此种种,均表现其清醒、严谨的学术态度。

洪湛侯认为赵氏书中提出质疑订误线索尚多,皆能启迪后学;而对其校正尤为称道:"至于书中所订误字,尤多精核,往往可为定解。"④高度评价赵佑考据成就。可以说,赵佑提出质疑,为后世校勘、辑佚留下许多线索,在《陆疏》研究史上有里程碑意义。

丁晏所撰《毛诗陆疏校正》二卷,编排及主要内容有:

其一,书前有自叙,主要观点有:(1)据《经典释文》,"陆机"当为"陆玑"无疑。(2)今所传《陆疏》二卷,乃陆玑原书,非后人掇拾之本。因为《尔雅注疏》《齐民要术》《太平御览》均引用过陆玑《义疏》,但以今本《陆疏》最详;且《陆疏》引用刘歆和张奂之说,均为存世不多的古义。间有佚文,乃后人传写致脱。(3)《陆疏》释物,亦不尽依《毛传》,如谓"菉竹"为一草,谓"六驳"为木名,均异于《毛传》。(4)《陆

---

① 赵佑:《草木疏校正》上,《续修四库全书》第 64 册,第八—九页。
② 同上书,第九页。
③ 同上。
④ 洪湛侯:《诗经学史》,中华书局,2002 年,第 533 页。

疏》下篇叙齐、鲁、韩、毛四《诗》源流,契合班、范《儒林传》所载,至为赅洽。(5)该书以毛本为底本,参考诸文献订讹、补阙。

其二,分列《陆疏》137条文本,分上、下两卷。其中据毛本补"食野之苓"一条,据《太平御览》引补"投我以木瓜"一条,据《经典释文》引补"浸彼苞蓍""駉駉牡马""野有死麕"三条,分别附于上、下卷之末。"无折我树杞""值其鹭羽"等条目名从毛本改。主要参考《孔疏》《经典释文》《尔雅注疏》《齐民要术》《太平御览》诸书所引,校订误字,增其阙文。每条于文本下以双行小字注存异文,基本不作判断。这样既为后人留下考证线索,又不轻改本文,尽量保存祖本原貌。

其三,肯定《陆疏》文献价值。丁本于四家《诗》授受源流后加跋语,重申陆德明、孔颖达皆不知大毛公之名,惟《陆疏》言之,此足以补《经典释文》《孔疏》之阙。

丁本不像毛本广而疏之,也不像赵本细致考证误字、脱文等,也不像《焦疏》详列征引《陆疏》文献,但作为校本,它最突出的特点是"精"。丁本综合吸收前人校勘、考证成果,被誉为"最完善、最精审"的版本[1]。在编排上,比毛本、赵本简括。洪湛侯评之:"此本注语简括,刊刻醒目,颇便查检。"[2]此外,丁本虽据于毛本,但对校发现,在陶、毛相异处,丁本多取陶本,如"隰有杻""爰有树檀""北山有楰"等条,与《陆疏》今本祖本陶本相合度较高。它既对陶本一些讹误、阙遗进行了订正、补充,又最大限度地遵从陶本,因此从版本学意义而言可信度较高。《丛书集成初编》评之"校证颇详,凡他书引有《陆疏》者,一一校注于各句之下,洵为善本"[3]。《古经解汇函》本、颐志斋丛书本均据丁本刊刻。因其精审、简括又有版本可信度,故丁本多为研究者所采用。

罗振玉所撰《毛诗草木鸟兽虫鱼疏新校正》,编排及主要内容有:

其一,书前有自叙,主要观点有:(1)据段氏玉裁、阮氏元考订,并

---

[1] 夏传才、董治安:《诗经要籍提要》,第26页。
[2] 洪湛侯:《诗经学史》,第533页。
[3] 王云五主编:《丛书集成初编》(第1346册),商务印书馆,1936年,扉页。

今证之如日刻唐释慧琳《一切经音义》、隋杜台卿《玉烛宝典》等书所引,认为作者当为陆机。(2)世行本不外明毛晋《陆疏广要》本、明重刻元人陶宗仪《说郛》本,均纰漏触目;丁本虽对陶本、毛本讹文夺字进行匡补,但讹误仍多。故据诸书所引,刊补讹佚,作《新校正》。(3)据日刻隋《玉烛宝典》注引补"手如柔荑""四月秀葽"二条,据宋严粲《诗缉》引补"隰有榆"一条,据《通志》引补"燕燕于飞"一条,据《韵会举要》引补"鹑之奔奔"一条。旧本误析"山有栲"为"山有栲""蔽芾其樗"二条,误合"爰有树檀""隰有六驳"为一条,均订正,共得142条。

其二,分列142条,分上下两卷。主要就异文进行订正,并于文本下注存订正所据文献。所作订正大致有如下几方面:(1)改正误字。"中谷有蓷"条据《尔雅》及郭注,认为《陆疏》其余诸本"蓷似萑"中,"萑"乃"茬"之误。《尔雅·释草》明言:"萑,蓷。"既然萑、蓷为一物,则不必云"蓷似萑"。又郭注:"叶似茬,方茎白华。"故因订正为"蓷似茬"。此点颇为精到,赵佑也认为此条诸本误"茬"为"萑":"《尔雅》萑、蓷一物,不应言似。"①但赵本未改。罗本据《尔雅》改之。(2)删去衍文。如"采采芣苢"条,据毛本、丁本删去"与苣同"三字。(3)辑录佚文。如"方秉蕑兮"据《诗缉》引及毛本补上"以为佩"三字。如"蒹葭苍苍"条,陶、丁本86字,罗本达105字;"芃兰之支"陶本24字,丁本38字,而罗本达78字。罗本据它书所引增补《陆疏》文字,比比皆是。(4)补充条目。上文已述,罗本在毛本基础上增补四条。(5)更正题名。如"无折我树杞""值其鹭羽"等条题名从毛本改。(6)订正误析、误合条目。如指出旧本误析"山有栲"为"山有栲""蔽芾其樗"二条,误合"爰有树檀""隰有六驳"为一条,均正之。

罗氏于考订过程注明文献出处,这样既便于后人查考,也是表明其学术精神。赵佑曾赞美《孔疏》《经典释文》《尔雅注疏》征引《陆疏》,必举其书名,而批评一些俗儒剽窃行径:"有述旧而径据为己说,以致辗转而忘其祖,宋元来著书家每坐此弊。陆书之阙讹难悉

---

① 赵佑:《草木疏校正》上,《续修四库全书》第64册,第四页。

考,未必不由俗儒误之,为可叹也。"①罗氏此举,亦是传承古道。

　　罗本充分吸纳毛本、赵本、丁本校勘成果,订正《陆疏》一些讹误,自有其贡献,并且广泛参考《孔疏》《尔雅》及郭注、《大观本草》《诗缉》《齐民要术》《尔雅翼》《通志·草木略》《韵会》《太平御览》《玉烛宝典》《艺文类聚》诸书所引,有辑录文献之功。这也造成罗本两个特点:一是全,罗本不仅补充条目数至142条,而且很多条目中文本也据它书所引进行增补,无论总条目数,还是诸条文字数,罗本堪称《陆疏》今本中最全者。《陆疏》今本其余诸本所有条目与文字它基本都有,还在陶、毛本基础上作大量补充。二是杂,因为罗本几乎将他书所引《陆疏》者全收入,有些缺乏严谨考证与抉择,使罗本呈现庞杂特点,有时将《孔疏》文羼入《陆疏》文,如"肇允彼桃虫"条。其实,简单从《齐民要术》《太平御览》《诗缉》等书增补《陆疏》,所得辑录本亦有很大考证空间,因为古人援引古书,有时是节录。《齐民要术》《诗缉》《太平御览》等所据何本不得而知,其所录未必皆如原书。《陆疏》传至元代而亡,各辑本在传抄踵刻中呈现更复杂面貌。如此,罗本所补内容有待考辨。

　　综观明清对《陆疏》的研究情况发现,众多著作多对《陆疏》作者、版本进行考证,对文本编排顺序、异文、题名进行考辨,毛晋《陆疏广要》不过润其简略,正其淆讹,补其未载;赵佑、丁晏、焦循三家重在整理、增补、校正《陆疏》,真正系统研究《陆疏》的著作阙如。

　　《陆疏》研究可说处于《诗经》专科研究前沿,但迄今对其研究比较薄弱。除了本人所作的研究《陆疏》的博士论文,仅有硕士论文4篇。张静《陆玑〈毛诗草木鸟兽虫鱼疏〉训诂研究》主要从训诂角度,归纳《陆疏》训诂内容,着重评析《陆疏》引用、譬况、释以史实或民俗民事、辨析说明等几种训诂方法,指出《陆疏》在训诂方面的不足,评价《陆疏》对后世名物训诂的影响。杨苘《〈毛诗草木鸟兽虫鱼疏〉研究》对《陆疏》作者、版本、体例、性质、成书背景进行初探,通过分析《陆疏》文

---

① 赵佑:《草木疏校正》下,《续修四库全书》第64册,第三十四页。

本,总结其内容及写法特点,最后从文学角度探讨《陆疏》对鉴赏《诗经》的价值。李旭芳《〈毛诗草木鸟兽虫鱼疏〉名物训诂研究》探究《陆疏》释义特点、名物词分类系统、名物分类思想学术渊源、"名""实"研究、《陆疏》价值等方面内容,重点考察其名物训释特点、命名理据、异名别称、"名""实"辩证关系等内容。梁海丽《陆玑〈毛诗草木鸟兽虫鱼疏〉考论》研究《陆疏》的作者、成书、体例、版本、训释特点等问题。这四篇硕士论文虽探讨《陆疏》一些问题,但内容多集中于作者、成书、体例、训诂特点等基本问题,有些分类或粗疏或繁冗重叠,对《陆疏》版本、学术渊源等问题只画鳞爪而未及深入,而对《陆疏》成书原因、《陆疏》与《孔疏》的关系、《陆疏》在介绍名物"食用"价值中所体现的饮食文化、《陆疏》对后世《诗经》名物学的具体影响等问题均未涉及。

当今研究《陆疏》单篇论文有 10 余篇,据研究思路大体可分两类:

1. 单纯研究《陆疏》某个或某些问题。比如,夏纬瑛《〈毛诗草木鸟兽虫鱼疏〉的作者——陆机》、黄世瑞《〈蚕桑谱〉〈毛诗草木鸟兽虫鱼疏〉作者考辨》,王孙涵之《重论〈毛诗草木鸟兽虫鱼疏〉作者之名》均侧重考辨作者。陆理原《〈陆疏〉平议》主要简论《陆疏》对《毛传》的补充与匡正,肯定《陆疏》为博物研究开端之作。颜慧萍《陆玑及其学术考述》主要考辨《陆疏》作者,概述《陆疏》训释特色、版本、对后世《诗经》名物研究的影响。韩威《〈毛诗草木鸟兽虫鱼疏〉研究初探》除对《陆疏》作者进行简要探讨,主要展现 1997—2006 近十年研究《陆疏》四篇论文之主要内容,简要评价《陆疏》对方言学史、后世本草、农医诸类书籍影响。王凤《〈毛诗草木鸟兽虫鱼疏〉草木名物辞汇研究》对《陆疏》中植物词汇作名词结构分析,从名物外形、生理属性探究其命名理据,并考据名物方言语音。郝桂敏《陆玑〈毛诗草木鸟兽虫鱼疏〉有关问题研究》探讨《陆疏》作者问题,分析《陆疏》成书背景、学术条件、解释名物的特点,阐述《陆疏》对了解《诗经》在先秦流传情况、探究《毛诗序》作者等问题的重要意义。徐建委《文本的衍变:〈毛诗草木鸟兽虫鱼疏〉辨证》以《齐民要术》《经典释文》《孔疏》《艺文类聚》《太平御览》等文献中所引《陆疏》为基础,探索这些引文间的文本关系及文本编纂形态,较深入、翔实探讨《陆疏》书名、作者与今本来源等问题。王孙涵之《今本〈毛诗草木鸟兽虫鱼疏〉辨伪》主要考察《陆疏》今本源流,认为古本《陆疏》至迟于明万历前已亡佚,今本祖本是宝颜堂本,编纂者最有可能是姚士粦。杨柳青《〈毛诗草木鸟兽虫鱼疏〉创作年代考——以佚文献为中心》通过梳理相关佚文献考证《陆疏》的创作年代。曹建国、易子君《〈毛诗草木鸟兽虫鱼疏〉中的物观》分析了《陆疏》文本反映出的魏晋人的"物观"。赵棚鸽《底本的规范与传本的变异:陆玑〈毛诗草木鸟兽虫鱼疏〉唐代传播论》侧重通过考察唐代《陆疏》各家文献之间的文本变异,探究《陆疏》在唐代传播情况。吕华亮《陆玑〈毛诗草木鸟兽虫鱼疏〉相关问题考论》文章就《陆疏》的文本形态、编次特点以及《陆疏》的作时、创作缘由等几个问题进行考证发覆。易子君《论〈毛诗草木鸟兽虫鱼疏〉的文学性——以"蜮"的文学书写史为个案》则论述《陆疏》作为经学辅翼之作的文学价值。

2. 从学科融合角度研究。比如罗桂环《古代一部重要的生物学著作——〈毛诗草木鸟兽虫鱼疏〉》侧重从生物学角度详细阐释《陆疏》训释动植特点,肯定其在生物学史上不容忽视的价值。华学诚《论〈毛诗草木鸟兽虫鱼疏〉的名物方言研究》、黄琲《试论〈毛诗草木鸟兽虫鱼疏〉的语言学价值》、曾昭聪《〈毛诗草木鸟兽虫鱼疏〉〈南方草木状〉中的词源探讨述评》三篇论文则从语言学角度展开研究。

这些单篇论文均就《陆疏》某些问题作一定程度探讨,为研究《陆疏》提供新思路,但它们多限于某个或某些角度对《陆疏》相关问题进行简要勾勒,有些结论尚有商榷空间。除前面序言中所列的问题之外,还有不少问题有待探究,比如,《夏小正》中农学知识对《陆疏》有何影响,《陆疏》与《毛诗义疏》《毛诗草虫经》是否为同一本书,等等。这些问题国内外目前均未有专论,对之进行深入思考。

当今还出现一些并非专门研究《陆疏》的著述,其中有些内容与《陆疏》有关。或对《陆疏》进行介绍,如夏传才、董治安主编的《诗经要籍提要》专就《陆疏》作者、内容、今本情况写了一页提要;或对《陆疏》某个问题进行研究,如王欢硕士论文《魏晋南北朝时期楚方言词汇研究》中有一小节简要分析《毛诗草木虫鱼鸟兽疏》中王孙、蟋蚸、梅等几个楚语词。这类著述并非对《陆疏》进行的专门研究。

这些都是本书聚焦《陆疏》进行研究的触发点。

第一章 《陆疏》作者与成书

《陆疏》作为中国第一部研究《诗经》动植物的专著,因成书年代久远,其作者到底名谁,学界聚讼纷纭。任何一部有影响的学术专著,不可能凭空诞生。《陆疏》成书原因有哪些?其书名在流传中有哪些别称?《陆疏》该归入哪个门类?本章将围绕这些问题进行探讨。

第一节 《陆疏》作者考辨

关于《陆疏》作者及其年代,学界历有分歧。《陆疏》作者是"陆玑"还是"陆机",论者众多。陆玑,生卒年不详,后人多据《经典释文》所载,判断其为三国吴郡人,字元恪,仕太子中庶子、乌程令。陆机(261—303)则史书有传。《晋书·陆机传》载:"陆机,字士衡,吴郡人也……机身长七尺,其声如钟。少有异才,文章冠世,伏膺儒术,非礼不动。"①陆机出身吴郡甲族陆氏,为孙吴丞相陆逊之孙、大司马陆抗之子,是西晋著名文学家、书法家,天才秀逸,辞藻宏丽,其作两百余篇传世。刘勰《文心雕龙·乐府篇》将之与曹植并称:"子建士衡,咸有佳篇。"②两陆之名"玑""机",无论繁简体字形均像,且读音相同;二人又都与吴国有关。后世学者围绕《陆疏》作者姓名及字,主要有"陆玑元恪""陆机元恪""陆机士衡"三说。而对陆玑所出时代,则主要纠结于是三国吴人还是唐人。

---

① 房玄龄等:《晋书》卷五十四,中华书局,1974年,第1467页。
② 刘勰著,范文澜注:《文心雕龙注》卷二,人民文学出版社,1958年,第103页。

一、是陆玑还是陆机？

其实"陆机士衡"说鲜有支持者。持此说者，可见于《初学记·烛类》引作"陆士衡《毛诗草木疏》"[1]明代学者曹学佺亦曰："夫《诗》盖有《草木鸟兽虫鱼疏》云，郑夹漈以为晋陆机撰。"[2]然郑樵明言"为晋陆机撰"似无据，因为综观《通志》，表明郑樵认为《陆疏》作者为"陆玑"者甚多，如卷七十五云："陆玑者，江左之骚人也，深为此患，为《毛诗》作《鸟兽草木虫鱼疏》。"[3]卷七十一云："《毛诗虫鱼草木图》盖本陆玑《疏》而为图。"[4]他处介绍名物，征引《陆疏》时亦多题名为"陆玑""陆玑《毛诗疏》""陆玑《疏》""陆玑《毛诗草木疏》""陆玑《诗疏》"等。而对"陆机士衡"说较鲜明反驳的有《崇文总目》："机自为晋人，本不治《诗》。今应以玑为正。"[5]《崇文总目》明确指出，陆机士衡为晋人，又不治《诗》，故陆机士衡断不是陆玑元恪。"陆士衡本不治《诗》"成为"陆机士衡"说的确凿反证，大体为学界认同。后世争论更多集中于元恪到底名"陆玑"还是"陆机"。

(一) 陆玑元恪说

持此说者占压倒性优势，其文献大致有如下几类：

1. 默认"陆玑"，不作考证。

唐代陆德明《经典释文》："陆玑《毛诗草木鸟兽虫鱼疏》二卷。"注云："字元恪，吴郡人，吴太子中庶子，乌程令。"[6]陆德明是唐代著名经学家、训诂学家，相对后世学者而言，他距陆玑所处时代最近；而《经典释文》对后世经学影响极为深远，几乎是后世治文字、音韵、训诂学者必参宝典；加之此处对陆玑的记载言之凿凿，故为后世大多学者所取。

成伯屿《毛诗指说》："陆玑作《草木疏》二卷，亦论虫鱼鸟兽……"

---

[1] 徐坚：《初学记》卷二十五，明嘉靖十年锡山安国桂坡馆刊本，第二十六页。
[2] 曹学佺：《毛诗鸟兽草木序》，吴雨：《毛诗鸟兽草木考》，明万历磊老山房刻本，第一页。
[3] 郑樵：《通志》卷七十五，中华书局，1987年，第865页。
[4] 郑樵：《通志》卷七十一，第832页。
[5] 王尧臣等：《崇文总目》卷一，《四库全书》第674册，第8页。
[6] 陆德明：《经典释文》，中华书局，1983年，第10页。

注云:"玑字元恪,吴郡人,吴太子中庶子,乌程令。"①成伯屿也是唐代人,此条记载可与《经典释文》相互印证。

宋祁、欧阳修所撰《新唐书》:"陆玑《草木鸟兽鱼虫疏》二卷。"②

南宋尤袤《遂初堂书目》:"陆玑《草木虫鱼疏》。"③

王应麟《玉海》于"陆玑《毛诗草木虫鱼疏》二卷"下注云:"吴太子中庶子,乌程令,书目同。按:《释文》玑字元恪,易《释文》引之。"④此书所录有别于《经典释文》,一是对陆玑的字持保留意见,仅注存《经典释文》有关陆玑"字元恪"的记载,而自己不取;二是书名少了"鸟兽"二字,似别有所据之本。

元代脱脱等所主持修撰《宋史》:"陆玑《草木鸟兽虫鱼疏》二卷。"⑤

元代梁益《诗传旁通》所引全作"陆玑",卷三明确列出:"陆玑,字元恪,吴人。"⑥卷十五:"吴陆玑,字元恪,《草木鸟兽鱼虫疏》。"⑦并将《陆疏》列于东汉刘桢后、晋孙毓之前,大概认可陆玑为三国吴人。

元末明初陶宗仪《说郛》题:"陆玑《草木虫鱼疏》。"⑧

明代学者曹学佺曰:"《诗》之疏也,自陆玑始,而人议其略。"⑨

明代毛晋《陆疏广要·序略》:"陆玑《草木鸟兽虫鱼疏》一书,向来传播诗人之耳,声若震霆……"⑩

清代沈炳震《九经辨字渎蒙》:"陆玑《毛诗草木鸟兽虫鱼疏》二卷。"注云:"字元恪,吴郡人,吴太子中庶子,乌程令。"⑪

焦循《陆氏草木鸟兽虫鱼疏疏·自序》云:"陆氏名玑,字元恪,吴

---

① 成伯屿:《毛诗指说·传授第三》,日本兼葭堂明和丁亥(1767)抄本,第十四—十五页。
② 欧阳修、宋祁:《新唐书》卷五十七,中华书局,1975年,第1429页。
③ 尤袤:《遂初堂书目》,《四库全书》第674册,第440页。
④ 王应麟纂:《玉海》卷三十八,江苏古籍出版社、上海书店,1987年,第724页。
⑤ 脱脱等:《宋史》卷二百二,中华书局,1977年,第5045页。
⑥ 梁益:《诗传旁通》卷三,《四库全书》第76册,第823页。
⑦ 梁益:《诗传旁通》卷十五,《四库全书》第76册,第977页。
⑧ 陶宗仪:《说郛》卷十下,上海涵芬楼藏板,民国十六年(1927年),第三页。
⑨ 曹学佺:《毛诗鸟兽草木考序》,吴雨:《毛诗鸟兽草木考》,明万历磊老山房刻本,第四页。
⑩ 毛晋:《陆氏草木虫鱼疏·序略》,第一—五页。
⑪ 沈炳震:《九经辨字渎蒙》卷十二,《四库全书》第194册,第345页。

乌程令。《隋书·经籍志》《经典释文》、成氏《毛诗指说》所举悉同。"①焦循以《隋书·经籍志》《经典释文》《毛诗指说》为据,明确指出,陆氏名玑,字元恪,吴乌程令。

2. 主张"陆玑",进行简要考证。

(1)以元恪并非士衡为由,否定"陆机元恪"说。除《崇文总目》外,另有:

晚唐李匡乂《资暇集》:"陆玑字从玉傍,非士衡也。"②

陈振孙《直斋书录解题》案云:"其名从玉,固非晋之士衡。而其书引郭璞注《尔雅》,则当在郭之后,亦未必为吴时人也。"③陈振孙认为吴郡陆玑不是晋之陆士衡,其名为"玑",认同《经典释文》所记"陆玑字元恪"。陈氏又见《陆疏》引用晋代《尔雅》郭注,认为陆玑当在郭璞之后,未必为三国吴人。

宋元之际马端临《文献通考》:"《崇文总目》:'吴太子中庶子乌程令陆玑撰。世或以玑为机,非也。机自为晋人,本不治《诗》,今应以玑为正……'陈氏曰:'……非晋之士衡。'"④《文献通考》所记《陆疏》作者情况,仅全转录《崇文总目》、陈振孙观点,别无他注,但无形中表明作者认同《崇文总目》、陈振孙之说。

毛晋认为《陆疏》作者应为"陆玑",其于《毛诗草木鸟兽虫鱼疏·跋》云:"机字士衡,晋人,本不治《诗》,则此书为唐人陆玑字元恪者所撰,无疑矣。"⑤毛晋认为《陆疏》乃唐人陆玑元恪所撰,而非晋人陆机士衡,诸书援引作"陆机"为误。毛晋理由不出《崇文总目》,但判断陆玑为唐人,未列依据,似受陈振孙观点影响。

明代方以智《物理小识》亦云:"中履曰:陆玑,字元恪,非士衡。

---

① 焦循:《陆氏草木鸟兽虫鱼疏疏·序》,《续修四库全书》第65册,第445页。
② 李匡乂:《资暇集》卷上,《丛书集成新编·总类》第11册,台北新文丰出版公司,2008年,第188页。
③ 陈振孙:《直斋书录解题》卷二,第36页。
④ 马端临:《文献通考》卷一百七十九,中华书局,1986年,第1545页。
⑤ 毛晋:《毛诗草木鸟兽虫鱼疏(卷下之下)·跋》,第八十九页。

监本、《尔雅》及时珍皆误作机。"①也以元恪非士衡为据,断定监本、《尔雅》及李时珍皆误。

桂馥《书〈陆氏诗疏〉后》案云:"《草木疏》原题陆玑,玑字元恪,吴郡人,吴太子中庶子,乌程令,与士衡自是两人。"②桂馥明确指出陆玑不是陆士衡,而是陆元恪。其理由不出《经典释文》与《崇文总目》。

茅原定在《诗经名物集成序》亦云:"诸书多误玑作机,机即士衡,晋人也。"③观点亦不出《崇文总目》,认为《陆疏》作者为陆玑而非陆机士衡。

(2)据其他文献题名作出判断。

《皇朝通志》云:"吴陆玑《毛诗草木鸟兽虫鱼疏》,明北监注疏本引作'陆机',今据《隋志》《唐志》校正。"④《皇朝通志》据《隋志》《唐志》,认为《陆疏》作者当为吴郡"陆玑",明北监注疏本引作"陆机"为误。

文渊阁《四库全书》本《隋书·卷三十二考证》云:"《毛诗草木虫鱼疏》二卷,注乌程令吴郡陆玑撰。"下注云:"监本'玑'讹'机'。按:宋晁公武《郡斋读书志》:'《毛诗草木鸟兽虫鱼疏》二卷,吴陆玑撰。或题曰陆机,非也。'"⑤《隋书·卷三十二考证》主要据《郡斋读书志》所记,认为监本题名"陆机"误,《陆疏》作者当为"陆玑"。

《四库全书总目》云:"吴陆玑撰。明北监本《诗正义》全部所引,皆作'陆机'。考《隋书·经籍志》:《毛诗草木虫鱼疏》二卷。注云:乌程令吴郡陆玑撰。陆德明《经典释文·序录》:陆玑《毛诗草木鸟兽虫鱼疏》二卷。注云:字元恪,吴郡人,吴太子中庶子,乌程令。《资暇集》亦辨'玑'字从玉,则监本为误。"⑥《四库全书总目》梳理《隋书·经籍志》《经典释文》《资暇集》所载,认为《陆疏》作者实为"陆

---

① 方以智:《物理小识》卷十一,《四库全书》第867册,第959页。
② 桂馥:《晚学集》卷三,王云五主编:《丛书集成初编》,商务印书馆,1936年,第93—94页。
③ 蔺文龙编著:《清人诗经序跋精萃》,中国书籍出版社,2015年,第524页。
④ 《皇朝通志》卷一百十一,《四库全书》第645册,第498页。
⑤ 张映斗等:《隋书·卷三十二考证》,《四库全书》第264册,第606页。
⑥ 《四库全书总目》,《四库全书》第1册,第324页。

玑",监本作"陆机",实误。

周中孚《郑堂读书记》云:"吴陆玑撰,题唐人,误也。(小字注:玑,字元恪,吴郡人。官太子中庶子,乌程人。)《四库全书》著录。《隋志》所载无'鸟兽'二字,玑作机,盖字之误。"①周中孚认为陆元恪名为"玑",而非"机",且非唐人;其所见《隋志》误"玑"作"机",看来陆元恪之名在清代不同版本的《隋志》中有不同记载,有些版本已写作"陆机",这又为考辨陆元恪之名笼上一层迷雾。

马国翰《目耕帖》卷二十二引用《文献通考》、段氏玉裁《诗经小学》、《隋书·经籍志》所记,又案云:

> 《隋志》:《毛诗草木鸟兽虫鱼疏》二卷,乌程令吴郡陆机撰。宋本《释文》:陆玑《毛诗草木鸟兽虫鱼疏》二卷,字元恪,吴郡人,吴太子中庶子,乌程令。宋本《释文》必不误,《隋志》偶误作"机"。济翁唐人,必有所考,仍当作玉旁"玑"为是。元恪吴人,其书中引及郭璞者,当由后人羼入耳②。

马国翰所见《诗经小学》《隋书·经籍志》《释文·序録》均作"陆机",但他据宋本《经典释文》,认为当为"陆玑"。《隋志》题为"陆机",乃偶误;李济翁《资暇集》对此有考证,当作"玑",济翁为唐人,其考为是。且元恪乃三国吴人,其书中所引郭璞,当由后人羼入。

丁晏《毛诗草木鸟兽虫鱼疏叙》云:

> 《隋书·经籍志》:《毛诗草木虫鱼疏》二卷,乌程令吴郡陆玑撰。《唐书·艺文志》:陆玑《草木鸟兽虫鱼疏》二卷。宋《崇文总目》云:世或以玑为机,非也。机本不治《诗》,今应以玑为正。案:《初学记·烛类》引陆士衡《毛诗草木疏》。唐人已误为机,幸

---

① 周中孚:《郑堂读书记》卷八,《清人书目题跋丛刊》(第八辑),中华书局,1993年,第129—130页。
② 马国翰:《目耕帖》卷二十二,光绪九年癸未(1883)长沙娜嬛馆补校刻本,第二十六页。

有陆氏《释文》"玑字元恪",爵里甚明。①

丁晏梳理《隋书·经籍志》《唐书·艺文志》《崇文总目》相关记载,又据《经典释文》记载,认为《陆疏》作者当为"陆玑元恪"无疑,并以此判断《初学记》将《陆疏》作者题为"陆士衡"为误。丁晏所见《隋志》题《陆疏》作者名为"陆玑",与马国翰、周中孚所见《隋志》版本不同。

通过梳理以上根据文献所作的考证发现,这些考证常使用的论据出自《经典释文》《隋书·经籍志》《资暇集》《崇文总目》《直斋书录解题》《文献通考》等文献,多辗转沿袭前人观点,而未有新说。而因书籍在流传过程中因版本不同而又产生"陆玑""陆机"之疑,比如《隋书·经籍志》的记载。这些考证成胶着状态,使《陆疏》作者之名依然没有定论。

(3)仅列结论,未列证据。

晁公武《郡斋读书志》:"《毛诗草木鸟兽虫鱼疏》二卷,右吴陆玑撰。或题曰'陆机',非也。玑仕至乌程令。"②

王应麟《困学纪闻》卷三:"《草木鸟兽虫鱼疏》,陆玑字元恪所撰,非陆机也。"③

清初陈启源《毛诗稽古编》:"至所引《草木虫鱼疏》甚多,凡陆玑辄作陆机,通本俱误。"④

清代沈廷芳《十三经注疏正字》引《陆疏》"雎鸠大小如"后注云:"玑,监本误机。"⑤

王谟《毛诗草木鸟兽虫鱼疏·跋》云:"《隋志》及《通志·艺文略》俱题作陆机,非也。"⑥

---

① 丁晏:《毛诗陆疏校正》,清咸丰五年(1855)刊本,第一页。
② 晁公武:《郡斋读书志》卷一上,清康熙六十一年(1722)陈师曾重刻本,第十七页。
③ 王应麟著,翁元圻等注:《困学纪闻》卷三,上海古籍出版社,2008年,第437页。
④ 陈启源:《毛诗稽古编》卷二十九,《四库全书》第85册,第783页。
⑤ 沈廷芳:《十三经注疏正字》卷九,《四库全书》第192册,第101页。
⑥ 王谟辑《增订汉魏丛书》第九册,清乾隆辛亥(1791)重镌本,第十八页(按:引文出自《陆疏》正文后跋)。

以上几条,对《陆疏》作者表态鲜明,虽未列证据,但观点实不出《经典释文》《崇文总目》记载。

(4)以所见本为据。

明代姚士粦跋云:"予箧中有《毛诗草木虫鱼疏》一卷,题曰吴太子中庶子乌程令吴郡陆玑元恪撰。"①姚氏以所藏本题"吴太子中庶子乌程令吴郡陆玑元恪撰"为据,主"陆玑元恪说"。又在后面加案语,言未见该本《陆疏》引用郭璞注,有质疑陈振孙"陆玑未必三国吴时人"之意。

(二)陆机元恪说

《孔疏》对《陆疏》所引全作"陆机"。

魏徵等撰《隋书·经籍志》:"《毛诗草木虫鱼疏》二卷,乌程令吴郡陆机撰。"②综合上面文献,《隋书·经籍志》引版本不同,有"陆玑""陆机"两种记载。不同版本的《隋书·经籍志》将《陆疏》作者或题为"陆玑",或题为"陆机",这也给后世考证带来重重迷雾。

《丛书集成初编》1936年版《旧唐书》:"《毛诗草木鸟兽虫鱼疏》,陆机撰。"③而中华书局1975年版《旧唐书》:"《毛诗草木鸟兽鱼虫疏》,陆玑撰。"④但注释云:"'玑'字各本原作'机',《隋志》《新志》《经典释文》均作'玑',据改。"⑤1975年版《旧唐书》据《隋志》《新志》《经典释文》,改"机"为"玑"。中华书局所见《隋志》也不同于马国翰、周中孚所见本。

清代钱大昕《跋〈尔雅疏〉单行本》云:

> 此书引陆氏《草木疏》,其名皆从木旁,与今本异。考古书"机"与"玑"通,马、郑《尚书》"璿玑"字皆作"机",《隋书·经籍志》"乌程令吴郡陆机",本从木旁。元恪与士衡同时,又同姓

---

① 朱彝尊:《经义考》卷一百一,清乾隆四十二年(1777)刊本,第十一页。
② 魏徵等撰:《隋书》卷三十二,中华书局,1973年,第917页。
③ 刘昫:《旧唐书·经籍志》,王云五主编:《丛书集成初编》卷上,商务印书馆,1936年,第10页。
④ 刘昫:《旧唐书·经籍志》,中华书局,1975年,第1971页。
⑤ 同上书,第2017页。

名,古人不以为嫌也。自李济翁强作解事,谓元恪名当从"玉"旁,晁氏《读书志》承其说,以或题陆机者为非,自后经史刊本遇元恪名辄改从玉旁。予谓考古者但当定《草木疏》为元恪作,非士衡作,若其名则皆从木旁①。

因见《尔雅疏》单行本所引《陆疏》作者名皆题"陆机",与其所见《陆疏》今本不同,钱大昕考察发现古书"机"与"玑"相通,《尚书》中"叡玑"字就都写作"机",其所见《隋书·经籍志》亦将《陆疏》作者题名为"陆机",因此认为《陆疏》作者就是"陆机",与陆机士衡同名;但并非陆机士衡,而是陆机元恪。他认为之所以出现争议,主要因为李济翁妄加解释,说陆元恪之名当为"玑",之后晁公武《郡斋读书志》承其说,而后世文献遇元恪名辄改从玉旁,题作"陆玑"。其实唐代陆德明《经典释文》、成伯屿《毛诗指说》均已将《陆疏》作者之名题作"陆玑",而李济翁是晚唐人(按:此说据《钦定四库全书提要》,该书推测他是唐末人),生活年代远后于陆德明,未知钱大昕为何独独归责于李济翁。

臧庸《书毛本〈草木虫鱼疏〉后》云:

> 元恪之名,本从木旁,尝见影宋钞《释文》及宋椠板《尔雅疏》皆作陆机,而陈振孙《书录解题》谓其名从玉,固非晋之士衡。然机之为名,本取《尚书》"旋机"之义。玉旁俗作古今人名,同者甚尠。不当以晋之陆机为嫌,致相殊异也②。

臧庸曾见影宋钞《经典释文》及宋椠板《尔雅疏》皆作"陆机",又认为陆机之名,本取《尚书》"旋机"之义,不能为了与晋士衡陆机区别而题为"陆玑"。臧庸言影宋钞《经典释文》题《陆疏》作者名为"陆机",别于《馆阁书目》《直斋书录解题》所载《经典释文》题写,可见两宋时

---

① 钱大昕撰,吕友仁校点:《潜研堂集》上,上海古籍出版社,2009年,第464页。
② 臧庸:《拜经堂文集》卷二,《续修四库全书》第1491册,第532页。

代,《经典释文》不同版本对元恪之名已有不同题写。上文马国翰所记亦表明《经典释文》不同版本对元恪之名记载有别。

阮元《毛诗正义》"校勘记"中"陆机疏云"条案云:

> 考《隋书·经籍志》作"机",《释文·序录》同,唯《资暇集》有当从玉旁之说,宋代著录元恪书者多采之,毛本因此改作"玑"。其实与士衡同姓名耳,古人所有不当改也。余同此,《释文》亦或误,今正①。

阮元所见《经典释文》《隋书·经籍志》均题作"陆机",他认为闽本、明监本将《陆疏》作者题名为"陆机"不误,毛本所题"陆玑"为误。他所见的《经典释文》可能亦如臧庸所见影宋钞《经典释文》均题为"陆机"。他认为陆玑当与晋代陆士衡同姓名,当作"陆机"。这一观点基本被马国翰全部采用(详见本文附录1中马国翰《目耕帖》卷二十二相关记载)。

罗振玉《毛诗草木鸟兽虫鱼疏新校正叙》注云:

> 陆机,各本作"陆玑"。段氏玉裁、阮氏元均考订作"机"。今证之古籍,如倭刻唐释慧琳《一切经音义》、隋杜台卿《玉烛宝典》等书所引,并作"陆机",与段、阮说合②。

罗振玉虽见《陆疏》今本均题名"陆玑",但他以段玉裁与阮元所作考订、日刻《一切经音义》《玉烛宝典》等古籍所引为据,认为《陆疏》作者当题为"陆机",而其《毛诗草木鸟兽虫鱼疏新校正》亦将作者题为"陆机"。《玉烛宝典》是隋朝杜台卿所著,既然早于唐代《经典释文》,其所题写"陆机"之名应能成为考证《陆疏》作者一证,不过也未必成为铁证,因为古代"机"与"玑"相通,也可能因作者书写习惯导致讹误。

---

① 孔颖达:《毛诗正义》卷一,阮元校勘:《十三经注疏》,第29页。
② 罗振玉:《罗振玉学术论著集》第四集,上海古籍出版社,2013年,第225页。

种种因素可能让《陆疏》作者之迷雾更难廓清。

清人陶福祥(1834—1896)撰《毛诗草木鸟兽虫鱼疏考证》云:"说《诗》诸书,其专训名物者,以陆机《诗疏》为最古。"①认为《陆疏》作者为"陆机"。

当代一些学者试图从训诂学角度探求陆元恪之名。夏纬瑛认为把元恪之名写作"玑"以别于字士衡的陆机是错的。古人名字相应,一是名与字同义相因,一是取相反之义。《尚书·舜典》云"在璇玑玉衡,以齐七政","玑"又作"机",故文学家陆机字士衡,此为名字同义相因之例。"机"又有"机巧""机变"义,博物学者陆机字元恪,"恪"训"诚",表示他以"机"字为名不是取诈伪之义,此为名字含义相反之例。要之陆元恪名为"陆机"②。但《古人名字解诂》认为恪、阙古音近而相假,"恪"假作"阙",阙则不圆;而《说文·玉部》"玑,珠不圆也",故"元恪"即"原为阙者"。以名字相协之理,陆元恪当名为"玑",而与"机"无关。陆士衡名字来自《后汉书》"故运机衡",李贤注:机衡,北斗也。北斗第三星为机,第五星为衡③。

综上,《陆疏》作者其名有"玑""机"之歧,一则两字古书相通,郑注《尚书》"叡玑"字皆作"机";二则因辗转翻刻致不同版本之异,如赵佑、焦循所录《隋志》作"玑",而钱大昕认为《隋志》"乌程令吴郡陆机"本从木旁;段玉裁《诗经小学》嘉庆刻本称"陆机"④,道光乙酉年抱经堂刻本作"陆玑"⑤。三则甚至同一本书不同引文两种题名均有,如《通志》《山西通志》《卮林》等。如此让《陆疏》作者之名成为多年之疑。陆元恪到底名"机"还是"玑",恐怕只有命名人自己知道,因为虽然取名有通则,但除时代风尚外,还受个人身份、教养、志趣等影响,这些都能使古人名字考辨面临更多不可测因素。

考查"陆玑《疏》""陆机《疏》"的著录,从文渊阁《四库全书》所收

---

① 赵所生、薛正兴主编:《中国历代书院志》第14册,第412页。
② 夏纬瑛:《〈毛诗草木鸟兽虫鱼疏〉的作者——陆机》,《自然科学史研究》1982年第2期。
③ 吉常宏、吉发涵:《古人名字解诂》,语文出版社,2003年,第152页。
④ 段玉裁:《诗经小学》第一卷,嘉庆二年(1797)武进臧氏拜经堂刻本,第二十八页。
⑤ 段玉裁:《诗经小学》第九卷,道光乙酉年(1825)抱经堂刻本,第二页,第四页。

书目中,有《四库全书总目》《禹贡锥指》《禹贡会笺》《陆疏》《陆疏广要》《毛诗李黄集解》《诗补传》《慈湖诗传》《诗集传名物钞》《诗传旁通》《六家诗名物疏》《读诗略记》《读诗质疑》《毛诗类释》《诗疑辨证》《虞东学诗》《十三经注疏正字》《埤雅》《尔雅翼》《通志》《钦定续通志》《剡录》《山西通志》《陕西通志》《经义考》《御定孝经衍义》《王氏农书》《钦定授时通考》《六艺之一录》《御制佩文斋广群芳谱》《丹铅余录续录》《名义考》《通雅》《卮林》《湛园札记》《管城硕记》《说郛》《玉海》《天中记》《御定渊鉴类函》《格致镜原》《续博物志》《离骚草木疏》《历代诗话》《钦定四库全书考证》《诗识名解》《续诗传鸟名》等近50种文献相关引文均冠以"陆玑《疏》"或直称"陆玑《疏》",其中不乏专门研究《毛诗》名物的专著;仅有《礼书》《历代名臣奏议》《山西通志》《卮林》《玉芝堂谈荟》《太平御览》《锦绣万花谷》《白云集》八种文献相关引文冠以"陆机《疏》"或直称"陆机《疏》"。《山西通志》《卮林》两名均现,但以"陆玑《疏》"为多。从统计数据上看,《陆疏》原书作者为"陆玑"已为绝大多数学者公认,我们亦从此说认为"陆玑元恪"为原书作者。

二、是三国吴人还是唐人?

自《经典释文》记载陆玑为三国吴人,鲜有争议。而陈振孙提出陆玑未必是吴时人后,由此开启质疑之端。马端临踵其后,全采陈振孙之说。陶宗仪《说郛》与毛晋《陆疏广要》题写《陆疏》作者时均冠以"唐吴郡"三字。毛晋《毛诗草木鸟兽虫鱼疏(卷下之下)·跋》直言此书为唐人陆玑字元恪者所撰。此论亦有从者,茅原定《诗经名物集成序》云:"又唐吴郡陆机作《草木鸟兽虫鱼疏》。"[1]

其实,赵佑在梳理《隋书·经籍志》《经典释文》《崇文总目》《馆阁书目》《文献通考》《经义考》后,进一步考察《陆疏》所引文献,对此问题提出较有说服力质疑:

---

[1] 蔺文龙编著:《清人诗经序跋精萃》,第524页。

> 今考其书多引《三苍》、犍为文学及樊光、许慎等,又有魏博士济阴周元明,独未一称郭璞,唯其说多与郭同,亦有异者。德明、颖达在唐初,皆勤勤征述之。《释文》每引,必举书名,罕斥名姓。其与郭璞并列者,恒以先郭,则其传之远可知,且已编入《隋志》,而陶氏、毛氏犹并题唐人,亦妄矣①。

赵佑考察发现,《陆疏》所引有《三苍》、犍为文学、樊光、许慎之说,这些文献均早于《陆疏》;《陆疏》中还出现与陆玑差不多同时的魏博士周元明,而未有一处提及郭璞,加之《经典释文》每引《陆疏》,必明确列出书名,且将之置于郭注之前,说明陆玑不可能在郭璞后,而《陆疏》成书必早于郭注。因为若郭注在《陆疏》之前成书,因《郭注》乃注《尔雅》之作,以郭璞的影响力及陆玑广征博引的治经风格,加之《陆疏》训诂名物必参《尔雅》及其注,断不会不引郭注。此外,《陆疏》已载入《隋志》,说明其成书明显早于唐代,故他认为陶宗仪、毛晋题陆玑为唐人实误。赵佑此论基本可确定陆玑为三国时人而非唐人,因其考证详实,颇有道理,大体为后世学者信从。比如《皇朝通志》基本沿袭赵佑之说:"考书中所引,并无郭璞一字,陈氏所云未免失实。"②《皇朝通志》考察《陆疏》所引并无郭璞一字,否定陈振孙认为陆玑当在郭璞后之说。

焦循提出新证,其《陆氏草木鸟兽虫鱼疏疏·自序》云:"或曰唐时人(毛晋《陆疏广要》跋)。今考《齐民要术》引之,则非唐人可知。"③焦循以北魏贾思勰《齐民要术》曾引用《陆疏》,推知陆玑非唐人,《陆疏广要》题唐人实误。

臧庸《书毛本〈草木虫鱼疏〉后》明言:"北魏贾思勰著《齐民要术》,屡征此书,而此本题唐吴郡陆玑撰,误也。"④臧庸与焦循所持理

---

① 赵佑:《草木疏校正·自叙》,《续修四库全书》第 64 册,第一一二页。
② 《皇朝通志》卷一百十一,《四库全书》第 645 册,第 498 页。
③ 焦循:《陆氏草木鸟兽虫鱼疏疏·自序》,《续修四库全书》第 65 册,第 445 页。
④ 臧庸:《拜经堂文集》卷二,《续修四库全书》第 1491 册,第 532 页。

由相似,以《齐民要术》多次征引《陆疏》为据,说明《陆疏》当成书于北魏之前,由此断定毛本题名"唐吴郡陆玑"实误。臧庸进一步详细考察陆氏所引群言,皆出自两汉以前,吴、魏之际(详见本文附录1《书毛本〈草木虫鱼疏〉后》原文),则元恪应当为三国吴人,无疑义。

《四库全书总目》云:"夫唐代之书,《隋志》乌能著录?且书中所引《尔雅》注,仅及汉犍为文学、樊光,实无一字涉郭璞,不知陈氏何以云然。"①《四库全书总目》认为因唐代之书,《隋志》不能著录;《陆疏》所引《尔雅》注,仅有汉代犍为文学、樊光之注,而并无一字涉及郭璞注,因此陆玑不可能是唐人。《四库全书》所作考证,除了沿袭赵佑之说,还另提新证:唐代之书,《隋志》不能著录。将《陆疏》写入《隋志》,说明《陆疏》成书肯定在隋代之前,这也是陆玑不可能是唐人的力证。《四库全书总目》还明确提出:"陆氏三国吴人。"②

周中孚《郑堂读书记》赞同这种说法:"吴陆玑撰,题唐人,误也。"③

其实,《陆疏》成书于三国,最早征引《陆疏》的现存文献是南朝梁刘昭注补西晋司马彪《续汉书·百官志》,其注征引陆玑《草木疏》曰:"梓实桐皮曰椅,今人云梧桐是也。"④既然南朝文献已征引《陆疏》,陆玑当然不可能是唐人。

此外,还可从陆玑官名推测。陆玑为中庶子,据《文献通考·职官》载,此职自秦国始立,汉以后为太子属官,两晋、南北朝称中庶子、庶子,隋、唐以后,改称左、右庶子。也就是说,唐代没有"中庶子"这一官名,陆德明为唐代经学家,历任南陈国子助教、隋炀帝朝秘书学士与国子助教、唐贞观初国子博士,断不会不明此常识,其《经典释文》所记"吴太子中庶子",只能指三国吴时期太子属官。

综上文献,因《续汉书·百官志》《齐民要术》《隋志》皆引《陆

---

① 《四库全书总目》,《四库全书》第1册,第324页。
② 同上书,第322页。
③ 周中孚:《郑堂读书记》卷八,《清人书目题跋丛刊》(第八辑),第129—130页。
④ 司马彪撰,刘昭注补:《后汉书志》第二十七,中华书局,1965年,第3610页。

疏》，陆德明所记"中庶子"唐代并无此官名，那么可肯定的是，陆玑并非唐人。而赵佑等人考证陆玑当在郭璞之前，亦言之成理。因此，在无新证的前提下，我们认同陆玑当为三国吴人。

第二节 《陆疏》的成书原因析论

陆玑《毛诗鸟兽草木虫鱼疏》(以下简称《陆疏》)作为中国第一部研究《诗经》动植物专著，突破汉儒偏重"义理"、关注名物人文意义的传统，对《诗经》所涉一百五十余种动植物从名称、形态、生长地、效用等自然属性进行详细训释。夏传才说《陆疏》是"《毛诗》博物学的开始"①，高度评价其在《毛诗》博物学史上的开山之功。为什么《陆疏》能在三国时期以迥异于汉儒治《诗》的方式诞生？究竟是怎样的社会动因及学术积累促成这部博物专著出现？这些问题以往很少有学者讨论，本节将对此进行深入分析。

一、魏晋经学流变与博物学兴盛

学者的研究往往受时代学术风气的影响。魏晋时期，学术风气较两汉有两个显著的变化，而这成为《陆疏》诞生的一个宏观学术背景。

一是魏晋时期，经学有一大转变，大体趋势由"经解"转为"义疏"。魏晋注学空前兴盛，《十三经注疏》中有五种经典诞生于魏晋：王弼、韩康伯注《周易》，何晏注《论语》，杜预注《左传》，范宁注《穀梁传》，郭璞注《尔雅》。就诗经学而言，洪湛侯指出，这一时期，《诗》学已由汉人解经转为六朝疏注，开始出现名物、《诗》音、礼俗等专门研究②。《陆疏》即在这种趋势下应时而生。当然，《陆疏》还承继经学界自东汉初期兴起的删繁就简之风，它不事经义而专事名物训诂，走的正是与汉代繁琐经学相背的简约路数。

二是魏晋时期，随着儒学衰微，博物学开始兴盛。魏晋博物学兴

---

① 夏传才、董治安主编：《诗经要籍提要·前言》，第17页。
② 洪湛侯：《诗经学史》，第230页。

盛有多方面原因。首先是两汉时期思想、学术界演变的结果。葛兆光说,两汉最终定型的意识形态是个涵盖一切的庞大体系,思想者在过分自足的意识形态中往往自甘沉默,这又刺激了博闻强记的知识主义风气。在此风气下,士大夫子弟皆以博涉为贵,不肯专儒[①]。博学多识成为当时备受推崇的品格,张衡《应间》言"不耻禄之不夥,而耻智之不博"[②],许慎的儿子许冲在《上〈说文解字〉书》中评价《说文解字》"天地鬼神、山川草木、鸟兽蚰虫、杂物奇怪、王制礼仪、世间人事,莫不毕载"[③],马融、郑玄以其博学先后成为知识界领袖……在以一物不知为耻的知识主义风气下,借助注释经典所涉历史、文字、鸟兽草木虫鱼等领域知识以展现博识的方式盛行。其次与当时社会动乱有关。这一时期历经八王之乱、五胡乱华、南北朝分裂,混乱时局一方面致使部分士人无意仕途而转向书斋研究实际知识,如东晋葛洪《自叙》云"荣位势利,譬如寄客,既非常物,又其去不可得留也"[④],乃绝弃世务,潜心医药之学,这或许不乏个人志趣因素,但也与时局变幻息息相关;另一方面促使大量北方人民为躲避战乱南迁,而他们对新地域动植、矿藏、风土人情等知识的需求客观上刺激博物学的兴盛,很多士人纷纷实地考察南方地理,编写地志。据《隋志》记载,魏晋时期地志达 130 余种,很多为南方地志,比较出名的有《南州异物志》《南方草木状》《广州记》《交州记》等。再次,魏晋时期兴起波澜壮阔的民族迁徙和融合浪潮,在此过程中大量外来物质文明传入内地,据孙辉统计,这一时期始见于文献记载的主要外来动物、植物、矿物、杂物有近百种[⑤]。殊方异物的大量涌现,大大开阔了博物学家的眼界,在一定程度上促进了博物学的发展。正是在这样的学术风尚中,魏晋涌现出许多杰出的博物学家及博物专著,而《陆疏》正是其中的代表作。此外,在文学创作领域,汉代散体赋(包括汉大赋与咏物小赋)生机焕发,对魏晋博

[①] 葛兆光:《中国思想史(第一卷)》,复旦大学出版社,2013 年,第 276—283 页。
[②] 张衡著,张震泽校注:《张衡诗文集校注》,上海古籍出版社,2009 年,第 279 页。
[③] 桂馥:《说文解字义证》卷四十九,齐鲁书社,1987 年,第 1330 页。
[④] 杨明照:《抱朴子外篇校笺(下)》,中华书局,1997 年,第 690 页。
[⑤] 孙辉:《魏晋博物学兴起原因探析》,《许昌学院学报》2007 年第 4 期。

物学的兴盛有一定影响。散体赋写物图貌的文体特征尤为突出,能助推博物知识的传播。两汉时期涌现出数以千计的散体赋作,其中著名的赋作,大多为博物化的文学作品。枚乘《七发》从医学入手,联系到音乐、饮食、骑马、游宴、田猎、观涛、方术等七事,辞赋博物化特征明显;葛洪认为《毛诗》"不及《上林》《羽猎》《二京》《三都》之汪濊博富也"①;《汉书》称司马相如之赋"多识博物,有可观采"②;袁枚认为《二京》赋搜辑群书,广采风土,在当时几乎"家置一本,当类书、郡志读耳"③,成为非常实用的百科全书。总之,汉代散体赋大多打上鲜明的"博物"印记,反过来又以自身在文化领域的影响力促进了博物学的发展。虽然赋家"体物"常用夸饰手法,所写名物或虚而无征,但这种对物象的关注与细致描摹对魏晋博物学的发展无疑有启发、推动作用。徐公持就认为张华《博物志》中"博物"一语无论是出处还是含义都受到汉人影响④。而《陆疏》注重对名物外部形态进行细致描摹,不时引用贾谊、司马相如、扬雄、张衡等人的赋作内容辅助介绍名物,都是受赋作影响的具体表现。

本来,追求博闻多识在中国有悠久传统。《孔子诗论》总论《邦风》云:"《邦风》其内(纳)勿(物)也専(博),观人谷(俗)焉,大金(敛)材焉。"⑤李零以"博览风物,采观民情"⑥释前二句,胡宁释"大敛材"为"重视《邦风》的博纳众物"⑦。《孔子诗论》对"纳物""敛材"的强调,与《论语》以"多识鸟兽草木之名"作为学《诗》的目的一致,将博学多识视为贵族必备素养。汉代推崇"博物君子",郗文倩研究发现,很多与"博物"内涵相近的词语都可在两汉典籍中找到较早用

---

① 杨明照:《抱朴子外篇校笺(下)》,第70页。
② 班固撰,颜师古注:《汉书》卷一百下,中华书局,1962年,第4255页。
③ 袁枚著,顾学颉校点:《随园诗话》卷一,人民文学出版社,1960年,第7页。
④ 徐公持:《汉代文学的知识化特征——以汉赋"博物"取向为中心的考察》,《文学遗产》2014年第1期。
⑤ 马承源主编:《上海博物馆藏战国楚竹书》(一),上海古籍出版社,2001年,第129—130页。
⑥ 李零:《上博简三篇校读记》,中国人民大学出版社,2007年,第34页。
⑦ 胡宁:《从新出史料看先秦"采诗观风"制度》,《上海大学学报(社会科学版)》2017年第6期。

例,如"博洽""博通""博达""博喻""博闻""博赡""博敏"等①。《礼记·儒行》更将"博学而不穷"作为儒者标准之一②。《陆疏》专注《诗经》名物训诂,其研究视角从经文传疏转向自然界,既是魏晋经学流变与博物学兴盛的产物,也是对博识传统的继承与发扬。当然,除了学术风气、博识传统的影响,《陆疏》的诞生还有一定政治因素。

二、东吴统治阶层对古文经学与博物学的重视

陆玑为吴太子中庶子,乌程令。乌程令应为一个相对重要的千石官,因为乌程是东吴重镇,孙坚曾为乌程侯,孙策袭此爵,孙皓也被封乌程侯。因此,身处东吴高官显宦圈的陆玑,很容易受这一圈子主流思想与学术倾向的影响。换言之,《陆疏》的诞生与东吴统治阶层对古文经学与博物学的重视有一定关系。

一方面,东吴统治阶层推重古文经学。孙权曾自言少时遍读《诗》《书》《礼记》《左传》《国语》,可窥见孙权经学素养较深,也接触古文经学,《左传》即古文经中主要经典。孙权重用了许多精通古文经学的学者,比较出名的有张昭、张纮、严畯、程秉、薛综、潘濬、陆绩等。张昭少时从白侯子安受《左氏春秋》,晚年作《春秋左氏传解》;张纮曾习《左氏春秋》;严畯好《说文解字》,《说文解字》是古文经学最终压倒今文经学的利器,作者许慎师从古文经学大师贾逵;程秉避难交州时与经学家、训诂学家刘熙探讨经学大义,能"博通五经";薛综避乱交州,亦师从刘熙;潘濬曾从古文经学代表人物宋忠受学;陆绩释《太玄》,重点参考宋忠的相关研究成果。统治阶层主流思想与学术倾向往往对身处高层的官员产生更直接的影响,甚至浸润至其治学理念。古文经学重音义训诂,而《陆疏》专于《诗经》名物训诂,多从《毛传》《郑笺》生发,正是延续古文经学路数而另辟新径。

另一方面,孙吴统治阶层推崇博物学,一则是爱好。比如孙权派

---

① 郄文倩:《中国古代的博物观念及其知识分化》,《天津社会科学》2019 第 3 期。
② 郑玄注,孔颖达疏:《礼记正义》卷五十九,李学勤主编:《十三经注疏》,北京大学出版社,1999 年,1585 页。

博闻多识的赵咨赴魏,赵咨在曹丕面前言孙权"博览书传历史,藉采奇异"①。二则为大力发展江南农业经济以巩固政权。《三国志·吴书》载孙权诏曰:"盖君非民不立,民非谷不生……自今以来,督军郡守,其谨察非法,当农桑时,以役事扰民者,举正以闻。"②孙权统治时期采取减免赋税、增广田亩、推广农业新技术等措施大力发展农业。因发展农业经济需要,博物知识备受推崇。这一时期,东吴《扶南异物志》《南州异物志》《临海水土异物志》等方志涌现,包括以介绍动植物自然属性为主的《陆疏》的出现,均与统治阶层对博物学的推重不无关系。

当然,东吴统治阶层推重博物学的出发点是为稳固政权,但这客观上也顺应当时百姓生产、生活所需。东汉末至三国时期,长期战乱给社会生产带来极大破坏,加上连年自然灾害,导致饥馑屡臻,万民流饥。建安时代,官吏俸禄、军队供给都无法保证,出现"尚书郎以下自出采稆,或饥死墙壁间,或为兵士所杀"③的局面,而民不聊生、人相为食、饿殍遍野之惨状,更是史不绝书。不仅北方饥民相食无数,南方亦多有饥馑记载,仅列两例:

时饥荒,乡里及远方客多有困乏……(《三国志·吴书》第十二)
南至交州,经历东瓯、闽、越之国,行经万里……绝粮茹草,饥殍荐臻,死者大半。(《三国志·蜀书》第八)

出于求生本能,人们便从自然搜寻一切可食、可用之物。王莽末就有"南方饥馑,人庶群入野泽,掘凫茈而食之"④的记载,这种状况至三国时期尤甚。当从野外采摘成为重要求生手段时,人们对博物知识的需

---

① 陈寿撰,裴松之注:《三国志》,中华书局,1959 年,第 1124 页。
② 同上书,第 1144 页。
③ 范晔撰,李贤等注:《后汉书》,中华书局,1965 年,第 379 页。
④ 同上书,第 467 页。

求尤为迫切。

因此,出于为国为民计,《陆疏》所释具有明显的实用倾向,以服务于平民日常生活与农业生产。从这个意义而言,以资实用是传统博物学诞生的现实动因,也体现了作者安民济世的情怀。《陆疏》所记可为人食用的植物有杞、蘵、芴、蒲、荷、荇、蘋、藻、茆、蘩、莪、薞、苹、蒿、卷耳、菲、蕨、薇、薵、苣、荼、匏叶、莫、蘦、苂、莱、芁兰、蓫、枢、榖、欝、榛、梅、甘棠、唐棣、檖、枸、筍、楙叶等三十余种,大多为野生植物,且烹饪方式简单,或煮为羹,如杞、菲、薇之类;或糁蒸,如藻,掺米面蒸之,饥荒可当谷食;或做蒸菜,如蘋、蘩、莪之类。有些加工稍复杂,如筍,加苦酒煮,再用豉汁浸之;楙叶,先置于热灰中去茎叶水分,再洗净,用苦酒、头(笔者按:头,繁体作頭,当作豉)汁蜜之,为下酒菜。有些可直接生食,如苹、蘩、莪、薇之类。有些煮出来滑而少味,如卷耳;有些菜还有苦味,如杞、荼、苂等。这些都是平民日常赖以果腹的菜蔬。总之,《陆疏》详列丰富的野生食材,还明确指出荷之实(俗称莲子)、藻、薵等可于荒年御饥,堪为救荒知识手册。

《陆疏》还记载了一些可用于驱虫、医疗、染色、纺织、祭祀、制作等其他生活用途的事物:兰(藏衣著书中,辟白鱼)、芣苢(其子治妇人难产)、䖂(药草贝母)、蓷(益母)、女萝(合药兔丝子)、芍药(药草)、苕(华可染皂,鬻以沐发,即黑)、栩(其殻为汁,可以染皂)、纻(今南越纻布,皆用此麻)、桐(白桐宜琴瑟。今云南䍧牱人绩以为布)、台(可为簦笠)、萧荻(可作烛。有香气,故祭祀以脂爇之为香)、白茅(古用包裹礼物,以充祭祀缩酒用)、菅(柔韧宜为索)、苌楚(著热灰中脱之,可韬笔管)、条(可为棺木)、檴(可为緄索,又可为甑带)、榖(今江南人绩其皮以为布,又捣以为纸)、楛(上党人织以为斗、筥、箱器,又揉以为钗)、蒲柳(可以为箭干)、杻(材可为弓弩干)、鱼服(以为弓鞬矢服)、鼍(可以冒鼓),等等。这些均与人们日常生活息息相关,也反映了当时人们的生活状况。

此外,《陆疏》还介绍一些与农业生产相关的生物,如蒹(牛食之,令牛肥强)、薂(其茎叶鬻以哺牛,除热)、芩(牛马皆喜食之)等可用来饲养牛马;隼(春化为布谷者)、黄鸟(应节趋时之鸟)、蟋蟀(趋织鸣,懒妇惊)等生物有反映农时的功能;而螟、螣、蟊、贼等害虫外形不同,螟蛉是草叶上一种小青虫:这些知识可服务于农业生产。

总之,《陆疏》详释《诗经》名物,侧重于性状、效用等方面,以服务于实际生活、生产,与东吴统治阶层对古文经学、博物学的推重有一定关系。当然,《陆疏》能在三国时期横空出世,还基于传统学术为之创造了必要条件。

三、传统学术为之构筑广袤深厚的生成土壤

《陆疏》以训释《诗经》中鸟兽草木虫鱼为旨归,对作者的学术积累要求很高。陆玑为吴太子中庶子,而此职往往由望族士人担任,主要负责太子切问近对、文翰和议政参谋等事,非通经博学者不堪任。因此,陆玑有能力、亦有条件吸纳前代学术成果。据臧庸统计,《陆疏》所引涵盖经学、辞书、子书、辞赋、民谚等领域①,可谓援据浩汗,难以尽析。研究发现,传统名物训诂学、地理学、本草学、农学成果及分类训诂辞书为《陆疏》诞生构筑了坚实的学术基础。限于篇幅,本节仅择其要析之。

(一)训释起点:《毛传》《郑笺》之名物训诂成果

《毛传》首开《毛诗》名物考据之风。它虽以解释诗义为主,对《诗经》名物仅随文简释,但因之是第一部系统注释《诗经》的专著,且其所作训诂多取自先秦群籍,故其训诂成就成为后世治《诗》关键。《郑笺》则以《毛传》为本,徐世溥《诗经偶笺序》评之:"笺《诗》始郑玄,玄以记问释诂,所详者名物而已。"②高度评价《郑笺》在《诗经》名物研究

---

① 臧庸《书毛本〈草木虫鱼疏〉后》统计《陆疏》所引文献:《京房易传》一,《京房占》一,《韩诗》及《三苍说》一,《大戴礼·夏小正·传》一,《礼·王度记》一,《月令》二,《郊特牲》一,《内则》一,又《礼记》二,《礼》一,《春秋传》二,《外传》一,《尔雅》十,《三苍》二,《淮南子》一,《楚辞》一,司马相如赋二,扬雄、张衡赋各一,贾谊前赋一;其引两汉儒毛公、郑氏外,扬雄、许慎一,又扬雄二,许慎十一,蔡邕二,张奂一;引说《尔雅》者,犍为文学、舍人二,樊光二,刘歆一,而无郭璞;又引说者二,旧说三,或云二,里语一,乡语一,俗语二,语云一,齐人谚一,林虑山下人语一,上党人一。见《拜经堂文集》卷二,《续修四库全书》第1491册,第532页。
② 万时华:《诗经偶笺》卷一,《四库全书存目丛书》第70册,齐鲁书社,1997年,第534页。

方面的重大成就。《毛传》《郑笺》的名物训诂成果被后世《诗经》名物研究者奉之圭臬。

《毛传》《郑笺》名物训诂成果是《陆疏》训释的起点。据《陆疏》丁晏本137条统计,《陆疏》基于《毛传》之训释大约有百条。但《陆疏》没有简单照搬《毛传》,而是参合《尔雅》《说文解字》《神农本草经》等多种文献,对《毛传》训释进行补充、匡正,让《诗经》名物训诂从《诗经》字词与诗义训解中独立出来,成为毛诗学中独树一帜的分支。《陆疏》吸纳《郑笺》训释主要用以匡正、补充《毛传》,但整体还是依毛作疏。

(二)必参工具书:《尔雅》《方言》《说文解字》等分类训诂辞书

《陆疏》训释名物,离不开一些训诂工具书,比如《尔雅》《方言》《说文解字》。

一般认为,《尔雅》诞生标志着名物学的建立。《经典释文·序录》云:"《尔雅》者,所以训释五经,辩章同异,实九流之通路,百氏之指南,多识鸟兽草木之名,博览而不惑者也。"[1]《崇文总目》云:"《尔雅》出于汉世,正名命物,讲说者资之。"[2]《尔雅》虽非训《诗》名物专著,但其所释名物很多出于《诗经》,成为后世《诗经》名物训诂必参宝典。《陆疏》对《尔雅》的继承可说是全方位的,涵盖借鉴《尔雅》训释体例、训释方式、命名理据以及吸纳《尔雅》训释诸多方面。其一,《陆疏》直接借鉴《尔雅》"随类相从、分类言事"的训释体例,分鸟、兽、草、木、虫、鱼六个门类训释《诗经》名物,并常按名物用途分类,如将可食用的蘩(皤蒿)、莪(萝蒿)、蒌(蒌蒿)、蒿(青蒿)排在一起;也常把同一类物种集中在一起解释,如"教猱升木"条,将玃、猨、獅等猿猴类放在一起。无论是大的门类还是具体物种,《陆疏》处处可见《尔雅》随类相从、分类言事体例的影子。其二,《陆疏》继承《尔雅》"释雅以俗,释古以今"的训释方式,常用当时的口语、俗语、方言释物。据华学

---

[1] 陆德明:《经典释文》卷一,中华书局,1983年,第17页。
[2] 王尧臣等:《崇文总目》卷二,《四库全书》第674册,第22页。

诚统计,《陆疏》所涉方言地域中,幽州地区共 23 次,青兖徐地区共 18 次,豫冀地区共 12 次,荆扬地区共 12 次,关西益州地区共 9 次①。其三,借鉴《尔雅》命名理据。王国维曾归纳《尔雅》命名"有取诸其物之形者,有取诸其物之色者,有取诸其物之声者,有取诸性习者,有取诸功用者"②,认为《尔雅》命名理据主要有事物形态、颜色、声音、习性、功用等。《陆疏》探求物名之形象、味道、习性、声音、方俗、传说、功用理据,既承袭《尔雅》,又有所发扬,所用理据有补《尔雅》之遗者。其四,《陆疏》大量直接采用《尔雅》注释。《陆疏》明确标出文献来源"《尔雅》"的情况有 5 条,切合《尔雅》内容而未标出文献来源"《尔雅》"的情况约 70 条。总之,《陆疏》充分汲取《尔雅》营养,又不同于《尔雅》大体上仅以别名训本名,而更关注名物本身,详细描述动植物形态、生长地及效用等,将名物训诂在《尔雅》基础上推进一大步。有关《陆疏》对《尔雅》的继承情况,本书第四章还将进一步深入分析。

《陆疏》对《方言》的借鉴主要体现在吸纳方俗异名及参照其训释思路两方面。《陆疏》解释同物异名,常借鉴《方言》记载,并参照《方言》按方俗名+通名+地域异名的训释思路展开,不仅以通名来训释被训名物,还尽可能揭示被训名物的地域异名,这样无疑提高了《陆疏》训释的准确性与普适性,也为后世方言研究留下宝贵资料。《陆疏》亦不时借鉴《说文解字》的说解,据统计,《陆疏》丁晏本引用许慎总计 8 条,如"常棣",明确引用许慎所言"白棣树也",介绍常棣别名;"鱼丽于罶鲿鲨",列出许慎看法以作一解③。总之,此类辞书均为《陆疏》必参工具书。

(三)《山海经》的描述思路、宜物思维、博物传统

《陆疏》训释名物,往往要参考地理学著作。它对江南、吴越之地资料引用达二十余次,着重描述各种动植物经济用途,诚如夏纬瑛推

---

① 华学诚:《论〈毛诗草木鸟兽虫鱼疏〉的名物方言研究》,《徐州师范大学学报(哲学社会科学版)》2002 年第 3 期。
② 王国维:《〈尔雅〉草木虫鱼鸟兽名释例上》,王国维著,彭华选编:《王国维儒学论集》,四川大学出版社,2010 年,第 301 页。
③ 本文《陆疏》引文除特殊说明外,均出自丁晏《毛诗陆疏校正》,咸丰五年(1855)刊本。

测,似与一些地志著作不无关系①。其实不止于此,研究发现,《陆疏》还深受《山海经》的影响。

《山海经》的性质历来众说纷纭,但古人一般认为其具有地理、博物性质。《汉书·艺文志》将之置于形法六家之首,后补充说明曰:"形法者,大举九州之势以立城郭室舍形,人及六畜骨法之度数、器物之形容以求其声气贵贱吉凶。"②形法家要据山川、城郭、宫舍、器物等形貌推断吉凶,地理知识是基础。王充《论衡·别通篇》云:"禹主治水,益主记异物,海外山表,无远不至,以所闻见作《山海经》。"③认为《山海经》乃记禹、益所闻所见山水异物之书,具有地理类性质。《隋志》《崇文总目》明确将之列入地理类。《山海经》有序记载中国古代地理、动植、矿物、医药、民俗等资料,介绍大量动植物,涵盖鸟、兽、草、木、鱼等类别,构建了一个关于外部世界图式的整体框架,故其成为古代博物君子必读书目。《陆疏》对《山海经》的借鉴主要表现在描述思路、宜物思想及知识、巫术不分的博物传统三方面。

其一,描述思路。《山海经》注重描述动物外形、声音、名称,有时带有神异描述。《陆疏》有些条目的描述思路与之极为相似。

> 有鸟焉,其状如鹤,一足,赤文青质而白喙,名曰毕方。其鸣自叫也,见则其邑有讹火。(《山海经·西山经》)④
> 鹳,鹳雀也,似鸿而大,长颈赤喙,白身黑尾翅……一名负釜……若杀其子,则一邺致旱灾。(【鹳鸣于垤】)

《陆疏》训释鹳鸟,与《西山经》描述毕方鸟的思路非常相似,遵照某鸟+其状如X+毛色+名称+神异传说展开,甚至二者句式都大体相同。

---

① 夏纬瑛:《〈毛诗草木鸟兽虫鱼疏〉的作者——陆机》,《自然科学史研究》1982 年第 2 期。
② 班固撰,颜师古注:《汉书》,第 1775 页。
③ 刘盼遂:《论衡集解》,古籍出版社,1957 年,第 275 页。
④ 袁珂校注:《山海经校注》,巴蜀书社,1992 年。以下引文版本同。

其二，宜物思维。宜物思维指用人们习见的动植物取象比类，通过比喻、象征、联想、比况等方式形象描述事物而使之明白易解的思维方式。这是中国古代博物学记事的传统思维方式之一，《山海经》常用此种思维描述事物，如描述"建木"：

> 有木，其状如牛，引之有皮，若缨、黄蛇。其叶如罗，其实如栾，其木若蓲，其名曰建木。(《山海经·海内南经》)

此处介绍建木，言其根部如牛般壮大；其树皮剥下来如黄蛇扭曲，且撕口常成丝缨状；其叶片如山梨树叶；其果实与栾树的果实相似，树干与刺榆相似①。牛、蛇、罗、栾、蓲等早被时人熟知，以之描述建木，易为人们理解，还可展现物种的丰富性。而"宜物"思维在《陆疏》中也不可胜举：

> 叶似当卢，子如覆盆子。(【葛与女萝】)
> 叶大如手……茎大如匕柄。(【薄采其茆】)
> 其下本大如箸。(【蒹葭苍苍】)
> 其茎叶似竹。(【菉竹猗猗】)

不难看出，《陆疏》这些文字与《山海经》描述"建木"这类文字的思维方式乃至句式极为相似，均通过援物比类，以展现不同事物某些方面的相似或类同处。当然，早期人类没有建立动植物学的学术语言，只能通过熟悉事物对其进行类比描述，这种描述是当时对自然进行记录的一种通用语言方式，故而不能说《陆疏》"宜物"思维方式全来自《山海经》；但作为早期地志学著作，《山海经》被誉为地理、物产知识方面的百科全书，书中有很多鸟、兽、草、木、鱼类记载，《陆疏》训释草木鸟兽虫鱼，在参考《山海经》中动植物相关记载时受其"宜物"

---

① 参见侯伯鑫：《〈山海经〉"建木"考》，《中国农史》1996 年第 3 期。

思维方式影响,是自然而然的。

其三,知识、巫术不分的博物传统。《山海经》介绍事物往往结合特定生活需要,展现对某物的理解与想象,知识中往往充斥神怪现象。《五藏山经》多言某物食之或佩之可不迷、不蛊、不畏、已聋、已疥(治癣疥)、已痔、已胕(治浮肿)、已心痛等,现代医学研究认为有些有效验,而有些纯属迷信。如:

> 有兽焉……其名曰狌狌,食之善走。(《山海经·南山经》)
> 有兽焉……其名曰类,自为牝牡,食者不妒。(《山海经·南山经》)

《南山经》说吃狌狌之肉会变得健走,吃类之肉就不会妒忌,这些动物所具特异功效均无科学依据。《山海经》描述事物,大体呈现这种风格:有一定知识含量,但含有神异想象,与现代博物学以科学实证为基础不同。这种描述风格背后正反映了先民特定的认知水平和文化心理,展现其知识、巫术不分的博物传统。

《陆疏》有时也流露此种倾向:

> 若杀其子,则一郏致旱灾。(【鹊鸣于垤】)
> 仲明者,乐浪尉也。溺死海中,化为此鱼。(【有鳣有鲔】)

从科学上,杀其子与旱灾并无因果关系,鲔鱼未必仲明所化。《陆疏》训释名物,大体注重实证,但也掺杂异说传闻。不难看出,《山海经》知识、巫术不分的博物传统对《陆疏》有一定影响。当然,这也与魏晋时人的认知有关。鲁迅谈论魏晋志怪之书时曾言:"其叙述异事,与记载人间常事,自视固无诚妄之别矣。"[①]《陆疏》这类志异记载,折射出当时的一种文化风潮,反映了当时人们认知的局限。

---

① 鲁迅:《中国小说史略》,中华书局,2010年,第22页。

(四)《神农本草经》的实证精神及注释

《陆疏》还了吸纳了本草学著作成果,因为这类著作常细致论列药物的正名、别名、药性、产地、形态、采摭时间、加工炮制等,与《陆疏》训释名物角度本然相通,故而能为《陆疏》所借鉴。《陆疏》丁本中明确出现《本草》两次,此为《陆疏》借鉴这类著作的明证。《汉书·艺文志》"经方"类收录《黄帝内经》《汤液经法》《神农黄帝食禁》等十一家二百七十四卷书目,按知识发展规律,药物知识应早于经方知识,没有独立于药学知识的经方。这些记载表明,西汉的本草知识已相当丰富,这也是《陆疏》诞生的重要学术基础。现在一般认为,《神农本草经》(以下简称《本经》)是秦汉时众多医药学家搜集、整理当时药物学成果的专著,是对中国古代中医药学第一次系统总结,故本文选之作为这一类著作的代表。《本经》载药365种,其中植物252种,分草、木、果、谷、菜等类,详释其命名、药性、服用方法等。研究发现,它对《陆疏》影响主要表现为注重实证精神以及吸纳《本经》具体注释两方面。

其一,注重实证精神。《本经》分上、中、下三品,详细描述药物别名、生长地、性味、主治等方面的知识,旨在满足人类"益气延年""遏病补羸""除邪破积"等养生、治病之需。正因本草乃人命所系,决定了医家必具严谨实证的精神。郑樵对本草学书籍评价甚高:"惟《本草》一家,人命所系,凡学之者务在识真,不比他书只求说也。"[①]可以说注重实证是《本经》本然的人文属性、医药学精髓。《陆疏》很好地传承了《本经》这一内在精神,介绍名物,不限于文献记载,尽量在实证基础上,辨其形、味、名,以便生民识别、获取。如:

> 荷,芙蕖,江东呼荷。其茎茄,其叶蕸,茎下白蒻。其花未发为菡萏,已发为芙蕖。其实莲。莲青皮,里白子为的,的中有青,长三分如钩为薏,味甚苦,故俚语曰"苦如薏"是也。的,五月

---

① 郑樵:《昆虫草木略·序》,日本兰山先生校,众芳轩藏板,日本天明五年(1785)刻本,第三—四页。

中生。生啖脆。至秋,表皮黑,的成食。或可磨以为饭,如粟也。轻身益气,令人强健。又可为糜,幽州、扬、豫取备饥年。其根为藕,幽州谓之"光旁",为光如牛角。(【有蒲与荷】)

此则细致描述荷之茎、叶、花、实、根之名,莲之表皮、里面颜色,薏之味道,既基于对实物的认真观察,又证之以俚语;写到幽州、扬、豫饥年食糜,藕在幽州的别名,或据相关文献,或询问在幽州生活过的人,或曾亲去该地。这些都表现出作者严谨的考证精神。《陆疏》大多采用这种体例,详细介绍名物外形、产地、用途、食用方法等,这些知识既来自实际中人们的生活、生产,又反过来为之服务。

其二,吸纳《本经》具体注释。《本经》注重描述药物形、色、气、味,《陆疏》亦注重从这些角度描述,让人易于识之,便于采之。《陆疏》常吸纳《本经》相关注释,如:

> 卷耳,一名枲耳,一名胡枲,一名苓耳。(【采采卷耳】)
> 枲耳实味甘温……一名胡枲。(《本经·草·中品》)[1]

此则《毛传》仅云:"卷耳,苓耳也。"[2]从《陆疏》常引用的参考书来看,《尔雅》云:"卷耳,苓耳。"[3]《说文解字》:"苓,卷耳。"[4]"枲耳""胡枲"之名,《毛传》《尔雅》《说文解字》均无记载,而《本经》有之,《陆疏》应有所参考。

此外,《陆疏》在一定程度上吸纳了前代农学成果,比如《夏小正》,但《陆疏》直接采用不多。因为《夏小正》侧重于物候、农时介绍,而非动、植外形、生长习性等描述,故《陆疏》多将《夏小正》作为背景知识。比如《夏小正》所载涉及雁、鼠、鲔、仓庚、鸣鸠、蜉蝣、蜩、螗、

---

[1] 吴普等述、孙星衍、孙冯翼辑:《神农本草经》,商务印书馆,1937年,第62页。以下引文版本同。
[2] 孔颖达:《毛诗正义》卷一,阮元校勘:《十三经注疏》第2册,艺文印书馆,2013年,第33页。
[3] 胡奇光、方环海:《尔雅译注·释草第十三》,第315页。
[4] 许慎撰,段玉裁注:《说文解字段注》第一篇下,成都古籍书店,1981年,第31页。

蝉、熊、罴、柳、梅、杏、蘩、桑、荼、蓼、苹、瓜、栗等二十余种动植物的信息,但《陆疏》仅"于以采蘩"条节录"《夏小正·传》云'蘩,游胡。游胡,旁勃也'"寥寥数字,可见引用《夏小正》,从内容到文辞有精心的选择过程。

一部有分量的学术著作的诞生,需要多方面条件。《陆疏》能在三国时喷薄而出,既是魏晋经学流变、博物学兴盛的产物,又与东吴官方推重有关,还得益于前人构筑的广袤深厚的学术基础,也离不开作者安民济世的情怀。概言之,魏晋学术风气及传统知识积累为之提供了适宜的气候与土壤,而陆玑心系家国,济爱苍生,渊博好古,俯察物类,参稽群言,又重实证,使《陆疏》注定生而不朽。

第三节　《陆疏》的书名及性质

《陆疏》对后世经学、《诗经》名物学、博物学、本草学、语言学等诸多学科影响深巨,后世征引者极多;但诸多文献对《陆疏》书名的记载五花八门,甚至不乏龃龉之称。年深日久,《陆疏》书名竟成一疑。《陆疏》书名到底为何?其与《毛诗义疏》《毛诗草虫经》是同一本书吗?《陆疏》该归入哪个门类?本节将集中对这些问题进行探讨。

一、《陆疏》历来名称述要

《陆疏》在流传中有很多不同称谓,兹将之简列如下:

(一)《毛诗草木鸟兽虫鱼疏》,此为《陆疏》全称,也最权威。陆德明《经典释文》载:"陆玑《毛诗草木鸟兽虫鱼疏》二卷。"[1]《旧唐书·经籍志》、《崇文总目》、马端临《文献通考》、晁公武《郡斋读书志》、沈炳震《九经辨字渎蒙》、《皇朝通志》、文渊阁《四库全书》、周中孚《郑堂

---

[1] 陆德明:《经典释文》,第10页。

读书记》皆著录此名。丁晏作《毛诗草木鸟兽虫鱼疏叙》，陶福祥撰《毛诗草木鸟兽虫鱼疏考证》，罗振玉作《毛诗草木鸟兽虫鱼疏新校正》，亦用此全称。

（二）《毛诗鸟兽草木虫鱼疏》，"鸟兽"置于"草木"前。陈振孙《直斋书录解题》："《毛诗鸟兽草木虫鱼疏》二卷。"①

（三）《毛诗草木虫鱼疏》，无"鸟兽"二字。《隋志》称"《毛诗草木虫鱼疏》"②，王应麟《玉海》题曰"陆玑《毛诗草木虫鱼疏》二卷"③。姚士粦跋："予箧中有《毛诗草木虫鱼疏》一卷。"④赵佑《毛诗草木鸟兽虫鱼疏校正自叙》："陆玑《毛诗草木虫鱼疏》二卷。"⑤文渊阁《四库全书》本《隋志·卷三十二考证》亦载"《毛诗草木虫鱼疏》二卷，注乌程令吴郡陆玑撰"⑥。陈继儒《亦政堂镌陈眉公普秘笈》题为《毛诗草木虫鱼疏》⑦。

（四）《毛诗草木疏》，无"鸟兽""虫鱼"。《经典释文》有时如此称之，如释"藚"："《毛诗草木疏》云，一名巨荒，似蕢藇，连蔓而生，幽州人谓之蕧藇。"⑧《初学记》"烛"类引陆士衡《毛诗草木疏》："木蓼捣为烛，明如胡麻烛。"⑨当然，《初学记》误将元恪作士衡。茅原定《诗经名物集成序》云："古传吴太子乌程令陆玑，作《毛诗草木疏》。"⑩章太炎《新方言·释动物》："《毛诗草木疏》曰……"⑪

（五）《毛本草木虫鱼疏》，"毛诗"作"毛本"，无"鸟兽"二字。臧庸作《书毛本〈草木虫鱼疏〉后》⑫。

---

① 陈振孙：《直斋书录解题》卷二，第36页。
② 魏徵等：《隋书》卷三十二，第917页。
③ 王应麟辑：《玉海》卷三十八，第724页。
④ 朱彝尊：《经义考》卷一百一，第十一页。
⑤ 赵佑：《草木疏校正》，《续修四库全书》第64册，第一页。
⑥ 张映斗等：《隋书·卷三十二考证》，《四库全书》第264册，第606页。
⑦ 陈继儒编：《亦政堂镌陈眉公普秘笈》一集，明万历沈氏尚白斋刻本，第一页。
⑧ 陆德明：《经典释文》，第27页。
⑨ 徐坚：《初学记》卷二十五，明嘉靖十年(1530)锡山安国桂坡馆刊本影印本，第二十六页。
⑩ 蔺文龙编著：《清人诗经序跋精萃》，第524页。
⑪ 章太炎：《新方言》，上海人民出版社编，蒋礼鸿、殷孟伦、殷焕先点校：《章太炎全集》，上海人民出版社，2014年，第139页。
⑫ 臧庸：《拜经堂文集》卷二，《续修四库全书》第1491册，第532页。

（六）《诗草木鸟兽虫鱼疏》，省"毛"字。马国翰《目耕帖》卷二十二转录《文献通考》为"《诗草木鸟兽虫鱼疏》二卷"①。

（七）《诗草木虫鱼疏》，"毛诗"简称"诗"，无"鸟兽"二字。王谟《增订汉魏丛书》目录题为《诗草木虫鱼疏》②。

（八）《草木鸟兽虫鱼疏》，无"毛诗"二字。脱脱、阿鲁图主持修撰的《宋史》载："陆玑《草木鸟兽虫鱼疏》二卷。"③毛晋《陆疏广要·序略》："陆玑《草木鸟兽虫鱼疏》。"明代万历绣水沈氏尚白斋刻《宝颜堂秘笈》本题名《草木鸟兽虫鱼疏》④。茅原定《诗经名物集成序》："又唐吴郡陆玑作《草木鸟兽虫鱼疏》。"⑤

（九）《草木鸟兽鱼虫疏》，无"毛诗"二字，"虫鱼"二字颠倒。《新唐书》载："陆玑《草木鸟兽鱼虫疏》二卷。"⑥

（十）《鸟兽草木虫鱼疏》，无"毛诗"二字，"鸟兽""草木"颠倒。郑樵《通志》："陆玑……为《毛诗》作《鸟兽草木虫鱼疏》。"⑦

（十一）《草木虫鱼疏》，无"毛诗""鸟兽"二词。南宋尤袤《遂初堂书目》载："陆玑《草木虫鱼疏》。"⑧陶宗仪《说郛》载："陆玑《草木虫鱼疏》。"⑨尹继美《诗地理考略·名物考略题辞》："吴陆玑有《草木虫鱼疏》……"⑩《四库全书总目》评价《毛诗名物解》有出于"陆玑《草木虫鱼疏》外者"⑪。樊维城《盐邑志林》第五帙题为"陆元恪《草木虫鱼疏》"⑫。

（十二）《草木疏》，无"毛诗""草木鸟兽虫鱼"。《经典释文》征引

---

① 马国翰：《目耕帖》卷二十二，光绪九年癸未(1883)长沙嫏嬛馆补校刻本，第二十六页。
② 王谟辑：《增订汉魏丛书》第一册，第一页。
③ 脱脱等：《宋史》卷二百二，第5045页。
④ 陆玑：《毛诗草木鸟兽虫鱼疏》，陈继儒编，姚士粦、沈启先校：《宝颜堂秘笈·普集》，万历庚申年(1620)刻本影印本。
⑤ 蔺文龙编著：《清人诗经序跋精萃》，第524页。
⑥ 欧阳修、宋祁：《新唐书》卷五十七，第1429页。
⑦ 郑樵：《通志》卷七十五，第865页。
⑧ 尤袤：《遂初堂书目》，《四库全书》第674册，第440页。
⑨ 陶宗仪：《说郛》卷十下，上海涵芬楼藏板，民国十六年(1927年)，第三页。
⑩ 尹继美：《诗地理考略》，清同治三年鼎吉堂刻本影印本，第一页。
⑪ 《四库全书总目》，《四库全书》第1册，第327页。
⑫ 樊维城：《盐邑志林》，上海涵芬楼影印明刻本，民国二十六年(1937年)，第一页。

《陆疏》常如是称,如卷五释"苤苢":"《草木疏》云'幽州人谓之牛舌……。'"①释"荶":"《草木疏》云'芫菁也'。"②释"篇竹":"《草木疏》云'有草似竹,高五六尺,淇水侧人谓之䈽竹也'。"③成伯屿《毛诗指说》亦载:"陆玑作《草木疏》二卷。"④清代不少学者著作中亦以此名称之,如钱大昕《跋〈尔雅疏〉单行本》称"陆氏《草木疏》"⑤。桂馥《书〈陆氏诗疏〉后》亦用此名称之:"《白氏六帖》'鸣鸠'下引《草木疏》'惊蛰后五日,鹰化为鸠',此又陶、毛二本未载者矣。"⑥王鼎《读诗释物序》云:"吴陆元恪之《草木疏》、宋王伯厚之《地理考》,详哉言之矣。"⑦雯溪氏《毛诗多识再序》云:"于陆玑《草木疏》,尝病其简略。"⑧

(十三)《陆氏草木鸟兽虫鱼疏》,书名冠以陆氏。焦循作《陆氏草木鸟兽虫鱼疏疏》。

(十四)《陆氏诗疏》,书名冠以陆氏,仅简称"诗疏",无"草木鸟兽虫鱼"。桂馥(《书〈陆氏诗疏〉后》载:"《陆氏诗疏》散见于诸书,陶宗仪、毛晋摘录成帙……"⑨又在同文简称《草木疏》。王谟《增订汉魏丛书》中题为《陆氏诗疏》。有些书目或将"陆氏"别出,如方瑛《读诗释物序》云:"《陆氏诗疏》之书详矣而不精……"⑩

(十五)陆玑《诗疏》,书名前冠以"陆玑",以别于《毛诗注疏》等书。陶福祥《毛诗草木鸟兽虫鱼疏考证》云:"说《诗》诸书,其专训名物者,以陆机《诗疏》为最古。"⑪刘承幹《毛诗多识序》云经生所恃以考证之书"次则陆玑《诗疏》……"⑫

---

① 陆德明:《经典释文》,第54页。
② 陆德明:《经典释文》,第58页。
③ 陆德明:《经典释文》,第61页。
④ 成伯屿:《毛诗指说·传授第三》,第十四—十五页。
⑤ 钱大昕撰,吕友仁校点:《潜研堂集》第二十七卷,第464页。
⑥ 桂馥:《晚学集》卷三,王云五主编:《丛书集成初编》,第93—94页。
⑦ 王鼎:《读诗释物序》,方瑛:《读诗释物》,道光四年武宁方氏刻本,第一页。
⑧ 雯溪氏:《毛诗多识再序》,《续修四库全书》第72册,第564页。
⑨ 桂馥:《晚学集》卷三,王云五主编:《丛书集成初编》,第86—94页。
⑩ 方瑛:《读诗释物序》,方瑛:《读诗释物》,道光四年武宁方氏刻本,第一页。
⑪ 赵所生、薛正兴主编:《中国历代书院志》第14册,第407页。
⑫ 刘承幹:《毛诗多识序》,《续修四库全书》第72册,第565页。

（十六）《诗陆氏疏》，无"毛""草木鸟兽虫鱼"等字。焦循作《陆氏草木鸟兽虫鱼疏疏》，《续修四库总目提要》简题《诗陆氏疏疏》。新文丰出版公司出版的《丛书集成续编》封面亦将之题为《诗陆氏疏疏》①。

（十七）陆玑《疏》，仅简称《疏》，而冠以"陆玑"示别，无"毛诗""草木鸟兽虫鱼"等字。《孔疏》所引，多称陆玑《疏》。

（十八）《毛诗陆疏》，冠以"毛诗"与"陆"姓，无"草木鸟兽虫鱼"。毛晋《陆疏广要》有些版本题为《毛诗陆疏广要》。

（十九）陆氏《疏》，仅简称《疏》，冠以"陆氏"。王谟《毛诗草木鸟兽虫鱼疏·跋》云："据《经义考》姚士粦言所藏陆氏《疏》本……"②

（二十）《毛诗物类疏》，以"物类"取代"草木鸟兽虫鱼"。丘良骥《诗传名物集览序》云："昔陆玑著《毛诗物类疏》，孔氏《正义》多引之。"③

（二一）陆玑《义疏》、《义疏》、《陆疏》，以"义"代替"草木鸟兽虫鱼"，或干脆简称"疏"。丁晏《毛诗草木鸟兽虫鱼疏校正序》云："《尔雅》邢疏引陆玑《义疏》，《齐民要术》《太平御览》并称《义疏》，兹以《陆疏》之文证之，诸书所引，仍以此《疏》为详。"④丁晏此句，《陆疏》三名俱现，最后还将之简称为《疏》。陈奂《诗毛氏传疏》时以"陆机《义疏》""《义疏》"称之。

（二二）《毛诗义疏》，以"义"代替"草木鸟兽虫鱼"。《齐民要术》《艺文类聚》《太平御览》《诗毛氏传疏》或称《毛诗义疏》。沈廷芳《十三经注疏正字》称"陆玑《毛诗义疏》"⑤。

（二三）陆玑《毛诗疏》，见冯复京《六家诗名物疏》卷十五释"螽"条。

以上只是粗略分类。事实上，同一本书不同版本可能题名不

---

① 《丛书集成续编》第83册，台北新文丰出版公司，1988年，第107页。
② 王谟辑：《增订汉魏丛书》第九册，第一页（按：引文出自《陆疏》正文后跋）。
③ 蔺文龙编著：《清人诗经序跋精萃》，第176页。
④ 丁晏：《毛诗陆疏校正》，第一页。
⑤ 沈廷芳：《十三经注疏正字》卷五，《四库全书》第192册，第58页。

同,如《宝颜堂秘笈》本;同一作者在同一书、同一文中题名亦可能不同,如丁晏序。出现这些不同称谓,主要为图简省、方便,也与作者习惯、认知等因素有关,一般不会带来歧解,但《毛诗义疏》除外。

二、《毛诗义疏》《毛诗草虫经》辨

对《陆疏》是否为《毛诗义疏》,学界有歧见。明代冯复京《六家诗名物疏》直接引用《陆疏》者甚多,一般称《陆疏》或陆玑《疏》;在下文加按语表明已见,亦往往提到"陆玑"其名,二者能形成呼应。而冯氏释"梅"直接引用《诗义疏》,但在下文按语中提及"陆玑"训释却是来自《尔雅注疏》,而非《诗义疏》。可见,冯复京认为《陆疏》与《毛诗义疏》并非同一著作。而认为《陆疏》即为《毛诗义疏》者,以赵佑、焦循、丁晏为代表。

赵佑认为《陆疏》有《毛诗义疏》之名,但不同于沈重所著《毛诗义疏》,沈重所著《毛诗义疏》可能多引《陆疏》。赵氏于"领如蝤蛴"后所加案语中,先提出《经义考》误将《初学记》所引《陆疏》当成沈重《毛诗义疏》,《经义考》据《隋书·经籍志》,见《毛诗义疏》共七部,其中包含舒瑗、沈重、张氏所著;又考《经典释文》,常采沈重之说,便怀疑徐坚《初学记》所引《毛诗义疏》亦沈重所著。其后赵佑质疑云:

右盖朱氏误以陆氏书为沈氏书。沈氏书久佚,唯《释文》详载其音而义则稍略,以《关雎》序首所载沈重云云。论《诗》无大小序之异者为最不刊,予于《诗细》亟表章之。孔氏《正义》之采沈氏者绝少,唯陆氏《疏》则时及之。今自其诠采云以下,无一非明见《陆疏》中,为《正义》《释文》所尝采者,而其间字句脱讹特多,则相传之本有得失,徐坚未能是正。要之非引沈书,或沈书在当日有引陆者。要不得舍现存之陆,而反移以归久佚之沈。朱氏之误,盖由《初学记》误以《草木疏》为《毛诗义疏》,未及考《毛诗义疏》之实袭《草木疏》。又《尚书·禹贡正义》及《春秋穀梁传疏》之引《草木疏》,多称陆玑《毛诗义疏》云云,则陆氏书亦得有

《义疏》之名,诸家未必不因此出入致淆。朱氏既知作《毛诗义疏》者非一家,而沈氏名较著,遂举以属之,过矣。其于《毛诗草虫经》下又称是书徐坚《初学记》尝引之,然所举诠猱诠凤两条,仍即《陆疏》,亦见《正义》《释文》中者。盖陆氏《疏》为南北朝人久所引重,《隋志》之《毛诗草虫经》犹《唐志》之《毛诗草木虫鱼图》,郑夹漈所谓盖本陆玑《疏》而为图者①。

赵佑观点主要有四。其一,朱彝尊误将《陆疏》混同为沈重《毛诗义疏》,其实沈重《毛诗义疏》早已亡佚,《经典释文》对之有记载。但《孔疏》很少采用沈重《毛诗义疏》,而是征引《陆疏》,其"诠栗云"以下均明见于《陆疏》。只不过《孔疏》《经典释文》所采《陆疏》,字句讹脱甚多,当为版本流传所致,而徐坚引用时未加鉴正。总之,徐坚所引非沈重《毛诗义疏》,或许沈重《毛诗义疏》本身曾引用《陆疏》。其二,可能《初学记》误把《陆疏》当作沈重《毛诗义疏》,未考明沈重《毛诗义疏》实质引用《陆疏》。其三,因《尚书·禹贡正义》《春秋穀梁传疏》引用《陆疏》时多称"陆玑《毛诗义疏》",故《陆疏》有《毛诗义疏》之名,但并非沈重《毛诗义疏》。朱彝尊明知作《毛诗义疏》者不止一家,却因沈重比较出名,就将《初学记》所引《毛诗义疏》题为沈重著作,实误。其四,《初学记》所引《毛诗草虫经》诠猱诠凤两条其实出自《陆疏》,《孔疏》《经典释文》也曾征引。其实《隋志》中《毛诗草虫经》就是《唐志》之《毛诗草木虫鱼图》,而《毛诗草木虫鱼图》即本《陆疏》作图。赵佑此段考证清晰梳理朱彝尊《经义考》误将《陆疏》混同于《毛诗义疏》《毛诗草虫经》的情形,为后世进一步考证这三本书的关系提供了线索。应该说赵佑的考证非常翔实,颇有说服力。

焦循认为《陆疏》又称《毛诗义疏》《毛诗草虫经》,《经义考》将《陆疏》《毛诗义疏》《毛诗草虫经》别录为三种不同著作,实乃未明辨此三名均为《陆疏》别名之故:

---

① 赵佑:《草木疏校正》下,《续修四库全书》第64册,第三十四页。

《隋志》以下,称此书皆曰《毛诗草木鸟兽虫鱼疏》,《正义》则称陆玑《疏》,《释文》或称《草木疏》,《齐民要术》《艺文类聚》《太平御览》或称《毛诗义疏》,徐坚《初学记》、陆佃《埤雅》或称《草虫经》,互考之,实为一书。秀水朱检讨分别之于《经义考》中,未免拘其名,不能察其义①。

焦循认为《孔疏》《经典释文》《齐民要术》《艺文类聚》《太平御览》所称其实都是《陆疏》,也就是说《陆疏》《毛诗义疏》《毛诗草虫经》为同书异名。但他未如赵佑列出考证过程,也未指出《毛诗义疏》同名异著现象,更未考证《毛诗义疏》与《陆疏》之间的关系,故较之赵佑之说,有较大商榷空间。

丁晏也认同《陆疏》亦称《义疏》,他于《毛诗陆疏校正》提到:"《尔雅》邢疏引陆玑《义疏》。"②此处《义疏》当为《毛诗义疏》简称。不过他也提到诸书所引《毛诗义疏》文字,未及《陆疏》详实,这似乎表明丁晏虽认为《陆疏》有《毛诗义疏》之名,但未必就是诸书所引《毛诗义疏》;不过诸书所引《毛诗义疏》与《陆疏》文本多有相似,只是未及《陆疏》翔实,说明它们之间有密切关系。丁晏初步指出诸书所引《毛诗义疏》与《陆疏》的不同,是对赵佑考证的推进,为后世考证《陆疏》与《毛诗义疏》关系提供了线索。

其实《陆疏》与《毛诗义疏》未必是同一本书。《孔疏》云:"近代为义疏者,有全缓、何胤、舒瑗、刘轨思、刘醜、刘焯、刘炫等。"③据刘毓庆《历代诗经著述考》记载,西晋至隋唐五代时期,有谢沈、舒瑗、张氏、全缓、顾越、刘轨思、李炫、沈重、刘焯各撰《毛诗义疏》一部,另有佚名撰五部,共十四部,均佚④。既然题名为《毛诗义疏》的不同著作有多种,怎能简单地将诸书所引《毛诗义疏》视为《陆疏》?

---

① 焦循:《陆氏草木鸟兽虫鱼疏疏》,《续修四库全书》第65册,第445页。
② 丁晏:《毛诗陆疏校正》,第一页。
③ 孔颖达:《毛诗正义·序》,阮元校勘:《十三经注疏》,第3页。
④ 刘毓庆:《历代诗经著述考(先秦—元代)》,中华书局,2005年,第4—7页。

今人徐建委从比对《齐民要术》《艺文类聚》《经典释文》《孔疏》《太平御览》等书所引《陆疏》的文本入手，探究其引用类型或方式的异同，认为《毛诗义疏》涵盖范围大于《草木疏》，《齐民要术》《艺文类聚》《太平御览》等所引《诗义疏》或《毛诗义疏》并非《陆疏》[①]。

综合以上文献可知：其一，《陆疏》有《毛诗义疏》之别名；其二，因题名为《毛诗义疏》的文献有十余部，诸家或因此混淆，或因未明确列出"某氏《毛诗义疏》"而致费解；其三，《陆疏》与《毛诗义疏》之间有密切关系。

我们认为，《毛诗义疏》既有十四部不同著作，它们均可能汇集《陆疏》在内诸多传、释；而《陆疏》本来有《毛诗义疏》之名，诸书征引《陆疏》又有节录现象，加之《陆疏》现传诸本是从诸书所引缀辑而文本不尽相同，如此错综复杂的因素交织，要考辨《齐民要术》《艺文类聚》《太平御览》《初学记》诸文献所引《毛诗义疏》是否就是《陆疏》实为不易。但诸文献所引《毛诗义疏》或为《陆疏》别名，或为汇集包括《陆疏》在内诸多注释的《毛诗义疏》，但不会是舒瑗[②]、沈重《毛诗义疏》。除《齐民要术》成书年代与舒、沈二书差不多同一时期之外，主要还因为，据《玉函山房辑佚书》所载，舒、沈《毛诗义疏》均非解释《诗经》名物专著。如舒瑗《毛诗义疏》中《小雅·节南山》之什：

《诂训传》第十九：人之齐圣，饮酒温克。

《笺》云：中正通知之人，饮酒虽醉，犹能蕴藉自持以胜。

(《毛诗舒氏义疏》)：……经中作"温"字者，盖古字通用。《内则》说"子事父母云柔色以温之"，郑亦以"温"为"藉"义[③]。

由此例可窥见舒瑗《毛诗义疏》主要围绕《毛传》《郑笺》阐释经义。与

---

① 徐建委：《文本的衍变：〈毛诗草木鸟兽虫鱼疏〉辨证》，《上海大学学报(社会科学版)》2018年第5期。
② 舒瑗，有些资料作"舒瑗"，本文从《隋书·经籍志》《历代诗经著述考》题作"舒瑗"。
③ 马国翰：《玉函山房辑佚书》卷十六，《续修四库全书》1201册，第393页。

此相类，沈重《毛诗义疏》亦侧重释音，间或释义，故多为《经典释文》所引，亦非《诗经》名物训诂专著。因此，《齐民要术》《艺文类聚》《太平御览》《初学记》诸文献征引《诗经》名物训释资料时，应该不会置《陆疏》不取，而取其他人并非专训《诗经》名物的《毛诗义疏》，故其所引可能或为《陆疏》，或为汇集包括《陆疏》在内诸多注释的《毛诗义疏》。

此外，就焦循认为《毛诗草虫经》即为《陆疏》的观点，我们经过比对，发现《毛诗草虫经》某些文字与今传《陆疏》有明显不同，故不大可能为同一部书。兹列《玉函山房辑佚书》所载《毛诗草虫经》如下：

《豳·七月·诂训传》第十五"狼跋其胡，载疐其尾"："老狼项下有袋，求食满腹，向前行，乃触之，退后又自踏践，上疐其尾，进退有患，故以况跋前疐后。"（《埤雅·释兽》）

《甫田》之什《诂训传》第二十一"毋教猱升木"："老者为猕猴，猕猴，骏捷也，其鸣嗷嗷而悲。"（徐坚《初学记》卷二十九）

《大雅·生民》之什《诂训传》第二十五"凤凰于飞"："雄曰凤，雌曰凰，其雏为鷟鸑，或曰凤凰，一名鷟鸑。"（《初学记》卷三十）

《小雅·鹿鸣》之什《诂训传》第十六"呦呦鹿鸣"："鹿欲食，皆鸣相召，志不忘也。《周官》曰：'视朔则皮弁服。'皮弁正以鹿皮为之，盖取诸此。"（《埤雅·释兽》）[1]

前三条，《陆疏》对应训释如下：

狼，牡名獾，牝名狼。其子名獥，有力者名迅。其鸣能小能大，善为小儿啼声以诱人。去数十步止，其猛捷者，人不能制。虽善用兵者，亦不能免也。其膏可煎和，其皮可为裘。（【狼跋其胡】）

---

[1] 马国翰：《玉函山房辑佚书》卷十七，第411页。

老者为玃,长臂者为猨。猨之白腰者为獑。胡獑、胡猨骏捷于猕猴,其鸣嗷嗷而悲。(【敎猱升木】)

　　凤,雄曰凤,雌曰皇;其雏为鸑鷟,或曰凤皇。一名鹓。非梧桐不栖,非竹实不食。(【凤皇于飞】)

　　通过比较发现,《毛诗草虫经》与《陆疏》"狼"之训释内容迥然不同,《毛诗草虫经》侧重介绍狼的外部形态、进退习惯,而《陆疏》侧重介绍狼的名称、鸣声、动作的猛捷、用途。两书对猱与凤凰的训释虽有相同信息,但异文较多。最明显的是《毛诗草虫经》对"鹿"之训释,倾向于阐释经义,与《陆疏》不重经义的训释风格不同。之所以出现这种文理不合的现象,很可能因为《毛诗草虫经》吸纳《陆疏》一些训释,但与《陆疏》不是同一本书。

　　今人胡长青认为《毛诗草虫经》当为伪书,而徐氏所引实与《陆疏》同源[1]。若《毛诗草虫经》为伪书,自与《陆疏》非同一本书;若徐坚《初学记》所引与《陆疏》同源,而《初学记》两引《毛诗草虫经》,文字与《陆疏》大体相同,这恰可说明《毛诗草虫经》吸纳了《陆疏》,仅同源而已,非同一本书。或许《毛诗草虫经》作者如赵佑所言,"径据为己说以致辗转而忘其祖"[2],引用《陆疏》径自据为己说,并擅自增改,致使《陆疏》原貌更加模糊。

三、《陆疏》的性质

　　作为经学研究成果,从内容而言,《陆疏》涵盖多个学科,很难单纯将之归入某一范畴。

　　它被视为《诗经》名物学专著。名物学在中国历史悠久,"名物"一词早在先秦两汉典籍《管子》《周礼》等书中就已出现。《周礼》旨在以器物及其名称的意义构建礼制,其中"名物"通常指上古时期某些特定事类的品物名称。一般认为,《尔雅》的诞生,标志着名物学的建立;

---

[1] 胡长青:《〈毛诗草虫经〉为伪书考》,《诗经研究丛刊》第一辑 2001 年 7 月。
[2] 赵佑:《草木疏校正》下,《续修四库全书》第 64 册,第三十四页。

而《释名》开启了名物学独立的端绪。目前,我国学界在对名物命名、分类、确定功能方面已形成一整套研究规范。而《陆疏》作为中国首部考证《诗经》名物的专著,不少内容涉及《诗经》的中鸟兽草木虫鱼的得名由来、异名别称、名实关系等,自被纳入《诗经》名物学范畴,对后世《诗经》名物学影响深巨。

它又被视为《诗经》训诂学专著。黄金贵认为:"名物训诂就是解物以释名(词义)。"①解物释义不仅需要古文献、本草学等方面的知识,还需文字学、方言等方面的学问。《陆疏》以《毛传》训诂为起点,专事《诗经》名物训诂,常运用三国时期的俚语、俗语、口语训释《诗经》中的动植物别名、特点,本质也是词义训诂,故学界多将之归入中国传统小学的一个分支——训诂学。青木正儿主张将名物学"看作是与训诂学关系紧密的一个重要部分"②。其实,名物学与训诂学多有交集,《尔雅》后十六篇就是名物训诂。《陆疏》反映了三国时期的语言现象,具有时代、地域特色,是研究魏晋时期语言特点的重要文献。周大璞明确将之列入训诂学中"通释语义"的专著,与《埤雅》《尔雅翼》并列③。

它还被誉为《诗经》博物学开山之作。博物学指关于现实生活中具体物质世界的综合实用知识,其形成深受传统名物学、地志学、农学、本草学等学科的影响。博物学与名物学本有交集,郭璞《尔雅序》云:"若乃可以博物不惑,多识于鸟兽草木之名者,莫近于《尔雅》。"④此处"博物"取"通晓众物"之义,与"多识鸟兽草木之名"有不解之缘。《诗经》所记名物十分丰富,被誉为中国博物学之祖。胡淼统计,《诗经》"有141篇492次提到动物,144篇205次提到植物,89篇235次提到各种自然现象"⑤。《诗经》堪称为理解先民生活的百科全书,但因年深日久,古今异名,《诗经》中很多事物已属难辨之疑。欧阳

---

① 黄金贵:《初谈名物训诂》,《语言研究》2011年第4期。
② 青木正儿:《中华名物考》,中华书局,2005年,第11页。
③ 周大璞主编:《训诂学初稿》,武汉大学出版社,1987年,第2页。
④ 《宋监本尔雅郭注》,民国二十年(1931)故宫博物院影印本,第一页。
⑤ 胡淼:《〈诗经〉的科学解读·前言》,上海人民出版社,2007年,第1页。

修《博物说》云:"草木虫鱼,《诗》家自为一学,博物尤难。"[1]古代经学家依托《诗经》文本,形成"博物"系列。《陆疏》作为中国第一部有关动植物专著,对《诗经》所涉一百五十余种动植物的具体特征及效用等进行详细训释,成为后世《诗经》博物研究的最古资料。扬之水说,《诗经》博物学一系"以陆玑《毛诗草木鸟兽虫鱼疏》为最古"[2],高度评价《陆疏》在博物学领域的开山之功。胡朴安将《陆疏》明确归入"《诗经》博物学"范畴[3]。

现在有人将《陆疏》纳入农学、生物学等范畴,比如罗桂环称之为"一部重要的生物学著作"[4],曾昭聪认为《陆疏》属于"农学方面的著作"[5],不过基于《陆疏》包含了一定的学科知识而可为这些学科提供研究资料。其实,《陆疏》是魏晋经学流变、广征博物风气下的产物,主要训释《诗经》中鸟兽草木虫鱼的名称、形态、产地、用途,既不是专门研究农牧业生产技术与经验、食品加工与贮藏的农书,也不是现代意义上专门研究农业发展的自然规律、经济规律与生物结构、功能、发生、发展规律的科学著作,故将之归属农学、生物学失之偏颇。

---

[1] 欧阳修:《文忠集》卷一百二十九,《四库全书》第1103册,第309页。
[2] 扬之水:《诗经名物新证》,北京古籍出版社,2000年,第2页。
[3] 胡朴安:《诗经学》,王云五主编:《万有文库》第一集,第1页。
[4] 罗桂环:《古代一部重要的生物学著作——〈毛诗草木鸟兽虫鱼疏〉》,《古今农业》1997年第2期。
[5] 曾昭聪:《〈毛诗草木鸟兽虫鱼疏〉、〈南方草木状〉中的词源探讨述评》,《华南农业大学学报(社会科学版)》2005年第4期。

第二章 《陆疏》版本考论

《陆疏》是魏晋流传下来唯一一部《诗经》名物学文献，开辟了以考据名物治《诗》新途，对后世诗经学尤其是《诗经》名物学影响深巨，对后世博物学、本草学、名物方言学等诸多学科研究具有较高参考价值。但《陆疏》自别录后，累有损益。今本《陆疏》是否出自陆玑原书？其流传情况如何？与《孔疏》关系如何？今本孰为善本？志林本真为今本祖本吗？本章将着重探讨这些疑问。

第一节 《陆疏》版本三题

要弄清《陆疏》版本问题的重重疑问，首先要厘清其版本的流传情况。本节将在今本诸本对校基础上，对之进行考察。

一、今本《陆疏》是否出自陆玑原书

今本《陆疏》有十余种，是以元明丛书为源头而形成的今本系统①。今本《陆疏》是否出自陆玑原书，学界历来存有分歧。清代丁晏认为今所传《陆疏》二卷是陆玑原书："今所传二卷，即玑之原书。后人疑为掇拾之本，非也。《尔雅》邢疏引陆玑《义疏》，《齐民要术》《太平御览》并称《义疏》，兹以《陆疏》之文证之，诸书所引，仍以此《疏》为详。《疏》引刘歆、张奂诸说，皆古义之仅存者，故知其为原本也。"②其

---

① 焦循《陆氏草木鸟兽虫鱼疏疏·自序》云："此书一刻于陶宗仪《说郛》，一刻于陈继儒之《眉公秘笈》，一刻于毛晋汲古阁《津逮秘书》。"见《续修四库全书》第65册，第445页。本文将《陆疏》今本系统之前的版本一概称为古本《陆疏》。

② 丁晏：《毛诗草木鸟兽虫鱼疏叙》，见丁晏：《毛诗陆疏校正》咸丰五年(1855)刊本，第一—二页。

理由是《尔雅》邢疏、《齐民要术》《太平御览》均引用过《陆疏》,但以今本《陆疏》最详;且《陆疏》引用刘歆和张奂之说,均为存世不多的古义。这一结论有待商榷。其一,今本《陆疏》较之诸书所引最详,不代表今本就是陆玑原书,因为这正可能是后世缀辑的结果。其二,今本《陆疏》所引刘、张古义,怎知不是后人据本辑录?且所引刘、张之说不过吉光片羽,难现《陆疏》全貌。

自宋以来,认为今本《陆疏》并非出自陆玑原书的论说不绝于耳。现存文献中,最早提出质疑的可能是《崇文总目》,在它看来,《陆疏》文本呈现出穷于采辑、捉襟见肘的面貌,不像学识渊博的儒者所著①。

清代焦循认为今本《陆疏》文本错乱较多,后人摭拾痕迹明显,应该不是出自陆玑原书:"陆玑《疏》大约后人摭拾之本,非元恪原书。乃抄袭两汉书《儒林传》。陆为毛疏,不必及三家。"②认为陆玑为《毛诗》作疏,不必论及三家,书末载齐、鲁、韩、毛授受,是后人摭拾之痕。又云:"察而核之,讹舛相承,次序凌杂,明系后人摭拾之本,非玑之原书也。"③

清代赵佑鉴于今本《陆疏》于《诗经》名物甚多未备,编题顺序不依经次,后世缀辑者改动、增益痕迹明显,甚至认为《陆疏》原本系未成之书,而为后人缀辑④。他又在《草木疏校正》"言采其蓬"条注云:"此题当与前'言采其葍'相从,而特缀在草类末,皆正本久佚,纂辑者失之也。"⑤认为"言采其蓬"条本应与"言采其葍"排在一起,现排于草类之末,正是纂辑之失。

清代臧庸提出,南宋陈振孙所见已不是陆玑原书,而是后人缀辑本,因为汉、魏古籍,唐代尽亡,陈氏所见郭璞之言系缀辑者误采。又言:"陆氏既本《毛诗》作疏,则此书之次,当依毛氏之经,今乃草、木、

---

① 《崇文总目》评价《陆疏》:"窘于采获,似非通儒所为者。将后世失传,不得其真欤?"见王尧臣等:《崇文总目》卷一,《四库全书》第 674 册,第 8 页。
② 焦循:《毛诗草木鸟兽虫鱼释·序》,《续修四库全书》第 65 册,第 468—469 页。
③ 焦循:《陆氏草木鸟兽虫鱼疏疏·序》,《续修四库全书》第 65 册,第 445 页。
④ 赵佑:《草木疏校正·自叙》云:"二卷中于《诗》名物,甚多未备,编题先后复不依经次,疑本作者未成之书,久而不免散佚,好事者为就他书缀缉,间涉窜附,痕迹宛然。"见《续修四库全书》第 64 册,第一页。
⑤ 赵佑:《草木疏校正》,《续修四库全书》第 64 册,第十二页。

虫、鱼各自为类。而第一章'参差荇菜'又落在'方秉蕳兮'之后，则益无条理，明出后之好古者所杂录矣。"①认为陆氏既依《毛诗》作疏，则《陆疏》条目顺序当依《毛诗》，而不是自行按草、木、虫、鱼分类；且《陆疏》今本"参差荇菜"又在"方秉蕳兮"之后，种种条目不依经次、甚至错乱的现象表明，《陆疏》今本出于后人杂录。虽然单纯以未依经次作疏推断《陆疏》今本乃后人杂录，似乎缺乏说服力；但以"参差荇菜"与"方秉蕳兮"倒置为由，则不无道理，因为"参差荇菜"出自《诗经》首篇《周南·关雎》，而"方秉蕳兮"出自第九十五篇《郑风·溱洧》。即便《陆疏》条目不依经次而依类别，但"荇"与"蕳"同属草类，若无特殊原因，起笔一般不会置首篇不顾；何况《陆疏》第二条"采采芣苢"又出自第八篇《周南·芣苢》。这种次序杂乱现象很可能是后人辑纂所致。

清人陶福祥认为南宋《陆疏》尚有传本，严璨《诗缉》所引即为《陆疏》原书，不过到元代，《陆疏》原书业已亡佚②。

《陆疏》陶本可能是今本《陆疏》祖本（下文对此有详论），但并非出自《陆疏》原书。一则元末明初已极稀见《陆疏》传本，才产生辑本，陶本即为辑本。二则明代姚士粦曾记其所藏本条目总计174条，且仅一卷，未分卷③，远超《陆疏》今诸本所载131—142条之数。姚氏所见，未知何时传本。但陶本仅131条，陶氏应未见此本，否则陶本条目当不止此数。三则将陶本系统中的较早版本续学海本与孔颖达《毛诗正义》（以下简称《孔疏》）所引《陆疏》对校发现④，续学海本132条中，未见《孔疏》所引者仅22条；而三者均无的条目有"浸彼苞蓍""手如柔荑""四月秀葽""投我以木瓜""隰有榆""燕燕于飞""鹑之奔

---

① 臧庸《书毛本〈草木虫鱼疏〉后》，见《续修四库全书》第1491册，第532页。
② 陶福祥《毛诗草木鸟兽虫鱼疏证》云："惟严氏《诗缉》有补《孔疏》之遗者，是严氏所据为《陆疏》原本也。入元后，其书遂亡。"见《学海堂四集》卷五，赵所生、薛正兴主编：《中国历代书院志》第14册，第407页。
③ 姚士粦《毛诗草木虫鱼疏·跋》："予箧中有《毛诗草木虫鱼疏》一卷，题曰吴太子中庶子乌程令吴郡陆玑元恪撰。凡草之类八十，木之类三十有四，鸟之类二十有三，兽之类九，鱼之类十，虫之类十有八。"见朱彝尊：《经义考》卷一百一，第十一页。
④ 矢岛明希子对明末以来的《陆疏》版本源流进行考察后认为，《陆疏》今本以续学海本一系为最古。见王孙涵之：《今本〈毛诗草木鸟兽虫鱼疏〉辨伪》，《文史》2020年第2辑。

奔""野有死麕""骊骊牡马"等9条,也就是说,续学海本与《孔疏》所引的条目相合度极高,接近百分之九十。就文本而言,续学海本与《孔疏》所引全同14条,仅个别字句不同者达47条,异文较多但其内容高度一致者约50条。由此不难推出《陆疏》陶本与《孔疏》有不可分割的关系,应该是从《孔疏》辑出。此点大体已为学界认同,如《四库全书总目》明言:"原本久佚,此本不知何人所辑,大抵从《诗正义》中录出。"①明确指出《陆疏》原本已亡佚,今本已非陆玑原书,此又为一证。此论周中孚从之:"元恪原书久佚,此本多从《诗正义》中采辑成编。"②四则陶宗仪模仿《类说》体例编撰《说郛》,对无原本者,则取类书补之,实为辑佚,昌彼得因之认为《说郛》是"陶氏搜辑材料之读书笔记"③。《陆疏》陶本纰缪极多,应多为辑缀之失。

今人徐建委认为,《陆疏》在两晋时代已被编入集注性质的《毛诗》义疏类著作,并被著者随手增删部分内容;原本流传、不同义疏辗转相抄、类书采引、后人又从类书中引用,造就不同系统的《陆疏》文本;如此,造成《陆疏》原始文本不可见④。王孙涵之考证发现,今本《陆疏》并非原书,不仅出于辑佚,且有作伪窜乱处⑤。

综上文献,我们认为今本《陆疏》并非出自陆玑原书。笔者经过考证,认为古本《陆疏》很可能在公元1605年前已亡佚,或最迟在姚士粦去世之后⑥。今诸本在条目排序、数量、字词等方面存有差异,恰恰说明今本《陆疏》在辑录、传抄过程中已产生若干变异。

---

① 《四库全书总目》卷十五,《四库全书》第1册,第324页。
② 周中孚:《郑堂读书记》卷八,见《清人书目题跋丛刊》(第八辑),第130页。
③ 昌彼得:《说郛考》,文史哲出版社,1979年,第12页。
④ 徐建委:《文本的衍变:〈毛诗草木鸟兽虫鱼疏〉辨证》,《上海大学学报(社会科学版)》,2018年第5期。
⑤ 王孙涵之:《今本〈毛诗草木鸟兽虫鱼疏〉辨伪》,《文史》2020年第2辑。
⑥ 宋元之际《陆疏》未必亡佚,但传本极为稀见。明代正统六年(1441)杨士奇等编《文渊阁书目》地字号第二橱书目尚有《陆疏》记载,但明代万历三十三年(1605)张萱重新整理的《内阁藏书目录》中已全然不见《陆疏》踪影。明代姚士粦(1561—?)自言收藏《陆疏》一卷,未知真假。相关考证详见拙文《今本〈毛诗草木鸟兽虫鱼疏〉与〈毛诗正义〉关系考论》,《河北师范大学学报(哲学社会科学版)》2022年第3期。

二、今本《陆疏》祖本是否为陶本

《陆疏》今本众多,据《中国丛书综录》,有《续百川学海·甲集》本(明吴永辑,以下简称续学海本),《宝颜堂秘笈·普集》本(约刻于明万历四十八年,即1620年,以下简称宝颜堂本),《盐邑志林》本(刻于明天启三年,即1623年,以下简称志林本),《唐宋丛书·经翼》本(约刻于崇祯五年,即1632年,以下简称丛书本),毛晋《陆疏广要》本(刊于崇祯十二年,即1639年,以下简称毛本),通行重编《说郛》本(该书不同于重编《说郛》原本,而是宛委山堂本,刻于1647年,以下简称宛陶本),《四库全书》本(于乾隆三十八年即1773年敕刻,以下简称《四库》本),赵佑《草木疏校正》本(刻于乾隆四十四年,即1779年,以下简称赵本)、王谟《增订汉魏丛书》本(刻于乾隆五十六年,即1791年,以下简称王本),焦循《陆氏草木鸟兽虫鱼疏疏》本(刊于乾隆五十九年,即1794年,以下简称焦本),《学津讨原》本(刻于嘉庆十年,即1805年),丁晏《毛诗陆疏校正》(刊于咸丰七年,即1857年,以下简称丁本),《颐志斋丛书》本(刻于同治元年,即1862年),《古经解汇函》本(刊于同治十二年,即1873年),罗振玉《毛诗草木鸟兽虫鱼疏新校正》(刊于光绪十二年,即1886年,以下简称罗本),《聚学轩丛书(第一集)》本(刊于光绪二十九年,即1903年),《丛书集成初编·自然科技类》本(刊于1936年)[1]。孰为祖本?目前主要有三种看法:一种认为是陶本(出自陶宗仪《说郛》原本),这是学界比较普遍的看法;一种认为是志林本[2];一种认为是宝颜堂本[3]。

认为志林本是《陆疏》今本的祖本,讹误很明显。一则早于志林本的续学海本和宝颜堂本尚存,志林本不过出自地方丛书,影响不大,又非善本,不可能"空降"为祖本。二则对校发现,志林本其实是以宝颜堂本为祖本,而志林本之后诸本未必承袭志林本,比如据志林本最近

---

[1] 上海图书馆编:《中国丛书综录·子目》,上海古籍出版社,1986年,第62页。
[2] 赵运涛:《明刻〈唐宋丛书〉本陆〈疏〉错讹考——与〈盐邑志林〉本陆〈疏〉的比较研究》,《中国诗歌研究》2018年第1期。
[3] 王孙涵之:《今本〈毛诗草木鸟兽虫鱼疏〉辨伪》,《文史》2020年第2辑。

的丛书本承袭的是续学海本。将宛陶本、宝颜堂本、志林本、丛书本对校发现,四本文本大多全同,而在有异文的条目中,宛陶本、丛书本常同持一说,而宝颜堂本、志林本常同持另一说。可见志林本与丛书本同源而异流,无传承关系。对此问题的考证,详见本章第四节。

王孙涵之认为宝颜堂本是《陆疏》今本祖本,其力证如下:(一)陶宗仪原编百卷本《说郛》无《陆疏》一书;明万历之后,一种来历不明的《陆疏》版本,被收入《宝颜堂秘笈·普集》《续百川学海》《盐邑志林》三种丛书之中。其后如重编《说郛》、《唐宋丛书》、《碎锦汇编》、王谟《增订汉魏丛书》等本,溯其源流乃出于续学海本。而毛晋《陆疏广要》则以宝颜堂本为底本加以补辑、修订,并附以注释。(二)《续百川学海》编纂时间当略晚于《宝颜堂秘笈·普集》,吴永《续百川学海序》曾引述姚士粦《宝颜堂秘笈正集序》的文字,即暗示两部丛书间的承继关系。《续百川学海》所收《陆疏》等书,正是以《宝颜堂秘笈》之《正集》《普集》为底本加以重刻。(三)今本《陆疏》的编纂者,最有可能是书坊帮佣、擅长辑佚、作伪的姚士粦①。

其论亦多有待商榷处。其一,《说郛》原本已佚,世人难知其原貌。《四库全书总目》云:"盖郁文博所编百卷,已非宗仪之旧。"②此说有据。郁文博曾自言有感于所见本"字多讹缺,兼有重出与当并者"③,便对之进行删、并、正、补。而据昌彼得统计,今传涵芬楼排印张宗祥校明钞《说郛》百卷本收书种数,较《说郛》原本减逾四分之一④。不管王孙涵之所说原编百卷本指郁文博本还是涵芬楼本,均已非陶宗仪《说郛》原书,因此原编百卷本《说郛》无《陆疏》一书,并不能说明陶宗仪《说郛》原书也无《陆疏》,更不能藉此否认《陆疏》陶本的存在。其二,祖本是一种书籍最初刻印本,是后来刻印诸本所据之本。按其言,那"来历不明的《陆疏》版本"不一定是宝颜堂本,有可能是陶

---

① 王孙涵之:《今本〈毛诗草木鸟兽虫鱼疏〉辨伪》,《文史》2020 年第 2 辑。
② 《四库全书总目》卷一百二十三,《四库全书》第 3 册,第 665 页。
③ 昌彼得:《说郛考》,第 13—14 页。
④ 昌彼得:《说郛考》,第 13 页。

本。其三,他自言重编《说郛》、《唐宋丛书》、《碎锦汇编》、王谟《增订汉魏丛书》等本溯其源流乃出于续学海本,那么重编《说郛》《唐宋丛书》等本显然不是以宝颜堂本为祖本。其四,《续百川学海》编纂时间可能略晚于《宝颜堂秘笈·普集》,但未必证明《陆疏》续学海本晚于宝颜堂本。昌彼得推测《续百川学海》大部分刊刻于天启年间(1621—1627)①,但未明言《陆疏》续学海本刊刻于何年;而《陆疏》宝颜堂本大约刻于万历四十八年(1620)前后,如此《陆疏》续学海本与宝颜堂本成书先后难以确定。矢岛明希子研究《陆疏》明末以来版本源流,认为宛陶本即续学海本一系最古②。因此,续学海本未必以宝颜堂本为底本重刻。而《续百川学海》主要源自明本《说郛》,则《陆疏》续学海本极可能源自明本《说郛》,即陶本。其五,吴永《续百川学海序》虽引姚士粦序,也不能据此断言《续百川学海》与《宝颜堂秘笈》有承袭关系。吴永《续百川学海序》云:"诚如叔祥氏所言,学士炫奇博而不乐传,或子孙为门户计而不敢传。"③叔详即姚士粦字,吴氏所引姚氏之言出自姚士粦《刻尚白斋秘笈序》④。此句不过感叹古籍难寻,而无涉两丛书渊源;且《尚白斋镌陈眉公宝颜堂订正秘笈》刻于万历三十四年(1606),《宝颜堂秘笈·普集》刻于泰昌元年(1620),两集既非刻于同时,吴永征引早年《正集》中姚氏序,并不能证明《续百川学海》承袭后出的《普集》,更不能作为《陆疏》续学海本以宝颜堂本为底本重刻之证据。其六,不能因姚士粦作为书坊帮佣,擅长辑佚、作伪就推断《陆疏》今本出自姚氏之手,一则王孙涵之文章所言姚氏擅长作伪,这一观点不过是一些学者的推测,并非定论⑤,故不能据此断定姚氏擅长作

---

① 昌彼得:《说郛考》,第29—30页。
② 王孙涵之:《今本〈毛诗草木鸟兽虫鱼疏〉辨伪》,《文史》2020年第2辑。
③ 吴永辑:《续百川学海》,中国书店,2015年,第1页。
④ 陈继儒编:《尚白斋镌陈眉公订正秘笈》,明万历三十四年(1606)刻本,第二页。
⑤ 林庆彰考证《秘册汇函》中所收战国人陈仲《於陵子》是伪作,但并未断定其作者是姚士粦,仅列出学界一些猜测。李剑国认为《搜神记》二十卷"可能或辑录佚文而成,或整理旧本",由胡震亨、姚士粦等添入,但也只是猜测。分别见林庆彰:《丰坊与姚士粦》,华东师范大学出版社,2015年,第208—209页;李剑国:《唐前志怪小说史(修订本)》,天津教育出版社,2005年,第297页。

伪,更不能据此推测《陆疏》今本出自其手。二则姚氏自称所藏残本条目数总计 174 条,若如王孙涵之所言真无此古本,姚氏要伪作今本《陆疏》,其条目数应多于其所藏《陆疏》条数,以制造所藏本为残本假象,何故《陆疏》今本条目在 131—142 之间(宝颜堂本 131 条)？何况,若无确证,不能妄断姚氏自称所藏《陆疏》也出于姚氏作伪。

认为陶本是今本《陆疏》祖本,主要出自一些清代学者的论述。赵佑自叙明确指出:"陆玑《毛诗草木虫鱼疏》二卷,元陶宗仪载在《说郛》。"①桂馥云:"《陆氏诗疏》散见于诸书,陶宗仪、毛晋摘录成帙。"②陶福祥《毛诗草木鸟兽虫鱼疏考证》云:"入元后,其书遂亡。今之辑本,不外陶、毛两家。陶氏收入《说郛》,毛氏收入《津逮秘书》,其后《唐宋丛书》《汉魏丛书》所收《陆疏》皆祖陶本。"③

通过梳理前人序跋,并对校《陆疏》今本系统发现,陶宗仪《说郛》本(即陶本)很有可能是今本《陆疏》祖本,主要理由如下:

首先,据清代学者赵佑、桂馥、陶福祥等人的考证,《陆疏》今本祖本只能是陶本,若无新证,不能轻易将这些观点推翻。

其次,陶宗仪《说郛》原书很有可能有《陆疏》。《说郛》原书百卷,此点陶宗仪同时之友杨维桢《序》、孙作《小传》有明确记载,宜可信。《四库全书总目》云:"考杨维桢作是书《序》,称一百卷;孙作《沧螺集》中有《宗仪小传》,亦称所辑《说郛》一百卷。"④而杨维桢曾阅《说郛》原书并为之序云:"其博古物,可为张华路叚;其核古文奇字,可为子云许慎。"⑤此处评价《说郛》所收书目,与博物学家张华、训诂学家扬雄和许慎并列,说明陶宗仪《说郛》原本很有可能收录《陆疏》这类博物学、名物训诂著作。《续百川学海》主要源自明本《说郛》,且此丛书中录有《陆疏》,则《陆疏》续学海本的存在或可为明本《说郛》收有《陆疏》一证。而《宝颜堂秘笈》收书以宋元明三代之书为

---

① 赵佑:《草木疏校正》,《续修四库全书》第 64 册,第一页。
② 桂馥:《晚学集》卷三,王云五主编:《丛书集成初编》,第 86—94 页。
③ 赵所生、薛正兴主编:《中国历代书院志》第 14 册,第 407 页。
④ 《四库全书总目》,《四库全书》第 3 册,第 665 页。
⑤ 杨维桢:《说郛原序》,《四库全书》第 876 册,第 3 页。

大宗,未必不收入《说郛》中的《陆疏》,即《陆疏》宝颜堂本或出自陶本。

再次,王谟《毛诗草木鸟兽虫鱼疏·跋》:"元陶宗仪始采入《说郛》,明毛子晋更为《诗疏广要》刊入《津逮秘书》中,而何氏《汉魏丛书》反弃不收。今本盖从《唐宋丛书》采补,仍陶本也。"① 王谟不仅明确指出陶宗仪《说郛》收有《陆疏》,而且指明其所见本采自《唐宋丛书》,承袭陶本。而《唐宋丛书》多取材《说郛》,这在《简明古籍整理词典》《聚学轩丛书序》中均有明确记载②。此可为陶宗仪《说郛》收有《陆疏》之又一证。

此外,有学者考证重编《说郛》原本成书于万历十九年(1591)以后,三十八年(1610)以前③,早于《陆疏》宝颜堂本。若此论成立,则今本《陆疏》祖本只能是陶本,而非宝颜堂本。

当然,因为陶宗仪《说郛》已在流传中大量残佚,现存《说郛》百卷本无《陆疏》,而重编《说郛》已非陶宗仪《说郛》原书,④故《陆疏》陶本是否存在,只能存疑不论。还有一种可能是,虽无直接版本依据,后代学者如赵佑、王谟、桂馥等,主要鉴于宝颜堂本、续学海本与宛陶本属于同一系,重编《说郛》又与陶宗仪《说郛》原书有密切渊源,加之陶宗仪《说郛》名重一时,所收书目多为《百川学海》《唐宋丛书》《续百川学海》等丛书翻刻,而公认今本《陆疏》祖本是陶本,最早由陶宗仪采入《说郛》。如此,今本《陆疏》祖本是陶本,仅是学界约定俗成的说法。

---

① 见王谟辑:《增订汉魏丛书》第九册,乾隆辛亥(1791)重镌本,第一页(按:引文出自《陆疏》正文后跋)。
② 《简明古籍整理词典》:"《唐宋丛书》,丛书名。明末钟人杰、张遂辰辑……多取材于《说郛》,不少是删节本。"见诸伟奇等著:《简明古籍整理词典》,黑龙江人民出版社,1990年,第235页。缪荃孙《聚学轩丛书序》:"明人以《说郛》板印行数十种,多寡不一,名为《唐宋丛书》,亦在万历间。"见刘世珩辑:《聚学轩丛书》,光绪丙申(1896)刊本,第一页。
③ 昌彼得:《说郛考》,第24页。
④ 《四库全书提要·说郛》:"盖郁文博所编百卷,已非宗仪之旧;此本百二十卷,为国朝顺治丁亥(1647)姚安陶珽所编,又非文博之旧矣。"见《四库全书》第876册,第2页。

事实上，今本《陆疏》最早版本为宝颜堂本或续学海本①，虽因陶宗仪《说郛》原书不存，迄今无直接证据说明它们与陶本有何渊源；但对校发现，续学海本与宛陶本条目及编排顺序、卷数、文本全同，宛陶本后出，则宛陶本当直录续学海本。而宝颜堂本条目及编排顺序、卷数，与续学海本、宛陶本同，文本也仅个别字因传刻致异，故宝颜堂本与续学海本、宛陶本应以同一版本为祖本。综合上文所论，其祖本最有可能是陶本。

三、今本《陆疏》源流

经过考察，《中国丛书综录》所列今本《陆疏》与陶本的关系如下：

（一）续学海本、宝颜堂本。二本形成时间难断先后，是今本《陆疏》较早版本。二者条目及编排顺序、卷数相同，文本仅个别字因传刻致异。鉴于二本与宛陶本属同一系，学界大体认同二本均以陶本为祖本。

（二）志林本。其条目、顺序、卷数皆与陶本同，文本除十余处因传刻致异，几与宛陶本全同。而姚士舜订阅过志林本，据朱国祚《盐邑志林序》载，姚氏"复与郑茂才端胤、刘太学祖钟各出秘本，订辑《志林》"②。故志林本可能祖于陶本，或以姚氏旧本参校。

（三）丛书本。据《简明古籍整理词典》载："《唐宋丛书》，丛书名。明末钟人杰、张遂辰辑……多取材于《说郛》，不少是删节本。"③《聚学轩丛书序》中注云："明人以《说郛》板印行数十种，多寡不一，名为《唐宋丛书》，亦在万历间。"④《唐宋丛书》多取材《说郛》，此或可为丛书本祖陶本一证。上文已论，王谟《增订汉魏丛书·跋》也认为其所见今本从《唐宋丛书》采补，乃祖陶本。将丛书本、续学海本、宝颜堂本对

---

① 《陆疏》宝颜堂本与续学海本成书先后学界尚有分歧，如矢岛明希子认为续学海本最古，而王孙涵之认为宝颜堂本才是《陆疏》今本祖本。见王孙涵之：《今本〈毛诗草木鸟兽虫鱼疏〉辨伪》，《文史》2020年第2辑。按：宝颜堂本与续学海本差不多刻于同一时期，据现存文献难断其先后；而且，续学海本与宝颜堂本条目及编排顺序、卷数全同，文本也只有寥寥几处异体字、通假字、形近误字。
② 樊维城编：《盐邑志林》（第三册），上海涵芬楼影印明刻本，1937年，第7页。
③ 诸伟奇等编著：《简明古籍整理词典》，黑龙江人民出版社，1990年，第235页。
④ 缪荃孙：《聚学轩丛书序》，见刘世珩辑：《聚学轩丛书》，光绪丙申（1896）刊本，第一页。

校,存有异文处,丛书本多与续学海本持一说,而异于宝颜堂本,因此,丛书本当属续学海本一系。

(四)毛本。毛晋曾得明抄本《说郛》,并收入汲古阁藏。毛本后于陶本,序次仍照陶本。毛本以宝颜堂本为底本加以补辑修订。对校发现,毛本大体以宝颜堂本、续学海本为基础进行校正,但遇到宝颜堂本与续学海本不同处,毛本从宝颜堂本而非续学海本。主要有如下几种情况:

1. 形近而误。如"有蒲与荷"条,毛本同宝颜堂本作"长三分如钩";续学海本"钩"作"钧";"于以采藻"条,毛本同宝颜堂本作"茎大如钗股",续学海本"股"作"服";"可以沤纻"条,毛本同宝颜堂本作"谓之徽纻",续学海本"徽"作"微";"蔹蔓于野"条,毛本同宝颜堂本作"蔹似栝楼",续学海本"栝"作"恬";"如鬼如蜮"条,毛本同宝颜堂本作"或曰含细沙射人",续学海本"含"作"舍"。

2. 通假字。"凤凰于飞"条,毛本同宝颜堂本同作"凤皇于飞";续学海本"皇"作"凰"。

3. 异体字。"硕鼠"条,毛本同宝颜堂本作"人逐则走入树空中",续学海本"走"作"赱"。

从这些例子可窥见毛本在选择底本时倾向于宝颜堂本。

(五)宛陶本、《四库》本。宛陶本直录续学海本,《四库》本重录宛陶本。《四库全书总目》《四库简明目录》均载《四库全书》所收《说郛》即宛委山堂本。经对校发现,《四库》本与宛陶本条目、顺序均同,且文字重合度极高,《四库》本仅对宛陶本略微改动十三处。

(六)赵本。有清乾隆间白鹭洲书院刻本。赵佑认为陶本舛错、脱弃很多,而毛本于陶本之失,亦未能悉加厘正,便以陶、毛二本为底本,主要参考《毛诗正义》《尔雅疏》《经典释文》等书所引《陆疏》订正讹舛。不少条目取毛本之说而异于陶本,如"薄言采苢""匏有苦叶""卬有旨苕"等条。

(七)王本。王谟《增订汉魏丛书》据武林何允中《广汉魏丛书》重刻,因何氏丛书未收录《陆疏》陶、毛本,故王谟采用赵佑乾隆白鹭洲书院刻本。其《跋》云:"此书向未见有单行善本,今江右大宗师仁和赵鹿泉先生著述最富,于《毛诗》学用功尤深。既著有《诗细》,又校正此《疏》,参合陶氏《说郛》、毛氏《广要》二本,并取《释文》及孔、邢二《疏》所引,句栉字比,加以案断,至精至详,然后此书得称完善。间出书稿,属湖州丁进士杰小山覆校。丁君遂为雕版,吉安白鹭洲书院。谟因闻,请颁发学官,广为流布。"①此《跋》很明确指出,《陆疏》一向未见单行本,王本所据乃赵本。但经过对校发现,王本与宛陶本最接近;在宛陶本与赵本不同处,王本多从宛陶本,可以说王本乃据宛陶本重刻,而以赵本参校。罗振玉也认为王本重刻《说郛》本。

(八)焦本。焦循自言《陆氏草木鸟兽虫鱼疏疏》本主要据毛晋所刻之本,参以诸书而成②。此本又名《诗陆氏疏疏》《陆玑疏考证》,也是《陆疏》校本。该书编排按经次,迥异于《陆疏》今本其余诸本,侧重考证《陆疏》文字讹误。从后人引用情况看,影响不大。

(九)《学津讨原》本。《学津讨原》所收《陆疏广要》即重刊毛本。

(十)丁本。以《四库》本为底本,据以毛本,参考王本、《毛诗正义》《经典释文》、唐宋类书等文献。经对校发现,在陶、毛相异处,丁本多取陶本。

(十一)《颐志斋丛书》本、《古经解汇函》本。二本均据丁本刊刻。

(十二)罗本。罗振玉云:"山阳丁氏晏以二本不便学者,援据古籍作《陆疏校正》二卷,讹文夺字,均有匡补,而淮别仍复错出。"③罗氏认为丁本虽据古籍匡补了很多讹文夺字,但讹误仍与毛、王二本大致相当,故亦非善本。因此,罗氏在校勘诸本基础上,作《毛诗草木鸟兽虫鱼疏新校正》。经对校发现,诸本中罗本与毛、丁本重合度最高,应该说主要基于此二本。

---

① 王谟:《毛诗草木鸟兽虫鱼疏·跋》,见王谟辑《增订汉魏丛书》第九册,第一页(按:引文出自《陆疏》正文后跋)。
② 焦循:《陆氏草木鸟兽虫鱼疏疏·自序》,中国科学院图书馆整理:《续修四库全书总目提要》第7册,齐鲁书社,1996年,第445页。
③ 罗振玉:《毛诗草木鸟兽虫鱼疏新校正》,《罗振玉学术论著集》第四集,第225页。

(十三)《聚学轩丛书(第一集)》本。该本在书目下题名"赵佑",并附以赵佑《毛诗草木鸟兽虫鱼疏校正自叙》,该集直录赵佑原刻本无疑。

(十四)《丛书集成初编·自然科技类》本。该本影印丁晏校本(《古经解汇函》之十五)。

综上,今本《陆疏》很可能以陶本为祖本。作图附后。

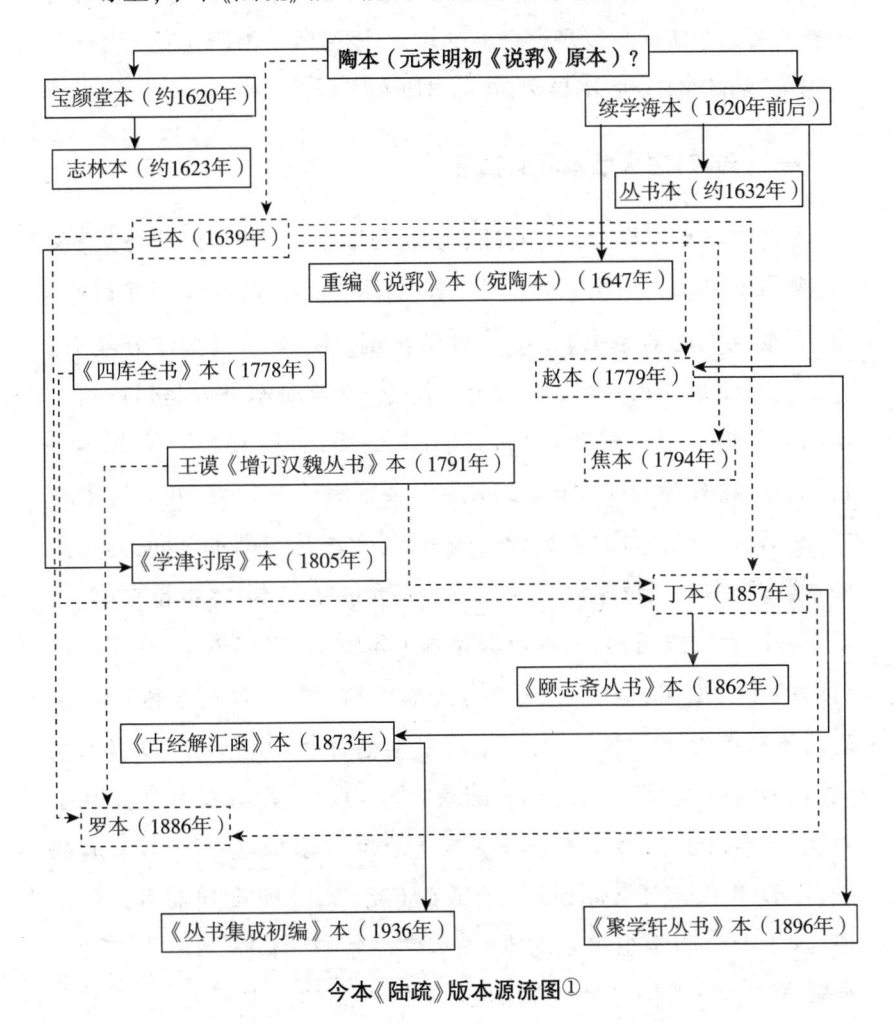

```
                    陶本(元末明初《说郛》原本)?
        ┌────────────┬──────────────────────────┬──────────┐
        ↓            ↓                          ↓          │
   宝颜堂本(约1620年)                        续学海本(1620年前后)
        ↓                                        ↓
   志林本(约1623年)                          丛书本(约1632年)
        ↓                                        ↓
   毛本(1639年)                              重编《说郛》本(宛陶本)(1647年)
        ↓                                        ↓
   《四库全书》本(1778年)                     赵本(1779年)
        ↓                                        ↓
   王谟《增订汉魏丛书》本(1791年)              焦本(1794年)
        ↓                                        ↓
   《学津讨原》本(1805年)                      丁本(1857年)
                                                ↓
                                          《颐志斋丛书》本(1862年)
   《古经解汇函》本(1873年)
        ↓
   罗本(1886年)
        ↓                                        ↓
   《丛书集成初编》本(1936年)                 《聚学轩丛书》本(1896年)
```

今本《陆疏》版本源流图①

---

① 此图是在王孙涵之论文基础上,据研究、修改、补充而成。实线方框诸本是前述《陆疏》版本所衍生的重刻本,其承继关系以实线箭头表示。虚线方框诸本,则是以前述《陆疏》版本为底本,加以增辑、改订,各本间的参照关系以虚线箭头表示。

第二节 《陆疏》主要版本异文辑录及推论

《陆疏》原书久佚，今本非陆玑原书而是辑本，并不完备，《孔疏》《诗缉》等书所引《陆疏》文字有些并未载入辑本，已载入者颇多混乱损益。将诸今本对校发现存在不少异文，该选何本为研究底本？本节将辑录《陆疏》主要版本异文，并选出研究底本。

一、《陆疏》主要版本异文辑录

据《中国丛书综录》，《陆疏》今本有续学海本、宝颜堂本、志林本、丛书本、毛本、宛陶本、《四库》本、赵本、王本、焦本、《学津讨原》本、丁本、《颐志斋丛书》本、《古经解汇函》本、罗本、《聚学轩丛书》本、《丛书集成初编》本等本[①]，上节已论，续学海本可说是目前可确定的最早陶本，其《陆疏》书板，被收入宛委山堂《说郛》；志林本条目、顺序、卷数皆与陶本同，文本除十余处因传刻致异，几与陶本全同；丛书本条目、顺序、卷数皆与陶本同，文本几与陶本全同，乃重刻陶本；宛陶本直录续学海本；《四库》本重录宛陶本；赵本是在陶、毛二本基础上的校正本；王本乃据宛陶本重刻，而以赵本参校；丁本以《四库》本为底本，据以毛本，参考王本校刻，而《古经解汇函》本、颐志斋丛书本均据丁本刊刻；焦本主要据毛晋所刻之本，参以诸书而成，该书编排按经次，迥异于《陆疏》今本其余诸本；罗本主要基于毛、丁二本校正；《聚学轩丛书》本直录赵佑原刻本；《丛书集成初编》本影印丁本，《学津讨原》所收《陆疏广要》即重刊毛本。可以说，这十七个版本祖本是陶本，而续学海本、志林本、丛书本、毛本、宛陶本、《四库》本、王本均属陶本一系，以续学海本最古；宝颜堂本条目及编排顺序、卷数，与续学海本同，文本除个别字因传刻致异，基本全同，故宝颜堂本与续学海本应以同一版本为祖本；《聚学

---

① 上海图书馆编：《中国丛书综录·子目》，第62页。

轩丛书》本与赵本为一系;《古经解汇函》本、颐志斋丛书本、《丛书集成初编》与丁本为一系;《学津讨原》所收《陆疏广要》与毛本一系;罗本自成一系;而焦本与《陆疏》其余诸本迥异,从后人引用情况看,影响不大。作为新校、补正之作,毛、赵、丁、罗四家被公认为较好的辑本。因此,要辨别诸本孰为善本,仅需取续学海本、毛本、赵本、丁本、罗本对校即可。

所选版本兹列如下:

续学海本:《续百川学海·甲集》(明吴永辑),见《续百川学海》(中国书店,2015年)。

毛本:即毛晋《毛诗草木鸟兽虫鱼疏广要》,汲古阁崇祯十二年(1639)刊本。

赵本:赵佑《草木疏校正》,乾隆四十四年(1779)刊本。

丁本:丁晏《毛诗陆疏校正》,咸丰七年(1857)五月刊本。

罗本:罗振玉《毛诗草木鸟兽虫鱼疏新校正》,见《罗振玉学术论著集》第四集(上海古籍出版社,2013年)。

《陆疏》续学海本、毛本、赵本、丁本、罗本主要异文对照表

条目	版本				
	①续学海本	②毛本	③赵本	④丁本	⑤罗本
方秉蕑兮	《楚辞》云 纫秋兰 皆是也 辟白鱼也	同① 纫秋兰以 为佩 同① 辟白鱼	同① 同① 是也 同①	《楚辞》曰 同① 同① 同①	同④ 同② 同① 同②
采采芣苢	可鬻与煮 同作茹	可鬻作茹	同②	同②	同②
言采其蝱	四方连累 相着	四方连累 相著	同②	同②	同②

续表

条目	版本				
	①续学海本	②毛本	③赵本	④丁本	⑤罗本
中谷有蓷	蓷似萑《韩诗》及《三苍说》悉云"蓷,益母也",故曾子见益母而感恩。案《本草》云:"茺蔚,一名益母。"故刘歆曰:"蓷,臭秽。"即茺蔚也。	同①《韩诗》及《三苍说》苑云"蓷,益母也",故曾子见益母而感。案《本草》云:"茺蔚;一名益母。"故刘歆曰:"蓷,臭秽。"即茺蔚也。	同①《韩诗》及《三苍说》悉云"蓷,益母也",故曾子见益母而感。案《本草》云:"茺蔚,一名益母。"故刘歆曰:"蓷,臭秽。"即茺蔚也。	同①《韩诗》及《三苍说》悉云"蓷,益母也",故曾子见益母而感恩。案《本草》云:"茺蔚,一名益母。"故刘歆曰:"蓷,臭秽。"即茺蔚也。	蓷似萑《韩诗》及《三苍说》悉云"益母",故曾子见益母而感。案《本草》云:"益母,茺蔚也。一名益母。"故刘歆曰:"蓷,臭秽。"即茺蔚也。
集于苞杞	服之轻身益气	同①	同①	同①	服之轻身益气尔
茑与女萝	无此五字	同①	同①	同①	毛云"松萝"也
有蒲与荷	无此十字	同①	同①	同①	蒲,深蒲也。《周礼》以为"菹",谓
	无罗本此四十六字	无罗本"大美"以下十二字。	同②	同②	蒲始生,取其中心入地者名蒻。大如匕柄,正白。生啖之,甘脆。醶而以苦酒浸之,如食笋法。大美。今吴人以为"菹",又以为"酢"。

续表

条目	版本				
	①续学海本	②毛本	③赵本	④丁本	⑤罗本
有蒲与荷	其花未发为菡萏	同①	同①	同①	其华未发为菡萏
	故俚语曰	同①	故里语曰	同①	故俚语云
	的成食	同①	同①	同①	的成可食
	如粟饭	如粟也	同②	同②	同②
参差荇菜	与水深浅等	同①	同①	同①	茎与水深浅等
	以苦酒浸之	同①	同①	同①	以苦酒浸之为菹
	脆美	同①	肥美	同①	同①
	无此五字	同①	同①	同①	其华蒲黄色
于以采藻	长四五尺	同①	同①	同①	长可四五尺
	茎大如钗服	茎大如钗股	同②	同②	同②
	此二藻皆可食煮	此二藻皆可煮熟	同①	同①	同②
	扬州饥荒	同①	同①	同①	扬州人饥荒
	可以当谷食	可以当谷食也	同①	同①	同②
薄采其茆	言采其茆	同①	同①	薄采其茆	同④
	与荇菜相似	同①	同①	与荇叶相似	同①
	滑不得停	同①	同①	同①	滑不得停也
	叶可以生食	同①	同①	同①	皆可生食
	江南人谓之蓴菜	江东人谓之蓴菜	同②	南人谓之蓴菜	同①
蒹葭苍苍	青、徐州人谓之蒹	同①	青、徐州人谓之蒹苉	同①	同①
	其初生三月中	同①	同①	同①	初生三月中

续表

条目	版本 ①续学海本	②毛本	③赵本	④丁本	⑤罗本
蒹葭苍苍	无此二十一字	同①	同①	同①	有黑黄,勃着之污人手。把取正白,噉之甜脆。一名篆蕩
菉竹猗猗	淇水侧人谓之菉竹也。绿竹	淇水侧人谓之菉竹也。菉竹	淇水侧人谓之绿竹也。绿竹	同②	淇水侧人谓之菉竹之也。菉竹
	今淇、澳傍生此	同①	今淇、澳旁生此	同①	同③
	无此五字	淇、澳,二水名	同②	同②	同②
苕之华	似玉刍	似王刍	同②	同②	同②
	生下湿水中	同①	同①	同①	生下泾水中
	华可染皂	同①	花可染皂	同①	同③
	煮以沐发	蠯以沐发	同①	同②	同②
隰有游龙	叶麓大而赤白色	叶矗大而赤白色	叶粗大而赤白色	同②	同②
于以采蘩	蘩,游胡。游胡,旁勃也	同①	蘩,由胡。由胡,旁勃也	同①	同①
食野之芩	此条无	有此条	同②	同②	同②
采采卷耳		同①	同①	同①	一名趣菜
	可煮为茹	可蠯为茹	同②	同②	同②
	子正如妇人耳中珰	子如妇人耳中珰	同②	同①	同②
	幽州人呼为爵耳	幽州人呼爵耳	同②	同①	同②

续表

条目	版本				
	①续学海本	②毛本	③赵本	④丁本	⑤罗本
赠之以芍药	"未审今何草"置于"非是也"后	无此五字	同①	同①	"未审今何草"置于句首"芍药"后
	扬雄赋曰	同①	同①	扬雄赋云	同④
	七十食也	七十食之	同②	同①	同②
采葑采菲	无"一作芜菁"四字	"蔓菁"后有"一作芜青"四字	同①	同①	同①
	蒸鬻为茹	蒸鬻为茹	同①	同②	同②
	甘美	同①	同①	同①	滑美
言采其蕨	蕨,鳖也,山菜也,周秦曰蕨,齐鲁曰蘫	同①。"鳖"作"蘫"	同①	同①	蕨,山菜也
	茎紫黑色,可食如葵。	同①	同①	同①	茎紫黑色。二月中,高八九寸。老有叶,瀹为茹,滑美如葵。今陇西天水人及此时而干收,秋冬尝之。又云以进御。三月中,其端散为三枝,枝有数叶。叶似菁蒿长粗,坚长不可食。周、秦曰蕨,齐、鲁曰鳖,亦谓厥。又浇之。

续表

条目	版本 ①续学海本	②毛本	③赵本	④丁本	⑤罗本
言采其薇	山菜也	同①	同①	同①	亦山菜也
言采其莒	无此七字	同①	同①	同①	河东、关内谓之菖
	无此五字	河内谓之蘘	同②	同①	同②
	无此七字	同①	同①	同①	一名爵弁，一名蔓
	其草有两种	同①	同①	其叶有两种	其华有两种
	叶细而行赤，有臭气也	叶细而花赤，有臭气也	同②	同②	一种茎叶细而香，一种茎赤有臭气
薄言采苢	摘其叶白汁出	摘其叶有白汁出	同②	同①	同②
	肥可生食	脆可生食	同②	同①	同②
	青州谓之苢	同①	同①	同①	青州人谓之苢
	西河、雁门苢尤美	西河、雁门尤美	同②	同①	同①
匏有苦叶	又可淹煮	又可淹鬻	同②	同②	同②
	无此十一字	同①	同①	同①	故《诗》曰:幡幡瓠叶，采之烹之。
	扬州人食	扬州人恒食之	同②	同①	今河南及扬州人恒食之
	故曰"苦叶"	故曰"匏有苦叶"	同①	同①	同②
卬有旨苕	生	蔓生	同②	同②	同②
	如小豆藿也	同①	同①	同①	味如小豆藿也

续表

条目	版本					
	①续学海本	②毛本	③赵本	④丁本	⑤罗本
言采其莫	五方通谓之酸迷	同①	同①	同①	五方通谓之酸迷<u>子</u>
	无此五字	同①	同①	同①	如楮实而红
	无此六字	同①	同①	同①	吴、越呼为茂子
莫莫葛藟	可食	同①	同①	同①	<u>亦</u>可食
	幽州谓之<u>推</u>藟	同①	幽州谓之<u>摧</u>藟	同③	同③
视尔如荍	微苦	同①	同①	同①	微苦涩
北山有莱	草名,其叶可食	同①	同①	同①	藜也,茎叶皆似菉王刍
	无此十二字	同①	同①	同①	谯、沛人谓鸡苏为莱,故《三苍》云:"莱、茱萸,此二草异而名同。"
取萧祭脂	白叶茎<u>麤</u>	白叶茎<u>麤</u>	白叶茎<u>粗</u>	同②	同②
	<u>斜</u>生	<u>科</u>生	同②	同②	同②
	无此十六字	同①	同①	同①	《礼·王度记》曰:"士萧,庶人艾艾萧。"不同明矣
可以沤纻	便生剥之以<u>鋘</u>	便生剥之以<u>铁</u>	同②	同②	同②
	<u>煮</u>之用缉	<u>罋</u>之用缉	同②	同②	同②
南山有台	无此五字	以御雨是也	同②	同①	同②

续表

条目	版本				
	①续学海本	②毛本	③赵本	④丁本	⑤罗本
白华菅兮	沤<u>及曝尤</u>善也	沤<u>乃</u>尤善<u>矣</u>	同②	同①	同②
敛蔓于野	幽<u>州</u>人谓之乌服	幽人谓之乌服	同①	同①	同①
	<u>煮</u>以哺牛	<u>鬻</u>以哺牛	同①	同②	同②
匪莪伊蔚	华似胡麻而紫赤	华似胡麻<u>华</u>而紫赤	同②	同①	同②
隰有苌楚	今羊桃<u>是也</u>	同①	今羊桃也	同①	同①
	无此四字	同①	同①	同①	一名铫弋
芄兰之支	芄兰之<u>支</u>	芄兰之<u>女</u>	同①	同①	同①
	幽州谓之雀瓢	幽州<u>人</u>谓之雀瓢	同②	同①	同②
	柔弱恒蔓于地,有所依缘则起	蔓生,叶青绿色而厚。断之有白汁,煮为茹,滑美。其子长数寸,似瓝子。	同②	同②	在②基础上增补"食之甜脆"四字
浸彼苞稂	甫田云	同①	同①	同①	大田云
	《外传》<u>旦</u>	同①	同①	《外传》<u>云</u>	同④
	马不过稂莠	同①	马<u>饩</u>不过稂莠	同①	同①
言采其蓫	扬州人谓之羊蹄	同①	同①	同①	今人谓之羊蹄
	似芦菔	同①	同①	似芦<u>菔</u>	同①
	无此三字	同①	同①	同①	一名蓚
浸彼苞蓍	无此条	同①	有此条	同③	同③
手如柔荑	无此条	同①	同①	同①	有此条

续表

条目	版本				
	①续学海本	②毛本	③赵本	④丁本	⑤罗本
四月秀葽	无此条	同①	同①	同①	有此条
椅桐梓漆	梓椅梧桐	同①	同①	同①	椅桐梓漆
	白桐宜琴瑟	宜琴瑟	同②	同①	同②
	今云南牂柯人绩以为布	同①	今云南牂牁人绩以为布	同③	同③
有条有梅	皮叶白,色亦白	同①	皮色白,叶亦白	同③	同①
	叶大如牛耳	豫章叶大如牛耳	同②	同①	同②
	华赤黄	花赤黄	同②	同①	同①
	终南及新城、上庸皆多樟、柟	同①	江南及新城、上庸蜀皆多樟、柟	同①	同①
	终南与上庸、新城通	同①	终南山与上庸、新城通	同①	同③
北山有楰	今永昌又谓鼠梓	金永昌又谓鼠梓	同①	同①	同①
爰有树檀	驳马,梓榆,其树皮青白驳荦,遥视似马,故谓之驳马	同①	同①	同①	无此十二字
	下章云:山有苞棣,隰有树檖。皆山隰木相配,不宜谓兽	同①	同①	同①	无此十二字

续表

条目	版本				
	①续学海本	②毛本	③赵本	④丁本	⑤罗本
隰有六驳	与"爰有树檀"并为一条	同①	别出此条	同①	同③
柞棫拔矣	无此二字	同①	同①	同①	栎也
	《三苍》说	《王苍》说	同①	同①	同①
	无此二十一字	同①	同①	同①	其华繁茂，其木坚韧有刺。今人以为梳，亦可以为车轴
	可为犊车轴	同①	可为犊车辐	同①	同①
	又可为矛、戟、铩	同①	又可为矛、戟、钤	同①	同①
隰有杞桋	皮薄而白	皮厚而白	同②	同①	同①
隰有杻	北山有杻	隰有杻	同②	同②	同②
	叶似杏而尖	同①	同①	同①	叶似杏叶而尖
	叶疏华如楝而细	叶疏花如楝而细	同②	同①	叶疏花如楝而细
	蕊正白盖此树	蕊正白盖树	同②	同①	同②
	故种	故种之	同②	同①	同②
其灌其栵	无此七字	同①	同①	同①	今人谓之芝□也
其柽其椐	生水旁	同①	同①	同①	生河旁
	节中肿以扶老	节中肿可作杖以扶老	节中肿似扶老	同③	同③
	今灵寿是也	同①	即今灵寿是也	同③	同③
	弘农共北山甚有之	同①	宏农共北山甚有之	同③	同①

续表

条目	版本 ①续学海本	②毛本	③赵本	④丁本	⑤罗本
山有枢	皮及木理异尔	同①	皮及木理异耳	同①	同①
山有栲	无此四十二字,仅有一字"栲"	同①	同①	同①	山樗生山中,与下田樗大略无异,叶似差狭耳。吴人以其叶为茗。方俗无名,此为栲者,似误也。今所云为栲者
	叶似栎	同①	同①	同①	叶如栎
	失其声耳	同①	同①	同①	失其声矣
集于苞栩	徐州谓栎为杼	徐州人谓栎为杼	同②	同②	同②
	其殻为汁	同①	同①	同①	其殻为斗
	谓栎为杼	同①	读栎为杼	同①	同①
无折我树杞	集于苞杞	无折我树杞	同②	同②	同②
	生水傍	同①	生水旁	同①	同③
	叶麓而白色	同①	叶麤而白色	同①	同③
	无此四字	同①	同①	同①	其材坚韧
	淇水傍	同①	淇水旁	同③	同③
其下维穀	中州人谓之楮	同①	同①	同①	中州人谓之楮桑
榛楛济济	欲买赭不	欲买赭否	同②	同②	同②
	问买钗不	问买钗否	同②	同②	同②
扬之水不流束蒲	其一种皮红正白	同①	同①	同①	其一种皮红
	箕、籚之杨	同①	同①	同①	箕、籚之杨

续表

条目	版本				
	①续学海本	②毛本	③赵本	④丁本	⑤罗本
椒聊之实	有针刺	有鍼刺	同①	同②	同②
	最佳香	同①	同①	最佳者	同①
山有苞栎	秦人谓柞栎为栎	同①	同①	同①	秦人谓柞栎为栎
	无此十字	同①	同①	同①	即橡斗也。言有捄汇自里
	无此十二字	同①	故说者或曰柞栎,或曰木蓼	同①	故说者或曰柞栎,或曰木蓼也。
	无此七字	同①	玑以为此秦《诗》也	同①	机以为此秦《诗》也
	无此十一字	同①	宜从其方土之言柞栎是也	同①	同③
六月食鬱及薁	食鬱及薁	六月食鬱及薁	同②	同①	同②
	色赤	色正赤	同②	同①	同②
	无此十六字	同①	同①	同①	薁,樱薁,实大如龙眼,黑色。今车鞅藤实是
树之榛栗	榛,栗属	同①	同①	同①	亲,栗属也
	有两种	同①	同①	同①	其字或为木。榛有两种
	其一种之皮叶皆如栗	同①	同①	同①	一种,标大小皮叶皆如栗
	无此三字	同①	同①	同①	表皮黑

续表

条目	版本				
	①续学海本	②毛本	③赵本	④丁本	⑤罗本
	枝叶如木蓼	同①	同①	同①	枝茎如木蓼
	无此五字	同①	同①	同①	叶如牛李,藜
	无此十一字	同①	同①	同①	其核如李,核中玉如李子玉
	无此十字	同①	同①	同①	膏,煴益美,亦可食啖。渔阳
	无此二字	同①	同①	同①	代郡
	无此十六字	同①	同①	同①	其枝茎可生爇,如爇烛明而无烛者代之
	又有芧栗	同①	同①	同①	又有芧栗
摽有梅	无此十二字	同①	同①	同①	食赤似杏而酸,亦生啖也。煮而
	无此五字	同①	同①	同①	亦蜜而藏食
蔽芾甘棠	今棠藜一名杜藜	今棠藜一名杜梨	今棠梨一名杜梨	同③	同③
唐棣之华	无此四字	同①	同①	同①	马季长云
	一名雀梅	同①	同①	同①	一名爵梅
	无此十三字	同①	同①	同①	今人或谓之郁,《豳诗》云:"食郁及薁。"
	亦曰车下李	同①	同①	同①	或谓车下李
	所在山中皆有	同①	所在山皆有	同①	所在山泽皆有
	其花或白或赤	同①	其花或赤或白	同①	其花有赤有白

续表

条目	版本 ①续学海本	②毛本	③赵本	④丁本	⑤罗本
唐棣之华	六月中成实,大如李子,可食	六月中熟,大如李子,可食	同②	同①	高者不过四尺。子六月中熟,大如小李,正赤,有甜有酸,率多涩,少有美者。复似一类,名有不同,或当家园及山泽所生,小异耳
隰有树檖	一名山梨	同①	同①	同①	一名山梨也
	但实甘小异耳	同①	但小耳	同①	同①
南山有枸	北山有枸	南山有枸	同②	同②	同②
	无此二字	同①	同①	同①	可为函及樿
	子著枝端	同①	有子著枝端	同①	同③
	江南特美	同①	江南尤美	同①	同①
	则一屋之酒皆薄	同①	同①	同①	则一室之酒皆薄
颜如舜华	无此四字	同①	同①	同①	一名曰及
	朝生暮落	朝生莫落	同②	同①	同②
	五月始花	同①	五月始生	同①	五月始生华
	无此三十七字	同①	同①	同①	至莫辄落,明日一复生。如此至八月乃为子,如葵子大。华可蒸鬻为茹,滑美如堇,亦可苦酒淹食

续表

条目	版本 ①续学海本	②毛本	③赵本	④丁本	⑤罗本
采荼薪樗	其叶臭	同①	其气臭	同①	其叶臭
唯筍及蒲	鬻以苦酒	鬻以苦酒	同②	同②	同②
投我以木瓜	无此条	同①	同①	有此条	同④
	/	/	/	著粉者	黄似著粉者
	/	/	/	欲啖者	欲噉者
	/	/	/	以苦酒、頭汁蜜之	以苦酒、豉汁蜜之
隰有榆		同①	同①	同①	有此条
凤皇于飞	凤,雄曰凤	同①	同①	同①	雄曰凤
		同①	同①	同①	一名鸑鷟
	无此三十七字	同①	同①	同①	其形:鸿前,鹿后,蛇颈,鱼尾,龙身,燕颔,鸡喙。首戴德,颈揭义,背负仁,翼挟信,心抱忠,足履正,尾系武
	无此五字	非醴泉不饮	同②	同②	同②
	无此四十九字	同①	同①	同①	朝鸣曰发明,昼鸣曰上翔,夕鸣曰满昌,夜鸣曰保长。得其屡象之一则过之,二则翔之,三则集之,四则春秋居之,五则没身居之

续表

条目	版本				
	①续学海本	②毛本	③赵本	④丁本	⑤罗本
鹤鸣于九皋	长三尺脚青黑	长脚青黑	同②	同①	长脚青翼
	喙长四寸余	同①	同①	喙长三尺余	同①
	人谓之赤颊	同①	同①	同①	今人谓之赤颊
	亦有苍色。苍色者	同①	亦有苍色者	同①	同①
	淮南子亦云	同①	同①	同①	故淮南子亦曰
鹳鸣于垤	无此七字	同①	同①	同①	好水，将阴雨则鸣
	一傍为池	同①	同①	同①	一旁为池
鴥彼晨风	燕含钩喙	同①	燕颔钩喙	同③	同③
有集维鷮	其尾长，肉甚美	同①	同①	同①	其色如雉稚，尾如雉尾而长。其头上有肉冠，冠上蘘毛长数寸，如雄稚尾角也。其肉甚美
	似鹿而小	同①	同①	同①	似鹿而小也
关关雎鸠	大小如鸠	同①	大小如鸥	同①	同③
	无此十三字	同①	而扬雄、许慎皆曰：白鷢似鹰，尾上白。	同①	扬雄、许慎皆曰：白鷢似鹰，尾上白。
鸤鸠在桑	暮从下而上	莫从下而上	同②	同①	同①

续表

条目	版本				
	①续学海本	②毛本	③赵本	④丁本	⑤罗本
宛彼鸣鸠	鸣鸠	鹘鸠，一名斑鸠	鸣鸠，鹘鸠，一名斑鸠	同②	鹘鸠，斑鸠也
	无此四十八字	似鹘鸠而大。鹘鸠，灰色无绣项，阴则屏逐其匹，晴则呼之。语曰：天将语，鸠逐妇。是也	同②	同②	斑鸠也。桂阳人谓之斑佳。似鹘鸠而大，项有绣文斑然。鹘鸠，灰色无绣领，阴则屏逐其匹，晴则呼之。语曰：天将语，鸠逐妇。是也
	啼鸣相呼不同集。谓金鸟，或云黄	同①	同①	无此十三字	同①
翩翩者鵻	无此二字	同①	同①	同①	夫不
脊令在原	无此六字	同①	同①	同①	水鸟，一名渠梁
黄鸟于飞	或谓之黄栗留	同①	同①	同①	或谓之黄栗留也
	关西谓之黄鸟	关西谓之黄鸟，一作鹂黄	同②	同①	同①
	看我麦黄葚熟	看我麦黄葚熟不	同②	同①	同②
	亦是应节趋时之鸟	亦是应节趋时之鸟也	同②	同①	同②
	无此十一字	同①	同①	同①	自此以下，《诗》言黄鸟皆是也

续表

条目	版本 ①续学海本	②毛本	③赵本	④丁本	⑤罗本
鸱鸮	鸱鸮	鸱鸮鸱鸮	同②	同①	同②
	取茅莠为巢	同①	取茅莠为窠	同①	同①
交交桑扈	脂及膏	脂及箭中膏	同②	同②	同②
肇允彼桃虫	无此三十六字	同①	同①	同①	言始小终大者始为桃虫,长大而为鵰鸟。鵰□,小鸟而生雕鹗者也。或曰布谷生子,鵰鹩养之
值其鹭羽	振鹭于飞	值其鹭羽	同②	同②	同②
	故谓之白鸟	故汶阳谓之白鸟	同①	同①	同②
	高尺七八寸	同①	同①	同①	高七八寸
	喙长三寸所	喙长三寸	同②	喙长三寸许	喙长三寸余
	头上有毛十数枚	同①	同①	同①	头上有长毛十数枚
维鹈在梁	无此十四字	同①	同①	同①	许慎曰:鹈鹕也。一句污泽,一名淘河
弋凫与雁	青色	同①	同①	同①	青灰色
肃肃鸨羽	似雁而虎文	同①	同①	同①	似雁而虎
	连蹄	同①	同①	同①	连啼
流离之子	许慎云	同①	同①	同①	许慎曰
燕燕于飞	无此条	同①	同①	同①	有此条
鹑之奔奔	无此条	同①	同①	同①	有此条

续表

条目	版本 ①续学海本	②毛本	③赵本	④丁本	⑤罗本
麟之趾	麟	同①	同①	同①	麒麟者,瑞兽也
	非瑞麟也	非瑞应麟也	同②	同①	同②
	赋曰	同①	同①	同①	子虚赋曰
于嗟乎驺虞	无此三字	同①	同①	同①	义兽也
	即白虎也,黑文	同①	同①	同①	白虎黑文
	应德而至者也	同①	应信而至者也	同①	同①
有熊有罴	见人则颠倒自投地而下	见人则颠倒自投地而	同①	同①	见人则颠倒自投地而下
	冬多入穴而蛰	同①	冬多穴地而蛰	同①	同①
	而麄理	同①	而粗理	同①	同①
狼跋其胡	去数十步止	同①	同①	同①	去数十步
教猱升木	教猱升木	毋教猱升木	同②	同①	同②
野有死麕	无此条	同①	同①	有此条	同④
駉駉牡马	无此条	同①	有此条	同③	同③
有鳣有鲔	鳣出江海	同①	同①	同①	鳣、鲔出江海
	纵广四五尺	从广四五尺	同①	同①	同①
	子可为酱	同①	鱼子可为酱	同①	其子可为酱
	以铁兜鍪	似铁兜鍪	同②	同②	同②
	口在颔下	口亦在颔下	同②	同①	同②
	小者为叔鲔	同①	小者为鮛鲔	同③	同③
	或谓之仲明鱼	同①	或谓之仲明	同①	同①

续表

条目	版本					
	①续学海本	②毛本	③赵本	④丁本	⑤罗本
维鲂及鱮	肥恬而少力	同①	同①	同①	肥恬而少肉
	渔阳泉轵、刀口、辽东	渔阳泉州及辽东	同②	同①	同②
	故其乡语	故其乡语云	故其乡语曰	同①	同②
鱼丽于罶鲂鳢	鱼丽于罶鲂鳢鲤	鱼丽于罶鲂鳢	同②	同②	同②
	鲂鲤,《尔雅》曰:鲤,鲖也。许慎以为鲤鱼,玑以为似鲤,颊狭而厚	鳢,鲩也。似鲤,颊狭而厚。《尔雅》曰:鳢,鲖也。许慎以为鲤鱼	同②	鳢,鲩也。《尔雅》曰:鲤,鲖也。许慎以为鲤鱼,玑以为似鲤,颊狭而厚	同②
九罭之鱼鳟鲂	似鲲鱼而鳞细于鲲也	同①	似鲤而鳞细于鲤	同①	似鲤鱼而鳞细于鲤也
鱼丽于罶鳘鲨	一名扬	同①	同①	同①	一名黄扬
	合黄颊鱼	今黄颊鱼	同②	同②	今黄颊鱼是也
	形厚而长	形厚而长大	同①	同①	同②
	骨正黄	颊骨正黄	同②	同①	同②
	鱼之大而有力鲜飞者	鱼之大而有力解飞者	同②	同②	同②
	无此十一字	徐州人谓之扬黄颊,通语也	同②	同①	同②
	一名黄颊鱼	亦名黄颊鱼	同②	同①	同②
	无此四字	同①	同①	同①	故曰吹沙

续表

条目	版本				
	①续学海本	②毛本	③赵本	④丁本	⑤罗本
象弭鱼服	其皮背上斑文	同①	同①	同①	其皮背上有斑文
	今以为弓鞬步义	今以为弓鞬步义	今以为弓鞬步义	同③	今以为弓箭步义
	自相感也	同①	同①	同①	相感应也
鼍鼓逢逢	形似蜥蜴	同①	同①	同①	形似水蜥蜴
	甲如铠	坚如铠	同①	同①	同①
	今合药鼍鱼甲	同①	同①	今合乐鼍鱼甲	同①
成是贝锦	大者蚢	大者为蚢	同②	同②	同②
	小者为贝	小者为鲼	同②	同②	同②
	常有径一尺	同①	常有径一尺，至一尺六七寸者	同①	同①
	杯盘實物	杯盘寶物	同②	同②	同②
螽斯	螽斯	同①	同①	同①	螽斯羽
	长角，长股，青色黑斑	同①	长角，长股，股鸣者也。或谓似蝗而小，斑黑	长股,青色黑斑	同③
	以两股相搓作声	以两股相槎作声	以两股相切作声	同①	同①
	无此七字	同①	同①	同①	江东人呼为蚱蚂
喓喓草虫	无此四字	同①	一名负蠜	同①	同③
	大小长短如蝗	大小长短如蝗也	同②	同①	同②
	好在茅草中	同①	同①	同①	好在茅草中作声
	今人谓蝗子为螽子,兖州人谓之螣	无此十四字	同②	同②	同②

续表

条目	版本 ①续学海本	②毛本	③赵本	④丁本	⑤罗本
趯趯阜螽	一名负蠜	同①	一名蠜	同①	无此四字
莎鸡振羽	莎鸡振羽	六月莎鸡振羽	同②	同①	同②
	翅正赤	其翅正赤	同②	同①	基翅正赤
	幽州谓之蒲错	同①	同①	同①	幽州人谓之蒲错
	无此五字	同①	同①	同①	今络纬是也
去其螟螣及其蟊贼	桃李中蠹虫	同①	似桃李中蠹虫	同①	同③
	蝼蛄食苗根为人害	同①	同①	同①	蟪蛄食苗心为人害
	吏冥人犯法即生螟	吏冥冥犯法即生螟	同②	同①	同②
	吏祇冒取人财则生蟊	同①	吏抵冒取人财则生蟊	吏冥冒取人财则生蟊	吏祇冒取人财则生蟊
	故分别释之	同①	故分别释之	同①	同③
螟蛉有子	螟蛉有子	螟蛉有子蜾蠃负之	同②	同①	同②
	无此九字	同①	同①	同①	今蜾蠃所负为子者也
蟋蟀在堂	无此二字	同①	同①	同①	趣谓
	趋织鸣	同①	同①	同①	趣织鸣
蜉蝣之羽	是粪中蠍虫	是粪中蝎虫	同②	同①	同②
伊威在室	瓮底	同①	同①	同①	瓮器底
蟏蛸在户	一名长脚	亦名长脚	同①	同①	同②
	为网罗居之	同①	同①	网罗居之	同①
硕鼠	五伎	同①	五技	同③	同③
	故叙云	故序云	同②	同②	同②
	魏	同①	同①	同①	魏国

续表

条目	版本 ①续学海本	②毛本	③赵本	④丁本	⑤罗本
	今河东、河北县也	同①	同①	同①	今河东、河北县是也
	非今大鼠	同①	非鼣鼠也,今大鼠	同①	非鼣鼠也
如鬼如蜮	如鬼如蜮	为鬼为蜮	同②	同①	同②
	如龟二足	如龟三足	同②	同②	如鳖三足
	或曰舍沙射人	或曰含沙射人	同②	同②	同②
胡为虺蜴	蜴也	水蜴也	同②	同①	同②
		或谓之蜥蜴	同②	或谓之蛇蜴	同④
领如蝤蛴	蛴蟧	蝤蛴	同②	同①	同②
	蟥	蟥蛴	同②	同②	同②

注：1. 异体字一般不出校。
　　2. 表格中"同①""同②""同③""同④"等表述仅为文字简练需要,指二者某处文本相同,不是指二者有承袭关系。

二、研究版本的选择

古籍问世,在流传中不免产生文句错误和理解分歧。对《陆疏》的研究,自三国吴至清代,其间鲜有立说之作,多为传写讹脱错乱之异,而较少涉及歧解。今诸本除了异文,条目数量、名称、编排顺序亦不尽相同。如陶本计131条,丁本计137条,罗本计142条。丁本将"爰有树檀""隰有六驳"并为一条,从"山有栲"中别出"蔽芾其樗"一条。"食野之芩"条,宛陶本、文渊阁《四库》本无,丁本列于第81条,罗本列于第22条。当然,今本是历史修订本,与原书必有一定差异。但古籍经过反复校勘与解释,最终可能产生一种多数认同而接近原稿的底本。

在《陆疏》今本中,比较有影响的有毛、赵、丁、罗四本。周中孚《郑堂读书记》云:"《普秘笈》《盐邑志林》《唐宋丛书》均收入之,皆就是本展转相刻,俱未见佳。唯赵鹿泉(佑)所校正者,方为善本云。"①周中孚认为宝颜堂本、志林本、丛书本均非善本,而独称赵本为善本。刘毓庆《历代诗经著述考》云:"陆书今传本较多,而以赵佑、丁晏等校本为佳。"②《丛书集成初编》评丁本"校证颇详,凡他书引有《陆疏》者,一一校注于各句之下,洵为善本"③。《诗经要籍提要》给予丁本最高评价:"将《陆疏》的佚文,网罗无遗,并为之严加校订。凡是他书引有《陆疏》者,也都一一校注于各句之下。到目前为止,此本应说是《陆疏》最完善、最精审的版本了。"④而洪湛侯《诗经学史》则认为罗本是较好的版本,因为罗振玉依据新发现的《玉烛宝典》注,并广泛参考诸书所引《陆疏》之文,匡正《陆疏》达数十百处,且搜集《陆疏》佚文,在旧本133条基础上增至142条⑤。众说纷纭,本书将选择哪本为研究底本?

经过对校诸本发现,赵本主要依据《孔疏》所引、毛本对陶本进行校正,很多条目取毛本之说而异于陶本,如"有蒲与荷""赠之以芍药""薄言采芑""匏有苦叶""卬有旨苕"等条,虽祖于陶本而倾向于毛本系统。丁本以文渊阁《四库》本为底本,据以毛本,参考王本、《孔疏》《经典释文》、唐宋类书等文献。经过对校发现,在陶、毛相异处,丁本多取陶本(详例见上表格),应该说属于陶本系统。

续学海本作为《陆疏》今本中较早的陶本,存在不少错讹,后出的毛、赵、丁、罗本均对之有一定程度的校正。主要有以下情况:(一)删去续学海本的衍文。如"采采芣苢"条中,续学海本作"可鬻与煮同作茹","与煮同"明显是衍文,毛、赵、丁、罗本均已校正。(二)订正误字。如"于以采藻"条,续学海本为"茎大如钗服","钗股",谓钗歧出如股,常用以形容花叶的枝杈,续学海本"股"作"服",乃形近致误,毛、赵、丁、罗本正之为"茎大如钗股"。(三)补上脱漏。如"菉竹猗

---

① 周中孚:《郑堂读书记》卷八,《清人书目题跋丛刊》(第八辑),第129—130页。
② 刘毓庆:《历代诗经著述考(先秦—元代)》,第78页。
③ 陆玑:《毛诗草木鸟兽虫鱼疏》,王云五主编:《丛书集成初编》,商务印书馆,1936年,扉页。
④ 夏传才、董治安主编:《诗经要籍提要》,第26页。
⑤ 洪湛侯:《诗经学史》,第236页。

漪",续学海本无"淇、澳,二水名"五字,而《孔疏》所引有之,毛、赵、丁本均补之。

毛本虽对续学海本有不少订正,但也有不少讹误。"葼蔓于野"条,续学海本作"幽州人谓之乌服",毛本脱"州"字,赵、丁、罗本从续学海本。又如"芄兰之支"条,毛本误作"芄兰之女"。在《陆疏》原书已佚而旧本、善本难得的情况下,祖本陶本无疑不容绕过。但对校发现,毛本对很多文字的处理并未遵从较之更早的续学海本,即陶本系统。前文已论,《四库全书总目》云《陆疏广要》"为晋所自编"①,加之汲古阁本在校勘上声誉不太好,清初孙从添曾评价说:"毛氏汲古阁《十三经》、《十七史》校对草率,错误甚多。"②直到清末,人们习惯性不将《津逮秘书》等列入善本书目。基于以上原因,本书研究底本不取毛本。

整体而言,赵本、丁本很多条目均取续学海本。如"方秉蕑兮",续学海本、赵本、丁本均为"辟白鱼也",而毛本为"辟白鱼"。"于以采藻"条与此类似,续学海本、赵本、丁本均为"可以当谷食",而毛本作"可以当谷食也"。但丁本在参校版本选择上更有崇古倾向。遇到赵本与续学海本、毛本不同处,丁本多从续学海本、毛本,而不从赵本,如"参差荇菜",赵本作"肥美",丁本则从续学海本、毛本作"脆美"。又如"蒹葭苍苍",赵本作"青、徐州人谓之蒹芦",而丁本从续学海本、毛本作"青、徐州人谓之蒹"。而遇到续学海本与毛本文本不同处,丁本多从续学海本,赵本多从毛本。如"采采卷耳"条,续学海本作"子正如妇人耳中珰""幽州人呼为爵耳",此两句毛本分别无"正""为"字,丁本从续学海本,赵本从毛本。又如"言采其蕌",续学海本无"河内谓之蓑"五字,毛本有之,丁本从续学海本,而赵本从毛本。再如"薄言采芑",续学海本作"摘其叶白汁出",毛本作"摘其叶有白汁出",丁本从续学海本,而赵本从毛本。有时丁本从毛本而不从续学海本,多为订正续学海本明显讹误,如"成是贝锦",续学海本作"今九真、交趾

---

① 《四库全书总目》,《四库全书》第1册,第324页。
② 孙从添:《藏书纪要》,黄永年:《古籍版本学》,江苏教育出版社,2005年,第146页。

以为杯盘寶物也",丁本从毛本改为"今九真、交址以为杯盘寶物也",据语境,"實"当为"寶",因形近致讹。对这些异文的处理体现了赵佑与丁晏对版本的倾向性,丁本遇到异文,有明显讹误者则校改,难以决断者大致崇古,虽或从毛本,但大体更倾向于祖本陶本的直系、比毛本更早的版本——续学海本。较之赵本,丁本在校正续学海本讹误之外,更大程度上保持祖本陶本的原貌,也合乎校勘原则。清代校勘家黄丕烈曾言:"校勘群籍,始知书旧一日,则其佳处犹在,不致为庸妄人删润,归于文从字顺,故旧刻为佳也。"①强调不能为了文从字顺而妄改文本,而尽量遵从旧刻。当然,遇到异体字,丁本多从毛本写法,如续学海本多写作"煮""麁",而毛本作"鬻""麤",这体现了汉字写法的演变。

而较之丁本,赵本存在一些问题。(一)所据版本不统一,造成混杂。赵本遇到续学海本与毛本异文,多从毛本,但遇到异体字,多从续学海本。如"煮",常从续学海本,而不从毛本写作"鬻"。如"柞棫拔矣"条,据《尔雅疏》改毛本"轴"为"辐",在"隰有杞桋"条,又舍《尔雅疏》之说,据毛本改续学海本"皮薄而白"为"皮厚而白"。(二)赵本常改前本文字,如"柞棫拔矣"条,据《尔雅疏》将续学海本、毛本"可为犊车轴"改为"可为犊车辐",将续学海本、毛本"又可为矛、戟、锋"改为"又可为矛、戟、铃";又如"有熊有羆"条,续学海本、毛本皆作"冬多入穴而蛰",赵本独作"冬多穴地而蛰"。赵本改字,一般会加案语注明校改依据;但上述条例未注明依据,且与其所据《陆疏》今本皆不同,让人疑为抄录时随己意妄改。

黄侃强调:"读先儒之书不宜改字以迁就己说。"②倪其心也说:"古籍校勘,说到底是文字正误问题,最后判断必须有可靠的版本为依据。"③概言之,若无版本依据,不当妄改。且赵本改字所据版本不太统一,赵佑改字所据标准不统一,不力主一种版本,既缺乏说服力,也

---

① 黄丕烈:《武林旧事六卷跋》,张舜徽:《中国文献学九讲》,中华书局,2011年,第56页。
② 黄侃述,黄焯编:《文字声韵训诂笔记》,第219页。
③ 倪其心:《校勘学大纲》,第119页。

可能使赵本离祖本原貌更远。因此,较之丁本,赵本不算善本。

罗本多从毛本、赵本,有时从续学海本,有时从丁本,使版本混杂而远离古本原貌。焦循在《雕菰集·辨学》中谈及校勘经验:"宜主一本,列其殊文,俾阅者参考之也。"①强调校勘时不能依据多个版本混杂订正,而要以一本为主;其他异文仅注存以供读者参考。罗本有时不同于续学海本、毛本、赵本、丁本而改字,如"山有栲",续学海本、毛本、赵本、丁本均作"失其声耳",罗本独作"失其声矣",未知所据。

罗本很多校改有较大商榷空间。罗本广据《经典释文》、日本刻隋《玉烛宝典》、《诗缉》《通志》《齐民要术》《太平御览》等文献对《陆疏》进行大量刊补、校正,其自言对《陆疏》"匡订数百十处"②。但这一做法未必可从。朱一新旗帜鲜明反对援引它书改订本文的做法:"今人动以此律彼,专辄改订,使古书皆失真面目。此甚陋习,不可从。"③由文字音、形、义而造成的错讹,遍于诸书,自古一直存在。岳珂曾谈及经籍传写过程讹误产生的现象及主要原因:"魏晋以来,则又厌朴拙,耆姿媚,随意迁改,义训混淆,漫不可考……至开元所书《五经》,往往以俗字易旧文……五季而后,镂板传印,经籍之传虽广,而点画义训,讹舛自若。"④魏晋以来对字形随意迁改,开元时期所书《五经》往往用俗字代替旧文,五代时期镂板传印又生很多错讹。因古籍在流传中常存在文字形体变迁、避讳、以俗体替换正字、刻印传讹等现象,故文字正误判断是古籍校勘经常面临的难题。但校勘的根本任务是存真复原,力图恢复古籍原貌,探求接近原稿的善本。清代学者王引之谈自己的校勘经验:"若夫周之没,汉之初,经师无竹帛,异字博矣,吾不能择一以定,吾不改。假借之法,由来旧矣,其本字什八可求,什二不可求,必求本字以改假错字,则考文之圣之任也,吾不改。写官椠工误矣,吾疑之,且思而得之矣;但群书无佐证,吾惧来者之滋口也,吾

---

① 王云五主编:《丛书集成初编》,第109页。
② 罗振玉:《罗振玉学术论著集》第四集,第225页。
③ 朱一新:《无邪堂答问》,张舜徽:《中国文献学九讲》,第87页。
④ 岳珂:《九经三传沿革例》,嘉庆甲戌年(1814)汪氏影宋刊本,第四页。

又不改。"①王引之面对周末、汉初古籍中无法抉择的异字、假借字,均不改;遇见传刻疑误字,若无群书佐证,绝不妄改。这也是强调,校勘考证时不要轻易改动古本,对异文作出正误判断,必须有可靠的版本依据。一则因为不能确证外证所考之文必为原著之文,二则不能排除原著是误字错句的可能性。文献学家陈乃乾亦言:"校勘古书,当先求其真,不可专以通顺为贵。"②故校勘判断正误的准则要求尽力符合原稿面貌。具体而言,误字的确定,要以原稿文字为准,以原稿著作时代的文字实际情况为据。当然,清代校勘学中有不同流派,以卢文弨为代表的学者主张说明异文正误而不妄加修改;以戴震、段玉裁为代表的学者主张订正勘误,勇于改字,但反对妄改、擅改。其实他们都反对对古籍妄加修改。我们认为,《陆疏》今本以陶本为祖本,可以说能代表《陆疏》今本原貌,没有可靠版本依据与精审考证,宁注存异文,而不妄改。

此外,简单从《齐民要术》《太平御览》《诗辑》等书增补《陆疏》,所得辑录本亦有很大考证空间。因为古人援引古书,有时是节录。清代校勘学家卢文弨于《与丁小雅进士论校正〈方言〉书》中言:"大凡昔人援引古书,不尽皆如本文……今或但据注书家所引之文,便以为是,疑未可也。"③卢文弨其实指出文献征引中节录现象比较普遍,故而校正群籍,首先要遵从旧本,仅仅就注家所引之文作为校改依据,是很不可靠的。假定《陆疏》完整传至唐代,孔颖达作《孔疏》,虽尽量全录,但此过程仍不免文字错误与理解分歧。北朝贾思勰《齐民要术》、宋代严粲《诗缉》所据何本不得而知,但其所录未必皆如原书。《陆疏》传至元代而亡,明陶本、毛本皆辑录本。他们在辑录过程中会参考哪些古书未知,但至少因加入自己观点而与原书有一定差异。而后赵佑、丁晏等人校正,又加入自己观点,这就使《陆疏》在传抄踵刻中呈现更复杂的情况,而与原书之异更甚。如此,罗本所补内容有待方家考辨。

---

① 龚自珍:《工部尚书高邮王文简公墓表铭》,《龚定庵全集类编》,中国书店,1991年,第233页。
② 陈乃乾:《与胡朴安书》,张舜徽《中国文献学九讲》,第57页。
③ 卢文弨:《抱经堂文集》卷二十,第十三页。

罗本有时将《孔疏》文羼入《陆疏》文,如"肇允彼桃虫"条,较之《陆疏》今本其他诸本多出的文字有:

> 言始小终大者始为桃虫,长大而为鵰鸟。鷦鹩,小鸟而生雕鹗者也。或曰布谷生子,鷦鹩养之。(罗本《陆疏·卷下》)

除罗本外,《陆疏》今本均无"言始小终大者"以下文。罗本据《小毖》疏、《尔雅·释鸟》疏引补"言始小终大者始为桃虫,长大而为鵰鸟。鷦鹩,小鸟而生雕鹗者也"二十六字。而"言始小终大者始为桃虫,长大而为鵰鸟"乃《孔疏》释《毛传》"鸟之始小终大者"之句,非《陆疏》文。

此外,一般认为,善本既要有文献价值,又要有文物价值。张之洞曾如此界定善本:"一曰足本(无阙卷,未删削),二曰精本(一精校,一精注),三曰旧本(一旧刻,一旧钞)。"[1]也就是说,善本既需精加雠校,还需重视旧校、旧抄。虽然《陆疏》今本均为辑佚本,或许较之原书均未为足本,但丁本既吸收前人成果对祖本陶本进行精校,又较之赵、罗本,能更大限度遵从陶本,"逼真"度更高,即更能反映该书本来面貌,从校勘学、版本学意义而言,堪称善本。故本书所作研究,将取丁本为底本。

第三节 《陆疏》今本与《孔疏》关系考辨

《陆疏》是魏晋流传下来唯一一部《诗经》名物学文献,该书突破汉儒关注名物人文意义的传统,开辟以考据名物治《诗》的新途径,在诗经学史、《诗经》名物学史上具有里程碑意义。但《陆疏》原书久佚,而《孔疏》征引最多。《陆疏》今本与《孔疏》关系如何?这个问题迄今鲜见学者详论,本节将以选取《陆疏》今本中代表性版本与《孔

---

[1] 张之洞著,程方平编校:《劝子篇》,北京师范大学出版社,2014年,第113页。

疏》所引《陆疏》对校为基础,对之进行探讨。

一、今本《陆疏》形成时间及版本概况

《陆疏》今本有十余种,是以元明丛书为源头而形成的今本系统①。《陆疏》成书于三国时期,现存文献中,南朝梁代刘昭注西晋司马彪《续汉书·百官志》最早征引②。《陆疏》传本在隋唐尚存,《隋书·经籍志》《经典释文》均有明确记录。定《诗》于一尊的皇皇巨著《孔疏》全用其说,当时还有定本、俗本流传③。此外,日本宽平年间(889—897)所编《日本国见在书目录》亦可证《陆疏》在唐代的流传④。

北宋时期《陆疏》传本尚存,《新唐书·艺文志》《崇文总目》等官修书目均有《陆疏》二卷记载。南宋亦有《陆疏》传本。郑樵评价《陆疏》所传支离错乱,乃因陆玑本无此学,当是阅读《陆疏》所得印象⑤。《读诗记》《诗缉》引用《陆疏》颇多,《郡斋读书志》《遂初堂书目》《直斋书录解题》等私家藏书目录均有《陆疏》记载。此外,王应麟《玉海》于"陆玑《毛诗草木虫鱼疏》二卷"下注云:"吴太子中庶子,乌程令,书目同。按:《释文》玑字元恪,易《释文》引之。"⑥此书所录有别于《经典释文》,一是对陆玑的字持保留意见,一是书名少了"鸟兽"二字,似有所据之本。种种文献表明,《陆疏》在南宋有单行本流传。

宋元之际《陆疏》未必亡佚,但传本极为稀见。马端临《文献通考》所录《陆疏》情况,仅全引自《崇文总目》《直斋书录解题》之语。马

---

① 《陆疏》今本焦循《陆氏草木鸟兽虫鱼疏疏·自序》云:"此书一刻于陶宗仪《说郛》,一刻于陈继儒之《眉公秘笈》,一刻于毛晋汲古阁《津逮秘书》。"见《续修四库全书》第65册,第445页。
② 《续汉书·百官志》"并树桐梓之类列于道侧"下,刘昭注云:"陆玑《草木疏》曰:梓实桐皮曰椅,今人云梧桐是也。"见司马彪撰,刘昭注补《后汉书志》第二十七,中华书局,1965年,第3610页。
③ 《孔疏》"荇菜"疏云:"定本'荇,接余也'。俗本'荇'下有'菜'字,衍也。"见《毛诗正义》卷一,阮元校勘:《十三经注疏》,艺文印书馆,2013年,第21页。本文所引《孔疏》文字皆出自此本,以下简注。
④ 王孙涵之:《今本〈毛诗草木鸟兽虫鱼疏〉辨伪》,《文史》2020年第2辑。
⑤ 郑樵《昆虫草木略·序》云:"陆玑者,江左之骚人也,深为此患,为《毛诗》作《鸟兽草木虫鱼疏》,然玑本无此学,但加采访,其所传者多是支离。"见日本兰山先生校:《昆虫草木略》,众芳轩藏版,天明五年(1785)刻本,第三页。
⑥ 王应麟辑:《玉海》卷三十八,第724页。

端临自序云："今所录,先以四代史志列其目,其存于近世而可考者,则采诸家书目所评,并旁搜史传、文集、杂说、诗话,凡议论所及可以纪其著作之本末,考其流传之真伪,订其文理之纯驳者,则具载焉。"①既然《文献通考》所载《陆疏》"采诸家书目所评",则《陆疏》当属"存于近世而可考者",即当时《陆疏》或有传本。清人焦循也认为:"历来传其书二卷,唐、宋《艺文志》及《玉海》《文献通考》诸书皆著录,则其书似未亡者。"②推测《陆疏》宋元之际未必亡佚。但元代许谦《诗集传名物钞》中所引《陆疏》多出自《孔疏》《诗缉》;焦循指出王应麟《困学纪闻》所记大毛公之名、所引《陆疏》分别出自《初学记》《读诗记》,怀疑当时已难见《陆疏》传本③。

明代正统六年(1441)杨士奇等编《文渊阁书目》地字号第二橱书目载:"陆玑《诗鸟兽草木虫鱼疏》一部一册。"④该题名与《直斋书录解题》《通志》题名相同,"鸟兽"在"草木虫鱼"之前;而明代官方藏书机构文渊阁所藏,以宋元金内府旧藏为基础,故《文渊阁书目》所载《陆疏》,或为南宋传本。但明代万历三十三年(1605)张萱重新整理的《内阁藏书目录》中已全然不见《陆疏》踪影。据王孙涵之考证,万历前的明人书目如《百川书志》《晁氏宝文堂书目》等均无《陆疏》著录,其他书目如焦竑《国史经籍志》《近古堂書目》等虽有著录,但或纂抄旧目,或为伪作,其著录并不足信⑤。万历三十四年吴雨撰《毛诗鸟兽草木考》,其友曹学佺序云:"友人吴君,悼其(按:其指《陆疏》)失传,收诸散见,引而伸之,推而广之。"⑥明言《陆疏》当时已失传。综上文献推测,至万历三十三年(1605)年《陆疏》传本已极稀见,或已亡佚。

---

① 马端临:《文献通考·自序》,中华书局,1986年,第8页。
② 焦循:《陆氏草木鸟兽虫鱼疏疏·序》,《续修四库全书》第65册,第445页。
③ 焦循云:"王氏言大毛公名亨,惟见《初学记》,使《陆疏》已然,王氏博闻,不应未见,且引《陆疏》必引《读诗记》之所引而言其误,则当时《陆疏》已不传。"见焦循:《陆氏草木鸟兽虫鱼疏疏》卷下,《续修四库全书》第65册,第465页。
④ 杨士奇等编:《文渊阁书目》卷一,《四库全书》第675册,第124页。
⑤ 王孙涵之:《今本〈毛诗草木鸟兽虫鱼疏〉辨伪》,《文史》2020年第2辑。
⑥ 曹学佺:《毛诗鸟兽草木考序》,载吴雨:《毛诗鸟兽草木考》,明万历磊老山房刻本,第一——二页。

明代姚士粦自言收藏《陆疏》一卷,计174条,远多于《陆疏》今本,或为《陆疏》某传本。而据朱国祚《盐邑志林序》,姚氏曾"出秘本订辑《志林》"①,志林本刻于天启三年(1623),若姚氏所言当真,这说明,至明天启年间,尚存《陆疏》残本,但世人极难见之。据钱谦益《列朝诗集小传》载,姚氏或卒于清顺治初年②。林庆彰也考证,姚士粦或卒于1645—1646年③。其后,未有此本的记录。毛晋《陆疏广要》(以下简称毛本)约刊刻于崇祯己卯年(1639),系毛氏自编之作。《四库全书总目》云:"尝刻《津逮秘书》十五集,皆宋元以前旧帙,惟此书为晋所自编。"④毛晋穷搜四海,家富图籍,多藏世传影宋精本,若当时见到《陆疏》古本,当不会自编。

综上文献,万历三十三年《内阁藏书目录》中不见《陆疏》踪影,大约在万历四十八年(1620)陈继儒《宝颜堂秘笈·普集》、天启年间(1621—1627)《续百川学海》问世(均收有《陆疏》,世称宝颜堂本、续学海本,是《陆疏》今本较早版本),崇祯十二年毛本问世,可推知《陆疏》古本可能最迟在1605年前已亡佚;若姚士粦所言为真,则其所见本亡佚时间最迟在姚士粦去世之后。

《陆疏》今本有十余种,但诚如清人赵佑所言:不外陶、毛二本⑤。而现存陶本最早版本为宝颜堂本或续学海本,⑥均为辑本;毛本则以宝颜堂本为底本补辑、校正,其后明清诸本皆不出此。《陆疏》今本既为

---

① 樊维城编:《盐邑志林》(第三册),第7页。
② 钱谦益记载了姚士粦晚年数事:"(士粦)晚岁数过余,年将九十矣。剧谈至分夜,不寐。兵兴后,穷饿以死。"见钱谦益:《列朝诗集小传》,上海古籍出版社,2008年版,第657页。钱氏《初学集》卷一七有作于崇祯庚辰(1640)年的《姚叔祥过明发堂,共论近代词人,戏作绝句》十六首,记载"剧谈至分夜"事。"兵兴"盖指顺治二年(1645)进克杭州、嘉兴等事,此时姚氏八十五岁。据此推测姚士粦或卒于顺治二、三年间。
③ 林庆彰:《丰坊与姚士粦》,第142页。
④ 《钦定四库全书总目》卷十五,《四库全书》第1册,第324页。
⑤ 赵佑《草木疏校正·自叙》云:"陆玑《毛诗草木鸟兽虫鱼疏》二卷,元陶宗仪载在《说郛》,及明末毛晋为之《广要》,入《津逮秘书》。今世现行,唯此二本。"见《续修四库全书》第64册,第一页。
⑥ 《陆疏》宝颜堂本与续学海本成书先后学界尚有分歧,如矢岛明希子认为续学海本最古,而王孙涵之认为宝颜堂本才是《陆疏》今本祖本。见王孙涵之:《今本〈毛诗草木鸟兽虫鱼疏〉辨伪》,《文史》2020年第2辑。按:宝颜堂本与续学海本差不多刻于同一时期,据现存文献难断其先后;而且,续学海本与宝颜堂本条目及编排顺序、卷数全同,文本也只有寥寥几处异体字、通假字、形近误字。

辑本,则其所据为何？以下将对此作进一步考察。

二、《陆疏》今本与《孔疏》所引异文类型及推论

《陆疏》今本据何而辑？诸家或语焉不详,或仅有结论而无确证。如《钦定四库全书提要》仅仅推测今本"大抵从《诗正义》中录出"①,周中孚亦云:"此本多从《诗正义》中采辑成编。"②仅有结论,但未详论。今人徐建委却认为,今传《陆疏》与《毛诗正义》《太平御览》所引有较多异文,不是能从《毛诗正义》《太平御览》等书辑出的③。《陆疏》今本与《孔疏》关系到底如何？本节将选取《陆疏》今本中代表性版本与《孔疏》所引对校,并结合前人研究,对之进行探讨。

《陆疏》今本以续学海本较古,又与其后重编《说郛》本、《唐宋丛书》本、《四库全书》本、《增订汉魏丛书》诸本为同一书板,故取之代表陶本一系;毛本虽祖于陶本,但与之多有不同,可算《陆疏》今本另一系。其余诸本大体不出此二本,其中丁本后出而最精,罗本最完备;但二本亦主要基于陶、毛二本校正,只是丁本多从陶本,而罗本多从毛本之外,又据《玉烛宝典》《诗缉》《通志》《韵会举要》等文献大量进行增补。丁本既不脱陶本,而罗本不能呈现《陆疏》今本祖本原貌,故不取此二本作为研究底本。因此,欲探求《陆疏》今本与《孔疏》关系,选续学海本、毛本与《孔疏》所引《陆疏》文字对校,应能说明问题。

(一)《陆疏》续学海本、毛本与《孔疏》所引异文情况

《陆疏》续学海本、毛本所有条目与《孔疏》所引《陆疏》文字比较,具体情况如下表:

版本 \ 数量	条目总数	已见《孔疏》引用条目数	未见《孔疏》引用条目数
续学海本	132	110	22
毛本	133	111	22

---

① 《钦定四库全书提要》,《四库全书》第 70 册,第 1—2 页。
② 周中孚:《郑堂读书记》卷八,《清人书目题跋丛刊》(第八辑),第 130 页。
③ 徐建委:《文本的衍变:〈毛诗草木鸟兽虫鱼疏〉辨证》,《上海大学学报(社会科学版)》2018 年第 5 期,第 77 页。

续学海本条目与《孔疏》所引比较,二者均有的条目达 110 条,约占续学海本 83.33%;毛本、《孔疏》所引均有的条目达 111 条,约占毛本 83.46%。《孔疏》所引《陆疏》文字与续学海本、毛本比较,除去文本全同的 14 条,其余异文大致可分如下几类:

1. 个别字词异文

此类约 22 条。这些条目续学海本、毛本与《孔疏》所引虽有个别字词的出入,但内容基本一致。异文主要表现为:

(1) 有无句首名物词。如:

薇,山菜也。(【言采其薇】)①
蕢,今泽蕮也。(【言采其蕢】)

按:以上两条,《孔疏》所引除没有句首名物词"薇""蕢"字,文本与续学海本、毛本全同。

(2) 训释字词损益。

又可蒸食。(【菁菁者莪】)
有分解也。(【言采其蝱】)

按:"菁菁者莪"条,《孔疏》所引较之续学海本、毛本仅无"食"字。"言采其蝱"条,《孔疏》所引"也"前有"是"字。

(3) 训释名称不同。

葑,蔓菁。(【采葑采菲】)

按:《孔疏》所引"蔓菁"作"芜菁"。但"蔓菁""芜菁"实属同物异

---

① 本节《陆疏》文本均出自续学海本,条目以【】表示。见吴永辑:《续百川学海·甲集》,中国书店,2015 年。

名,内涵一致。明李时珍《本草纲目》云:"芜菁,北人名蔓菁。"①《汉语大词典》释"蔓菁"时亦曰:"即芜菁。"②

2. 个别句异文

此类约25条。这些条目续学海本、毛本与《孔疏》所引虽有个别字句出入,但内容整体高度一致。据异文内容,大致可分如下几类:

(1)补充名物别名。续学海本、毛本较之《孔疏》所引,多补充名物别名。此类多达十余条,如:

蒌,蔏蒌也。(【言刈其蒌】)

按:此条《孔疏》所引无"蒌,蔏蒌也"四字,续学海本、毛本文字或据《尔雅》及郭璞注(以下简称郭注)增补。《释草》云:"购,蔏蒌。"郭云:"蔏蒌,蒌蒿也。"③

(2)补充名物食用价值。如:

香中炙啖。(【食野之蒿】)

按:此条《孔疏》所引无"香中炙啖"四字,续学海本或据郭注引补。郭璞曰:"今人呼为青蒿,香中炙啖者为菣。"④

(3)补充名物生物特性。如:

其鸣嗷嗷而悲。(【敎猱升木】)

按:此条《孔疏》所引无"其鸣嗷嗷而悲"六字,续学海本、毛本增补了猱的鸣声特点。

---

① 李时珍:《本草纲目(校点本)》卷二十六,第三册,人民卫生出版社,1978年,第1611页。
② 汉语大词典编辑委员会、汉语大词典编纂处编:《汉语大词典》第9卷,汉语大词典出版社,1992年,第536页。
③ 《毛诗正义》卷一,阮元校勘:《十三经注疏》,第43页。
④ 《毛诗正义》卷九,阮元校勘:《十三经注疏》,第316页。

(4) 补充名物加工工艺。如:

鬻之用缉。(【可以沤纻】)

按:此条《孔疏》所引无"鬻之用缉"四字,学海本、毛本增补以说明其加工工艺。

(5) 补充名物文化意义。如:

督促之言也。(【蟋蟀在堂】)

按:此条《孔疏》所引无"督促之言也"五字,续学海本、毛本增补以说明"趣"之文化意义,与下文"趣织鸣,懒妇惊"之里语衔接。

由以上增补之例,可窥见《陆疏》今本在增补时大体沿着《陆疏》原书诠释名物的方向,侧重于名物别名、生物特性、用途等方面。需要指出的是,《陆疏》今本增补所据《毛传》《尔雅》郭注在《孔疏》中都有,很可能参考甚至转引自《孔疏》,本节第三部分有详细论说。

3. 异文较多

此类约 50 条。此类异文较多,混合多种类型,很难将某条归于某类。这些异文主要表现为在《孔疏》基础上补释名物别名、外形、用途、产地、习性、种属、食用价值、烹食方法、文化意义等方面,如:

荷,芙蕖,江东呼荷。其茎茄,其叶蕸,茎下白蒻。其花未发为菡萏,已发为芙蕖。其实莲。莲青皮,裹白子为的,的中有青,长三分如钩为薏,味甚苦,故俚语云"苦如薏"是也。的,五月中生,生啖脆。至秋,表皮黑,的成食,或可磨以为饭,如粟饭。轻身益气,令人强健。又可为糜,幽州、扬、豫取备饥年。其根为藕,幽州谓之"光旁",为光如牛角。(【有蒲与荷】)

按:此条《孔疏》所引仅作"莲青皮,里白子为的,的中有青为薏,味甚苦。故俚语云'苦如薏'是也"26字,限于释"莲",而非条目所指"有蒲与荷",且与划线文字略有出入。而续学海本达 123 字;毛本更达 157 字,不仅对"荷"进行更翔实的说明,还据《孔疏·韩奕》补释"蒲"①。毛本对"荷"之补释整合了《尔雅》、郭注等文献。《尔雅》云:'荷,芙蕖。其茎茄,其叶蕸,其本蔤(郭注:茎下白蒻在泥中者),其华菡萏,其实莲(郭注:谓房也),其根藕,其中的(郭注:谓子也),的中薏(郭注:中苦心也)。'"②至于"故俚语曰"以下文字,涉及"莲"之生长时令、食用方法及备荒之用,应是后人据生活实际作的补释,毕竟"莲"是常见之物。

此外,"蒹葭苍苍"阮校《孔疏》所引仅 27 字,续学海本、毛本 92 字;"言采其藚"阮校《孔疏》所引仅 32 字,续学海本 53 字,毛本 58 字;"芃兰之支"阮校《孔疏》所引仅 11 字,续学海本 24 字,毛本 38 字;"言采其蓫"条阮校《孔疏》所引仅"今人谓之羊蹄"6 字,续学海本、毛本 36 字。考虑到《孔疏》因节录而大段漏引《陆疏》文字的现象极少见,且阮校《孔疏》以唐石经、宋注本校宋注疏十行本,又以宋注疏十行本校明刻诸本,并以清卢文弨等所校本为蓝本,是目前公认的较好版本,故我们认为,这些条目中相较于《孔疏》所引所增加的文字是续学海本、毛本据其他文献撰辑甚至自行补撰的。

(二)《陆疏》今本主体从《孔疏》辑出

通过将续学海本、毛本与《孔疏》所引《陆疏》文字对校,基本可得出结论:《陆疏》今本主体辑自《孔疏》。主要理由如下:

其一,就《陆疏》今本条目与《孔疏》所引条目相合度可证。续学

---

① 《孔疏·韩奕》:陆机《疏》云:[a]"笋,竹萌也。皆四月生,唯巴竹笋八月、九月生。始出地,长数寸,饟以苦酒,豉汁浸之,可以就酒及食。[b]蒲始生,取其心中入地蒻,大如匕柄,正白。生啖之,甘脆。饟而以苦酒浸之,如食笋法。"见《毛诗正义》卷十八,阮元校勘:《十三经注疏》,第 681 页。《陆疏》今本将之拆为 a、b 两节,分别辑入"唯笋及蒲""有蒲与荷"两条。此外,就《陆疏》作者之名,历来有"玑""机"之歧,阮元在《毛诗正义》"校勘记"中"陆机疏云"条明确指出应题为"陆机",且阮校《毛诗正义》亦全引作"陆机"。不过,笔者主张《陆疏》作者为"陆玑",已在第一章中有详论。
② 毛晋《陆疏广要》卷上上,明崇祯毛氏汲古阁刻清初汇印津逮秘书本,第十六页。此节文字毛本中郭注有些是转引。

海本(132条)、毛本(133条)所有条目中,未见《孔疏》所引者仅22条;而三者均无的条目有"浸彼苞蓍""手如柔荑""四月秀葽""投我以木瓜""隰有榆""燕燕于飞""鹑之奔奔""野有死麕""骊骊牡马"等9条,也就是说,续学海本、毛本与《孔疏》所引的条目相合度极高,接近90%。就文本而言,续学海本、毛本与《孔疏》所引全同14条,仅个别字句不同约47条,异文较多但其内容高度一致者约50条。由此不难推出,《陆疏》今本与《孔疏》有不可分割的血缘关系,其主体就是从《孔疏》辑出的。

其二,从李学勤主编标点本《孔疏》中同一文字不同归属的现象可窥见《陆疏》今本据《孔疏》辑录的痕迹。如:

鸨鸟,似雁而虎文。连蹄。性不树止,树止则为苦。故以喻君子从征役,为危苦也。(【肃肃鸨羽】)

此条《孔疏》未引用《陆疏》,而将疏文置于释"栩"之后:

陆机《疏》云:今柞栎也……鸨鸟连蹄,性不树止,树止则为苦,故以喻君子从征役,为危苦也①。

按:划线处文字应该不是《陆疏》原文。一则因为"鸨鸟"是动物,《陆疏》不会和"栩"合释;二则《诗》云"肃肃鸨羽,集于苞栩","鸨羽"句在前,"苞栩"句在后,若"鸨鸟"之后文字是《陆疏》文,《孔疏》引之,也会按其作疏习惯,依名物先后顺序,将"鸨鸟"疏文置于"苞栩"的疏文之前,而非其后。比较合理的解释是,此处"鸨鸟"之后文字是《孔疏》文,续学海本、毛本应是参考《郑笺》"喻君子当居安平之处,今下从征役,其为危苦,如鸨之树止然"②及《孔疏》文字而补撰

---

① 《毛诗正义》卷七,阮元校勘:《十三经注疏》,第255页。
② 《毛诗正义》卷七,阮元校勘:《十三经注疏》,第255页。

的,李学勤主编版《孔疏》将之别出,就是认为这是《孔疏》文①。对此,清人陶福祥《毛诗草木鸟兽虫鱼疏考证》也认为此条是后人误将《孔疏》文辑入②。

其三,从《陆疏》今本条目与《诗经》篇目关系看。《陆疏》今本条目名皆取自《诗经》全句,整体与《诗经》篇目对应,但有些条目名称与《孔疏》引用《陆疏》文字所在的《诗经》篇目不对应。如"狼跋其胡"出自《豳风·狼跋》,《孔疏》引文出自《齐风·还》;"莫莫葛藟"出自《大雅·旱麓》,《孔疏》引文出自《周南·樛木》;"取萧祭脂"出自《大雅·生民》,而《孔疏》所引出自《王风·采葛》。出现这种情况,很可能是《陆疏》今本辑录者疏忽所致,这种不对应现象正是"冠名"之失;当然也可能出于某种编纂需要而有意为之。

其四,从一些未见《孔疏》引用《陆疏》的条目亦可窥见后人增补之痕。《孔疏》训释名物习惯,能用文献不厌其繁。《陆疏》是其训释名物重要参考书,故《孔疏》很多说法直接采用《陆疏》原文;而未见《孔疏》引用的条目,一般未见于《陆疏》。如《卫风·硕人》中,"手如柔荑"条《孔疏》未引用《陆疏》,但在解释同首诗中"鱣鲔""荍"时引用陆玑之言;《豳风·七月》中,"四月秀葽"条《孔疏》未引用《陆疏》,但解释同首诗中"莎鸡"时又引用《陆疏》;《小雅·鹤鸣》中,"爰有树檀"《孔疏》未引用《陆疏》,而解释同首诗中"鹤鸣于九皋""其下维穀"条时又引用。出现这种情况,很可能《陆疏》本无"手如柔荑""四月秀葽"等条,因为若有,《孔疏》不会置手边文献不取而不对"柔荑""树檀"进行训释。但这些条目《陆疏》今本有之,最大可能性是出自后人辑佚甚至补撰。

据《诗经学史》的统计,《孔疏》征引《陆疏》共112次,较之《太平御览》(86次)、《尔雅疏》(81次)、《诗辑》(63次)及其他如《齐民要

---

① 《毛诗正义》卷第十四,李学勤主编:《十三经注疏》,北京大学出版社,1999年,第395页。
② 陶福祥认为此数语盖申明《毛传》"鸨性不树止"意,且考察《读诗记》《诗辑》引此条并作《孔疏》语。见赵所生、薛正兴主编:《中国历代书院志》第14册,第413页。

术》《证类本草》等征引《陆疏》多在20—30次之间的文献①，《孔疏》居征引《陆疏》条目数之冠。《陆疏》正是依赖这些文献的征引而得以流传。除《齐民要术》外，其他文献均晚于《孔疏》；而《齐民要术》虽早，但所引《陆疏》数量远少于《孔疏》所引。在《陆疏》原书亡佚的情况下，后代若要辑录此书，无论从引用数量还是从该文献所属年代及其影响力考虑，"融贯群言、包罗古义"的《孔疏》当为辑本所据的不二之选。因此，在无更全的《陆疏》原书资料的条件下，推出《陆疏》今本主体基于《孔疏》所引辑录的结论，是合乎逻辑的。

当然，《陆疏》今本在撰辑过程中还广泛参考了其他文献，比如《诗缉》，陶福祥指出"严氏《诗缉》有补《孔疏》之遗者"②。王孙涵之考证《陆疏》今本主要辑自《孔疏》《尔雅疏》《证类本草》《尔雅翼》《史记正义》《太平御览》等书③。罗振玉《毛诗草木鸟兽虫鱼疏新校正》更是广泛参考《孔疏》《尔雅(郭注)》《大观本草》《诗缉》《齐民要术》《尔雅翼》《通志·草木略》《韵会》《太平御览》《玉烛宝典》《艺文类聚》诸书所引《陆疏》，匡正《陆疏》达数十百处，且搜集《陆疏》佚文，在旧本133条基础上增至142条，其所增补的文字都在其下夹注了出处④。但这些文献只是有助于补辑、校正，《陆疏》今本的主体依然源自《孔疏》。

今人徐建委将《陆疏》今本文字与《齐民要术》《孔疏》《太平御览》进行比较后认为，今本《陆疏》文字两倍于《孔疏》《齐民要术》《太平御览》所引，绝非宋以后可以辑得⑤。其实不然，《陆疏》今本文字两倍于这些唐宋文献所引，正是后人以《孔疏》为主体进行撰辑、又参以其他文献撰补的结果，比如罗振玉《毛诗草木鸟兽虫鱼疏新校正》就是典例。更重要的是，《陆疏》今本撰辑者主要采取了五种方式，在一定程度上促使今本较之唐宋文献所引"膨胀"许多。

---

① 洪湛侯：《诗经学史》，第534页。
② 赵所生、薛正兴主编：《中国历代书院志》第14册，第407页。
③ 王孙涵之：《今本〈毛诗草木鸟兽虫鱼疏〉辨伪》，《文史》2020年第2辑。
④ 见罗振玉：《罗振玉学术论著集》第四集，第225—267页。
⑤ 徐建委：《文本的衍变：〈毛诗草木鸟兽虫鱼疏〉辨证》，《上海大学学报(社会科学版)》2018年第5期。

三、《陆疏》今本据《孔疏》辑撰的主要方式

《陆疏》今本作为辑本,在据《孔疏》所引为主体进行辑撰时,主要有如下几种类型。

(一)补撰句首名物词。《孔疏》所引《陆疏》,大多无句首名物词,但有些有,如"薄采其茆"条。这说明,若《陆疏》文本有句首名物词,《孔疏》会照引,而不会删之。综观"苕之华"条《孔疏》文,在集引不同文献对"苕"的解释时,不嫌重复:

> 《释草》云:苕,陵苕……舍人曰:苕,陵苕也……某氏曰:《本草》云陵蒔,一名陵苕。陆机《疏》云:一名鼠尾……①

按:短短一段文字,"陵苕"出现三次,《孔疏》将"苕"在不同文献中的解释罗列一起,以资互证互补,不会因简明需要而随意删减引文。照此行文习惯,《陆疏》文本若有"苕,一名陵时"五字,《孔疏》断无不录之理。《孔疏》所引无此文,说明《陆疏》文本无此文;《陆疏》今本有之,当是辑录者补撰的结果。由此进一步推测,《陆疏》今本每条均有句首名物词,整齐划一,应该是辑录者撰补的结果。

(二)将《孔疏》不同语段相关信息合辑。如:

> 茑,一名寄生。叶似当卢,子如覆盆子,赤黑甜美。女萝,今兔丝,蔓连草上生,黄赤如金,今合药菟丝子是也。非松萝,松萝自蔓松上生,枝正青,与菟丝殊异。(【茑与女萝】)

而《孔疏》文原文如下:

> [a]陆机《疏》云:茑,一名寄生。叶似当卢,子如覆盆子,赤

---

① 《毛诗正义》卷十五,阮元校勘:《十三经注疏》,第 526 页。

黑甜美。《释草》云："唐蒙，女萝。女萝，菟丝。"毛意以菟丝为松萝，故言松萝也。[b]陆机《疏》云："今菟丝，蔓连草上生，黄赤如金，今合药菟丝子是也。非松萝。松萝自蔓松上生，枝正青，与菟丝殊异。"①

按：[a][b]划线两处文字是《孔疏》随文两处分引《陆疏》文字，中间插入《尔雅》训释；续学海本、毛本则基本上剔除《尔雅》文字，而将《孔疏》两处分引《陆疏》的文字合辑，并添加"女萝"二字，使语段连贯。

（三）将《孔疏》同一语段相关信息拆分后增补。如《孔疏·大雅·韩奕》：

[a]陆机《疏》云："貔，似虎，或曰似熊，一名执夷，一名白狐，辽东人谓之白黑。[b]赤豹，毛赤而文黑谓之赤豹，毛白而文黑谓之白豹。[c]黑有黄黑，有赤黑，大于熊。其脂如熊，白而粗理，不如熊白美也。"②

而续学海本、毛本将上述文字分别按[a][b][c]拆成"献其貔皮""羔裘豹饰""有熊有罴"三条：

貔，似虎，或曰似熊。一名执夷，一名白狐。其子为谷。辽东人谓之白黑。（【献其貔皮】）

豹，赤豹。毛赤而文黑谓之赤豹，毛白而文黑谓之白豹。（【羔裘豹饰】）

熊，能攀缘上高树，见人则颠倒自投地而下。冬多入穴而蛰，始春而出脂，谓之熊白。罴有黄黑，有赤黑，大于熊。其脂如熊白而麤理，不如熊白美也。（【有熊有罴】）

---

① 《毛诗正义》卷十四，阮元校勘：《十三经注疏》，第483页。
② 《毛诗正义》卷十八，阮元校勘：《十三经注疏》，第684页。

按:"羔裘豹饰""献其貔皮"条文字基本与《孔疏》全同。"有熊有罴"条,对"罴"的训释(见划线处)与《孔疏》全同,但《陆疏》今本补释较多"熊"的训释,如续学海本补入 32 字(这些文字见引于《艺文类聚》《太平御览》),但全包含《孔疏》有关内容,"麤"是"粗"的异体字。类似的还有"山有栲"与"隰有杻",《孔疏》将二者合在一处,而《陆疏》今本分列两处(如续学海本、毛本将之分列为第 60 条、第 56 条)。

(四)整合《孔疏》所引其他文献。如:

> 鸤鸠,鹄鵴,今梁、宋之间谓布谷为鹄鵴。一名击谷,一名桑鸠。按:鸤鸠有"均一"之德,饲其子,旦从上而下,暮从下而上,平均如一。(【鸤鸠在桑】)

此条《孔疏》未引用《陆疏》,并明言"盖相传为然,无正文"①,但集引《毛传》《经典释文》云:

> 鸤鸠,秸鞠也。鸤鸠之养其子,[b]朝从上下,莫从下上,平均如一。(《毛传》)②
> 《草木疏》云:"一名击谷。"[c]案:尸(鸤)鸠有均一之德,饲其子,旦从上而下,暮从下而上,平均如一。(《经典释文》)③

按:《毛传》[a][b]划线处与《经典释文》[c]划线处可分别与《陆疏》文本划线处对应。《孔疏》明言"无正文",但《陆疏》今本有之,应该是据《毛传》《经典释文》引补,除吸纳《毛传》"鸤鸠,秸鞠"之说,还整合《毛传》《经典释文》[b][c]划线处文字羼入。对此赵佑也认为

---

① 《毛诗正义》卷七,阮元校勘:《十三经注疏》,第 271 页。
② 《毛诗正义》卷七,阮元校勘:《十三经注疏》,第 271 页。
③ 陆德明撰,黄焯汇校:《经典释文》卷五,中华书局,2006 年,第 125 页。

"按鸤鸠"以下文"恐亦德明自为案,未必玑元文,而后人误缀集之也"①。《陆疏》今本系掇拾群书所载而辑,《孔疏》疏解名物常将《尔雅》、郭注、《经典释文》诸家训释汇集在一起,自然容易被撰辑者顺手采用。这也是《陆疏》今本被不少学者诟病,指为"讹舛相承,次序凌杂"(焦循语)、"纰缪触目"(罗振玉语)的缘故之一。

(五)整合《孔疏》疏文。除上文"肃肃鸨羽"例,又如:

白茅包之,茅之白者,古用包裹礼物,以充祭祀缩酒用。(【白茅包之】)

[a]以茅洁白之物,信美而异于众草,故可以供祭祀,喻静女有德,异于众女,可以配人君,故言洵美且异也。[b]言供祭祀之用者,祭祀之时,以茅缩酒。(《孔疏·静女》)②

按:此条未见《孔疏》引用《陆疏》,但细读《孔疏》不难发现,《陆疏》今本撰辑者将《孔疏》中"茅"的疏解文字(见[a][b]划线处)整合在一起。清代训诂学家桂馥也发现后世将《孔疏》文字羼入《陆疏》的现象,他在校对"蟋蟀在堂"条后注云:"《御览》《艺文类聚》并无'是也'二字,盖《诗正义》引《陆疏》,而以'是也'结之。陶、毛二本误以为陆语也。"③是为《陆疏》今本羼入了《孔疏》文字的旁证。

总之,《陆疏》今本主要采用以上五种方式,在《孔疏》基础上进行撰辑,并衍生出许多文字。有时甚至为追求文字之多,将无关条目分拆合并,据其他文献臆补。关于这一点,王孙涵之已在其《今本〈毛诗草木鸟兽虫鱼疏〉辨伪》中详论④,此不赘述。

---

① 赵佑:《草木疏校正》下,《续修四库全书》第 64 册,第五页。
② 《毛诗正义》卷二,阮元校勘:《十三经注疏》,第 105 页。
③ 桂馥:《书陆氏诗疏后》,蔺文龙编著:《清人诗经序跋精萃》,第 15 页。
④ 王孙涵之以"北山有枸"为例,分析《陆疏》今本误用《证类本草》错讹文字,并将"南山有杞"疏释拆成两段,插入"南山有枸"的疏释,还据《尔雅翼》臆补了一些文字。见王孙涵之:《今本〈毛诗草木鸟兽虫鱼疏〉辨伪》,《文史》2020 年第 2 辑。

探求《陆疏》今本与《孔疏》的关系、在《孔疏》基础上以哪些方式作了哪些增补与改动,是探求《陆疏》今本的祖本原貌,进而确立《陆疏》今本间关系的基础。研究表明,《陆疏》今本主体是从《孔疏》辑出,《陆疏》今本条目名皆取《诗经》某句,大体与《诗经》篇目对应,使名、物、证三位一体,便于读者查找,当是辑录者所为;有些未对应条目,或因辑补时"冠名"致误,或出于某种编纂需要而有意为之。而辑撰的主要类型有增补句首名物词、合辑不同语段、拆分同一语段、整合《孔疏》所引其他文献等,有些甚至将《孔疏》文羼入,这也造成《陆疏》今本较之唐宋文献所引"膨胀"许多的现象。

第四节 《陆疏》志林本再考

《陆疏》原书久佚,赵运涛认为目前所见《陆疏》其辑佚版本的源头应该是《盐邑志林》本《陆疏》①。此论颇待斟酌。首先,"目前所见《陆疏》其辑佚版本"指哪些版本?因为《陆疏》今本众多,有些先出于志林本,有些晚出于志林本,笼统说目前所见《陆疏》其辑佚版本源头是志林本,显然不合逻辑。其次,何谓源头?《现代汉语规范词典》释曰:"比喻事物的开始部分。"②《陆疏》源头,从版本学意义可说是《陆疏》原著;从《诗经》名物学层面而言,可追溯到《毛诗故训传》和《尔雅》等文献;此外,其思想史、文化史意义源头就更复杂。故笼统谈及《陆疏》今本源头,显得大而无当。因此,赵文所指准确的说应是《陆疏》今本之祖本。但若说《陆疏》辑本的祖本是志林本,显然问题重重。《陆疏》今本最早辑本系陶本之传本、且早于志林本的续学海本和宝颜堂本尚存,志林本不过出自地方丛书,影响不大,又非善本(此点下文详论),何以"空降"为祖本?志林本之后诸本是否真承袭志林本?志林本及之后诸本与续学海本、宝颜堂本关系如何?未厘清诸本

---

① 赵运涛:《明刻〈唐宋丛书〉本陆〈疏〉错讹考——与〈盐邑志林〉本陆〈疏〉的比较研究》,《中国诗歌研究》2018 年第 1 期。
② 李行健主编:《现代汉语规范词典》,外语教学与研究出版社、语文出版社,2004 年,第 1613 页。

间复杂关系而得出一笼统结论,自然不可靠。我们在全面对校《陆疏》今本诸本基础上,综合相关文献,力图得出合理的结论。

一、志林本非《陆疏》今本之祖本

前文已论,《陆疏》今本之祖本乃陶本,而非志林本。志林本与早于它的续学海本、宝颜堂本一样,以陶本为祖本;而晚于志林本的诸本如丛书本、文渊阁《四库全书》本等也大多与志林本无承袭关系。况且,志林本非善本。就校勘原则而言,若无本书可靠版本作为内证,不可妄改本书文字。但将志林本与续学海本、宝颜堂本对校发现,志林本改动达十余处,主要有以下几类:

(一)疑误字例

"中谷有蓷"条,续学海本、宝颜堂本均作"韩诗及三苍说",志林本"韩诗"作"韩说",疑传抄致讹。

"赠之以芍药"条,续学海本、宝颜堂本均作"芍药之美",志林本"美"作"羹",疑传抄致讹。

"集于苞栩"条,续学海本、宝颜堂本均作"今柞栎也",志林本"柞"作"作",疑传抄致讹。

"树之榛栗"条,续学海本、宝颜堂本作"形似杼子",志林本"杼"作"柿",疑传抄致讹。

"鸤鸠在桑"条,续学海本、宝颜堂本均作"今梁、宋之间谓布谷为鵠鶹",志林本"今"作"令",明显不通,疑因形近致误。

(二)疑脱文例

"树之榛栗"条,续学海本、宝颜堂本均作"枝叶如木蓼",志林本无"如"字,不通,疑为脱文。

"维鹈在梁"条,续学海本、宝颜堂本作"口中正赤",志林本无"正"字,疑为脱文。

(三)疑倒文例

"树之榛栗"条,续学海本、宝颜堂本均作"山有榛之榛",志林本作"山有榛榛之",于文不通,疑为倒文。

"喓喓草虫"条,续学海本、宝颜堂本均作"大小长短如蝗",志林本作"小大长短如蝗",从修辞角度,"大小"与"长短"相对,也更合乎约定俗成的表达习惯,因此"小大长短"疑为倒文。

此外,"于以采蘋"条,续学海本、宝颜堂本均作"其粗大者谓之蘋,小者曰莕",志林本作"小者谓之莕";"采葑采菲"条,续学海本、宝颜堂本均作"今河内人谓之宿菜",志林本作"河内谓之宿菜";"北山有莱"条,续学海本、宝颜堂本作"其叶可食",志林本作"其实可食";"北山有枸"条,续学海本、宝颜堂本作"则一屋之酒皆薄",志林本作"则一屋酒可薄"。此类当属随文改动字句。其他改字情况不一一列举。如此种种,或脱讹明显,或随意改字,均不合校勘原则。清代学者卢文弨于《与丁小雅进士论校正〈方言〉书》中说:"校勘群籍,自当先从本书相传旧本为定。"①卢文弨强调,如果没有可靠版本提供文字作为内证,不可妄改本书文字。何况志林本很多改动,并无版本依据,因此,从校勘学角度而言,志林本实非善本。既非善本,又仅仅是地方丛书版本,影响自然比不上祖本陶本。陶本尚存,其后诸本焉能以之为祖本?对此,我们可进一步以宝颜堂本、丛书本、宛陶本与志林本对校为证。

二、丛书本与志林本无承袭关系

首先,从不少条目可看出丛书本未依志林本。除有些字写法不同,如宝颜堂本、宛陶本、丛书本作"鱼丽于罶鲂鲤"而志林本"鲤"作"鳢"。"山有枢"条,宝颜堂本、丛书本、宛陶本作"皮及木理异尔",志林本"尔"作"耳"。"蔽芾甘棠"条,宝颜堂本、丛书本、宛陶本作"今棠藜,一名杜藜",志林本两"藜"均作"梨"。"鱼丽于罶鲿鲨"条,宝颜堂本、丛书本、宛陶本作"鱼之大而有力鲜飞者",志林本"鲜"作"解"。"去其螟螣及其蟊贼"条,宝颜堂本、丛书本、宛陶本作"吏秪冒取人财

---

① 卢文弨:《抱经堂文集》卷二十,第十三页。

则生蟊",志林本"秖"作"祇"。有些文本也略有差异。如"菉竹漪漪"条,志林本作"菉竹,一草名",宝颜堂本、丛书本、宛陶本"菉"作"绿"。"采葑采菲"条,宝颜堂本、丛书本、宛陶本作"今河内人谓之宿菜",志林本作"河内谓之宿菜"。"言采其蕢"条,宝颜堂本、丛书本、宛陶本作"叶细而行赤,有臭气也",志林本作"叶细而茎赤,有臭气也"。"北山有莱"条,宝颜堂本、丛书本、宛陶本作"草名,其叶可食",志林本作"草名,其实可食"。"北山有枸"条,宝颜堂本、丛书本、宛陶本作"则一屋之酒皆薄",志林本作"则一屋酒可薄"。宝颜堂本、宛陶本均以陶本为祖本,故此类例均证明丛书本直接依据陶本刊刻,而非志林本。

其次,志林本、丛书本均祖于陶本,但属陶本不同分支。目前陶本有续学海本、宛陶本,二者全同,算是陶本一支;宝颜堂本基本与陶本同,但存在一定异文,算陶本另一分支。将宛陶本、宝颜堂本、志林本、丛书本对校发现,四本文本大多全同,而在有异文的条目中,宛陶本、丛书本常同持一说,而宝颜堂本、志林本常同持另一说。如"如鬼如蜮"条,宛陶本、丛书本同作"或曰舍细沙射人",宝颜堂本、志林本"舍"同作"含"。由此类例可推测,丛书本当属续学海本一支,志林本当属宝颜堂本一支。志林本与丛书本同源而异流,无传承关系。因此,赵文认为丛书本对志林本进行了校正,自然不确。

三、志林本文本未必错

赵文又认为,"《陆疏》今本许多文字乃志林本辑佚之失,而丛书本继承同样错误"①。该文选取"有蒲与荷""苕之华"等例进行论述,思路相类,聊举一例。针对志林本"有蒲与荷"条,赵文评曰:

> 其中"幽州扬豫取备饥年"一句,《太平御览》所引《陆疏》作"幽荆杨豫取备饥年",志林本误将"幽荆杨豫"四州作"幽州扬

---

① 赵运涛:《明刻〈唐宋丛书〉本陆〈疏〉错讹考——与〈盐邑志林〉本陆〈疏〉的比较研究》,《中国诗歌研究》2018年第1期。

豫"三州,"荆"字讹为"州"字,而丛书本继承了同样的错误①。

仔细推敲这段文字,似乎不妥:仅将志林本、丛书本与《太平御览》所引《陆疏》进行对校,就认为"志林本误将'幽荆杨豫'四州作'幽州扬豫'三州",疑点不少。一则判断文字正误的标准是什么？从校勘学角度,同于原书为正;从内容而言,合乎事实为正。赵文为版本比较,应属校勘学范围,如此问题又来了,凭什么认定志林本为误而《太平御览》为正呢？《太平御览》所引《陆疏》一定出自《陆疏》原书吗？若是《陆疏》原书就存在误字错句呢？未作考证断然下此结论,难有说服力。二则即便志林本此句真错,志林本是始作俑者吗？其实,既然《陆疏》今本祖本是陶本,那么即便《陆疏》今本文本存在错讹,也可能始于陶本;事实上,《陆疏》今本作"幽州扬豫"就是始于陶本,而非志林本。三则丛书本与志林本无继承关系,此点前文已论,无须赘述。

赵文不顾陶本是《陆疏》今本祖本,早于志林本且同属陶本系统的宝颜堂本、续学海本尚在的事实,分析时每每预先认定《太平御览》引文为正。其实古代类书的引文很多只是原书节录,倪其心曾强调:"根据引文和类书文字校勘本书时,必须广泛收集不同来源的材料,并加比勘,以免由于不同删节而造成错误判断。"②就是考虑到类书多存在节录情况。可以说,类书所引文字可作为参校对象,但一般不作为评判文字正误的依据。综上理由,赵文认为"《陆疏》今本许多文字乃志林本辑佚之失,而丛书本继承同样错误"的观点难以成立。

---

① 赵运涛:《明刻〈唐宋丛书〉本陆〈疏〉错讹考——与〈盐邑志林〉本陆〈疏〉的比较研究》,《中国诗歌研究》2018 年第 1 期。
② 倪其心:《校勘学大纲》,第 183 页。

第三章 《陆疏》训释系统探析

名物训诂就是解物以释名。《陆疏》作为首部《诗经》名物训诂专著，较之《毛传》《尔雅》着眼于以别名训本名、《释名》立足因声释名，其训释内容更详细，训释方式更多元。前人对《陆疏》训释方式与术语有一定分析，但有些分类或粗疏或繁冗，且对《陆疏》训释体例与理念、训释特色与局限鲜有细致探讨。本章将集中探究这些问题。为避文繁，文中所引《陆疏》，全取自丁本，一般不注版本。

第一节 《陆疏》训释理念与体例

相较于训释方法与术语，训释理念与体例是训释研究宏观层面的内容，它们分别指训释表现出来的思想观念及全书编排、释义体例。本节将集中论述《陆疏》这两方面的内容。

一、《陆疏》的训释理念

《陆疏》训释《诗经》名物，有其突出的训释理念，主要表现为确定名称、博引广证、经世致用三个方面。

（一）确定名称

"名"是人们认识、阐释世界的关键，中国古代思想家十分关注名实关系，先秦诸子曾从不同角度对"名"进行过论述。老子提出"有名万物之母"（《道德经》），指出"有名"是万物根本。《墨经》提出"以名举实"，主张用名反映事物本质属性。申子提出"名者，天地之纲"（《申子·大体》），将"名"提到天地纲常之高度。庄子言"名者，实之宾也"（《逍遥游》），认为"名"较之于"实"，是外在的，处于从属地位。

而孔子最早提出"正名"思想:"必也正名乎……名不正,则言不顺;言不顺,则事不成。"(《论语·子路》)"正名"的前提,是要对语言文字的名实关系进行深入分析。孟琢认为:"孔子的正名思想包括'正名分'与'正名器'两个层面,前者端正君臣父子之名分大义,后者规范礼器的形制及名实内涵。"①此论甚明,正名意味着循名责实,须探求"名"的意义理据。孔子的正名思想在思想、学术领域影响深远。到汉代,正名思想在经学领域的一个突出表现是,通过训解语言文字,阐释儒家经典的要义及名物命名理据。在正名思想影响下,中国古代名物训诂呈现溯本求源、注重理据的学术倾向。《尔雅》《方言》《释名》《说文解字》等著作中就有不少内容涉及名物训诂,循名责实、探求命名理据是它们呈现出的一个共同训释理念。可以说,对名物研究而言,儒家"正名器"思想为探寻名物命名理据提供了源动力。

  关于名的起源和功能,《管子·心术上》云:"名者,圣人之所以纪万物也。"②名用来指称万物。荀子曰:"制名以指实,上以明贵贱,下以辨同异。"③指出命名是为区分事物异同,名称本身代表特定意义。《春秋繁露·天道施》亦云:"名者,所以别物也。"④指出名的功用在于区别事物。刘熙《释名》自序云:"夫名之于实,各有义类。"⑤认为名称本身蕴含不同意义,名与实密切相关。正因为名、实密不可分,要了解事物,首先要识其名。但时有古今,地有南北,加之《诗经》年代迢远,所载鸟兽草木,因辗转而名昧。或今昔异名,或方言有别,或同实异名,或同名异物。要训释《诗经》中的动植物,首先要确定作者当时与之对应的名称,包括名物之通名、方俗异名等,这是《陆疏》突出的训释理念。方承章曰:"无论一名数物,一物数名,即一之不辨,而格致于何有?"⑥即强调"辨名"的重要性。

---

① 孟琢:《论正名思想与中国训诂学的历史发展》,《北京师范大学学报(社会科学版)》2019年第5期。
② 黎翔凤撰,梁运华整理:《管子校注》卷十三,中华书局,2004年,第776页。
③ 王先谦撰,沈啸寰、王星贤点校:《荀子集解》卷十六,中华书局,1988年,第415页。
④ 苏舆撰,钟哲点校:《春秋繁露义证》,中华书局,1992年,第471页。
⑤ 刘熙:《释名原序》,王先谦撰集:《释名疏证补》,上海古籍出版社,1984年,第3页。
⑥ 方承章:《毛诗多识编·题辞》,《四库全书存目丛书》第62册,齐鲁书社,1997年,第2页。

虽然《陆疏》本《毛传》《郑笺》作疏，又以《尔雅》《说文解字》《释名》《方言》等文献为重要参考书，很多异名不是《陆疏》首创或首录，但《陆疏》尝试解释一些名物的命名理据，即名物得名理由与根据。曾昭聪在述评《陆疏》涉及词源探讨的内容时提到《陆疏》从外形、口味、颜色等方面解释事物得名之由的情形，[1]本节在此基础上探究《陆疏》体现的命名理据，认为大致有如下几类：

1. 形象理据。包括事物外形、纹理、颜色、花纹、光泽等。从现代认知心理学角度看，事物外在形象常较为直观，更易为人把握，故人们往往首先从形象观察、了解事物。这在《陆疏》中比较突出。

子正如妇人耳中珰，今或谓之耳珰草。(【采采卷耳】)

按：此则解释卷耳又名为"耳珰草"，是因其子如妇女穿耳饰珠（耳珰）。

其树皮青白驳荦，遥视似马，故谓之驳马。(【爰有树檀】)

按：此则解释梓榆又名驳马的得名理据是因其树皮青白斑驳，远望像马。《诗经植物图鉴》说这种树皮斑纹为鹿皮斑。

五色，作绶文，故曰绶草。(【卬有旨鷊】)

按：此则解释鷊之纹理像绶带（一种丝带），故又称绶草。《尔雅·释草》："虉，绶。"郭璞注："小草，有杂色，似绶。"[2]潘富俊《诗经植物图鉴》描述"鷊""花序顶生，长 10—20 厘米，花密生且排成螺旋

---

[1] 曾昭聪：《〈毛诗草木鸟兽虫鱼疏〉、〈南方草木状〉中的词源探讨述评》，《华南农业大学学报（社会科学版）》2005 年第 4 期。
[2] 胡奇光、方环海：《尔雅译注·释草第十三》，第 285 页。

状",①即茎上有花螺旋而上,如披覆彩带。此说与《陆疏》、郭璞注一致。

　　好而洁白,故谓之白鸟。(【值其鹭羽】)

　　按:此则言鹭又名白鸟、白鹭,是因其羽毛洁白如雪。

　　又有紫贝,其白质如玉,紫点为文,皆行列相当。(【成是贝锦】)

　　按:此则解释紫贝得名因其壳上有紫点花纹。

　　颈下黑,如连钱。故杜阳人谓之连钱。(【脊令在原】)

　　按:此则解释脊令又名连钱,是因其颈下花纹像连在一起的两枚古钱。

　　蒨草也。一名地血。齐人谓之茜。(【茹藘在阪】)

　　按:茜草很早就被作为染料,其根部紫红色或澄红色。《埤雅》释"茹藘"云:"《说文》曰人血所生。"②古人认为它是人血所化,故名之"地血"。《陆疏》此则指出茹藘蔓生于地,根部颜色血红,"蒨"同"茜",亦指红色,乃从形象角度命名。

　　幽州谓之"光旁",为光如牛角。(【有蒲与荷】)

―――――――――――

① 潘富俊:《诗经植物图鉴》,世纪出版集团、上海书店出版社,2003年,第193页。
② 陆佃:《埤雅》卷十七,王云五主编:《丛书集成初编》,商务印书馆,1936年,第442页。

按:此则《陆疏》指出藕又名"光旁",是因其光泽如牛角。

2. 味道理据。自然植物多为古人救荒果腹之物,其味道往往成为命名依据。

> 一名苦杞……春生作羹,茹微苦。(【集于苞杞】)

按:此则介绍杞又名为"苦杞",因其"春生作羹,茹微苦",源于其味道。

> 至八月,叶即苦,故曰苦叶。(【匏有苦叶】)

按:此则介绍匏叶又名"苦叶",因其"至八月,叶即苦",亦源于味道。

3. 习性理据。人们在生活、生产实践中,有时根据动植物习性命名。

> 喜在牛迹中生,故曰车前、当道也。(【采采芣苢】)

按:此则指出芣苢又名车前、当道,是因其喜欢生长在牛脚印中。

> 取茅莠为巢,以麻紩之,如刺袜然……或曰巧妇,或曰女匠……关西谓之桑飞,或谓之袜雀,或曰巧女。(【鸱鸮】)

按:此则指出鸱鸮又名"巧妇""女匠""巧女""袜雀",主要因其筑巢习性、本领,"取茅莠为巢,以麻紩之,如刺袜然",技艺如人们编缝袜子般高超。

> 若小泽中有鱼,便群共抒水满其胡而弃之,令水竭尽。鱼在陆地,乃共食之,故曰淘河。(【维鹈在梁】)

按：此则指出鹈又名"淘河"，是因其共同淘尽小泽之水取鱼而共食的习性。

好窃人脯、肉、脂及箅中膏，故曰窃脂。（【交交桑扈】）

按：此则指出桑扈又名"窃脂"，是因其喜好偷窃脯、肉、脂及箅中膏的习性。

一名重唇钥鲋，常张口吹沙。（【鱼丽于罶鲨鲋】）

按：此则指出鲋又名"吹沙"，是因其常张口吹沙的习性。

好在茅草中。（【喓喓草虫】）

按：此则指出"草虫"之名源自其"好在茅草中"的习性。

人在岸上，影在水中，投人影则杀之，故曰"射影"也。（【如鬼如蜮】）

按：此则指出蜮又名"射影"，源自其"投人影则杀之"的习性。

4. 声音理据。按发音对象可分为人的发音与事物的发音两类，如下：

苕，苕饶也。幽州人谓之翘饶。（【卬有旨苕】）

按：此则指出幽州人称"苕饶"为"翘饶"，是因"苕""翘"音近。

走而且鸣曰："鹘鹘。"（【有集维鹘】）

按：此则指出"鹘"得名于其鸣叫声"鹘鹘"。

5. 方俗理据。有些事物的名称因一些民俗而约定俗成。

荆州、河内人谓之喜母。此虫来著人衣,当有亲客至,有喜也。幽州人谓之亲客。(【蟏蛸在户】)

按:此则指出蟏蛸又名"喜母""亲客",源于荆州、河内等地一种约定俗成的说法:此虫(一种蜘蛛)粘附到人身上,可能有亲近宾客来到的喜事发生。

幽州人谓之趣织,督促之言也。(【蟋蟀在堂】)

按:此则指出蟋蟀又名"趣织",源于民间视之为"督促"之鸟的方俗,并证之以"趋织鸣,懒妇惊"的里语。

6. 传说理据。有时事物名称源自某种传说。

今东莱、辽东人谓之尉鱼,或谓之仲明鱼。仲明者,乐浪尉也。溺死海中,化为此鱼。(【有鳣有鲔】)

按:此则指出东莱、辽东人称鲔鱼为"尉鱼""仲明鱼",源自乐浪尉溺死海中化为此鱼的传说。

7. 功用理据。有时人们会以事物用途命名。

其皮虽干燥,以为弓鞬矢服。(【象弭鱼服】)

按:此则指出鱼服得名于鱼兽之皮可制成弓鞬矢服这一功用。

以上命名理据,很多不是《陆疏》首创,其中不少在《尔雅》中就已存在,王国维曾归纳《尔雅》命名"有取诸其物之形者,有取诸其物之色者,有取诸其物之声者,有取诸习性者,有取诸功用者"①,就是说《尔雅》命名理据主要有事物形态、颜色、声音、习性、功用等。《陆疏》承袭《尔雅》这些命名理据又有所发扬,不仅所用理据有补《尔雅》之遗者,采用这些理据展开的训释也比《尔雅》详实得多。

《管子·九守》云:"按实而定名。"②从认识发展规律而言,人们认识某一事物,首先要观察其形态样貌,而后赋予其名。万物得名,各有其故,《陆疏》探求物名之形象、味道、习性、声音、方俗、传说、功用理据,正建立在对事物细致观察的基础上,反映了当时一些语言现象,也为研究名物命名理据提供了参考。陆宗达、王宁谈到,推求名物的来源要从它的形状、用途、生活和繁殖特点等方面去推寻③。这种观点,与《尔雅》《陆疏》探求名物的命名理据方式一脉相承。

(二)广征博引

《陆疏》作为古文经学毛诗学一支,秉承其广征博引文献进行考证的治学传统,加之《神农本草经》《方言》等古籍求真务实精神的渗透,《陆疏》训释名物力求获得广泛、充足的证据,其方法主要有两类:

1. 据古援今

据古即援据古训,就是郭在贻提出的"引据法":"通过查阅字典、辞书以及古书的注释,以找出对于这个词的确切解释。"④每个人精力、视野有限,援据前人学术成果是治学之必需,从这里恰恰可看出一个人的学养及其治学态度。作为经学研究专著,《陆疏》训释名物,常旁征博引,尽可能援据前人学术成果,以期对名物的训释渊源有自。

> 旧说及魏博士济阴周元明皆云"庵䕫"是也。《韩诗》及《三苍》说悉云:"萑,益母也。"故曾子见益母感恩。案《本草》云:"茺蔚,一名益母。"故刘歆云:"萑,臭秽。"即茺蔚也。(【中谷有蓷】)

---

① 王国维:《〈尔雅〉草木虫鱼鸟兽名释例上》,王国维著,彭华选编:《王国维儒学论集》,第301页。
② 黎翔凤撰,梁运华整理:《管子校注》卷十八,第1046页。
③ 陆宗达、王宁:《训诂方法论》,中华书局,2018年,第84页。
④ 郭在贻:《训诂学(修订本)》,中华书局,2005年,第54页。

此则《陆疏》明确列出旧说、《韩诗》、《三苍》、《本经》、刘歆说等古训,还有差不多同时期人魏博士济阴周元明的说法,多方求证,以确定"萑"之异名。

又如"去其螟螣及其蟊贼"条,《陆疏》不厌其烦援引或说、许慎云、旧说、犍为文学记载,力求对螟、螣、蟊、贼作出清晰的解释,让人对这几种虫有鲜明印象。此外,《陆疏》还参考许慎之说,《尔雅》中"食苗心,螟;食叶,螣;食节,贼;食根,蟊"的记载①,犍为文学之注,对旧说"螣、蟊、贼,一种虫也"进行反驳,力求博证精思。

《陆疏》所引,包括《毛传》《郑笺》等解经著作,《尔雅》《方言》《说文解字》《释名》等分类训诂辞书,《山海经》《越绝书》等地志学专著,《神农本草经》等本草学书籍、《夏小正》等农学著作,此点在第一、四章有专论。此外,如《京房易传》《京房占》《韩诗》《三苍》《礼记·王度记》《月令》《郊特牲》《内则》《春秋传》《外传》《货殖传》《淮南子》等古籍文献,《楚辞》、司马相如、扬雄、张衡、贾谊之赋等文学作品,蔡邕、张奂、犍为文学、舍人、樊光、刘歆等学者之考证,涵盖经、史、子、集几大部类书籍,均纳入作者视界。

援今特指援引方言口语。我国地域辽阔,自古方言众多。《战国策·秦策》有"郑人谓玉未理者璞,周人谓鼠未腊者朴"的记载②,正表明周、郑方言之歧。《周礼·秋官》设"象胥"一职,郑玄注:"通夷狄之言者曰象胥,其有才知者也。"③"象胥"是接待四方使者之官,除了上传下达,以礼接待,还要翻译方言。为通四方之言,古代还专设采集方言资料的使者,应劭《风俗通义序》云:"周秦常以岁八月遣𬨎轩之使,求异代方言,还奏籍之,藏于秘室。"④"𬨎轩"即古代使臣所乘坐的轻便小车。应劭记载周秦时代每年八月,最高统治者会派遣一些使者乘轻便小车到各地采集、整理异语方言,供执政者参考。据史料记

---

① 胡奇光、方环海:《尔雅译注·释虫第十五》,第 356 页。
② 刘向集录:《战国策》,上海古籍出版社,1985 年,第 201 页。
③ 郑玄注,贾公彦疏:《周礼注疏》卷三十四,阮元校勘:《十三经注疏》,第 515 页。
④ 应劭撰,王利器校注:《风俗通义校注》,中华书局,2010 年,第 11 页。

载,扬雄也曾"常怀铅提椠,从诸计吏,访殊方绝域四方之语,以为裨补辅轩所载"①,在此基础上创作释古今异言、通方俗殊语的专著《方言》。正因各地方言纷歧,为增强《陆疏》普世性、通俗性,让更广泛的人更容易理解所释为何物,在确定《诗经》名物在自己所处时代名称时,作者常尽可能引用方言口语、地域异名。

五方通谓之酸迷。冀州人谓之干绛,河、汾之间谓之莫。(【言采其莫】)

按:此则解释"莫"之异名,除介绍五方通称"酸迷",还列出冀州之名"干绛",并指出"莫"是河、汾之间方言,是为今语证、方言证。

故上党人调问妇人……问买钗否?曰:"山中自有梏。"(【榛梏济济】)

按:此则为介绍"梏"之功用,引用上党人俗语,突出上党人以"梏"可揉以为钗的普遍性,很有生活气息。

今人谓之杨檖。(【隰有树檖】)

按:此则列出"檖"诸多异名,并指明其生长地。"今人谓之杨檖"之"今"字,表明"杨檖"是当时口语。以"今"字领起某物当时口语名称,这种《陆疏》中很多,如"苤苢……今药中车前子是也""蝱,今药草贝母也",比比皆是。

《陆疏》大量引用口语与方言词汇,据臧庸《书毛本〈草木虫鱼疏〉后》统计,《陆疏》引用方言俗语如下:"又引说者二,旧说三,或云二,里语六,乡语一,俗语二,语云一,齐人谚一,林虑山下人语一,上党

---

① 刘歆撰,葛洪集,向新阳、刘克任校注:《西京杂记校注》卷三,上海古籍出版社,1991年,第118页。

人一。"①这既体现了《陆疏》的通俗性、实证性,又为我们保留了当时大量的方言口语,为方言学研究提供了珍贵资料。

2. 目验实证

除尽量广泛征引先儒文献,《陆疏》很注重目验实证,对名物辨其形态、味道、生长节律、生活环境及习性等,尽可能详细介绍动植物特征。聊举几例:

> 白茎,叶紫赤色,正圆。径寸余,浮在水上,根在水底。与水深浅等,大如钗股,上青下白。鬻其白茎,以苦酒浸之,脆美。(【参差荇菜】)

按:此则介绍"荇",细致、动态描写其茎、叶、根的颜色、外部形态,以及白茎的食用方法及味道等,不仅用数量词"寸余"表达其长短,还以生活中常见之钗股比况,让人一见了然,对"荇"的基本特性有较全面的了解。这些描述应源自细致观察与生活实践。尤其"脆美"一词,非亲尝不能写出。

> 鹤,形状大如鹅,长三尺,脚青黑,高三尺余。赤顶赤目,喙长三尺余。多纯白,亦有苍色。苍色者,人谓之赤颊。常夜半鸣,《淮南子》亦云:"鸡知将旦,鹤知夜半。"其鸣高亮,闻八九里,雌者声差下。今吴人园囿中,及士大夫家皆养之。鸡鸣时亦鸣。(【鹤鸣于九皋】)

按:此条《陆疏》详细描写其形态、身长、高度、脚、顶、目、羽毛之颜色,喙之长度,夜间鸣叫习性,声音大小,苍鹤的俗称等,不仅运用具体数字描述,还以常见家禽鹅比况。此外还指出当时本地园囿家养的风俗,它随着鸡鸣而鸣的习性等,这些都应来自作者目验。

---

① 臧庸:《拜经堂文集》卷二,《续修四库全书》第1491册,第532页。

这种情况在《陆疏》中很多。《陆疏》往往如上两例,介绍植物,细致到茎、花颜色,着生部位,有时提到花序与雌蕊,萌生、始花、结果时间,如牡蒿三月始生、七月华、八月为角,果实的形态、大小、味道等;介绍动物,常细致描写其形体大小、生活习性、属种、繁殖,如蟊斯以腿节与翅膀摩擦发声(五月中,以两股相搓作声,闻数十步)习性等,莫不是长期深入观察的结果,体现了作者严谨的学术精神。从训诂学上说,训必有证。对名物训诂而言,不仅需要文献书证、方言证、今语证,很多还需目验实证,以力求"名实"统一。《陆疏》既重视名物古今异名、方俗异名的验证,又重视名称所指之物的具体描述,这种实证精神是对《神农本草经》《方言》等古籍学术精神的传承。

(三)经世致用

前文已论,《陆疏》写作现实动因服务于生活、生产,尤其充当救荒指南,因此《陆疏》所释具有明显的实用倾向,也表现了作者安民济世的情怀。

经过统计发现,《陆疏》所记可为人食用的植物有杞、蘦等三十余种,其中明确指出荷之实(俗称莲子)、藻、蓸等可于荒年御饥,堪为采摘应饥知识手册。而椒聊可作烹饪香料,山樗、椒聊可用以泡茶,苇苢、蕳、蘻、女萝、芍药等具有药用价值。《陆疏》明确指出可食禽、兽有数种,如鹈、鸿鹄、鸮、熊、羆;可食水产有鳣、鲔、鲂、鲔、贝等,可食虫类有蜉蝣。此外,《陆疏》还记载了不少可用于驱虫、染色、纺织、祭祀、制作等其他生活用途的事物:兰可驱虫,茹藘可为染料,纻、桐、榖可用以纺织,台可为簑笠,菅可为绳索,条可为车板、棺木,柞棫可为犊车轴与矛、戟、铩,楝可为车毂,杻可为弓弩干,栵可为车辕,桎可为马鞭及杖,栲可为车辐,荻可为絙索,甑带、杯器、杞可为车毂,楛可为斗、筥、箱器、钗,蒲柳可为箭干,鱼兽之皮可为弓鞬矢服,鼍皮可以冒鼓等。这些均与人们日常生活息息相关。

《陆疏》还介绍了一些与农业生产相关的生物,如蒹、芩、蔱可用来饲养牛马,隼、黄鸟、蟋蟀等能反映农时,螟蛉是草叶上的一种小青虫,这些知识可直接或间接服务于农业生产。

总之,经世致用也是《陆疏》训释《诗经》名物的鲜明理念,因此,《陆疏》能结合实际经验进行训释,而使所释名物整体呈现很强的实用性。

二、《陆疏》的训释体例

史学家姚永朴在《史学研究法》一书中谈及著述史书的方法:"必明乎体,乃能辨类;必审乎例,乃能属辞。"①其实,就书籍编撰而言,体例也很重要。体例是统一的编撰格式,编撰著述一般都要按一定体例,如杜预《春秋左传序》云《左传》"或先经以始事,或后经以终义,或依经以辩理,或错经以合异"②,《文心雕龙》编撰体例是"原始以表末,释名以章义,选文以定篇,敷理以举统"③。体例恰当可使书籍内容清晰而有条理。本节所论训释体例包含全书编排体例与释义体例两部分。

(一)编排体例:分类成篇,聚类编排

编排体例指文本编写格式或文章组织形式。要研究《陆疏》编排体例,首先要比较各版本体例,因为《陆疏》历来传本众多,不同版本条目数量不尽相同。《中国丛书综录》所列诸本中,焦循《陆氏草木鸟兽虫鱼释》因按自定体例重新编排,与其他版本难以比较,故而未列。此外,因续学海本、宝颜堂本、志林本、丛书本、宛陶本、《四库》本、王本条目、顺序、卷数全同,属陶本系统,故取续学海本为代表而不尽列;《聚学轩丛书》本直录赵本,《丛书集成初编》本影印丁本,故亦未列。其他诸本条目统计如下:

---

① 姚永朴:《史学研究法》,《民国丛书》编辑委员会:《民国丛书》(第一编),上海书店,1990年,第17页。
② 杜预注,孔颖达疏:《春秋左传注疏》卷一,阮元校勘:《十三经注疏》第6册,第11页。
③ 刘勰著,范文澜注:《文心雕龙》卷十,第727页。

版本	条目总数	上卷条数	下卷条数
续学海本	132	79	53
毛本	133	80	53
赵本	137	82	55
丁本	137	82	55
罗本	142	85	57

相较于罗本,续学海本无"食野之芩""浸彼苞蓍""手如柔荑""四月秀葽""隰有六驳""投我以木瓜""隰有榆""燕燕于飞""鹑之奔奔""野有死麕""駉駉牡马"等10条,有"蔽芾其樗"条。毛本在陶本系统上多增加"食野之芩"条。赵本较之陶本系统增加"食野之芩""浸彼苞蓍""野有死麕""駉駉牡马"4条,将"隰有六驳"从"爰有树檀"别出;丁本较之赵本增加"投我以木瓜"条,但丁本从陶本系统,将"隰有六驳"与"爰有树檀"合并。

除条目数量之异,诸本条目顺序亦不尽相同。"食野之芩",罗本列于第22条,丁本列于第81条;"谁谓荼苦"罗本列于第30条,丁本列于第29条。其他诸本因条目数量不尽相同,很多条目序号自然不同,此不赘列。

不同版本有些条目名称不同,大致有三种情况。其一,题名用字不同。如丁本、罗本作"薄采其茆",而续学海本、毛本、赵本作"言采其茆";"椅桐梓漆"罗本作"椅桐梓漆",而续学海本、毛本、赵本、丁本作"梓椅梧桐";毛本、赵本、丁本、罗本作"隰有杻",续学海本作"山有杻";毛本、赵本、丁本、罗本作"无折我树杞",续学海本作"集于苞杞";毛本、赵本、丁本、罗本作"南山有栒",续学海本"南山"作"北山";毛本、赵本、丁本、罗本作"值其鹭羽",续学海本作"振鹭于飞";毛本、赵本、罗本作"为鬼为蜮",续学海本、丁本作"如鬼如蜮"。其二,条目大致相同而字数或增或减。如毛本、赵本、罗本作"六月食郁及薁",续学海本、丁本无"六月"二字;毛本、赵本、罗本作"毋教猱升木",续学海本、丁本作"教猱升木";罗本作"螽斯羽",续学海本、毛本、赵本、丁本无"羽"字;毛本、赵本、罗本作"六月莎鸡振羽",续学海本、丁本无"六月"二字;毛本独作"螟蛉有子蜾蠃负之",续学海本、赵本、丁本、罗本作"螟蛉有子";毛本、赵本作"鸤鸠鸤鸠",而续学海本、丁本、罗本作"鸤鸠"。其三,个别字写法不同。如"芃兰之支",毛本独作"芃兰之女",应为传抄致讹;其余诸本作"爰有树檀",独志林本"爰"作"园";毛本、赵本、丁本、罗本作"鱼丽于罶鲂鳢",续学海本"鳢"作"鲤",等。

《陆疏》分篇析卷与排列序列体现了编撰者的主观意图,本文采用丁本进行说明。丁本具体条目如下(条目前序号是其在丁本中的顺序):

【上卷】

1. 草本类,计50条:

(1)方秉蕳兮(2)采采芣苢(3)言采其虻(4)中谷有蓷
(5)集于苞杞 (6)言采其蕢(7)茑与女萝(8)有蒲与荷
(9)参差荇菜 (10)于以采蘋(11)于以采藻(12)薄采其茆
(13)蒹葭苍苍(14)菉竹猗猗(15)苕之华(16)隰有游龙
(17)食野之苹(18)于以采蘩(19)菁菁者莪(20)言刈其蒌
(21)食野之蒿(22)采采卷耳(23)赠之以芍药(24)采葑采菲
(25)言采其蕨(26)言采其薇(27)言采其蓫(28)薄言采芑
(29)谁谓荼苦(30)匏有苦叶(31)卬有旨苕(32)言采其莫
(33)莫莫葛藟 (34)视尔如荍(35)北山有莱(36)取萧祭脂
(37)白茅包之(38)可以沤纻(39)卬有旨鷊(40)南山有台
(41)茹藘在阪(42)白华菅兮(43)葛蔓于野(44)匪莪伊蔚
(45)隰有苌楚(46)芃兰之支(47)浸彼苞稂(48)言采其蓬
(81)食野之芩(82)浸彼苞蓍

2. 木本类,计32条:

(49)梓椅梧桐(50)有条有梅(51)北山有楰(52)常棣

(53)爰有树檀(54)柞械拔矣(55)隰有杞棟(56)隰有杻
(57)其灌其栵(58)其柽其椐(59)山有枢(60)山有栲
(61)集于苞栩(62)无浸获薪(63)无折我树杞(64)其下维榖
(65)榛楛济济(66)扬之水不流束蒲(67)蔽芾其樗
(68)椒聊之实 (69)山有苞栎(70)食郁及薁
(71)树之榛栗(72)摽有梅(73)蔽芾甘棠
(74)唐棣之华(75)隰有树檖 (76)南山有枸
(77)颜如舜华(78)采荼薪樗(79)唯笋及蒲
(80)投我以木瓜

【下卷】

1. 鸟类,计22条:

(83)凤皇于飞(84)鹤鸣于九皋(85)鹳鸣于垤(86)鴥彼晨风
(87)鴥彼飞隼(88)有集维鷮(89)关关雎鸠(90)鸤鸠在桑
(91)宛彼鸣鸠(92)翩翩者鵻(93)脊令在原 (94)黄鸟于飞
(95)鸱鸮(96)交交桑扈(97)肇允彼桃虫 (98)值其鹭羽
(99)维鹈在梁(100)鸿飞遵渚(101)肃肃鸨羽
(102)翩彼飞鸮(103)流离之子 (135)弋凫与雁

2. 兽类,计9条:

(104)麟之趾(105)于嗟乎驺虞(106)有熊有罴
(107)羔裘豹饰(108)献其貔皮(109)狼跋其胡
(110)教猱升木(136)野有死麕(137)驷驷牡马

3. 鱼类,计8条:

(111)有鳣有鲔(112)维鲂及鱮(113)鱼丽于罶鲂鳢

(114)九罭之鱼鳟鲂(115)鱼丽于罶鲿鲨(116)象弭鱼服
(117)鼍鼓逢逢(118)成是贝锦

4. 虫类，计16条：

(119)螽斯(120)喓喓草虫(121)趯趯阜螽(122)莎鸡振羽
(123)去其螟螣及其蟊贼(124)螟蛉有子(125)蟋蟀在堂
(126)蜉蝣之羽(127)如蜩如螗(128)伊威在室
(129)蠨蛸在户(130)硕鼠(131)如鬼如蜮(132)卷发如虿
(133)胡为虺蜴(134)领如蝤蛴

这个统计与姚士粦所见本有异，周中孚《毛诗草木虫鱼疏·跋》云："其书，凡草之类四十八，木之类三十一，鸟之类二十二，兽之类七，鱼之类八，虫之类十六。计共一百四十二则。"①也与周氏所计142条不同（周中孚《郑堂读书记》自言所见《陆疏》总计142则，实际上将其所记每类条目数相加，才132条，不知为何出现如此明显纰漏）。而清代王谟所见本条目亦与姚氏所录不同："检今本数，皆不符，又不知姚氏所据何本。"②综合这些记录可推知，《陆疏》在流传过程中有不同程度的减损。

综览丁本条目及顺序不难发现，《陆疏》所有条目均以《毛诗》中的诗句为题，大体分类编排，全书分上、下两卷，按草、木、鸟、兽、鱼、虫分类训释动植物。这种分门别类法是中国传统编纂方法。《山海经》已有将生物分为草木鸟兽等类进行描述的思维；《周易·系辞》云"方以类聚，物以群分"③；《尔雅》开创随类相从、分类言事的释词体例；《说文解字》按部首编排。《陆疏》上卷分草本、木本两类，下卷分兽、

---

① 周中孚：《郑堂读书记》卷八，《清人书目题跋丛刊》（第八辑），第129页。
② 王谟：《毛诗草木鸟兽虫鱼疏·跋》，见王谟辑：《增订汉魏丛书》，第一页（按：引文出自《陆疏》正文后跋）。
③ 王弼注，孔颖达疏：《周易正义》卷第七，李学勤主编：《十三经注疏》，北京大学出版社，1999年，第258页。

鸟、鱼、虫四类,无疑吸纳了传统的分类编纂方法,使全书层次鲜明。但臧庸《书毛本〈草木虫鱼疏〉后》对此提出批评:"陆氏既本《毛诗》作《疏》,则此书之次当依毛氏之经。今乃草木虫鱼各自为类。"①认为《陆疏》为《毛传》作疏,而不按《毛诗》经次,是其不足。我们认为,《陆疏》并非训解经义之作,而是博物学著作,相对于按《毛诗》经次编排,这种编排将同类动、植归于一处,非常清晰,也便于读者阅读、比较,弄清不同类群生物的特点。当然,《陆疏》有些顺序安排不合理,如"食野之苓""浸彼苞蓍"属草本类,却分列于第 81、82 条,排于木本类之后;"弋凫与雁"属鸟类,却列于第 135 条,排于虫类之后;"野有死麕""驷驖牡马"属兽类,却分列于 136、137 条,排于虫类之后;可能是因为这些条目是后人增补所致。此外,以现代生物学观点看,有些分类不够科学:如"象弭鱼服"中鱼兽指海豚类哺乳动物,"鼍鼓逢逢"中的"鼍"指扬子鳄,是"爬行纲、鳄目、鼍科动物"②;"成是贝锦"中贝属软体动物门贝类,《陆疏》却均将之粗归入鱼类。这种分类法可能参考较早字书,也反映了当时人们的认知水平。

除分类成篇体例,《陆疏》大体聚类编排。各类具体情况如下:

1.草本类。第 1—7 条:蕑(辟白鱼)、芣苢(其子治妇人难产)、蝱(药草贝母)、萑(益母)、杞(茎叶及子服之轻身益气)、藚(泽蕮)、茑(寄生)与女萝(合药菟丝子),具有一定药用价值。第 8—12 条:蒲、荷、荇菜、蘋、藻、茆皆为野生菜蔬,可作救荒食物。第 13、15 条:蒹(令牛肥强)、苕(䲣以沐发)有饲养、染发等生活用途。第 16 条游龙是种药草。第 17—22 条:苹(可生食,又可蒸食)、蘩(可生食,又可蒸食)、莪(茎可生食,又可蒸食)、蒌(生食之香而脆美,其叶又可蒸为茹)、蒿(青蒿)、卷耳(可䲣为茹)等均可食用,且蘩、莪、蒌、蒿均为蒿类。第 23 条芍药是药草。第 24—35 条:葑与菲、蕨、薇、蕳、苣、荼、苞叶、苕、莫、蕰、茯、莱均为野生菜蔬;第 36—37 条萧、白茅可用于祭祀。第 38—43 条:纻(麻)、鶪(绶草)、台(可为簦笠)、茹蘆(茜)、菅(柔韧宜

---

① 臧庸:《拜经堂文集》卷二,《续修四库全书》第 1491 册,第 532 页。
② 高明乾、佟玉华、刘坤:《诗经动物释诂》,中华书局,2005 年,第 296 页。

为索)、蒉(鬻以哺牛,除热),可用于编纺、染色等生活用途。第44条蔚是一种药材。第45—46条:苌楚(羊桃)、芄兰(煮为茹,滑美),可食植物。第47条,稂(禾秀为穗而不成)是杂草,第48条蓫(可瀹为茹)。

2. 木本类。如第49—50条,梓(绩以为布)、条(宜为车板);第54—58条,柞棫(可为犊车轴、矛、戟、锯)、楰(以为车毂)、杻(可为弓弩干)、椒(可为车辕)、柽(以为马鞭及杖);第60—66条,栲(可为车辐)、栩(可以染皂)、檴(其皮可为绲索、甑带,其材可为杯器)、杞(以为车毂)、榖(今江南人绩其皮以为布,又捣以为纸)、楛(上党人织以为斗、筥、箱器、钗)、蒲(可以为箭干):《陆疏》大体将能作器用者聚在一起。第67—76条,樗叶(以其叶为茗)、椒聊(皆合煮其叶以为香)、苞栎(椒、檖之属)、郁(食之甘)、榛栗(栗属)、梅(杏类)、甘棠(少酢滑美)、唐棣(大如李子,可食)、檖(山梨)、枸(子著枝端,大如指,长数寸,噉之甘美如饴),这些树木之叶或果实有食用价值,故编排在一起。

3. 鸟类。如第84—85条,鹤与鹳,都是大型涉禽,且按《诗经动物释诂》训释,鹤"形似鹭和鹳"[①];第86—87条,晨风、隼,都是隼形目、隼科猛禽;第88—89条,雉鸰与雎鸠,也都是猛禽;第93—94条,脊令与黄鸟,都是雀形目小型鸟类;第98—100条,鹭、维鹈、鸿,均为水鸟。《陆疏》尽量据鸟的外形、习性将之聚类,虽然难免有自乱其例的情况,但大体也是聚类编排。

4. 兽类。如第104—105条,麟与驺虞均为瑞兽;第106—109条,熊、羆、豹、貔、狼均为哺乳纲、食肉目动物,貔、狼还同属犬科,《陆疏》将它们排在一起。

5. 鱼类。第112、114条,鲂、鲔、鳟,均属鲤形目、鲤科;第113条"鲂鳢",陶本代表的续学海本作"鲂鲤",如此亦属鲤形目、鲤科,这样这三条也算聚类编排。

6. 虫类。第119—122条,螽斯、草虫、阜螽、莎鸡,均属直翅目,其中螽斯、草虫、莎鸡同属螽斯科,合乎现代生物学分类标准。

---

① 高明乾、佟玉华、刘坤:《诗经动物释诂》,第228页。

综上分析，《陆疏》基本编排体例是"分类成篇，聚类编排"。当然，《陆疏》这种聚类未必都合乎现代生物学分类标准，植物大体根据其日常用途而聚类，动物大体根据其外形及习性聚类，但自有其学术价值，也在一定程度上反映了当时人们的生物学水平。而有些条目虽相邻不相类，如第23条穿插在可食野蔬间，第59条穿插于可作器用木类中，可能正是辑佚之痕，因为《陆疏》今本均为辑本。

(二)释义体例：注重定名，兼顾形用

黄金贵如此界定解物："就是在文化层面上辨物、识物。"[①]可见，解释名物是为了辨物、识物，而要达到这个目的，就需要揭示事物的名称、特征等内容。《陆疏》训解名物，大体围绕着这些方面，且全书形成比较统一的训释体例：即一般以所训名物在《毛诗》中诗句为条目名，然后另起一列进行训释；所训释的内容大体包括《诗经》中名、别名、形态、习性、效用等项，每条内容不一定诸项俱全，诸项顺序也往往或前或后，具有一定灵活性，但总体而言，《陆疏》训释比较注重确定《诗经》名物在训释者时代与之对应的名称，包括俗名、通称、异名等；又比较注重介绍名物的外形特征、生活用途。当然，《陆疏》对六个类别的训释各有侧重，以下结合《陆疏》文本，分类具体说明。

1.草本类：侧重介绍各种植物名称（包括《诗经》中名称、通称、地域异名等）、生长地、形态、味道、日常用途等方面。或以异名相训，或证以文献，训释联系实际，通俗易懂。草本类50多种名物的训释虽各有特点与侧重，但呈现方式有章可循，试选几则说明：

(1)《诗经》中名+通名+文献+形态+生长地+效用

蕑，即兰，香草也。《春秋传》曰："刈兰而卒。"《楚辞》曰："纫秋兰。"子曰："兰，当为王者香草。"皆是也。其茎叶似药草泽兰，但广而长节，节中赤，高四五尺。汉诸池苑及许昌宫中皆种

[①] 黄金贵：《训诂方法研究》，中华书局，2012年，第84页。

之,可著粉中。故天子赐诸侯蕙兰,藏衣著书中,辟白鱼也。(【方秉蕑兮】)

按:此则《陆疏》遵从《毛传》,确定"蕑"通称"兰";而后引用《春秋传》《楚辞》、孔子等有关"兰"的文献,作为训释背景;接着详细介绍"兰"的外部形态,点明"兰"是宫苑常植之物种,最后联系贵族常用以"藏衣著书中"的雅事,点明"兰"有驱虫效用。整体着墨较多,看来"兰"也深受作者喜爱。

(2)《诗经》中名+异名及理据+效用

芣苢,一名马舄,一名车前,一名当道。喜在牛迹中生,故曰车前、当道也。今药中车前子是也。幽州人谓之牛舌草,可鬻作茹,大滑,其子治妇人难产。(【采采芣苢】)

按:此则《陆疏》先列出"芣苢"一系列异名,介绍这些名称的命名理据是其喜欢生长在牛脚印中这一习性;又点明它就是中药车前子,幽州人所称的牛舌草;最后介绍其可治妇人难产的药效。这样多方面介绍"芣苢"异名,通俗易懂,让人将日常所见、所闻与《诗经》中的"芣苢"联系起来,而后恍然大悟,原来"芣苢"就是生活中如此常见之物。对其药效的介绍也便于人们采摘、利用。

(3)《诗经》中名+形态+异名+食法+味道+形态+效用

杞,其树如樗,一名苦杞,一名地骨。春生作羹,茹微苦。其茎似莓子,秋熟正赤。茎叶及子服之轻身益气。(【集于苞杞】)

按:此则先以"樗"比况介绍"杞"外部形态,接着介绍其又名苦杞、地骨,再介绍其食用方法及味道,又介绍其茎的形态、成熟后的颜色;最后点明其有轻身益气的疗效。形态分散在两处介绍,就行文思路而言有支离之弊。

总之,草本类植物多遵从以上体例,围绕着这些方面进行描述,侧重点不一,不能尽列。将上列几种类型进行比较发现,《陆疏》非常注重名称介绍,植物其他方面的知识作者可能依据所掌握资料作选择性介绍,而名称特别是各地异名则尽可能详细呈现。推测其原因,一方面因为《诗经》草木,今昔异名,年深日久,后人更难理解;欲为之作疏,必先确定作疏者当时与《诗经》中名相对应的名称。诚如黄金贵所言:"在训诂中对任何词都必须先予辨物、识物。"① 作为名物训诂专书,《陆疏》无疑在辨物、识物方面给后世名物研究树立了一定规范。另一方面,前文已论,《陆疏》写作动机之一是服务于生产、生活,尤其充当救荒指南,因此,《陆疏》往往不厌其烦介绍同一名物各地异名,并尽可能描述其形态、味道与效用,以便人们识别、采摘、利用。

2. 木本类:侧重介绍木本植物名称、形体特征、日常用途等方面。各条侧重不一,难以尽列,试选几例:

(1)《诗经》中名+类属+形态+俗名+材质+异名

楰,楸属,其树叶木理如楸。山楸之异者,今人谓之苦楸。湿时脆,燥时坚,今永昌又谓鼠梓。汉人谓之楰。(【北山有楰】)

按:此则《陆疏》先介绍"楰"之种属,再介绍其树叶、木理,接着介绍时人对其通称,而后介绍其材质,最后补充其异名别称。名称两处分散介绍,行文难免支离,可能这是辑录之痕。

(2)《诗经》中名+文献+形态及生长地+其他品种+生长节律+产地

常棣,许慎曰:"白棣树也。"如李而小,如樱桃正白,今官园种之。又有赤棣树,亦似白棣,叶如刺榆。叶而微圆,子正赤,如郁

---

① 黄金贵:《训诂方法研究》,第86页。

李而小。五月始熟,自关西天水、陇西多有之。(【常棣】)

按:此则《陆疏》先引许慎之说,确定当时与"常棣"对应的名称;而后介绍其外部形态及当时官园种植此树的情况;又介绍另一类别"赤棣"的外部形态,在比较中突出两种树木的特征;最后介绍其生长节律与产地。整体而言,《陆疏》对此类树种的颜色比较着意。

(3)《诗经》中名+文献+其他品种+材质+用途

柞棫,《三苍》说:"棫,即柞也。"其材理全白无赤心者曰椵。直理易破,可为犊车轴,又可为矛、戟、镞。(【柞棫拔矣】)

按:此则《陆疏》先引《三苍》之说,确定当时与"柞棫"对应的名称,思路与介绍"常棣"相似;接着介绍其他类别"椵"之外部形态;而后介绍"柞"之材质及生活用途。整体观之,此则比较突出识物、辨物而后致用的解物理念。

总之,木本类多遵从以上体例,围绕名称、形态、生长地、生长节律、材质、类别、日常用途等方面各有侧重进行描述,有时参考古文献记录。除介绍异名,《陆疏》很注重介绍此类植物形态、材质与日常用途,既是当时生产经验的总结,又对研究这类植物的经济价值有一定指导意义。

3.鸟类:主要介绍鸟类名称、形体特征、习性,有些家禽亦归入此类。试选几例:

(1)《诗经》中名+异名+习性

凤,雄曰凤,雌曰皇;其雏为鸑鷟,或曰凤皇。一名鹮。非梧桐不栖,非竹实不食,非醴泉不饮。(【凤皇于飞】)

按:此则先将凤、凰对举,让人明确雌、雄有别;而后介绍其幼鸟名称,接着介绍其别名,最后介绍凤凰之习性,突出这一祥瑞动物的高洁品性。

(2)《诗经》中名+种属+地域异名

隼,鹞属也。齐人谓之击征,或谓之题肩,或谓之雀鹰,春化为布谷者是也。此属数种,皆为隼。(【鴥彼飞隼】)

按:此则《陆疏》先介绍"隼"之种属,再介绍其多种异名,最后又总结这几种都是"隼",语义略显重复。整体而言,对"隼"的介绍偏简略,可能因这类鸟飞翔能力极强,作者对其生物特征掌握得很有限。

(3)《诗经》中名+形体特征+动作及声音+味道+俗语

鷮,微小于翟也。走而且鸣曰:"鷮鷮。"其尾长,肉甚美。故林虑山下人语曰:"四足之美有麃,两足之美有鷮。"(【有集维鷮】)

按:"鷮"是一种长尾雉。此则《陆疏》先以"翟"比况,介绍"鷮"之形体特征,接着描述其动作及声音,而后介绍其味道,证之以俗语。整体而言,描述比较细致,突出"鷮"尾长、肉美特征,此物在当时人们日常生活中应该比较常见。

总之,鸟类多遵从以上体例,围绕名称、形体特征、习性、声音、种属、生存环境等方面各有侧重进行描述,或证之以俗语。除贯之以多种异名介绍,对鸟类形态的描述,又极注重喙、脚、羽毛、鸣声。对不大熟悉的鸟类,作者介绍不多,有些仅列其异名,有些仅记载传说。描写味道的仅有鷮,或因当时人极少猎鸟而食,而禽肉食物对百姓而言极为难得。

4.兽类:主要介绍兽类名称、形体特征和习性。试选几例:

(1)《诗经》中名+异名+形体特征+习性

驺虞,即白虎也,黑文,尾长于躯。不食生物,不履生草。君王有德则见,应德而至者也。(【于嗟乎驺虞】)

按：先介绍人们熟知的异名"白虎"，然后简要描述其形体特征，最后介绍其习性。最后一句赵本无而丁本有之，不知是否《陆疏》原文，暂存疑。此则《陆疏》基本遵从《毛传》之释，仅补充"尾长于躯""不履生草"几字，而无更细致的介绍，大概因为驺虞是古代神话传说中的仁兽，《山海经》中也只有简单描述，作者也只能据文献记载简单训释。

（2）《诗经》中名+异名+类别

豹，赤豹。毛赤而文黑谓之赤豹，毛白而文黑谓之白豹。（【羔裘豹饰】）

按：此则《陆疏》仅介绍"豹"之异名及类别，在对举中突出赤豹与白豹的不同。句首"豹"字，《孔疏》所引《陆疏》无，当为辑录者所加，否则文理难通。

（3）《诗经》中名+异名+类别+声音与行动

猱，猕猴也，楚人谓之沐猴。老者为玃，长臂者为猨。猨之白腰者为獑。胡獑、胡猨骏捷于猕猴，其鸣噭噭而悲。（【毋教猱升木】）

按：此则《陆疏》对猕猴异名的记载，给后人研究方言有一定启发。如章太炎《新方言·释动物》云："沐猴，母猴；母猴，猕猴。今人谓之马猴。皆一音之转。"① 认为"沐猴"又称"猕猴"是一音之转，所指相同。

总之，兽类多遵从以上体例，围绕名称、形体特征、习性、声音、行动、类别、生活地等方面各有侧重进行描述，或证之以文献。这些训释体现出当时认识兽类的角度。除狼以外，极少写到兽类用途，或与农

---

① 章太炎：《新方言》，第142页。

耕文明时期人们生活生产以农业生产为主、很少狩猎有关。

5. 鱼类：介绍各种鱼类名称、形体特征和习性等方面，其中包括龟类、贝类等水产。

(1)《诗经》中名+通名+形体特征+味道+产地+俗语

鲂，今伊、洛、济、颍鲂鱼也。广而薄，肥恬而少力，细鳞，鱼之美者。渔阳泉切、刀口、辽东梁水，鲂特肥而厚，尤美于中国鲂。故其乡语："居就粮，梁水鲂。"(【维鲂及鱮】)

按：此则《陆疏》先介绍"鲂"在伊洛诸地的通称，强化人们对《诗经》中名称的印象，而后介绍其形体特征、味道，又介绍其产地，并证之以俗语。介绍比较细致，说明此种鱼类是当时人们经常渔猎的对象。

(2)《诗经》中名+异名+文献+形态

鳢，鲩也。《尔雅》曰："鳢，鲖也。"许慎以为鲤鱼，玑以为似鲤，颊狭而厚。(【鱼丽于罶鲂鳢】)

按：此则《陆疏》先介绍"鳢"之异名，接着引用《尔雅》、许慎之说，也表明作者自己看法——"鳢"不等同于"鲤"，只是二者有些相似而已；最后简单描述其颊部特征。整体而言，此则侧重于对"鳢"的名称进行考辨，对其生物特征描述较少。

(3)《诗经》中名+形体特征+用途

鼍，形似蜥蜴，四足，长丈余，生卵大如鹅卵。甲如铠，今合药鼍鱼甲是也。其皮坚厚，可以冒鼓。(【鼍鼓逢逢】)

按：此则《陆疏》先以蜥蜴比况，介绍"鼍"之形体特征；接着描述其卵、甲的外部形态，指出其药用价值；最后指出其皮可用来蒙鼓。介绍比较详细，看来"鼍"在当时比较常见。

总之,鱼类多遵从以上体例,围绕名称、形体特征、产地、类别、食用价值、用途等方面进行描述,或证之以传说、俗语。侧重点不一,不能尽列,但整体而言比较侧重考辨物名,而对有些品类的生物特征描述较少,反映了当时的认知水平。《陆疏》介绍鱼类,大多写到其味道或食用方法,看来鱼类是当时人们改善生活的重要食物来源。

6. 虫类:主要介绍虫豸类名称和习性,一般是无脊椎动物,但《陆疏》将有脊椎的啮齿目鼠类、爬行类蜥蜴亦归入此类。

(1)文献+异名+种属+形体特征+习性

《尔雅》曰:"蟴,蛂蜻也。"扬雄云:"春黍也。"幽州人谓之春箕。春箕,即春黍,蝗类也。长而青,长股,青黑色斑,其股似玳瑁文。五月中,以两股相搓作声,闻数十步。(【螽斯】)

按:此则先引《尔雅》、扬雄、幽州人之说,考辨当时与《诗经》中名对应的名称;然后在此基础上介绍其种属、形体特征,再介绍其习性。对"螽"的形体、习性描述比较细致,应该源自作者目验。

(2)《诗经》中名+异名+形体特征+声音+生活地

草虫,常羊也。大小长短如蝗。奇音青色,好在茅草中。(【喓喓草虫】)

按:此则《陆疏》先介绍"草虫"异名,再以蝗进行比况,描述其形体大小,最后介绍其声音、颜色、生活之地。相较"螽"而言,介绍偏于简略。

(3)《诗经》中名+形体特征+异名+习性+地域异名

莎鸡,如蝗而斑色,毛翅数重,翅正赤,或谓之天鸡。六月中,飞而振羽,索索作声。幽州谓之蒲错。(【莎鸡振羽】)

按:此则《陆疏》先以蝗进行比况描述其形体特征,接着介绍其翅膀形态,又介绍其异名,再介绍其振羽之声,最后又介绍幽州人对它的称谓。对其名的介绍两现,让行文显得分散。

　　总之,虫类多遵从以上体例,围绕名称、形体特征、习性、属种、繁殖、生活地等方面进行描述,或证之以文献、俗语。侧重点不一,不能尽列。《陆疏》所训16条虫类,如螽斯、草虫、阜螽、莎鸡、螟螣、螟蛉、蟋蟀、蜉蝣、蜩螗、伊威、蟏蛸等,大多经常出现于人们的生产、生活中,也便于作者观察、训释。

　　综观《陆疏》训释《诗经》草木虫鱼的体例,主要有如下特点:首先注重确定作者当时与《诗经》中名相对应的名称,包括通称、地域别名等;其次,植物类多注重形态和功用,尤其是草本类,多从救荒意图出发,注重介绍其食用价值、烹饪方法等;而动物类则侧重介绍其形体特征、习性。这点又与《尔雅》的训释体例一脉相承。《尔雅》大量收释名物异名别称,并描写名物的物态、形性。王国维曾分析《尔雅》的训释体例:"草木虫鱼鸟多异名,故释以名;兽与畜罕异名,故释以形。"①这些训释体例在《陆疏》中都得到很好的传承。更深层而言,《陆疏》这种训释体例体现了"名实一体"的名实观。《管子·九守》云:"修名而督实,按实而定名。名实相生,反相为情。"②既然名与物相融相生,这决定了名物训诂不能囿于"名"的范围,必然涉及"物"的特点及相关文化。名物是文化的载体,透过《陆疏》由表面"名物"延伸到深层"人事"的训解,我们可窥见当时文化的一角。

第二节　《陆疏》训释方式与术语

　　本节将侧重从微观角度,分析《陆疏》使用的训释方式与术语,并初步探求它们与《尔雅》训诂方式、术语的联系。

---

① 王国维:《〈尔雅〉草木虫鱼鸟兽名释例上》,王国维著,彭华选编:《王国维儒学论集》,第301页。
② 黎翔凤撰,梁运华整理:《管子校注》卷十八,第1046页。

一、《陆疏》的训释方式

关于训释方式,前人多有论说,而所指不一。章太炎认为"训诂之术略有三途,一曰直训,二曰语根,三曰界说"①;黄侃认为训诂"其方式有三,一曰互训,二曰义界,三曰推因"②;周大璞将释义方法分为声训、形训、义训、观境为训四类③;齐佩瑢则将"训诂方术"分为音训、义训、术语三类,而在音训之下提出"以语言释语言之方式"有三:宛述(义界)、翻译(互训)、求原(推原求根)④;王宁认同训诂方式中"义界""声训""义训""直音""破读"等说法⑤。由于这些观点术语使用不统一,造成术语所标识的概念界说不明,如对训诂方式、训诂方法的界定就显得含糊不清。郭在贻对训诂方式、训诂方法有一个相对清晰的界定,他认为训诂方式大致可分三种:"一曰互训,二曰推原,三曰义界。"训诂方法指:"一个陌生的词儿摆在面前,我们采用什么样的手段,才能使它由未知变为已知。"⑥依照郭在贻的界定,训诂方式较之训诂方法更宏观,是训诂的思维和表述方式,而训诂方法则指探求词义的具体方法,比如破假借、辨字形、因声求义、探求语源等。将训诂方式与训诂方法分开,让原先一些混杂的概念边界更清晰。郭芹纳《训诂学》中,对训释词义的方法与解说词义的方式也作了区分,他认为训释词义的方法包含因形求义、因声求义等,解说词义的方式包含直训、义界和描述、譬况和举例等⑦。杨琳也主张:"必须把解释词语时的表述方式和考求词语未知信息的方法区别开来。"⑧综合以上专著的观点,本节训释方式,不同于探求词义的具体方法,是指解释名物的思维与表述方式。《陆疏》的训释方式主要有直训、义界、宜物三种。

---

① 章太炎:《与章行严论墨学第二书》,《华国月刊》第1卷第4期。
② 黄侃述,黄焯编:《文字声韵训诂笔记》,第186页。
③ 周大璞主编:《训诂学初稿》,第135页。
④ 齐佩瑢:《训诂学概论》,中华书局,2004年,第124页。
⑤ 王宁:《训诂学原理》,中国国际广播出版社,1996年,第25页。
⑥ 此两处引文分别见郭在贻:《训诂学(修订本)》,第44、54页。
⑦ 郭芹纳:《训诂学》,高等教育出版社,2005年,第Ⅰ页。
⑧ 杨琳:《训诂方法新探》,商务印书馆,2011年,第8页。

（一）直训。特指对所训之物，直接加以说明。《陆疏》大多按此方式展开训释，直接介绍动植物名称、生活环境、形态、习性、用途等，给人直观印象。

蝱，今药草贝母也。其叶如栝楼而细小，其子在根下。(【言采其蝱】)

按：此则直接介绍蝱之今名、叶之大小、子之位置。

桃虫，今鹪鹩是也。微小于黄雀，其雏化而为鵰。(【肇允彼桃虫】)

按：此则直接介绍桃虫异名、形体及它的幼鸟之名。

黄侃认为互训亦可称直训①，王宁认为直训包含互训，又云："互训的训释词与被训词可以两两互易位置或辗转互易位置。"②我们认为，对名物训诂而言，二者具体表现有所不同。互训指用同义词或近义词相互解释，如又《说文》艸部："茅，菅也。""菅，茅也。"③"茅"与"菅"构成互训；而直训特指直接训释某物，这是《陆疏》最基本的训释方式。

需要指出的是，《陆疏》直训时常采取以下方式进行表述：

1. 一物分言。即列举异名，训释异名同实名物。

同一事物常在不同时期、不同地域有不同名称，训释古代典籍中的名物，首先得确定其与训释者同时代的名称。《陆疏》很注重介绍所释名物在当时的名称，故基本均采用此表述方式解释同物异名，如：

芣苢，一名马舄，一名车前，一名当道。(【采采芣苢】)
薡，今泽舄也。(【言采其薡】)

---

① 黄侃述，黄焯编：《文字声韵训诂笔记》，第186页。
② 王宁：《训诂学原理》，第95页。
③ 许慎撰，段玉裁注：《说文解字段注》第一篇下，第29页。

> 茑,一名寄生。(【茑与女萝】)
> 荇,一名接余。(【参差荇菜】)

此种格式《陆疏》中比比皆是。这种一物分言的训诂模式《尔雅》早就使用,如"蒮,山韭"(《释草》),"格,山榎"(《释木》),"佳其,鴖鴠"(《释鸟》)。《尔雅》此种训释名物异名方式,为后世名物训诂确立了规范。《陆疏》承袭这种训诂模式,增强了训释的普世性、通俗性,拉近了《诗经》所载名物与当时的距离,能让当时更多文化素质不高的平民了解这些名物,并用于日常生活、生产。

2. 一物多诂。即对一物从不同角度进行训释,说明其多方面特征。《陆疏》常围绕名物各种名称、生长地、形态、习性、味道、日常用途等方面,虽然对鸟、兽、草、木、虫、鱼每大类的训释侧重不一,如介绍各种植物名称(包括《诗经》中名称、通称、地域异称等)、生长地、形态、味道、日常用途等方面,鸟类主要介绍其名称、形体特征、习性,兽类主要介绍其名称、形体特征和习性等;但大体力争从多个角度展开训释,以期更全面展现该物特征。此处聊举一例:

> 其茎茄,其叶蕸,茎下白蒻。其花未发为菡萏,已发为芙蕖。其实莲。莲青皮,里白子为的,的中有青,长三分如钩为薏,味甚苦。(【有蒲与荷】)

按:此处《陆疏》介绍"荷",除介绍其别名外,分别介绍其茎、叶、花、实、根、莲心之名,茎下、莲、莲子之颜色,莲子味道、生长时节、烹饪方式、养身功效,莲藕色泽等,让人对荷之特点、功用有较全面的认识。当然,此种训释方式亦非《陆疏》首创,《尔雅》常用此法训释。就此条而言,《尔雅·释草》云:"荷,芙渠。其茎茄,其叶蕸,其本蔤,其华菡萏,其实莲,其根藕,其中的,的中薏。"① 《陆疏》此条几乎在全录《尔

---

① 胡奇光、方环海:《尔雅译注·释草第十三》,第299页。

雅》训释的基础上进行补充。

3. 聚类分训。即把同类的不同事物聚在一起分别训释。

这是训释名物的有效手段,宋代郑刚中释《象辞》"君子以类族辨物"曾云:"名物惟族类错杂则无别,苟聚之各以类,则物物自分,无患其混淆。"①除大体分鸟、兽、草、木、虫、鱼六大类分训,《陆疏》还尽量将同类的不同事物置于一起展开训释,这样既能扩大训释面,丰富人们的知识,又能在同类比较中突出事物特征。聊举一例,因引文较长,故省略一些具体内容,仅存留大概:

其一种之皮叶皆如栗……其一种枝叶如木蓼……五方皆有栗……倭、韩国诸岛上,栗大如鸡子……桂阳有羕栗……又有奥栗……又有茅栗、佳栗……(【树之榛栗】)

按:此则将不同形状、味道的两种栗比照介绍外,又将周秦吴扬、吴越、渔阳范阳、桂阳、倭韩国诸岛之栗的形状或味道进行比较,还列出奥栗、茅栗、佳栗外形不同处,让人对栗属有更全面认识。

毛赤而文黑谓之赤豹,毛白而文黑谓之白豹。(【羔裘豹饰】)

按:此则分训赤豹、白豹的不同毛色,让人印象深刻。

《陆疏》还有不少条目采用这种聚类分训方式展开训释,如常棣、扬之水不流束蒲、椒聊之实、蔽芾甘棠、有熊有罴、教猱升木、成是贝锦、如蜩如螗、去其螟螣及其蟊贼等条。这种方式《尔雅》经常使用,如《释虫》:"蜼螽,蜙。草螽,负蠜。蜤螽,蚣蝑。蟿螽,螇蚸。土螽,蠰溪。"②分训不同"螽"之别名。《释鱼》:"龟,俯者灵,仰者谢,前弇诸

---

① 郑刚中:《周易窥余》卷四,《四库全书》第11册,第440—441页。
② 胡奇光、方环海:《尔雅译注·释虫第十五》,第348页。

果,后弇诸猎,左倪不类,右倪不若。"①介绍可据龟行动时低头向下、仰头向上、龟甲前掩、龟甲后掩、头向左斜视、头向右斜视这些不同习惯而分别名为灵龟、谢龟、果龟、猎龟、类龟、若龟。《陆疏》继承《尔雅》这种训释方式,让训释更有序更丰富。

一物分言、一物多诂、聚类分训这三种训释方式均非《陆疏》首创,它不过主要承袭《尔雅》中的这三种训诂方式,并以自己特有的训释内容熟练运用从而确立这种训诂方式,解释《诗经》中的大量动植物,保存了当时丰富的方言,为汉语词汇、方言研究提供了大量资料,也为后世名物训诂方式提供了重要参考;而聚类分训方式对后世名物学、类书均有一定启发。

(二)义界。黄侃认为义界谓"此字别于他字之宽狭通别也"②。郭在贻《训诂学》中如此定义:"用一句或几句话来阐明词义的界限,对词所表示的概念的内涵作出阐述或定义。"③王宁认为义界是"以句训词",具体而言,即"用定义、描写、对举、嵌入等方法来表述词义的内容,从而把词与临近词的意义区分开来"④。三人表述虽不同,但共同揭示出义界的功能在于阐明词义界限,将不同词加以区别。《陆疏》运用此种训诂方式主要有以下两种情况。

1.定义。总的格式是主训词+义值差。主训词指被训词的同义词,义值差指被训词区别于其邻近词的意义部分。

　　藻,水草也。(【于以采藻】)
　　菉竹,一草名。(【菉竹猗猗】)
　　梓者,楸之疏理白色而生子者为梓。(【梓椅梧桐】)
　　笋,竹萌也。(【唯笋及蒲】)

---

① 胡奇光、方环海:《尔雅译注·释鱼第十六》,第363页。
② 黄侃述,黄焯编:《文字声韵训诂笔记》,第187页。
③ 郭在贻:《训诂学(修订本)》,第46页。
④ 王宁:《训诂学原理》,第62页。

按:前两例以定义模式分别表明"藻""菉竹"的物类,后两例则以定义模式表明"梓""笋"的物象。

2.对释。即将两种名物对举解释,在比较中突出事物某一方面特征。

女萝,今兔丝……松萝自蔓松上生……(【茑与女萝】)

按:此则将女萝与松萝进行对举解释,指出两者生长地、颜色的不同,便于人们区分。

雄曰凤,雌曰皇。(【凤皇于飞】)

按:此则采用对偶句式,将凤、皇与雄、雌之名对举,指出其名称义界。

如上,《陆疏》训释或同实殊名,或同名歧释,义界是其常用手段。通过这种方式,有效揭示出事物区别于它物的特征。

(三)宜物。即以人们习见动、植取象比类,通过比喻、联想、比况等方式形象描述,使之明白易解。这是一种传统思维方式,先秦时期人们运用宜物思维已很娴熟,《易传》也常用此思维,如离卦《彖》曰:"离,丽也。日月丽乎天,百谷草木丽乎土。"[1]解释"离"乃依附、依赖之义,以日月依附天空、百谷草木依附泥土为喻。有人甚至认为此种"宜物"思维"贯穿于中国古代博物学理论形成的始终"[2]。它是中国古代博物学记事常用的方式,《山海经》就常用这种方式描述事物:

其状如蒿茇,其叶如葵而赤背,名曰无条。(《山海经卷二·西山经》)

---

[1] 王弼注,孔颖达疏:《周易正义》卷第三,李学勤主编:《十三经注疏》,第134页。
[2] 黄世杰、赵乃蓉:《中国古代博物学记事原则:宜物——以解读〈山海经〉中"建木"系壳斗科植物"甜槠"为例》,《广西民族大学学报(哲学社会科学版)》2011年第6期。

其状如杨而赤理,其汁如血,不实,其名曰芑。(《山海经卷四·东山经》)

其中多彫棠,其叶如榆叶而方,其实如赤菽。(《山海经卷五·中山经》)

《山海经》中大量以宜物思维方式描述事物,或表现出古代生物学的知识十分缺乏,描述事物往往侧重事物外在形象而非其生物属性。诚如刘师培所言:"上古人民,未具分辨事物之能,故观察事物,以义象区别,不以质体区分。"[①]此处"义象"应指事物本身及其形象,涵盖事物形态、声音等属性,刘师培认为这是上古人们区别事物的主要依据。但以这种方式训释名物自有其他训释方式不具备的优点:从万物取象描述事物,能较直观反映事物的特点,让人们易于理解,对介绍名物而言非常实用,因而《陆疏》常以这种方式展开训释。事实上,"宜物"思维方式在《陆疏》中比比皆是,聊举几例:

叶如鸡苏,茎大如箸。(【于以采藻】)

按:此则将藻之叶、茎粗细分别比之为鸡苏与箸。

叶大如手……茎大如匕柄。(【薄采其茆】)

按:此则将茆叶、茆茎分别喻之为手、匕柄。

麕身,牛尾,马足。(【麟之趾】)

按:此则将麟之身、尾、足分别取麕、牛、马比况。

---

① 刘师培:《读书随笔·小学发微补》,广陵书社,2015年,第222页。

似燕头,鱼身。(【鱼丽于罶鲿鲨】)

按:此则将鲨头、身分别取燕、鱼比况。

以上几例,以某物如 X、似 X 的明喻式或与类似事物进行比照呈现。这种宣物方式通过援引人们熟知的事物比况,展现不同事物某些方面的相似处,形象地突出了所释对象特征。

总之,《陆疏》表现出来的训释理念与方式特征鲜明,渊源有自,在充分吸纳各类古籍营养的基础上又有所发展,也为后世名物训诂树立了典范。

二、《陆疏》的训释术语

《陆疏》中出现很多训释术语,大致有以下几类。

(一)谓之,谓此,谓是,所谓,谓,谓……为,谓即。"谓之""谓此""谓是"意为"叫(它)作"。"甲谓之(此、是)乙"格式中,"之"为代词,复指上文"乙"。

1. 谓之

其粗大者谓之蘋。(【于以采蘋】)
其一种,茎大如钗股,叶如蓬蒿,谓之聚藻。扶风人谓之藻。(【于以采藻】)
幽州人谓之牛舌草。(【采采芣苢】)
幽州谓之"光旁"。(【有蒲与荷】)
南人谓之尊菜,或谓之水葵。(【薄采其茆】)

按:《陆疏》丁本使用这种句式释义计 104 次,用以介绍名物别称、形态等。有时训释词在"谓之"前,被释词在其后,如"于以采蘋""于以采藻";有时"谓之"前仅列出地域,其后列出同物异名,如"采采芣苢""有蒲与荷""薄采其茆"。

2. 谓此

人谓此为绿竹。(【菉竹猗猗】)

3. 谓是

郑康成谓是白胡荽。(【采采卷耳】)

4. 所谓

萧荻,今人所谓荻蒿者是也。(【取萧祭脂】)
所谓树之榛栗者也。(【树之榛栗】)

按:"所谓"意为"所说的"。《陆疏》常用之介绍同物异名。

5. 谓

或谓守田也。(【浸彼苞稂】)
今永昌又谓鼠梓。(【北山有楰】)
今人直谓鸿也。(【鸿飞遵渚】)
皆山照木相配,不宜谓兽。(【爰有树檀】)
谓此麟也。(【麟之趾】)
《诗》言其方物,宜谓此鼠。(【硕鼠】)

按:"谓"可译为"称为""叫作""说(的是)"等,《陆疏》用之介绍同物异名,如"浸彼苞稂""北山有楰""鸿飞遵渚"诸条;或指某特定事物,如"爰有树檀""麟之趾""硕鼠"诸条。

6. 谓……为

秦人谓柞为栎。河内人谓大蓼为栎。(【山有苞栎】)

今梁、宋之间谓布谷为鴶鵴。(【鸤鸠在桑】)
自关而西谓枭为流离。(【流离之子】)
阜螽,蝗子,一名负蠜。今人谓蝗子为螽子。(【趯趯阜螽】)
栩,今柞栎也。徐州谓栎为杼。(【集于苞栩】)

按:《陆疏》常用这种格式介绍名物别名,有时是"称乙(训释词)为甲(被释词)",如"山有苞栎""鸤鸠在桑""流离之子"诸条,这是《尔雅·释亲》中常见格式;有时是"称甲(被释词)为乙(训释词)",如"趯趯阜螽""集于苞栩"诸条,这是《陆疏》行文的变化。

7. 谓即

樊光谓即《尔雅》"鼫鼠"也。(【硕鼠】)

(二)曰、云、言。此三词均可译为"叫作""称作",其用法基本相同。《陆疏》主要用以介绍同物异名。

1. 曰

故曰车前、当道也。(【采采芣苢】)
小者曰蓱。(【于以采蘋】)
周秦曰蕨,齐鲁曰鳖。(【言采其蕨】)

按:《陆疏》使用此词释义大约26次。其实,先秦典籍多有这种句式。除《尔雅》外,《尚书·洪范》云:"水曰润下,火曰炎上。"(《尚书注疏》卷十二)《公羊传》云:"春曰祠,夏曰礿。"[①]《礼记·曲礼下》云:"约信曰誓,涖牲曰盟。"(《礼记注疏》卷五)《论语·季氏》曰:"邦君之妻,君称之曰夫人,夫人自称曰小童,邦人称之曰君夫人。"(《论语》第十六)《孟子·梁惠王下》:"老而无妻曰鳏,老而无夫曰寡,老而无

① 何休注,徐彦疏:《春秋公羊传注疏》卷五,阮元校勘:《十三经注疏》,艺文印书馆,2013年,第59页。

子曰独,幼而无父曰孤。"①《仪礼》云:"十斗曰斛,十六斗曰籔,十籔曰秉。"②如此种种,都是以"曰"表判断的句式。

2. 云

  或云牛尾蒿。(【取萧祭脂】)
  今人云梧桐也。(【梓椅梧桐】)
  或云橡斗。(【集于苞栩】)
  又云鸣鸠,一名爽。又云是鹪。(【宛彼鸣鸠】)

3. 言

  其子为皂,或言皂斗。(【集于苞栩】)
  言其味甘。(【南山有枸】)

按:"言"有时义为"说",用于介绍名物性状等特征,如"南山有枸"。

(三)甲,乙也;甲……乙;者也,是也。这些均为判断句式,用以介绍动植物名称、功用、习性、类属等。

1. 甲,乙也。被训词在前,训释词在后,用"也"字煞尾。

  蕑,即兰,香草也。(【方秉蕑兮】)
  蝱,今药草贝母也。(【言采其蝱】)
  蕢,今泽蔫也。(【言采其蕢】)
  莪,蒿也。(【菁菁者莪】)
  萎,萎蒿也。(【言刈其萎】)

---

① 朱熹:《四书章句集注》,第218页。
② 郑玄注、贾公彦疏:《仪礼注疏》卷八,阮元校勘:《十三经注疏》,艺文印书馆,2013年,第291页。

2. 甲……乙。被训词在前,训释词在后,无"也"字煞尾。

蘩,皤蒿。(【于以采蘩】)
葑,蔓菁。(【采葑采菲】)
荼,苦菜。(【谁谓荼苦】)
菜,草名。(【北山有菜】)
柽,河柳。(【其柽其椐】)

3. 者也。者具有指代作用,可译为"……事物","也"字煞尾。

今以为弓鞬步叉者也。(【象弭鱼服】)
水鸟之谨愿者也。(【弋凫与雁】)

4. 是也。周光午认为,"是也"句型也是判断句的一种,这类句子的表语提到了主语前面,又常以"也""矣"等语助词煞脚①。《陆疏》用此种判断句训释名物计二十余次。

今药中车前子是也。(【采采芣苢】)
今合药菟丝子是也。(【茑与女萝】)
蘋,今水上浮萍是也。(【于以采蘋】)
苌楚,今羊桃是也。(【隰有苌楚】)
桃虫,今鹪鹩是也。(【肇允彼桃虫】)

(四)即,为。"××即(为)××"也是判断句形式。《陆疏》中使用"为"字达一百二十多次,但有一部分"为"词义是"成为""制作",如"可糁蒸以为茹""柔韧宜为索"之类,并非判断句,不在此类。

---

① 周光午:《关于秦汉间的系词"是"》,《武汉大学人文科学学报》1958 年第 1 期。

1. 即

  蕳,即兰。(【方秉蕳兮】)
  即芫蔚也。(【中谷有蓷】)
  驺虞,即白虎也。(【于嗟乎驺虞】)
  春箕,即春黍。(【螽斯】)

按:《陆疏》使用"即"释义,一般被释词在前,训释词在后。

2. 为

  其花未发为菡萏,已发为芙蕖。(【有蒲与荷】)
  白色为皤蒿。(【于以采蘩】)
  此属数种,皆为隼。(【鴥彼飞隼】)
  其子为瀫。(【献其貘皮】)
  老者为玃,长臂者为猨。猨之白腰者为獬。(【教猱升木】)

按:《陆疏》使用"为"释义,训释词在"为"字前,被训词在其后。《尔雅》中常用此格式展开训释,如"男子先生为兄,后生为弟""父之兄妻为世母,父之弟妻为叔母"等①,洪诚说过:"'为'之得成为系词,是由无主句的'谓……为'中的'谓'脱落而形成的,从《尔雅》中可以看出这种痕迹。"②道出以"为"字构成的判断句的由来。

(五)如,似。这两词有"好像"义,以比喻或比况方式解释具体名物词的形态、大小等特征,被释词在前,训释词在后。

1. 似

  有草似竹。(【菉竹猗猗】)

---

① 郭璞注,邢昺疏:《尔雅注疏》卷三,李学勤主编:《十三经注疏》,北京大学出版社,1999 年,第 117 页。
② 洪诚:《洪诚文集·雒诵庐论文集》,江苏古籍出版社,2000 年,第 4 页。

茎似箸而轻脆。(【食野之苹】)
叶似邪蒿而细。(【菁菁者莪】)

2. 如

其叶如栝楼而细小。(【言采其虫】)
杞，其树如樗。(【集于苞杞】)
大如车轮，卵如三升栖。(【鹳鸣于垤】)

按：《陆疏》丁本训释时，"似"共出现 82 次，"如"总计 106 次。有时"似""如"合用：

叶似当卢，子如覆盆子。(【葛与女萝】)
梅树，皮叶似豫章。叶大如牛耳。(【有条有梅】)

（六）属，类。次两词均表类属。"（某）属"作为训诂术语使用，当为《尔雅》首创。据徐朝华统计，"（某）属"在《尔雅》中共出现 9 次[①]。以下举《陆疏》若干例子。

梗，楸属。(【北山有楰】)
杞，柳属也。(【无折我树杞】)
椒、樧之属也。(【山有苞栎】)
榛，栗属。(【树之榛栗】)
梅，杏类也。(【摽有梅】)
隼，鹞属也。(【鴥彼飞隼】)
春箕，即春黍，蝗类也。(【螽斯】)

---

① 徐朝华：《〈尔雅〉中的训诂术语》，《南开语言学刊》2009 年第 2 期。

（七）读为、之(为)言。郭在贻指出，"读为"是用本字本义说明假借字，如《卫风·氓》笺云："泮"读为畔①。"泮"是本字，在前；"畔"是假借字，在后。《说文解字》"读"下段注："易其字以释其义曰读，凡言读为、读曰、当为皆是也。"②《陆疏》却用来注音，如"山有栲""集于苞栩"条。"之(为)言"是说明被释词与训释词音义相通的训诂术语，如《尔雅·释训》云："鬼之为言归也。"③此处"言"为动词，意为"说"。《陆疏》仅一处使用此格式，即"蟋蟀在堂"条中"督促之言也"，而"言"为名词，可译为"话"。这是不同于《尔雅》的用法。

　　　　许慎正以栲读为禾臭。(【山有栲】)
　　　　读栎为杼。(【集于苞栩】)
　　　　幽州人谓之趣织，督促之言也。(【蟋蟀在堂】)

以上术语，《陆疏》用得较多的是"谓之""曰"和各种判断句式。《陆疏》所用训释术语，很多《尔雅》早已采用，如"谓之""谓……为""曰""甲，乙也""为""如""似""某属"等，徐朝华《〈尔雅〉中的训诂术语》一文对此论述较深入。这是《陆疏》继承《尔雅》的具体表现。但《陆疏》在使用这些术语时又有不同于《尔雅》的表达，这算是《陆疏》的发展，也丰富了训诂术语表达方式。

第三节　《陆疏》训释特色与局限

作为中国古代最早的《诗经》名物训释专书，《陆疏》在训诂史上有一定开创性意义，其训诂既有其鲜明的训释特色，又有一定局限。

一、《陆疏》的训释特色

《陆疏》训释特色主要体现为以下三点。

---

① 郭在贻：《训诂学(修订本)》，第51页。
② 许慎撰，段玉裁注：《说文解字段注》第三篇上，第95页。
③ 胡奇光、方环海：《尔雅译注·释训第三》，第192页。

(一) 务平实忌奇诞

务平实即追求平稳踏实,忌奇诞即尽量避免离奇荒诞。训诂学是朴学,要求实事求是,无征不信。《陆疏》训释态度鲜明地体现了这一特点。

首先,从训释对象选择看,《陆疏》所选绝大多数为生活中常见事物,神话传说中祥瑞动物仅有凤凰、麒麟、驺虞,尽管没办法目验实证,但《陆疏》还是尽量征引古文献为证。

> 一名鹓。非梧桐不栖,非竹实不食,非醴泉不饮。(【凤皇于飞】)

按:凤凰是传说中的百鸟之王,是先民寄托对外界认识的图腾,《陆疏》对之介绍,只能参考相关文献记载。古籍对之多有记载,《毛传》云:"凤凰,灵鸟仁瑞也。雄曰凤,雌曰凰。"①这是《陆疏》训释"凤凰"的基础。《尔雅·释鸟》云:"鹓,凤,其雌皇。"②与《毛传》内涵一致,其别名"鹓"亦被《陆疏》吸纳。不难看出,此条《陆疏》主要参考《毛传》《尔雅》。此外,《山海经·南山经》云:"是鸟也,饮食自然。"③《陆疏》介绍凤凰"食竹食、饮醴泉"之习性,与《山海经》所言凤凰"饮食自然"是一致的。

> 麟,麕身,牛尾,马足,黄色,圆蹄,一角……行中规矩,游必择地,详而后处……王者至仁则出。(【麟之趾】)

按:中国神话传说中的祥兽,《陆疏》只能尽量综合古文献记载对之展开训解。此则《毛传》云:"趾,足也。麟信而应礼,以足至者

---

① 孔颖达:《毛诗正义》卷十七,阮元校勘:《十三经注疏》,第 628 页。
② 胡奇光、方环海:《尔雅译注·释鸟第十七》,第 372 页。
③ 袁珂校注:《山海经校注》,第 19 页。

也。"①这为《陆疏》训释"麟"定下方向,其中"行中规矩"以下数句就是对"麟信而应礼"的具体阐释。《尔雅·释兽》云:"麟,麋身,牛尾,一角。"②《尔雅》对"麟"之形态描述基本被《陆疏》吸纳。《说文解字》云:"仁兽也,麋身,牛尾,一角。"③与《尔雅》有关训释相印证。此外,《陆疏》中"王者至仁则出"的训解中可见"仁兽"的影子。通过文献比较可发现,《陆疏》此条主要参考《毛传》《尔雅》《说文解字》文献展开训释。

驺虞,即白虎也,黑文,尾长于躯。不食生物,不履生草。君王有德则见,应德而至者也。(【于嗟乎驺虞】)

按:鲁、齐、韩三家皆释"驺虞"为"天子掌鸟兽官"④,《陆疏》并未采纳此说。《毛传》云:"驺虞,义兽也,白虎黑文,不食生物,有至信之德则应之。"⑤这是《陆疏》训释"驺虞"的框架,不难看出,《陆疏》所训驺虞的形态、习性等信息多与《毛传》相合。《山海经·海内北经》云:"大若虎,五采毕具,尾长于身,名曰驺吾。"郭璞云:"'吾'宜作'虞'也。"⑥对"驺虞"形态的描述特别是"尾长于身"的描述可能给《陆疏》一定启发。《淮南子·道应训》云:"得驺虞、鸡斯之乘。"高诱注:"驺虞,白虎黑文而仁,食自死之兽。"⑦高诱之注,也强调驺虞"白虎黑文",与《毛传》相印证;"食自死之兽",与《陆疏》"不食生物"内涵一致。两个文本内容有一定联系,加之臧庸统计,《淮南子》是《陆疏》参考书目之一,故可推测,此条高诱注可能给《陆疏》一定参考。当然从文本看,《陆疏》主要借鉴参考的文献是《毛传》与《山海经》。

---

① 孔颖达:《毛诗正义》卷一,阮元校勘:《十三经注疏》,第45页。
② 胡奇光、方环海:《尔雅译注·释兽第十八》,第391页。
③ 许慎撰,段玉裁注:《说文解字段注》第十篇上,第498页。
④ 洪湛侯:《诗经学史》,第134页。
⑤ 孔颖达:《毛诗正义》卷一,阮元校勘:《十三经注疏》,第68页。
⑥ 袁珂校注:《山海经校注》,第368页。
⑦ 刘文典撰,冯逸、乔华点校:《淮南鸿烈集解》,中华书局,1989年,第401页。

本来,《诗经》中很多动植物均与神话传说有关,如凤凰、旱魃、玄鸟:

> 凤凰于飞,翙翙其羽。(《大雅·卷阿》)
> 旱魃为虐,如惔如焚。(《大雅·云汉》)
> 天命玄鸟,降而生商。(《商颂·玄鸟》)

在先民眼里,自然万物皆有灵。它们承载了先民对未知世界的理解,反映了特定的审美习惯与民族心理。如《竹书纪年》载:"少昊登帝位,有凤凰之瑞。"①《诗经》中有对动物(如雎鸠鸟、麒麟、龙、凤、鱼、燕子等)、植物(稷、苤苢、桃、萑等)的自然崇拜。比如"稷",李少雍认为,《生民》所存神话祭仪内,祭祀者、祭祀对象与祭品三者混而为一,皆由一谷物"稷"体现出来②。樊树云认为,《驺虞》是为能够多获猎物而在狩猎前施行咒术所用的咒语歌③。但《陆疏》所选绝大多数为生活中常见事物,丁本 137 条中仅有凤凰、麒麟、驺虞是神话传说中的祥瑞动物,这让《陆疏》整体呈现"不知者不训"的特点。此类祥瑞动物,实物不得见,《陆疏》选之进行训释,折射出中国古代"以象喻道"的文化思维模式。这些灵物承载着华夏文明精神密码的符号系统——凤凰之"五德"(仁义礼智信)实为儒家伦理的拟态化呈现,驺虞"不食生物"的传说则暗含道家"贵生"思想的生态智慧。但《陆疏》对其介绍均有文献依据,体现出务平实忌奇诞的训释理念。

其次,从训释角度看,《陆疏》训释力求摆脱玄虚歪曲路径,具有朴学特色。刘师培评价古文经学"研精殚思,实事求是"④,"实事求是"是古文经学的首要标准。汉代谶纬风行,但毛公解《诗》,就诗立说,崇

---

① 沈约注,范钦订:《竹书纪年》卷上,明嘉靖中四明范氏天一阁刊本,第三页。
② 李少雍:《后稷神话探源》,《文学遗产》1993 年第 6 期。
③ 樊树云:《〈诗经〉宗教文化探微》,南开大学出版社,2001 年,第 39 页。
④ 刘师培:《汉代古文学辨诬》,刘师培著,邬国义、吴修艺编校:《刘师培史学论著选集》,上海古籍出版社,2006 年,第 351 页。

尚平实,详于训诂,与三家诗采用谶纬、附会为说形成鲜明对照。郑玄笺《诗》,以尊毛为主,亦重训诂。《陆疏》务实忌奇,尽量平实介绍这些动植物的形态、习性等生物特征,正是《毛传》《郑笺》迥异于虚浮的今文传统、实事求是进行词句训诂精神的承袭。如:

  今药中车前子是也。幽州人谓之牛舌草,可鬻作茹,大滑,其子治妇人难产。(【采采芣苢】)

  按:对"芣苢",《韩诗》释云:"恶臭之菜。诗人伤其君子有恶疾,人道不通,求己不得,发愤而作,以事兴。"[1]为配合以"伤夫有恶疾"说解诗义,"芣苢"被解释成"恶臭之菜"。《陆疏》未从此说。事实上,芣苢在古代既是救荒本草,又可治妇人难产。《神农本草经》云:"味甘寒无毒。主气癃,止痛,利水道小便,除湿痹,久服轻身耐老。"[2]说得很清楚,无论是其味道还是功用,芣苢都不能算"恶臭之菜"。相较而言,《毛传》仅云:"芣苢,马舄。马舄,车前也,宜怀任焉。"[3]更符合实际。《尔雅·释草》亦云:"芣苢,马舄。马舄,车前。"[4]《陆疏》在《毛传》《尔雅》基础上展开训释,较之《韩诗》之说,无疑更科学。且《陆疏》所载芣苢药用、食用价值也不断为后世证实。清代名医周岩《本草思辨录》亦言车前子药性大滑,能治难产;清人陈其瑞《本草撮要》指出车前有"催生下胎"的药效;现代中药学认为车前子质沉下行,性专降泄,有增强肠管、子宫蠕动之效。而明代《救荒本草》将芣苢称为车轮菜,救荒时,可采嫩苗叶煮熟,再用清水浸去涎沫、淘净,调上油盐即可食。可见,《陆疏》训释本着古文派的治学传统,又沿着博物路径展开,务平实忌奇诞是其鲜明特色。

  (二)重实证戒臆断

  所谓重实证,即重视客观存在的语言材料;所谓戒臆断,即戒除主

---

[1] 王应麟:《韩鲁齐三家诗考》,中国国家图书馆藏元刻本影印本,第二页。
[2] 吴普等述,孙星衍、孙冯翼辑:《神农本草经》,第 18 页。
[3] 孔颖达:《毛诗正义》卷一,阮元校勘:《十三经注疏》,第 41 页。
[4] 胡奇光、方环海:《尔雅译注·释草第十三》,第 318 页。

观武断。《陆疏》遵循《毛传》《郑笺》的治学传统,注重字词训诂与广征文献;此外,其训释大多建立在观察、实证基础上,不作臆解。如:

莲青皮,里白子为的,的中有青,长三分如钩为薏,味甚苦,故俚语曰"苦如薏"是也。的,五月中生。生啖脆。至秋,表皮黑,的成食。或可磨以为饭,如粟也。轻身益气,令人强健。(【有蒲与荷】)

按:《陆疏》这段文字从形、色、味、养等角度展开训释,详细介绍莲子皮、莲子的颜色,莲子中心青薏的颜色及味道,五月莲子生吃的口感,莲子皮到秋天的变化,莲子"磨以为饭"的食用方法,其"轻身益气"的养生价值,这些都离不开作者平时的细致观察与体验。此外,写薏之味道,证之以俚语,也是作者重实证的体现。

前文已论,《陆疏》"鹤鸣于九皋"条,详细介绍鹤之形态、身长、高度,细到鹤之脚、顶、目、羽毛的颜色;在介绍其鸣声特点时,引《淮南子》记载外,加以本地园囿家养为证;最后点出鹤乃当地人园囿之中常养之物种。正因为常见,故而能详细介绍。但这些介绍,若无平时细致观察则不能写出,也表现《陆疏》极重实证的特点。

(三)宁阙疑不强解

所谓宁缺疑勿强解,即对自己根本不懂或不太清楚的问题宁阙疑,不作强解,这点鲜明体现在植物药用价值的介绍上。

首先,整体而言,《陆疏》介绍植物药效的内容极简、极少。本来,《陆疏》写作动因之一是服务于民生,特别是充当救荒指南,故其非常注重所释本草的食用价值与药用价值。《陆疏》不少训释对象体现了这一撰写思想,如苤苢(其子治妇人难产)、杞(服之轻身益气)、莔(药草贝母)、蓷(益母)、女萝(合药兔丝子)、芍药(今药草芍药)、蒹(坚实,牛食之,令牛肥强)、蔜(其茎叶,靃以哺牛,除热)等。而《陆疏》不仅承袭《神农本草经》以人为本、注重实证的精神,不少条目吸纳了《神农本草经》的相关记载,此点第四章有详论;但丁本 82 条植物中,涉及药用价值的不到 10 条。出现这种情况,极有可能是作者对不知、少知的事物采取不解、少解的谨慎态度。

其次,《陆疏》吸纳《本经》记载,大多用于介绍名物别名、名物食性及生长地、味道,而非药效;介绍药效仅"方秉蕳兮""集于苞杞""蔹蔓于野"寥寥数条(详见本书第四章第三节)。《陆疏》明确提到《本经》条目有"中谷有蓷""硕鼠",但引用《本经》只为列出别名:

> 案《本草》云:"茺蔚,一名益母。"故刘歆云:"蓷,臭秽。"即茺蔚也。(【中谷有蓷】)
>
> 充蔚子味辛微温。主明目益精,除水气……一名益母,一名益明,一名大札。生池泽。(《本经·草·上品》)

按:其实《本经》对"充蔚子"的训释很多,包括药效、异名、生长地等。《陆疏》明确列出《本经》"一名益母"的说法。《陆疏》引用《本草》,多在阐释一物多名,而非性能主治,大概作者对药学所知有限,故持谨慎态度。

> 《本草》又谓蝼蛄为石鼠,亦五伎。(【硕鼠】)

按:此则同样仅列出《本草》"又谓蝼蛄为石鼠",仍用于介绍别名。《陆疏》引用本草,多在阐释一物多名,而非性能主治。

《陆疏》对有些不了解的植物,也明确记载:

> 芍药,今药草芍药,无香气,非是也。未审今何草。(【赠之以芍药】)

按:《毛传》云:"芍药,香草。"《郑笺》云:"士与女往观,因相与戏谑,行夫妇之事,其别则送女以芍药,结恩情也。"[1]《陆疏》对"赠之以

---

[1] 孔颖达:《毛诗正义》卷四,阮元校勘:《十三经注疏》,第182页。

芍药"之"芍药"不明详情,但据诗义,可断定不是当时的药草芍药,便明确写上"未审今何草",表现出宁阙疑不强解的态度。

二、《陆疏》的训释局限

《陆疏》作为《诗经》名物训诂开山之作,其训诂又承袭古文派治学传统,其训释理念与思维、编排与释义体例、训释方式与术语方面的成就都足以烛照古今,但其训释并非完美无瑕,从体例到内容均存在一些局限,主要表现为以下三个方面。

(一)很多《诗经》名物未收录

《诗经》三百零五篇,蕴含名物上千条,其中动植物三百余条。据余家骥统计,《诗经》中有草名 105 条,木名 75 条,鸟名 39 条,兽名 67 条,虫名 29 条,鱼名 20 条[①]。而《陆疏》名为《毛诗草木鸟兽虫鱼疏》,所训仅百余条。《陆疏》自别录后,累有损益,姚士粦所见本总计 174 条,周中孚所见本总计 142 条,现行诸本在 132—142 条之间。虽然各本条目数不同,但整体反映一个事实:《诗经》很多动植物《陆疏》未收入、训释。

但后代学者沿着《陆疏》所辟路径继续掘进,如宋代蔡卞撰《毛诗名物解》二十卷,分《释天》《释草》《释木》《释鸟》《释兽》《释虫》《释鱼》《释马》等十一类对《诗经》名物进行训释;南宋王质《诗总闻》二十卷,全面考证《诗经》名物;元代许谦撰《诗集传名物钞》八卷;明代林兆珂撰《毛诗多识编》七卷,本《陆疏》而衍,分草、木、鸟、兽、虫、鳞介等部;明代冯复京撰《六家诗名物疏》五十五卷,自叙"予今具释列为三十二门,门各若干事,《诗》之名物,殚于此矣"[②]。明代黄文焕著《诗经考》十八卷,专考《诗经》名物典故,包括世系、畿甸、动植等方面。明代吴雨撰《毛诗鸟兽草木考》二十卷,分《鸟考》《兽考》《虫考》《鳞考》《草考》《谷考》《木考》《天文考》等内容。明代毛晋撰《毛诗草

[①] 余家骥:《〈诗经〉名物训诂史述略》,《内蒙古师大学报(哲学社会科学版)》1992 年第 4 期。
[②] 冯复京:《六家诗名物疏·叙例》,冯复京《六家诗名物疏》卷一,哈佛图书馆藏明代万历刊本,第一页。

木鸟兽虫鱼疏广要》四卷,该书以《陆疏》为本,按名物在《诗经》中出现的顺序,广援古代文献释之。清代更是《诗经》名物研究鼎盛期,硕果累累,如陈大章《诗传名物集览》十二卷,毛奇龄《续诗传鸟名》三卷,姚炳《诗识名解》十五卷,徐鼎《毛诗名物图说》九卷,多隆阿撰《毛诗多识》十二卷。《毛诗多识》一书共收《诗经》名物 416 条,为历来考订《诗经》名物规模最大之作。这些成果,大大丰富了《诗经》名物训诂宝库。

(二)有些训释不够科学

《陆疏》有些条目误从传闻,未加考证,训释存在讹误。如:

> 白桐宜琴瑟。今云南牂牁人绩以为布,似毛布。(【梓椅梧桐】)

按:此则对桐之用途解释令人费解。宋代药物学家寇宗奭所著《本草衍义》载:一种白桐,可斫琴者;一种茬桐,子或作桐油;一种梧桐,五六月结桐子,今人收炒作果,动风气;一种岗桐,不中作琴①。所记四种桐均无"绩布"之功用。潘富俊考察也认为:此桐当为泡桐,桐材防潮隔热性质佳,导音性好,是制造琴瑟及各种乐器的上好器材;桐材不怕火,至今尚用来制作箱柜几案等器物②。但未有"绩以为布"之说。夏纬瑛考证,纺织所用棉花,旧有"古终"音译名称,终、桐音近,当时传闻可以为布的"桐花",可能就是古终之花③。此说从声音训诂角度,结合民俗进行考证,颇有说服力。《陆疏》对此不加细察,使训释存在讹误。

有些条目妄从传说,反映当时人们认识的局限,如:

> 若杀其子,则一邦致旱灾。(【鹳鸣于垤】)

---

① 寇宗奭:《本草衍义》卷十五,人民卫生出版社,1990 年,第 97 页。
② 潘富俊:《诗经植物图鉴》,第 91 页。
③ 夏纬瑛:《〈毛诗草木鸟兽虫鱼疏〉的作者——陆机》,《自然科学史研究》1982 年第 2 期。

善为小儿啼声以诱人,去数十步止。(【狼跋其胡】)

投人影则杀之……或曰含细沙射人,入人肌,其创如疥。(【如鬼如蜮】)

按:这些条目很难实证,带有志异色彩,这多少存留了汉代谶纬学说的印记,又与魏晋时人普遍相信神异有关。鲁迅谈论魏晋志怪之书时曾言:"其叙述异事,与记载人间常事,自视固无诚妄之别矣。"①《陆疏》这类志异记载,折射出当时的一种文化风潮,有些还成为《搜神记》的创作素材。《搜神记》卷十二云:"有物处于江水,其名曰'蜮',一曰'短狐',能含沙射人。所中者,则身体筋急,头痛发热,剧者至死。江人以术方抑之,则得沙石于肉中。"②对蜮含沙射人、沙石入于肉中的描述与《陆疏》"含细沙射人,入人肌"的记载如出一辙。《陆疏》遵循博物路径,以实事求是、无征不信为宗旨,文本出现这些志异之言,虽可扩大人们视野,反映一些民俗,但以现代眼光来看,终究不够科学。

(三) 有些训释不够清晰

有些动植物训释简单笼统,让人费解。如:

阜螽,蝗子,一名负蠜。今人谓蝗子为螽子,兖州人亦谓之螣。(【趯趯阜螽】)

蛴螬,生粪中。《尔雅》:"蟦,蛴螬也;蝤蛴,蝎也。"(【领如蝤蛴】)

按:以上几则,或仅简介用途,或仅列同物异名,或仅引文献,而未详实介绍该物形态等特征,所记过简,让后人费解,也与整体详实介绍动植物生物特征的风格不符。或因该物为当时人熟知,或者作者不甚

---

① 鲁迅:《中国小说史略》,第 22 页。
② 干宝撰,汪绍楹校注:《搜神记》卷十二,中华书局,1979 年,第 155—156 页。

明了。

有些条目不遵全书训释体例,让人费解。

> 梀叶如柞,皮薄而白。其木理赤者,为赤梀。一名棶。(【隰有杞桋】)

按:《陆疏》通例,先列《诗经》名称,或先介绍条目所列名物,再列别名。此则不按通例先列所训对象"棶"而先释"梀",让人费解。

有些训释文句不甚连贯,让人费解。除去前文所讲的"文句支离"之例,又如:

> 梅树……枏叶大可三四叶一蘂……荆州人曰梅。终南及新城、上庸皆多樟、枏。(【有条有梅】)

按:此则释梅,突转至"枏叶";上文说"梅",紧接着说到"樟、枏",文句不连贯让人费解。尤其是"樟",上下文均无此物,出现在此让人不解。

虽然《陆疏》对名物的训释存有一定局限,但瑕不掩瑜,《陆疏》以其整体详实的训释对后世产生了深远影响。不仅《诗经》名物研究视之为开山鼻祖,后世《孔疏》《太平御览》《玉烛宝典》等著作也多引之,农医著作如《齐民要术》《证类本草》等亦视之为重要参考书。概言之,《陆疏》以其鲜明的训释特色以及多层面的学术成果在诗经学、名物学、训诂学史上均具有典范性价值。

第四章　《陆疏》的学术渊源

关于《陆疏》的学术渊源，目前学界鲜有探讨。治学离不开点滴积累，诚如《老子》曾言："合抱之木，生于毫末；九层之台，起于累土。"①根深方叶茂，积土乃成山。作为《诗经》名物训诂专书，《陆疏》内容涉及经学、名物学、农学、本草学、训诂学、文字学等诸多领域，作者可能参考之前所有相关文献。仅从文献引用上，据臧庸统计，《陆疏》引用情况如下：

《京房易传》一，《京房占》一，《韩诗》及《三苍》说一，《大戴礼·夏小正·传》一，《礼·王度记》一，《月令》二，《郊特牲》一，《内则》一，又《礼记》二，《礼》一，《春秋传》二，《外传》一，《尔雅》十，《三苍》二，《淮南子》一，《楚辞》一，司马相如赋二，扬雄、张衡赋各一，贾谊所赋一；其引两汉儒毛公、郑氏外，扬雄、许慎一，又扬雄二，许慎十一，蔡邕二，张奂一；引说《尔雅》者，犍为文学、舍人二，樊光二，刘歆一，而无郭璞；又引说者二，旧说三，或云二，里语六，乡语一，俗语二，语云一，齐人谚一，林虑山下人语一，上党人一②。

此段统计表明，《陆疏》征引文献涵盖经学、辞书、子书、辞赋、民谚等领域，可谓援据浩汗，难以尽析。本章在文本对校、分析基础上，前两节选列《毛传》《郑笺》《尔雅》进行论析，因为《毛传》《郑笺》是《陆疏》的训释起点，《尔雅》是辞书之祖，与《诗经》名物血肉相连，是后世

---

① 王弼注，楼宇烈校释：《老子道德经注校释》下篇，中华书局，2008年，第165页。
② 臧庸：《拜经堂文集》卷二，《续修四库全书》第1491册，第532页。

《诗经》名物训诂的必参宝典。后两节选几类《陆疏》虽未明确提到或仅偶尔提到,但经文本比对、分析,发现它们之间有一定承袭性的文献,主要有本草著作《神农本草经》、地志著作《山海经》与辞书《方言》等。《陆疏》对《说文解字》也有一定承袭(《陆疏》丁本中"许慎"就出现八次),此点第一章第二节略有说明,限于篇幅,本章不赘述。

第一节 《陆疏》对《毛传》《郑笺》的继承

洪湛侯言:"《毛传》、《郑笺》的考据、训诂,足以代表《诗经》汉学的最高成就。"①《毛传》奠基于前而《郑笺》踵其后,常在解释诗义时随文简释《诗》中名物。它们开启了《毛诗》名物考据之风,也是《陆疏》书写的起点。《陆疏》对《毛传》《郑笺》继承情况如何?目前还缺乏足够的讨论,本节将重点探讨这个问题。

《陆疏》对《毛传》《郑笺》的继承,首先体现在治学传统方面。古今文之异,一是文字之异,二是说解不同。古文经学认为只有准确把握字词含义,才能理解经书内涵,这与今文经学夹杂谶纬神学妄释经典形成鲜明对比。古文经学家许慎有感于文字乃经艺之本,持"博采通人至于小大,信而有证"的训释理念②,撰写《说文解字》。《毛传》是毛诗学开创之作,《郑笺》基本观点与《毛传》一脉相承,是毛诗学早期学说的代表。二者均鲜明体现了古文经学严谨的治学精神,注重字词训诂与广征文献考证。《毛传》倍详前典,所作训诂,多取自先秦群籍;《郑笺》以古文经说为主,兼采今文经说,宏博融通。可以说,博采古籍、真实有据是古文经学的治学精神与追求目标。这一治学精神与治学方式均被《陆疏》传承。《陆疏》专注于《诗经》名物训诂,且重考证,多存古书逸典,注重理据,体现毛、郑的治学传统,打上了鲜明的古文经学印记。

《陆疏》对《毛传》《郑笺》的继承,其次体现在训诂要义上。《孔

---

① 洪湛侯:《诗经学史》,第 198 页。
② 许慎:《说文解字叙》,梅鼎祚编:《东汉文纪》卷十三,《四库全书》第 1397 册,第 289 页。

疏》言《毛传》名"诂训传"之要义:"诂者古也,古今异言,通之使人知也;训者道也,道物之貌,以告人也。"①指出《毛传》释词,就是注解疏通古代语言,既要疏通古今异辞,又考辨名物的形貌,以达于人知。《郑笺》注诗以宗毛为主,训诂或时采三家诗之说,但因今文学派缺乏文字学的深厚功底,故郑氏训诂整体多从《毛传》。《陆疏》继承《毛传》《郑笺》这种训诂精髓,既注重以今名释古名,又注重描述鸟兽草木虫鱼之形貌,明显体现依毛作疏的宗旨。

《陆疏》对《毛传》《郑笺》的继承,再次体现在吸纳它们的具体注释这一方面。本节试图在文本比较基础上,探寻《陆疏》继承《毛传》《郑笺》训释的具体表现与方式。

一、《陆疏》对《毛传》训释的继承

《毛传》作为毛诗学开山之作,为历代古文派治《诗》者奉之圭臬。陈奂盛赞《毛传》:"文简而义赡,语正而道精,洵乎为小学之津梁,群书之铃键也。"②《毛传》训诂,有深厚的文字学根底,规避烦琐、僵化的注释,多据先秦典籍,考证有源。清代臧琳《经义杂记》评价《毛传》:"其诂训能委曲顺经,不拘章句。"③《毛传》对名物器色、典章制度随文诠释,很多说法取自先秦典籍,如释《葛覃》《草虫》诸篇,义见《礼记》;释《昊天有成命》《既醉》,参考《国语》;训诂《诗经》草木,多取于《尔雅》。因其所作训诂渊源有自,可信度高,为后世《诗经》名物研究保留了大量珍贵资料。

《陆疏》对《毛传》训释的继承,从宏观而言,表现为以《毛传》为训释起点。据《陆疏》丁本 137 条名物统计,《毛传》未曾训释的有 13 条,有训释的有 125 条;通过文本比对分析,《陆疏》基于《毛传》之训释大约有百条。但《陆疏》没有简单照搬《毛传》,而是参合《尔雅》《说文解字》《本经》等多种文献,对《毛传》所释名物有所取舍。今人陆理

---

① 孔颖达:《毛诗正义》卷一,阮元校勘:《十三经注疏》,第 11 页。
② 陈奂:《诗毛氏传疏·序录》,商务印书馆,1933 年,第 2 页。
③ 臧琳:《经义杂记》第二十三,清嘉庆己未年(1799)刻本影印本,第九页。

原也认为《陆疏》对《毛传》进行了补充与匡正①。我们认为,从微观而言,《陆疏》参考《毛传》训释大致表现为以下三种情况。

（一）全取并补释。《毛传》训释名物,往往三言两语,影响后世理解。有些《陆疏》全取,并广泛参考相关文献,进行补释。

1. 明取。即《陆疏》所释明确采用《毛传》训释。

蕑,即兰。香草也……(【方秉蕑兮】)

按:释"蕑",《毛传》仅云:"兰也。"②《陆疏》依《毛传》训"蕑"为"兰",在这基础上结合《春秋传》《楚辞》《论语》中相关记载,又参考《本经》对"兰草"驱虫药效的记载,结合贵族"藏衣著书中"的雅事,对兰的形态、功用进行详细介绍。

芣苢,一名马舄,一名车前,一名当道……其子治妇人难产。(【采采芣苢】)

按:释"芣苢",《毛传》云:"芣苢,马舄。马舄,车前也,宜怀任焉。"③《陆疏》训释整体不脱《毛传》框架,在《毛传》简释"芣苢"别名、功用基础上,补释其俗名、得名由来、性味、药用价值。这种以《毛传》为训释起点的条目在《陆疏》中很多,此不赘述。

2. 暗取。即《陆疏》未明确出现与《毛传》训释,但与《毛传》训释融通。

行中规矩,游必择地,详而后处。不履生虫,不践生草……王者至仁则出。(【麟之趾】)

---

① 陆理原:《〈陆疏〉平议》,《泰安师专学报》2000 年第 5 期。
② 孔颖达:《毛诗正义》卷四,阮元校勘:《十三经注疏》,第 182 页。
③ 孔颖达:《毛诗正义》卷一,阮元校勘:《十三经注疏》,第 41 页。

按：释"麟"，《毛传》云："麟信而应礼，以足至者也。"①仅对麟之性格进行描述，《陆疏》介绍麟的行为合乎规矩、游走必然选择地方、不践踏活虫生草、王者至仁则出等特征，就是阐释《毛传》所言"信而应礼"，可以说是在《毛传》基础上的阐发。

除以上例子，可归入全取并补释情况的还有"言采其蝱""集于苞杞""言采其薏""有蒲与荷""参差荇菜""隰有游龙""食野之蒿""食野之芩""采采卷耳""菁菁者莪""言采其蕨""赠之以芍药""谁谓荼苦""视尔如荍""言采其薇""北山有莱""取萧祭脂""卭有旨鷊""南山有台""茹藘在阪""隰有苌楚""浸彼苞稂""梓椅梧桐""有条有梅""北山有楰""常棣""隰有杞棯""隰有杻""其灌其栵""其柽其椐""山有枢""集于苞栩""蔽芾甘棠""隰有树檖""南山有枸""颜如舜华""投我以木瓜""凤皇于飞""鴥彼晨风""鸤鸠在桑""宛彼鸣鸠""黄鸟于飞""鸱鸮""交交桑扈""维鹈在梁""肃肃鸨羽""翩彼飞鸮""于嗟乎驺虞""鱼丽于罶鲿鲨""象弭鱼服""螽斯""喓喓草虫""趯趯阜螽""蟋蟀在堂""蜉蝣之羽""如蜩如螗""伊威在室""蠨蛸在户""如鬼如蜮""胡为虺蜴""领如蝤蛴""弋凫与雁"等条，这是《陆疏》条目继承《毛传》最多的方式，成为《陆疏》本于《毛传》作疏的鲜明例证。

（二）选取并补释。《陆疏》虽本于《毛传》，但并不拘泥、盲从之，而是博参文献，谨慎取舍。

> 女萝，今兔丝，蔓连草上生，黄赤如金……非松萝，松萝自蔓松上生，枝正青，与菟丝殊异。（【茑与女萝】）

按：释"女萝"，《毛传》云："女萝，菟丝、松萝也。"②"女萝"又名"菟丝"，《陆疏》采用《毛传》说法，在此基础上补释这两种植物的外部形态、效用；但不盲从《毛传》"女萝"又名"松萝"之说，而是明确指出

---

① 孔颖达：《毛诗正义》卷一，阮元校勘：《十三经注疏》，第45页。
② 孔颖达：《毛诗正义》卷十四，阮元校勘：《十三经注疏》，第483页。

兔丝"非松萝",并描述松萝与菟丝生长地、外部形态等区别,以对举方式展开描述,让人一目了然。

有时《毛传》训释笼统、模糊,《陆疏》则在其基础上作了更细致的区分,并补释。

> 其一种,叶如鸡苏……其一种,茎大如钗股,叶如蓬蒿,谓之聚藻。(【于以采藻】)

按:释"藻",《毛传》仅云:"藻,聚藻也。"①《陆疏》不同意《毛传》这种笼统划分,而据自己考证,认为藻有两类,聚藻不过其一,并对两种藻类的外部形态进行描述,让人明白二者确有不同。在此基础上,又补释藻之食用方法、味道与救荒功能。

除以上两条,可归入这种情况的还有"于以采蘋""蒹葭苍苍""卬有旨苕""言采其莫""芄兰之支""无折我树杞""其下维穀""山有苞栎""树之榛栗""采荼薪樗""浸彼苞蓍""有集维鷮""流离之子""献其貔皮""狼跋其胡""有鱣有鲔""九罭之鱼鳟鲂""鼍鼓逢逢"等条。

(三)全舍而改释。有些条目《陆疏》不同意《毛传》训释,据自己考证而改释。

> 菉竹,一草名。其茎叶似竹,青绿色,高数尺。(【菉竹猗猗】)

按:此条《毛传》云:"绿,王刍也。竹,篇竹也。"②《毛传》认为"绿"与"竹"为两种事物,而《陆疏》将之合为一种,认为菉竹是一种像竹子的草,还介绍其外形、生长地、别名。

> 驳马,梓榆,其树皮青白驳荦,遥视似马,故谓之驳马……不

---

① 孔颖达:《毛诗正义》卷一,阮元校勘:《十三经注疏》,第52页。
② 孔颖达:《毛诗正义》卷三,阮元校勘:《十三经注疏》,第127页。

宜谓兽。(【黑有六驳】)

按：此条《毛传》云："驳如马，倨牙，食虎豹。"①认为驳马是兽。《陆疏》则以里语、诗中句式及内容应该相对称特点为证，认为驳马是树而非兽。《陆疏》"鱼丽于罶鲂鳢"也可归入这种情况。

总之，《陆疏》对《毛传》所训或全取并补释，或选取并补释，或全舍而改释，整体依毛作疏，对《毛传》名物训释既作大量补充，又进行一定匡正，让在《毛传》中萌生的名物训诂前进一大步，也让《诗经》名物训诂从《诗经》字词与诗义训解中独立出来，成为毛诗学中独树一帜的分支。

二、《陆疏》对《郑笺》训释的继承

郑玄《毛诗传笺》简称《郑笺》。郑玄《六义论》云："注诗宗毛为主，毛义若隐略则更表明，如有不同即下己意，使可识别。"②郑玄为《诗》作笺，以《毛传》为本，遇到毛说明显不当之处，均在毛氏原注下笺注自己的意思以作辨别，但不妄改《毛传》原文。郑玄文字功底深厚，深谙训诂之法，以广博的文献知识为基础，又兼通今古文，兼采三家诗可取说解，对《毛传》作很多补充、订正。《郑笺》出而《毛诗》日益风行，乃至独尊。《经典释文·序录》云："郑玄作《毛诗笺》，申明毛义难三家，于是三家遂废矣。"③皮锡瑞《经学历史》亦评曰："郑玄兼通今古文，沟合为一，于是经生皆从郑氏，不必更求他家。"④道出毛、郑大行于世的盛况。历代学者论《诗》，多以毛、郑并称，《毛传》后世传本均附以《郑笺》。这是《陆疏》继承毛、郑的背景与条件。

郑玄学识渊博，精通古代名物制度，有不少学者研究过郑玄为《尔雅》作注的问题⑤。郑玄对《诗经》名物亦有不少训解，徐世溥《诗经偶

---

① 孔颖达：《毛诗正义》卷一，阮元校勘：《十三经注疏》，第244页。
② 《钦定四库全书提要》，《四库全书》第69册，第45页。
③ 陆德明：《经典释文》，第10页。
④ 皮锡瑞著，周予同注释：《经学历史》，中华书局，1959年，第142页。
⑤ 彭喜双：《〈尔雅〉郑玄注研究述评》，《古籍研究》2008年第1期。

笺序》曰:"笺《诗》始郑玄,玄以记问释诂,所详者名物而已。"①《郑笺》名物训诂涉及宫室、服饰、饮食、山川、草木、虫鱼、鸟兽等多方面。但《郑笺》对《毛传》所释草木,大多阐发其比兴意义以解读诗义,纯粹解释草木生物特性的条目很少,一般在《毛传》未注或注释笼统、或者自己不从《毛传》时补释。但诚如《黄氏日抄》所云:"亦多有足以裨毛氏之未及者。"②《郑笺》对《毛传》作了不少补正,在名物训释方面亦有补《毛传》之遗者,而《陆疏》对《郑笺》训释的继承大致有如下三种情况:

(一)《毛传》《郑笺》所释不一致,《陆疏》取《郑笺》说法并补释。如:

葑,蔓菁,幽州人或谓之芥。菲似葍,茎粗叶厚而长有毛。(【采葑采菲】)

按:《毛传》云:"葑,须也。菲,芴也。"《笺》云:"此二菜者,蔓菁与葍之类也,皆上下可食。"③此条《陆疏》不从《毛传》之说,而是依据《郑笺》"蔓菁与葍之类也"提示展开训释,对葑与菲茎叶的形态、食用方法及味道、菲的别名进行介绍。

笋,竹萌也。(【唯笋及蒲】)

按:《毛传》:"笋,竹也。"《笺》云:"笋,竹萌也。"④《毛传》《郑笺》对"笋"的训释不一致。《陆疏》最终取《郑笺》义,在此基础上对笋的生长时间、高度、食用方法进行训释。

---

① 万时华:《诗经偶笺》卷一,第一页。
② 黄震:《黄氏日抄》卷四,《四库全书》第707册,第27页。
③ 孔颖达:《毛诗正义》卷二,阮元校勘:《十三经注疏》,第89页。
④ 孔颖达:《毛诗正义》卷十八,阮元校勘:《十三经注疏》,第681页。

蓫,牛蘈,扬州人谓之羊蹄。似芦菔,而茎赤。可瀹为茹,滑而美也。多啖,令人下气。(【言采其蓫】)

按:此则《毛传》云:"蓫,恶菜也。"《笺》云:"遂,牛蘈也,亦仲春时生,可采也。"①《陆疏》不取《毛传》"恶菜"之说,而是参考《郑笺》的解释,补释蓫外形、食用方法、功效。可归入这种情况的还有"扬之水不流束蒲"等条。

(二)《毛传》注释笼统,《郑笺》补释,《陆疏》又参考《郑笺》进行补释。如:

葍,一名䔰……其根正白,可著热灰中,温啗之。饥荒之岁,可蒸以御饥。(【言采其葍】)

按:此则《毛传》仅云"葍,恶菜也",未加描述。《笺》云:"葍,䔰也,亦仲春时生,可采也。"②《陆疏》则参考《郑笺》提示,补释葍之外形、食用方法、用途等。

椒聊,聊,语助也……蜀人作茶,吴人作茗,皆合煮其叶以为香。(【椒聊之实】)

按:此则《毛传》仅云"椒聊,椒也",让人不知所指。《笺》云:"椒之性芬香而少实,今一捄之实,蕃衍满升,非其常也。"③道出"椒"芬香、多子等特征。《陆疏》则参考《郑笺》,补释椒之茎叶形态、可用以煮茶与蒸鸡豚而提香等用途。可归入这种情况的还有"鹳鸣于垤""鸿飞遵渚""维鲂及鲈"等条。

---

① 孔颖达:《毛诗正义》卷十一,阮元校勘:《十三经注疏》,第 383 页。
② 同上。
③ 孔颖达:《毛诗正义》卷六,阮元校勘:《十三经注疏》,第 219 页。

(三)《毛传》无注,《郑笺》有释,《陆疏》取而补之。如:

似燕薁,亦延蔓生。叶如艾,白色,其子赤,可食,酢而不美。(【莫莫葛藟】)

按:此条《毛传》无注。《笺》云:"葛也藟也,延蔓于木之枝本而茂盛。"① 《陆疏》参考《郑笺》所载"延蔓"特性,并补释。这种情况极少,仅有"鴥彼飞隼""硕鼠""卷髪如虿"等数条。

除以上分类,有些名物《毛传》《郑笺》均有比较清楚的训释,且互为补充,《陆疏》则兼采之。这种情况有"匏有苦叶""成是贝锦""白华菅兮""肇允彼桃虫""教猱升木""去其螟螣及其蟊贼""螟蛉有子""匏有苦叶"等条,限于篇幅,聊举一例:

余蚳黄为质,以白为文;余泉白为质,黄为文。(【成是贝锦】)

按:此则《毛传》仅云:"贝锦,锦文也。"《笺》云:"锦文者,文如余泉、余蚳之贝文也。"② 《郑笺》对锦文的描述比《毛传》更具体,这也启发《陆疏》对贝之不同种类特别是余蚳、余泉的文彩进行介绍,此外还联系到紫贝的质地与花纹。

总之,《陆疏》吸纳《郑笺》训释的具体情形有多种。虽然《陆疏》借鉴《郑笺》而匡正、补充《毛传》,但参考《郑笺》训释还是偏少,整体还是依毛作疏。这恰恰体现《陆疏》尊毛而不拘于毛的特点,以及作者深思慎取的治学态度。

《毛传》《郑笺》均为解经之作,《诗经》名物的训释,不是其重心,大多极为简略,且常渗入"美刺言诗"的倾向,这就使《诗经》中的名物逐渐模糊其本来面目。加之年代迢遥,古今异名,草木鸟兽虫鱼

---

① 孔颖达:《毛诗正义》卷十六,阮元校勘:《十三经注疏》,第560页。
② 孔颖达:《毛诗正义》卷十二,阮元校勘:《十三经注疏》,第428页。

很多已属难辨之疑。《陆疏》以《毛传》训诂为起点,以考据《诗经》名物为宗旨,在《毛传》《郑笺》训释基础上,或补释、或改释,参考先秦两汉诸多学术成果,详细介绍其外形、习性、用途等方面特征,让《诗经》中的动植物鲜活起来。它传承、发扬毛、郑治学理念与成果,让我们更接近那些名物的本来面目。从文体角度而言,"疏"是对古注的再解释,是注释之注。《毛传》训诂整体偏于简易,年深日久,让后人难解其义。《陆疏》以为"传"作"疏"的形式,助力我们理解《毛传》,进而理解诗义。此外,《陆疏》的研究方法和成果,均给后世名物学、本草学、生物学、博物学、训诂学等诸多相关学科的研究以很大启发,除其内容常被这些学科研究者引用,其注释《诗经》名物的体例和方法,更广为后人效仿。

第二节 《陆疏》对《尔雅》的继承

先秦典籍虽有一些训诂材料,但整体而言不成系统。《尔雅》是我国第一部系统的训诂专著,集先秦训诂大成,被誉为辞书之祖,解释古字词及各种名物。郑玄《驳五经异义》云:"《尔雅》者,孔子门人所作,以释六艺之文。"[①]"六艺"即儒家六部经典《诗》《书》《礼》《易》《春秋》《乐》。《四库全书总目提要》云:"说经之家多资以证古义。"[②]《尔雅》汇集周秦间经生们口口相传的故训,是后世学者注解经书不可或缺的工具书。唐代开成二年(837)刻成的《开成石经》已包含《尔雅》,至南宋,晁公武《郡斋读书志》《石经考异序》已有"十三经"丛刻的记载,《尔雅》已成为"十三经"之一。一般认为,《尔雅》诞生,标志着名物学的建立。《经典释文·叙录》评之:"多识鸟兽草木之名,博览而不惑者也。"[③]《崇文总目》评之:"正名命物,讲说者资

[①] 郑玄:《驳五经异义》,皮锡瑞:《驳五经异义疏证》卷二,民国二十三年(1934)河间李氏古鉴斋刻本,第二页。
[②] 《四库全书总目》,《四库全书》第1册,第819页。
[③] 陆德明:《经典释文》,第17页。

之。"①都是肯定《尔雅》在名物学上的崇高地位。《尔雅》虽非训释《诗经》名物的专著，但因其所释名物很多出于《诗经》，故其成为后世《诗经》名物研究的必参宝典。

自古以来，就《毛传》《尔雅》的关系，众说纷纭。不少学者认为《毛传》本于《尔雅》而作。《孔疏》云："毛以《尔雅》之作多为释《诗》，而篇有《释诂》《释训》，故依《尔雅》训而为《诗》立传。"②认为《尔雅》是解《诗》之作，《毛传》乃依据《尔雅》训诂而作。邢昺《疏》甚至云："《尔雅》之作多为释《诗》，故毛公传《诗》皆据《尔雅》，谓之《诂训传》。"③认为《毛传》解《诗》全部依据《尔雅》。明代郑晓《古言类编》云："《尔雅》盖《诗》训诂也……《尔雅》有《释诂》《释训》，毛公亦以其传《诗》也。"④与邢昺之说类似。王国维也认为："《毛诗故训》，多本《尔雅》。"⑤但也有一些学者认为《尔雅》本于《毛传》，叶梦得认为《尔雅》"其言多是《诗》类中语，而取毛氏说为正"⑥。陆宗达也认为《尔雅》是将古代注释(以《毛传》为主)中曾有过同样训释的词归纳到一起而按类分编的训诂集⑦。

《毛传》与《尔雅》二者关系尚无定论，但近人基本认同《毛传》多参考《尔雅》。黄侃《尔雅略说》云："故毛公释《诗》，依傍诂训。"⑧此处"诂训"指《尔雅》之训。洪诚认为，《毛传》与《尔雅》训诂相同的占大多数，但《毛传》训诂比《尔雅》精密，因《毛传》后出。《毛传》之训诂学在《尔雅》基础上有进一步发展⑨。赵茂林在多方考证基础上断言："毛公在作《故训传》时参考过《尔雅》却是无疑的。"⑩

既然《毛传》与《尔雅》关系如此密切，而《陆疏》本于《毛传》而

---

① 王尧臣等：《崇文总目》卷二，《四库全书》第 674 册，第 22 页。
② 孔颖达：《毛诗正义》卷一，阮元校勘：《十三经注疏》，第 11 页。
③ 郭璞注，邢昺疏：《尔雅注疏·序》，李学勤主编：《十三经注疏》，第 2 页。
④ 刘毓庆：《历代诗经著述考(先秦—元代)》，第 25 页。
⑤ 王国维：《书毛诗故训传后》，王国维著，彭华选编：《王国维儒学论集》，第 294 页。
⑥ 谢启昆：《小学考》卷三，清光绪十五年(1889)石印本，第廿二页。
⑦ 陆宗达：《训诂简论》，北京出版社，2002 年，第 8 页。
⑧ 黄侃著，黄延祖重辑：《黄侃国学讲录》，中华书局，2006 年，第 259 页。
⑨ 洪诚：《洪诚文集·训诂学》，第 9—11 页。
⑩ 赵茂林：《〈毛传〉〈尔雅〉关系考辨》，《兰州学刊》2014 年第 8 期。

作,那么单挑出《陆疏》与《尔雅》进行比对似乎没太大意义,因为那些与《毛传》《尔雅》均相同的训释,很难分清哪些取自《毛传》哪些取自《尔雅》。而《毛传》《尔雅》相同者本来很多,据丁忱统计,《尔雅》《毛传》释《诗经》相同者十有七八①。但换个角度,《尔雅》既是中国第一部权威性词典,又是名物之宗(郑樵语),又是解经之作,出于严谨考虑,《陆疏》训释《诗经》名物,断不能、也不会置《尔雅》不顾,这是治学常理。从这个角度考虑,《陆疏》那些与《毛传》《尔雅》相同的训释,我们可说既参考《毛传》,又参考《尔雅》。或许某条训释《毛传》本身就是参考《尔雅》,虽然这并非本文要深论的问题,但也可宽泛地说《陆疏》参考《尔雅》。因此,通过将《陆疏》与《尔雅》进行文本比较、分析,也可探寻二者之间的继承轨迹。

研究发现,《陆疏》作为首部研究《诗经》的名物专著,与《尔雅》有着不可分割的血缘。《陆疏》对《尔雅》的继承是全方位的,涵盖借鉴《尔雅》分类与训释体例、训释方式、命名理据、《尔雅》具体训释诸多方面。黄侃归纳《尔雅》释鸟之例有三:古今异名之例,方俗异名之例,一物异名之例②。《陆疏》继承《尔雅》这种训释体例,注重介绍名物古今异名、方俗异名、一物异名。前文已论,《陆疏》训释体例与《尔雅》"草木虫鱼鸟多异名,故释以名;兽与畜罕异名,故释以形"③如出一辙,在表述时也参考《尔雅》一物分言、一物多诂、聚类分训的方式。除以上数点,本节主要从以下三方面探讨《陆疏》对《尔雅》的继承情况。

一、沿用《尔雅》随类相从、分类言事的体例

作为我国第一部系统训诂专著,《尔雅》开创随类相从、分类言事的释词体例。虽然分类思维作为中国思维史的重要形态之一,发端很

---

① 丁忱:《尔雅毛传异同考》,武汉大学出版社,1988年,第40页。
② 黄侃述,黄焯编:《文字声韵训诂笔记》,第257页。
③ 王国维:《〈尔雅〉草木虫鱼鸟兽名释例上》,王国维著,彭华选编:《王国维儒学论集》,第301页。

早,《山海经·山经》以南、西、北、东、中方位顺序分为五区,逐一介绍山系地理位置、矿产、水系;《尚书·禹贡》首次提出九州区域划分,并据土壤颜色与质地对之进行分类;但《尔雅》分类思维更为丰富、成熟。较之《山海经》《禹贡》《地员》,《尔雅》分类更详细,如《释地》篇提出"九州""十薮""八陵""九府""五方"等地理概念,并将土地分为隰、平、原、陆、阜、陵、阿等类①。钱学贵分析《尔雅》的分类思想是"类聚群分,比物连类"。此外,三国时期出现了按"随类相从"原则编撰的中国类书始祖《皇览》。虽然可以说先秦分类思想以及大型类书分类言事的特点均对《陆疏》产生了一定影响,但《尔雅》作为解经之作,又是名物学开山之作,且具有较为成熟的分类体例,毕竟对《陆疏》影响更直接,这是本节讨论的基础。

《尔雅》这种随类相从、分类言事的释词体例,开后世类书、辞书分类编纂的先河。朱渊清称《尔雅》"构成一个相当齐全的古代分类知识体系"②。诚非虚言。《汉书·艺文志》著录《尔雅》三卷20篇,《序篇》早已亡佚,现存19篇按类别分为《释诂》《释言》《释训》《释亲》《释宫》等,所释对象包括字义词义、人事与生活器用名称、天文地理、动植物等,构成一个比较清晰、全面的知识分类体系。以后类书多借鉴这一基本模式,如《初学记》分天部、地理、职官、政理、居处、器物、草、果木、兽、鸟、鳞介、虫等三十二部进行编撰。

此外,《尔雅》在编排时将同一科属生物排在一起。按现代生物学观点统计,《释虫》将同翅目各种蝉、鞘翅目各种甲虫排在一起;《释鱼》将鱼纲中各种鱼,两栖爬行类中蛇、蛙,以及今属宝贝科蜬、玄贝、余蚳、余泉、蚆、蜠数种贝类排在一起;《释兽》将鹿科中各种鹿、猫科中的虎豹等排在一块,等等③。可以说,从名物大的类别到具体科属,《尔雅》都有意识将同类排在一起进行训释。王宁说《尔雅》"自《释

---

① 胡奇光、方环海:《尔雅译注·释地第九》,第258页。
② 朱渊清:《魏晋博物学》,《华东师范大学学报(哲学社会科学版)》2000年第5期。
③ 罗桂环、汪子春主编:《中国科学技术史(生物学卷)》,科学出版社,2005年,第80—81页。

亲》开始,都是依物类分篇"①,此言得之。

《陆疏》深受《尔雅》这种体例影响。首先,全书(《陆疏》丁本)137条,按草、木、鸟、兽、虫、鱼分六大类,与《尔雅》《释草》《释木》《释虫》《释鱼》《释鸟》《释兽》六篇题目相同。其所释草类如"方秉蕳兮""采采芣苢"等50条,所释木类如"梓椅梧桐""有条有梅"等32条,所释鸟类有"凤皇于飞""鹤鸣于九皋"等22条,所释兽类有"麟之趾""于嗟乎驺虞"等9条,所释鱼类有"有鳟有鲔""维鲂及鱮"等8条,所释虫类有"螽斯""喓喓草虫"等16条。这种分类打破了《诗经》篇目顺序,却让全书训释条理非常清晰。其次,《陆疏》常按名物用途分类,如蘩(皤蒿)、莪(萝蒿)、蒌(蒌蒿)、蒿(青蒿)排在一起,梅(杏类)、甘棠(棠梨)、唐棣(奥李)、檖(山梨)排在一起。按潘富俊划分,分别归入野菜类、水果类②。再次,《陆疏》也常把同一类物种集中在一起解释,如"教猱升木"条,将玃、貜、狒等猿猴类放在一起;"成是贝锦"条,将余蚳、余泉、紫贝等贝类放在一起。总之,无论是大类还是具体科属,《陆疏》有很强的分类意识,处处可见《尔雅》随类相从、分类言事体例的影子。

二、借鉴《尔雅》释雅以俗、释古以今方式

《尔雅》训释名物重视方言俗语,释雅以俗、释古以今是《尔雅》突出的一种训释方式。汉代刘熙《释名》这样解释《尔雅》书名:"尔,昵也;昵,近也。雅,义也;义,正也。五方之言不同,皆以近正为主也。"③何为"近正"? 即近乎正言。何为"正言"? 阮元《与郝兰皋户部论尔雅书》云:"正言者,犹今官话也。近正者,各省土音近于官话者也。"④即以官话解释方言。而郑玄、郭璞、陆德明等人则认为《尔雅》释五经,即以今言释古语。王国维《〈尔雅〉草木虫鱼鸟兽名释例》亦

---

① 王宁:《训诂学原理》,第165页。
② 潘富俊:《诗经植物图鉴》,第10—11页。
③ 刘熙:《释名》第六卷,王先谦撰集:《释名疏证补》,第314页。
④ 阮元撰,邓经元点校:《揅经室集》卷五,中华书局,1993年,第124页。

曰:"《尔雅》一书,为通雅俗、古今之名而作也。"①综合以上观点,《尔雅》既以当时官方通用语解释方言,又以当代语诠释古语,即为通释雅俗、古今之名而作。其中通雅俗古今之名,胡朴安如此界定:"雅名多奇,俗名多耦;古名多雅,今名多俗。"②但雅名与俗名、古名与今名是相对的。语言会随着时间推移、交流需要产生变化,古代雅名不可避免要吸纳当时俗名,以前的俗名、今名,到后来可能成了雅名、古名。《诗经》有一部分来自民间,《诗》所言方物,很多就是当时方言、俗名。比如"芣苢",一般认为《芣苢》是妇女怀孕后采集车前子时唱的歌,程俊英、蒋见元《诗经注析》说:"这是一群妇女采集车前子时随口唱的短歌。"③既是劳动者随口所唱之歌,那么"芣苢"在当时应是俗名,但到魏晋,便成为雅名。

《陆疏》很好地继承了《尔雅》这种训释方法,训释时使用较多俗语、里语训释《诗经》名物,有不少条目明确写出使用了当时俗语、里语,如:

俗语云"涩如杜",是也。(【蔽芾甘棠】)
故俗语"鹡鸰生鹃"。(【肇允彼桃虫】)
故里语曰"斫檀不谛得系迷,系迷尚可得驳马"。(【爰有树檀】)
故里语曰"黄粟留,看我麦黄葚熟"。(【黄鸟于飞】)
里语曰"咒云,象我,象我"。(【螟蛉有子】)
里语曰"趋织鸣,懒妇惊"是也。(【蟋蟀在堂】)
故里语曰"网鱼得鲂,不如嗒茹"。(【维鲂及鲂】)

《陆疏》还经常使用当时口语、方言释物之别名。这种情况很

---

① 王国维:《〈尔雅〉草木虫鱼鸟兽名释例上》,王国维著,彭华选编:《王国维儒学论集》,第301页。
② 胡朴安:《中国训诂学史》,王云五主编:《民国丛书》第三编,商务印书馆,1939年,第39页。
③ 程俊英、蒋见元:《诗经注析》,中华书局,1991年,第20页。

多,聊举几例:

> 今或谓之耳珰草。郑康成谓是白胡荽,幽州人呼为爵耳。(【采采卷耳】)
> 茹藘,茅搜,蒨草也。一名地血。齐人谓之茜,徐州人谓之牛蔓。(【茹藘在阪】)
> 蟏蛸,长踦,一名长脚。荆州、河内人谓之喜母……幽州人谓之亲客。(【蟏蛸在户】)

按:"卷耳"是书面语,"耳珰草""白胡荽"是口语词,"爵耳"是方言。黄绯认为,《陆疏》常出现"今"字,从侧面表明这些是当时口语词①。的确如此,"采采卷耳"中"今"字也可表明"耳珰草"是当时口语。"茹藘"是书面语,"茅搜""蒨草""地血"是口语,"茜""牛蔓"是方言。"蟏蛸"是书面语,"长踦""长脚"是口语,"喜母""亲客"是方言。

《陆疏》特别重视里谚、方言的征引,其中征引方言数十次。华学诚详细统计过《陆疏》所涉方言地域次数:幽州地区共23次,青兖徐地区共18次,豫冀地区共12次,荆扬地区共12次,关西益州地区共9次,等等②。所涉方言区域很广。华学诚同文还认为,《陆疏》中大部分方言材料都是著者采获并大多在现实生活中作了考察的。这些统计、考证可说是《陆疏》继承《尔雅》"释雅以俗,释古以今"训释方式的确证。

三、吸纳《尔雅》相关注释

将《陆疏》丁本与胡奇光、方环海所撰《尔雅译注》进行比对发现,《陆疏》有七十余条借鉴《尔雅》注释,占丁本所有条目近60%。主

---

① 黄琲:《试论〈毛诗草木鸟兽虫鱼疏〉的语言学价值》,《兰台世界》2015年20期。
② 华学诚:《论〈毛诗草木鸟兽虫鱼疏〉的名物方言研究》,《徐州师范大学学报(哲学社会科学版)》2002年第3期。

要有两大类:

(一)明引。即文本不仅出现所引内容,还明确标出文献来源"《尔雅》"。《陆疏》这种情况有如下 5 条:

> 《尔雅》又谓之蕺菜。(【采葑采菲】)
> 《尔雅》曰:"鳢,鮦也。"(【鱼丽于罶鲂鳢】)
> 《尔雅》曰:"蟊,蛂蟥也。"(【螽斯】)
> 樊光谓即《尔雅》"鼫鼠"也。(【硕鼠】)
> 《尔雅》:"蝤蛴,蝎也;蝎,蛣蝠也。"(【领如蝤蛴】)

《陆疏》传本甚多,臧庸曾据本统计,《陆疏》引用《尔雅》有十条①。可见《陆疏》原书明引条目可能更多。以上除"硕鼠"条转引自樊光观点所涉《尔雅》材料,其他四条直接引用《尔雅》文本。

(二)暗引。即文本仅出现所引《尔雅》内容,而未标出文献来源"《尔雅》"。《陆疏》这种情况约七十条,大约有如下几种情形:

1.《陆疏》释义与《尔雅》释义全同(语气词与通假字、古今字不计),条例如下:

> 蘩,皤蒿。(【于以采蘩】)
> 蘩,皤蒿。(《尔雅·释草》第十三)
> 茹藘,茅蒐。(【茹藘在阪】)
> 茹藘,茅蒐。(《尔雅·释草》第十三)
> 荼,苦菜。(【谁谓荼苦】)
> 荼,苦菜。(《尔雅·释草》第十三)

按:以上这些条目,《陆疏》释名与《尔雅》表述全同。以这类方式暗引《尔雅》解释事物名称的条目还有"参差荇菜""言采其蕡""茑与

---

① 臧庸:《拜经堂文集》卷二,《续修四库全书》第 1491 册,第 532 页。

女萝""南山有台""视尔如荍""于以采蘋""菁菁者莪""采采卷耳""言采其蕨""取萧祭脂""浸彼苞稂""隰有杻""其灌其栵""其柽其椐""山有苞栎""蔽芾甘棠""唯笋及蒲""蜉蝣之羽""蟋蟀在堂""伊威在室""蟏蛸在户""鸤鸠在桑""胡为虺蜴""交交桑扈""肇允彼桃虫""凤皇于飞""鸱鸮""鴥彼晨风""黄鸟于飞""駉駉牡马"等，这些条目是《陆疏》训释大量参考《尔雅》之明证。这种尊重先儒已有训释的理念对后世训诂学研究有一定启发。章太炎明确提出不宜离已有之训诂而臆造新解，黄焯在此基础上进一步提出："解诂字义，先求《尔雅》《方言》有无此训。"①均是对这一传统训释理念的传承。

有些条目，《陆疏》释名在吸纳《尔雅》表述的基础上，阐释更详细。

> 鸣蜩，蝉也……螗，蝉之大而黑色者……青、徐谓之螇螰……秦、燕谓之蛥蚗，或名之蜓蚞。(【如蜩如螗】)
> 蜩，螗蜩……蜓蚞，螇螰。(《尔雅·释虫》第十五)

按：《陆疏》在《尔雅》基础上，指出"螇螰"乃青、徐方言，"蜓蚞"乃秦、燕方言。

> 取桑虫负之于木空中，或书简笔筒中，七日而化为其子。(【螟蛉有子】)
> 螟蛉，桑虫。(《尔雅·释虫》第十五)

按：《陆疏》在《尔雅》指出螟蛉就是桑虫的基础上，详释其"产子"过程。此类还有"集于苞栩""投我以木瓜""北山有楰""隰有树檖""值其鹭羽"等条。

> 狼，牡名獾，牝名狼。其子名獥，有力者名迅。(【狼跋其胡】)

---

① 黄侃述，黄焯编：《文字声韵训诂笔记》，第223页。

狼,牡,獾;牝,狼;其子,獥;绝有力,迅。(《尔雅·释兽》第十八)

按:"狼跋其胡"条《毛传》仅云:"狼,兽名。"①《陆疏》吸纳《尔雅》之说,对狼之牡、牝、其子、有力者的名称进行介绍。

一名白狐。其子为縠。(【献其貔皮】)
貔,白狐。其子,縠。(《尔雅·释兽》第十八)

按:"献其貔皮"条,《毛传》仅云:"貔,猛兽也。"②《陆疏》吸纳《尔雅》之说,介绍"貔"之别名与其子之名。

2.《陆疏》释义与《尔雅》释义部分相同,如:

蔚,牡菣也。(【匪莪伊蔚】)
蔚,牡菣。(《尔雅·释草》第十三)

按:《尔雅译注》云:"菣即青蒿,亦叫香蒿。"③牡蒿即牡菣,《陆疏》文本与《尔雅》略异而实同,可能是文本传抄致异。

葭,一名芦菼,一名薍。(【蒹葭苍苍】)
葭,芦。菼,薍。(《尔雅·释草》第十三)

按:《尔雅》认为葭、菼是两种不同植物,而《陆疏》视"芦菼"与"薍"为一种植物。

阜螽,蝗子,一名负蠜。(【趯趯阜螽】)

---

① 孔颖达:《毛诗正义》卷五,阮元校勘:《十三经注疏》,第 189 页。
② 孔颖达:《毛诗正义》卷十八,阮元校勘:《十三经注疏》,第 683 页。
③ 胡奇光、方环海:《尔雅译注·释草第十三》,第 282 页。

蜰螽,蠜。草螽,负蠜。(《尔雅·释虫》第十五)

　　按:"阜"与"皀"为异体字,"皀"与"蜰"形近。《尔雅》认为"蜰螽"又名"蠜","草螽"又名"负蠜",而《陆疏》认为"阜螽"又名"负蠜",与《尔雅》不同。

　　3.《陆疏》释义与《尔雅》释义构成互训,即用同义词或近义词相互解释的训释方式。如:

　　萑似雈。(【中谷有蓷】)
　　雈,萑。(《尔雅·释草》第十三)

　　按:《毛传》云:"蓷,鵻也。"①《陆疏》释"蓷"吸纳《尔雅》之训,在表述上与《尔雅》构成互训。

　　小者为鮛鲔,一名鮥。(【有鳣有鲔】)
　　鮥,鮛鲔。(《尔雅·释鱼》第十六)

　　按:《毛传》云:"鲔,鮥也。"②《陆疏》释"鲔"在《毛传》基础上又吸纳《尔雅》中"鮛鲔"之异名,并据自己考证修改为"小者为鮛鲔",在表述上与《尔雅》构成互训。

　　《陆疏》介绍名物别名,常取《尔雅》之训,又不拘之,在表述上常如上两例,与《尔雅》句序相反,与《尔雅》构成互训,这样,既使训诂有据,又让行文富有变化而更适己意。《陆疏》中属于此类的还有"扬之水不流束蒲""梓椅梧桐""隰有杞棶"等条。

　　4.《陆疏》释义化用《尔雅》释义,如:

　　其材理全白无赤心者曰椶。(【柞棫拔矣】)

---

① 孔颖达:《毛诗正义》卷四,阮元校勘:《十三经注疏》,第 151 页。
② 孔颖达:《毛诗正义》卷十九,阮元校勘:《十三经注疏》,第 733 页。

械,白桵。(《尔雅·释木》第十四)

按:械即白桵,但《陆疏》在《尔雅》基础上描述更详细。

柟叶大可三四叶一蘲,木理细致于豫章。(【有条有梅】)
梅,柟。(《尔雅·释木》第十四)

按:《陆疏》吸纳《尔雅》"梅"即"柟"之说,在此基础上训释"梅"。

余蚳黄为质,以白为文;余泉白为质,黄为文。(【成是贝锦】)
余蚳,黄白文。余泉,白黄文。(《尔雅·释鱼》第十六)

按:释"余蚳""余泉",《陆疏》在《尔雅》基础上描述更清晰。

5.《陆疏》转用其他文献所涉《尔雅》记载。如:

故《大戴礼·夏小正传》云:"蘩,游胡。游胡,旁勃也。"(【于以采蘩】)

按:此则《大戴礼·夏小正传》引用《尔雅》"繁,由胡"之说,而《陆疏》转引之。

此外,《陆疏》有些条目,明引、暗引兼有,如:

幽州人谓之芴,《尔雅》又谓之蒠菜。(【采葑采菲】)
菲,芴。(《尔雅·释草》第十三)
菲,蒠菜。(《尔雅·释草》第十三)

按:此条《陆疏》释"菲"为"芴",是暗引《尔雅》;释为"蒠菜",是明引《尔雅》。

有时在参考《尔雅》时还要参合其他资料,如:

杞,其树如樗,一名苦杞,一名地骨。(【集于苞杞】)
杞,枸檵。(《尔雅·释木》第十四)
一名地骨,一名枸忌。(《本经·木·上品》)

按:"枸檵"即"枸杞"。此条《陆疏》除参考《尔雅》外,还要吸纳《本经》"地骨"别名。

有些记载《陆疏》丁本无,但《孔疏》所引《陆疏》有,如"山有栲":"山樗与下田樗大略无异。"①《尔雅》云:"栲,山樗。"(《尔雅·释木》)这说明《陆疏》早期版本此条亦直接参考《尔雅》。

值得一提的是,《陆疏》确定名物名称,将《尔雅》作为案头书时时参考,往往要结合自己的考证对同名异实、同实异名者加以辨别、选择。《尔雅》中有许多同名异实的名物,胡朴安参考王国维《〈尔雅〉草木虫鱼鸟兽名释例上》,将《尔雅》释名之例分成十四条,就名物雅名、俗名关系作了较细致的探讨,如"雅与雅同名而异实,则别以俗""俗与俗异名而同实,而同以雅"之类②,这就需要《陆疏》作者训释时作出准确区分,然后选择。如:

舜,一名木槿,一名櫄,一名曰椴。(【颜如舜华】)
椴,木槿。櫄,木槿。(《尔雅·释草》第十三)
櫄,梧。(《尔雅·释木》第十四)

按:《陆疏》赵本"椴"作"椵",二者为异体字。《尔雅》记载木槿与櫄为同一植物,《陆疏》释"舜"时对《尔雅》所释"櫄""椴""木槿""梧"要作出区分,排除"梧"这一义项。

总之,《陆疏》从《尔雅》的分类与训释体例、训释方式、具体训释

---

① 孔颖达:《毛诗正义》卷十九,阮元校勘:《十三经注疏》,第218页。
② 胡朴安:《中国训诂学史》,王云五主编:《民国丛书》第三编,第36—39页。

诸多方面全方位汲取营养,仅在吸纳《尔雅》注释方面,《陆疏》超过一半条目以不同形式借鉴《尔雅》记载,而且不同于《尔雅》大体上以别名训本名的方式,《陆疏》更关注名物本身,详细描述动植物形态、生长地及效用等,训释更详实、具体,将名物训诂在《尔雅》基础上推进了一大步。

第三节 《陆疏》对《神农本草经》的继承

中国最早的中药学著作《本经》(即《神农本草经》),所载植物252种,详释其命名、药性、服用方法等,而《陆疏》大部分内容都是训释《诗经》植物,于是《本经》自然成为《陆疏》重要参考书。

一、《本经》的成书及主要内容

《本经》最早著录于《隋书·经籍志》,其作者、成书时间众说纷纭。《淮南子·修务》有神农尝百草之说,晋皇甫谧《帝王世纪》记载炎帝神农氏"尝味草木,宣药疗疾,救夭伤之命。百姓日用而不知,著《本草》四卷"①,谈到神农氏尝百草、撰写《神农本草经》的情形。梁陶弘景、北齐颜之推则认为《本经》为东汉张仲景所记。贾公彦引《中经簿》,有子仪《本草经》一卷。孙星衍于《校定〈神农本草经〉序》云:"《艺文志》有《神农黄帝食药》七卷,今本讹为《食禁》,贾公彦《周礼·医师·疏》引其文,正作《食药》。宋人不考,遂疑《本草》非《七略》中书。"又云:"且《艺文志》农、兵、五行、杂占、经方、神仙诸家,俱有《神农》书,大抵述作有本,其传非妄。是以《博物志》云:太古书今见存,有《神农经》《春秋传注》。贾逵以《三坟》为三皇之书,《神农》预其列。"②孙星衍认为黄帝以前,文字未传,药性所主,尝以识识相因;而神农述作大抵有本,其传非妄,故倾向《本经》乃《七略》中书,西汉已有流传,而西晋张华《博物志》也记载了《神农经》这类太古之书。

---

① 徐宗元辑:《帝王世纪辑存》,中华书局,1964年,第13页。
② 吴普等述,孙星衍、孙冯翼辑:《神农本草经》,第1页。

"本草"一词,《汉书》有三处记载。《汉书·平帝纪》载:"征天下通知逸经、古记、天文、历算、钟律、小学、《史篇》、方术、《本草》及以《五经》、《论语》、《孝经》、《尔雅》教授者。"①此处"本草"是与逸经、古记、天文、历算并列之专学。另有《汉书·游侠传》载:"护诵医经、本草、方术数十万言,长者咸爱重之。"②此处本草与医经、方术并列,亦为专学。而《汉书·郊祀志》云:"候神方士使者副佐、本草待诏七十余人皆归家。"③本草待诏是汉代医官名,当时丞相匡衡奏请简化郊祠,于是这类人员七十余人被遣回家。但以上三处"本草",皆非书名。

现有研究者认为,汉代以前相当长时期本草与医方合为一体,刘向校书时统归入"经方"类④。《汉书·艺文志》"经方"类收录《黄帝内经》《汤液经法》《神农黄帝食禁》等十一家二百七十四卷书目。而"经方"当指治病之方,《汉书·艺文志》云:"经方者,本草石之寒温,量疾病之浅深,假药味之滋,因气感之宜,辩五苦六辛,致水火之齐,以通闭解结,反之于平。"⑤指出经方是根据药物寒温及功用,辨别药物性味,综合考虑疾病轻重、气候感应等情况,用来疗疾,而使身体恢复正常的医法。1973 年出土于湖南长沙马王堆三号汉墓的帛书《五十二病方》,约成书于战国,现存医方近 300 个。按知识发展规律,药物知识应早于经方知识,没有独立于药学知识的经方。其实,很早就有人揭示《本经》与《汤液经法》间的渊源关系,三国西晋时期皇甫谧《针灸甲乙经序》云:"伊尹以亚圣之才,撰用《神农本草》,以为《汤液》。"⑥指出《汤液》源于《神农本草经》。孙思邈《取孔穴法第一》云:"窃闻寻古人,伊尹汤液,依用炎农《本草》。"⑦这些文献也表明,不管西汉有无《本经》一书,本草知识已相当丰富。

《本经》成书时间虽无确论,但不会晚于南朝。一则南朝陶弘景此

---

① 班固撰,颜师古注:《汉书》卷十二,第 359 页。
② 班固撰,颜师古注:《汉书》卷九十二,第 3706 页。
③ 班固撰,颜师古注:《汉书》卷二十五,第 1258 页。
④ 罗琼、柳长华、顾漫:《汉代"经方"的著录与"本草"关系考》,《中华医史杂志》2010 年第 6 期。
⑤ 班固撰,颜师古注:《汉书》卷三十,第 1778 页。
⑥ 张灿玾、徐国仟主编:《针灸甲乙经校注》,人民卫生出版社,1996 年,第 16 页。
⑦ 孙思邈:《千金翼方》卷二十六,人民卫生出版社,1983 年,第 308 页。

时已整理出《神农本草经集注》，此书对《本经》十三条序文加以注释，又朱墨杂书，以红字书写《本经》文，以黑字书写《别录》文，增加药物365味，使本草药物发展成730种；二则南朝梁代阮孝绪《七录》有"《神农本草》三卷"①。《本经》成书时间可能更早，三国中药学著作《吴普本草》分记神农、黄帝、桐君、扁鹊、华佗等，载药400余种，所记性味甚详。皇甫谧《针灸甲乙经序》云伊尹撰用《神农本草》以为《汤液》，按其说，《本经》或成书于夏末商初。邵晋涵认为《隋志》所载《神农本草经》三卷，"与今分上中下三品者相合，当属汉以来旧本"②，认为《本经》成书于汉代。现在一般认为，《本经》大约于东汉时集结整理成书，是秦汉时众多医药学家搜集、整理当时药物学成果的专著，断非一朝一人所著。它既广泛吸纳之前的医药成果，又是后世本草学的基础。即便东汉尚无《本经》定名，但其内容已广为流传。基于这种考量，本节试图以《本经》为依托，探求《陆疏》与传统本草学的承袭关系。

《本经》记述365味药物性味、主治及功效，其中植物药252种，动物药67种，矿物药46种，据药性、主治分上、中、下三品。《陆疏》很重视介绍名物实际功用，很多地方借鉴《本经》说法。《本经》原书早佚，今本为辑本，而孙星衍辑本被誉为善本，故本节所引《本经》原文，全出自孙星衍本。

二、《陆疏》对《本经》的借鉴

本草学在中国有悠久历史。《周礼·天官·冢宰下》言疾医"以五药养其病"，郑注："五药，草木虫石谷也。其治合之齐，则存乎神农、子仪之术云。"③"五药"是古代药物总称，神农之术当包括《神农本草》。《孔疏》疏解《曲礼》中"医不三世"："一曰《黄帝针灸》，二曰《神

---

① 吴普等述，孙星衍、孙冯翼辑：《神农本草经》，第1页。
② 邵晋涵：《神农本草经序》，吴普等述，孙星衍、孙冯翼辑：《神农本草经》，第2页。
③ 郑玄注，贾公彦疏：《周礼注疏》卷五，阮元校勘：《十三经注疏》，第73—74页。

农本草》,三曰《素女脉诀》。"①此三者,为古代医疗实践的基础,而《本经》是三者之一。《本经》作为先秦两汉本草学集大成之作,对《陆疏》的影响从宏观到微观表现为三个方面。

(一)以人为本、注重实证精神

医药起源基本与人类同步。远古人们多靠捋草籽、采野果、猎鸟兽维生,常因误食而受疾病毒伤之害。传说神农为此尝百草水泉,鉴别食物,探寻医药。《淮南子·修务训》记载神农"尝百草之滋味,水泉之甘苦,令民知所辟就。当此之时,一日而遇七十毒"②,描述神农为救百姓疾苦、以身试药的情形。古人在觅食过程中逐渐认识了药物,中药产生即与百姓日常饮食息息相关,与食物成为先民生活的两翼。《本经》分上、中、下三品,按药性、良毒分类,详细描述药物别名、生长地、性味、主治等方面知识,旨在满足人类"益气延年""遏病补羸""除邪破积"等养生、治病之需。《本经》切近民生日用,以人为本是其与生俱来之宗旨。

正因本草乃人命所系,决定医家必须具备严谨实证精神。郑樵对本草学书籍评价甚高:"惟《本草》一家,人命所系,凡学之者务在识真,不比他书只求说也。"③郑樵认为其他训解古籍名物的著作旨在"立说",而中药学者所求在于"务真",故本草学书籍对名物的训释可信度更高。《本经》自古传说起源于神农历试亲尝百草、验其能治与否,明人缪希雍在《药性差别论》中说:"药有五味,中涵四气。"④而四气五味的确定,主要依据临床经验。《本经》所载药物功效,如麻黄止咳,甘草解毒,远志安神,蒲黄止血等,均从实践中总结出来,也为长期临床实践和现代科学研究所证实。

可以说以人为本、注重实证是《本经》本然的人文属性、医药学精

---

① 郑玄注,孔颖达疏:《礼记注疏》卷五,阮元校勘:《十三经注疏》第 5 册,艺文印书馆,2013 年,第 96 页。
② 刘文典撰,冯逸、乔华点校:《淮南鸿烈集解》,第 629—630 页。
③ 郑樵:《昆虫草木略·序》,日本兰山先生校,众芳轩藏板,天明五年(1785)刻本,第三—四页。
④ 缪希雍:《神农本草经疏》卷一,明代天启乙丑年(1625)海虞毛氏绿君亭刊本,第三十一页。

髓。《陆疏》很好地传承《本经》这一内在精神,介绍名物,不限于文献记载,尽量在实证基础上,辨其形、味、名,以便生民识别、获取。除前文所论"鹤鸣于九皋"条外,又如:

蒲始生,取其中心入地者名蒻。大如匕柄,正白。生噉之,甘脆。鬻而以苦酒浸之,如食笋法。(【有蒲与荷】)

按:此则细致描述蒲外形、颜色,应来自对实物的细致观察;对蒲之食用方法的介绍,应该来源于生活经验,特别是味道,非亲尝不能写出。同条还细致介绍荷之茎、叶、花、实、根之名,莲之表皮、里面颜色等;薏之味道,既基于对实物的认真观察,又证之以俚语;写到幽州、扬、豫饥年食糜,藕在幽州别名,或依据相关文献,或询问在幽州生活过的人,或曾亲去该地。切己考察,服务民生,这些都表现出作者以人为本、严谨考证的精神。

《陆疏》大多采用这种体例,详细介绍名物外形、产地、用途、食用方法等,初步统计,《陆疏》记载可为人食用的生物有四十余种,可用于直接驱虫、染色、纺织、祭祀、制作等其他生活用途的事物近三十种,与农业生产相关的生物近十种。这些知识既来自实际生活、生产,又反过来为之服务。

(二)药食同源、讲究功用思想

我国药食同源的思想源远流长。赵荣光说:"医药学的最初胚芽就是孕生于原始人类的饮食生活之中的。"[1]诚然如此。前文已论,中国本草学最初渊源发轫于上古采集实践,古人在觅食中逐渐认识药物,发现有些食物本身就能疗疾。此外,《山海经》也记载鱃"食之无肿疾",赤鱬"食之不疥"等[2]。古人很早就重视食物与健康的关系,《周礼·天官·冢宰》"食医"郑玄注云:"食有和齐,药之类。"[3]郑注指

---

[1] 赵荣光:《中国饮食文化概论》,高等教育出版社,2003年,第12页。
[2] 袁珂校注:《山海经校注》,第5页,第7页。
[3] 郑玄注,贾公彦疏:《周礼注疏》卷一,阮元校勘:《十三经注疏》,第14页。

出食物对人体有一定影响,如药一般须调和适当。《黄帝内经·素问》认为酸、苦、甘、辛、咸五味太过会伤身,提出要"谨和五味,骨正筋柔,气血以流,凑理以密,如是则骨气以精,谨道如法"①,认为饮食节制、五味调和、四性相宜能积极发挥食物的医疗作用,益寿延年。元代《汤液本草》亦云:"辛、酸、甘、苦、咸,各有所利,或散或收,或缓或急,或坚或软,四时五脏,病随五味所宜也。"②认为"五味"各有所宜,与本脏相宜者,对脏腑有补益作用,能助于药物治疗。五谷、五果、五畜、五菜,既是食粮,又是驱邪疗疾的良药。中国古代很多事物常药食两用,早期药物中食物占很大比例。《汉书·艺文志》所载药书不是《本经》,而是《神农黄帝食禁》,可见古人认为饮食禁忌本身就是药物学重要组成部分。基于对饮食与医疗密切关系的认识,孙思邈认为食物能排邪安脏,悦神爽志,甚至主张医者"以食治之,食疗不愈,然后命药"③,即食疗应先于药疗,其《备急千金要方》卷七十九、卷八十专列《食治》专篇,记载饮食疗疾原理及方法。而他的学生孟诜《食疗本草》,把食医理论与实践推向新高度。

《本经》作为中国现存最早的中药学著作,是药食同源思想的源泉。有人统计,《本经》所载 365 种药物中,有 59 种如枸杞、橘柚、酸枣、梅实等同时属于食物范畴。卫生部《关于进一步规范保健食品原料管理的通知》公布的 87 种药食两用物品名录中,《本经》所载山药、百合等 36 种被收录,剩余 23 种经过实践和现代药理研究证明,也各具饮食保健价值④。据燕宪涛等人统计,我国 1992 年出版的《中国药膳大辞典》中,使用频率超过百次的中药有 26 味,其中包括《本经》所载枸杞子、大枣等 24 味⑤。《本经》体现的药食同源思想为后代医疗、

---

① 王冰注:《重广补注黄帝内经素问》卷第一,嘉靖刊宋本,嘉业堂藏书,第十九—二十页。
② 王好古:《汤液本草》卷上,《四库全书》第 745 册,第 925 页。
③ 孙思邈著,李景荣等校释:《备急千金要方校释》卷二十六,人民卫生出版社,1998 年,第 554 页。
④ 燕宪涛、路新国:《〈神农本草经〉对中医饮食保健学的贡献》,《南京中医药大学学报(社会科学版)》2011 年第 4 期。
⑤ 沈盛晖、徐长福、叶翔:《〈神农本草经〉24 味中药在药膳中的应用》,《中医药管理杂志》2019 年第 11 期。

食疗留下了宝贵财富。此外,《本经》既直接服务民生,故介绍本草,侧重性味、主治等功用。这些思想均为《陆疏》所继承。

首先,《陆疏》描述名物,介绍名称、外形、使用价值,尤侧重辨其形、食其味,在介绍某物食用方法时,常附带说明其药效。如:

今药中车前子是也……可鬻作茹,大滑,其子治妇人难产。(【采采芣苢】)

按:《陆疏》介绍芣苢的食法、药效,其说已不断为后世借鉴或证实。明代《救荒本草》将芣苢称为车轮菜,救荒时,可采嫩苗叶,煮熟,再用清水浸去涎沫、淘净,调上油盐即可食。而清代名医周岩《本草思辨录》言车前子药性大滑,能治难产;现代中药学认为车前子性专降泄,有增强子宫蠕动之效。

其次,《陆疏》大量记载可食生物的同时,还明确记载了不少具有药效的植物,如蝱(药草贝母)、蓷(益母)、女萝(合药兔丝子)、芍药(今药草芍药)、蒹(坚实,牛食之,令牛肥强)、葰(其茎叶,鬻以哺牛,除热)等。前文已论,《陆疏》产生的动因之一是充当救荒指南,其所载名物,近三分之一条目尽量介绍其食用价值,而这些药草夹杂其间,亦是药从食出、药食同源思想的体现。本来,人类饮食与服药,均为维持身体正常机能。饮食得当则补清益气,延年益寿;饮食失当则招致疾病,形累寿损,这已成为人们共识。《陆疏》所载食物多为救荒本草,或许当时主要服务于救荒,并未提升到保健层面,但不可否认,其食疗价值仍有较大研究空间。

(三)《本经》相关记载

《本经》注重描述药物形、色、气、味,《陆疏》亦注重从这些角度描述,让人易于识之、便于采之。除此之外,《陆疏》常吸纳《本经》相关记载,主要有以下几类:

1. 名物别名。如：

卷耳,一名枲耳,一名胡枲,一名苓耳。(【采采卷耳】)
枲耳实味甘温……一名胡枲。(《本经·草·中品》)

按:此则《毛传》仅云:"卷耳,苓耳也。"①从《陆疏》常引用的参考书来看,《尔雅》云:"卷耳,苓耳。"②《说文解字》:"苓,卷耳。"③"枲耳""胡枲"之名,《毛传》《尔雅》《说文解字》均无记载,而《本经》有之,《陆疏》应有所参考。

2. 名物味道。如：

其叶如车前草大,其味亦相似。(【言采其蓫】)
车前子味甘寒无毒。(《本经·草·上品》)
泽泻,味甘寒……一名水泻。(《本经·草·上品》)

按:此则《毛传》仅云:"蓫,水舄也。"④《陆疏》言蓫之味与车前相似,或吸纳《本经·草·上品》所载车前"味甘寒无毒"、泽泻"味甘寒"之特性。

又如"赠之以芍药","芍药"古音同"约邀",士女相与戏谑,且以芍药相赠,以结恩情之厚。此芍药是种香草,不是现在的药草芍药。《陆疏》做出"非今药草芍药"的判断,可能参考了《本经·草·中品》药草芍药"味苦平"的说法。

3. 名物功效。如：

其茎叶,鬻以啗牛,除热。(【葽蔓于野】)

---

① 孔颖达:《毛诗正义》卷一,阮元校勘:《十三经注疏》,第33页。
② 胡奇光、方环海:《尔雅译注·释草第十三》,第315页。
③ 许慎撰,段玉裁注:《说文解字段注》第一篇下,第31页。
④ 孔颖达:《毛诗正义》卷五,阮元校勘:《十三经注疏》,第208页。

散结气,止痛除热。(《本经·草·下品》)

按:《本经》记载白敛"止痛除热"药性,应该对《陆疏》介绍蔹有"釁以哺牛,除热"的功效有一定的启发。

藏衣著书中,辟白鱼也。(【方秉蕳兮】)
杀虫毒,辟不祥。(《本经·草·上品》)

按:此则《毛传》仅云:"蕳,兰也。"①《说文》:"兰,香草也。"《陆疏》"藏衣著书中,辟白鱼"的说法明显借鉴了《本经》"杀虫毒,辟不祥"的记载。

案《本草》云:"芜蔚,一名益母。"(【中谷有蓷】)
充蔚子味辛微温……一名益母。(《本经·草·上品》)

按:此则《陆疏》明确列出《本经》"一名益母"说法。《陆疏》引用本草,多在阐释一物多名,而非性能主治,大概作者对药学所知有限,故持谨慎态度。

4. 多点综合。如:

一名苦杞,一名地骨。春生作羹,茹微苦……茎叶及子,服之轻身益气。(【集于苞杞】)
枸杞,味苦寒……久服,坚筋骨,轻身不老。一名杞根,一名地骨。(《本经·木·上品》)

按:此则《毛传》仅云:"杞,枸杞也。"②《尔雅》云:"杞,枸檵。"③

---

① 孔颖达:《毛诗正义》卷四,阮元校勘:《十三经注疏》,第 182 页。
② 孔颖达:《毛诗正义》卷九,阮元校勘:《十三经注疏》,第 318 页。
③ 胡奇光、方环海:《尔雅译注·释木第十四》,第 331 页。

《毛传》《尔雅》对"杞"之解释非常简单,《陆疏》中"地骨""微苦""服之轻身益气"应该分别从命名、味道、功效吸纳《本经》相关记载。

当然,写作会调动作者的所有阅读经验,故很难单纯说某处借鉴某书。不过,将研究对象进行分解,广参他书,也能寻到文献传承的蛛丝马迹。《陆疏》所载切近民生,积极从《本经》所蕴精神、思想汲取营养,并谨慎参考《本经》所载内容,体现作者悲天悯人的情怀、严谨治学的态度,也深深启发着来者。

第四节 《陆疏》对《方言》《山海经》的借鉴

《陆疏》中有不少内容涉及方言,那么,《陆疏》对《方言》的借鉴情况如何?《山海经》作为中国博物学最古范本,所记内容神奇玄奥,古代学者尽管对书中怪异记载难尽解其奥,但大抵将之视为地志博物之书。现代学者钟敬文亦将之纳入古代民众的知识范畴。《陆疏》有没有从《山海经》中汲取营养?本节将着重探讨这一问题。

一、《陆疏》对《方言》的借鉴

《方言》全称《輶轩使者绝代语释别国方言》,是我国第一部汉语方言比较词汇集,在方言学史上地位甚崇,一般认为是西汉扬雄所著。扬雄常怀铅提椠,访殊方绝域四方之语,持之以恒,历二十七年才成此专著。扬雄自言:"常把三寸弱翰,赍油素四尺,以问其异语,归即以铅摘次之于椠,二十七岁于今矣。"[1]极言著此书时重实地调查,且耗时甚长。今本《方言》十三卷,一万一千余字,收词 1284 个,词条 675 个,类集古今各地同义词,大部分注明通行范围。刘叶秋认为,《方言》所收集的词,"大致是按照《尔雅》的体例,采取分类编次的办法"[2]。《方言》大致采取随类相从的编排体例,如卷四释衣服,卷八释动物,卷

---

[1] 扬雄撰,郭璞注,戴震疏证:《輶轩使者绝代语释别国方言》,王云五主编:《丛书集成初编》,商务印书馆,1937 年,第 586 页。
[2] 刘叶秋编著:《中国字典史略》,中华书局,2003 年,第 57 页。

九释兵器,卷十一释昆虫等。此外,《方言》的训诂方式也如《尔雅》,常先列一些同义词,再用一个常用词解释。作为汉代一部重要的训诂工具书,《方言》不可避免对《陆疏》产生一定影响。

事实上,《陆疏》继承汉儒笺注重视方言俗语之传统,训释名物力求符合《诗》"言其方物"的特点。《陆疏》中大量出现地域名,黄琲统计如下:幽州地区共33次,青兖徐地区共32次,豫冀地区共27次,荆扬地区共25次,关西益州地区共18次,西南地区7次,另外有五方3次,倭、韩国诸岛1次,胡1次[1]。虽与上文华学诚的统计数据不同,但同样表现《陆疏》所涉方言极其丰富。如此,扬雄《方言》成为《陆疏》不可或缺的参考书。从文本角度,《陆疏》对《方言》的借鉴主要体现在吸纳方俗异名及参照训释思路两方面。

(一)吸纳方俗异名。《陆疏》解释一物不同地域的称谓,常借鉴《方言》记载,如《陆疏》介绍"鹘鸠"又名"斑鸠",介绍"虺蜴"又名"蜥蜴""蛇医""蝾螈",介绍"黄鸟"又名"仓庚""楚雀",《方言》均有类似记载。《陆疏》"鸱鸮"条更明显:

> 幽州人谓之鹪鹩,或曰巧妇,或曰女匠。关东谓之工雀,或谓之过嬴。关西谓之桑飞,或谓之袜雀。(【鸱鸮】)
>
> 桑飞,自关而东谓之工爵,或谓之过嬴,或谓之女鸥。自关而东谓之鹪鹩。自关而西谓之桑飞,或谓之懱爵。(《方言》卷八)

按:《陆疏》介绍"鸱鸮"别名,参考了《方言》中又名"过嬴""女鸥""桑飞""鹪鹩"等说法,而"工雀""袜雀"实则同于《方言》中"工爵""懱爵"之称,"爵"字古同"雀","袜"异体字为"襪",与"懱"形近而通。

《陆疏》有时还将《方言》中有关记载整合,如:

---

[1] 黄琲:《试论〈毛诗草木鸟兽虫鱼疏〉的语言学价值》,《兰台世界》2015年20期。

宋、卫谓之蜩。陈、郑云螂,海、岱之间谓之蝉……蟧,蝉之大而黑色者……青、徐谓之螇螰。楚人谓之蟪蛄,秦、燕谓之蛥蚗,或名之蜓蚞。(【如蜩如螗】)

蝉,楚谓之蜩,宋、卫之间谓之螗蜩,陈、郑之间谓之螂蜩,秦晋之间谓之蝉,海岱之间谓之𧉆。(《方言》卷十一)

蛥蚗,齐谓之螇螰,楚谓之蟪蛄,或谓之蛉蛄,秦谓之蛥蚗。自关而东谓之虭蟧。或谓之蜓蚞。(《方言》卷十一)

按:此条有选择地整合《方言》中训释"蝉""蛥蚗"有关的地域异名。《陆疏》参考《方言》中"宋卫之间谓之螗蜩""陈郑之间谓之螂蜩"的记载,吸纳"蛥蚗"地域名"楚谓之蟪蛄""自关而东谓之虭蟧""或谓之蜓蚞"等信息。这可说明《陆疏》借鉴《方言》但不照搬,而是结合自己的考证重释物之异名。华学诚也注意到《陆疏》这种有选择性借鉴《方言》的情况,他认为一是因陆氏有自己的断识,对旧资料的取舍经过思考;二是陆氏非常重视实际验证。因此他断言:《陆疏》的资料是第一手的,在方言史的研究中具有共时意义[1]。

(二)借鉴训释思路。《方言》释词一般先列某词不同方言的名称,然后用一个通行词加以解释,然后说明不同地域之异名。如:

䒰,芜,芜菁也。陈、楚之郊谓之䒰,鲁、齐之郊谓之芜。(《方言》卷三)

葰,茮,鸡头也。北燕谓之葰,青、徐、淮、泗之间谓之茮。(《方言》卷三)

锴,鐺,坚也。自关而西秦、晋之间曰锴,吴、扬、江、淮之间曰鐺。(《方言》卷二)

以上几则释名物,以方俗名+通名+地域异名思路展开,而《陆疏》

---

[1] 华学诚:《论〈毛诗草木鸟兽虫鱼疏〉的名物方言研究》,《徐州师范大学学报(哲学社会科学版)》2002年第3期。

常借鉴此思路介绍一物异名,尤其注重同一名物在不同地域的名称,如:

> 蕨,鳖也,山菜也。周秦曰蕨,齐鲁曰虌。(【言采其蕨】)
> 茹藘,茅搜,蒨草也。一名地血。齐人谓之茜,徐州人谓之牛蔓。(【茹藘在阪】)
> 鸤鸠,鹄鹪,今梁、宋之间谓布谷为鹄鹪。(【鸤鸠在桑】)
> 雏,其今小鸠也。一名鹘鸠。幽州人或谓之鹘鹂,梁、宋之间谓之雏。扬州人亦然。(【翩翩者雏】)

除以上几条,"其下维穀""颜如舜华""黄鸟于飞"等都如此类,此不赘列。

胡朴安云:"迨岁月递更,言语之流变日急,名物之异称遂多……可见古今名物之异称,有资于考证者矣。"①《陆疏》考证一些名物的方言异名,思路与《方言》如出一辙,不仅以通名来训释被训名物,还尽可能揭示被训名物的地域异名,这样无疑提高了《陆疏》训释的准确性与普适性,也为后世方言研究留下了宝贵资料。

《陆疏》训释名物,将方言异名置于突出地位,可贵的是,它既重借鉴《方言》所训,又在目验实证基础上对方言异名予以取舍,并大量对名物进行具体描述,这也是继承扬雄重活语言、重调查实证精神的表现。可以说,调查实证精神是贯穿《陆疏》全书的训释精神。

二、《陆疏》对《山海经》的借鉴

《山海经》罗列山川、品类万物,关乎民俗,可谓地负海涵、包罗万汇,博物学家、医药学家可据以考察地理、多识鸟兽草木之名。李时珍曾对《山海经》所载药物进行深入研究并载入《本草纲目》。《陆疏》虽没有直接征引《山海经》内容,但通过研究发现,除"类草木,别水土"

---

① 胡朴安:《中国训诂学史》,王云五主编:《民国丛书》第三编,第336页。

思想《陆疏》与《山海经》相通，《陆疏》对《山海经》的借鉴还主要表现为以下三个方面：

（一）描述思路

《山海经》注重描述动物外形、声音、名称，有时带有神异描述。如《西山经》描述狰兽：

> 有兽焉，其状如赤豹，五尾一角，其音如击石，其名如狰。（《山海经·西山经》）

此则材料大体均按某兽+外形似X+角+声音展开。而《陆疏》借鉴了这种思路，如：

> 麟，麕身，牛尾，马足，黄色，圆蹄。一角，角端有肉。音中钟吕，行中规矩，游必择地，详而后处。（【麟之趾】）

《陆疏》先以比类方式介绍麟之外形，又描述麟角、声音，同《西山经》此段描写狰兽思路极为相似。

又如《山海经》描写"毕方鸟"：

> 有鸟焉，其状如鹤，一足，赤文青质而白喙，名曰毕方。其鸣自叫也，见则其邑有讹火。（《山海经·西山经》）

此则材料大体按某鸟+其状如X+毛色+名称+神异传说展开，而《陆疏》也借鉴了这种思路，如：

> 鹳雀也，似鸿而大，长颈赤喙，白身黑尾翅……一名负釜……若杀其子，则一邺致旱灾。（【鹳鸣于垤】）

《陆疏》详细描述鹳鸟之外形、名称，结尾提到若杀其子，则会引发旱灾;而《西山经》描述毕方鸟外形、羽毛色彩,结尾提到人见之则其邑会起怪火,二者描述思路非常相似,甚至二者句式都大体相同。不难看出《陆疏》对《山海经》描述思路的沿袭。

比较《山海经》与《陆疏》文本,类似例子还不少:

有鸟焉,其状如枭,人面,四目,而有耳,其名曰颙,其鸣自号也。(《山海经·南山经》)
鹤,形状大如鹅,长三尺,脚青黑……人谓之赤颊。常夜半鸣。(【鹤鸣于九皋】)

按:此则《陆疏》参考《山海经》描述"颙"的思路,按某鸟+其状如X+具体描述外形+名称+声音思路展开描述。又如《山海经》描述"鱄鱼":

其中有鱄鱼,其状如鲋而彘毛,其音如豚,见则天下大旱。(《山海经·南山经》)
鱼兽似猪,东海有之。一名鱼狸……虽在数千里外,可以知海水之潮气,自相感也。(【象弭鱼服】)

按:此则《陆疏》按某水生动物+外形似X+名称+神异传说思路展开,与《山海经》描述"鱄鱼"极为相似。

有草焉,名曰薰草,麻叶而方茎,赤华而黑实,臭如蘼芜,佩之可以已疠。(《山海经·西山经》)
似芦菔,而茎赤。可瀹为茹,滑而美也。多啖,令人下气。(【言采其蓫】)

按:此则《陆疏》大体按某草+外形+气味(或味道)+功效展开,同《西山经》描述"薰草"如出一辙。

有木焉,其状如棠,黄华赤实,其味如李而无核,名曰沙棠,可以御水,食之使人不溺。(《山海经·西山经》)

枸树,山木。其状如栌……子著枝端,大如指,长数寸,啮之甘美如饴……本从南方来,能令酒味薄。(【南山有枸】)

按:此则《陆疏》大体按某木+其状如X+外形具体描述+果实+功用展开,仅名称出现顺序略异,且其功效都很神奇,同《西山经》描述"沙棠"思路一致。此类思路在《陆疏》训释木类很常见,如:

郁,其树高五六尺,其实大如李。色赤,食之甘。(《陆疏》"食郁及薁")

梅,杏类也,树及叶皆如杏而黑耳。曝干为腊,置羹臑鳖中。又可含以香口。(【摽有梅】)

虽然果实功效不那么神异,但也算此类思路的延续。这类高度相似的例子反复出现,很难说是巧合。从中可窥见《山海经》描述思路、甚至句式对《陆疏》有较大影响。

(二) 宜物思维

"宜物"思维指以人们习见的动、植物取象比类,通过比喻、象征、联想、比况等方式形象描述事物,使之明白易解的思维方式。这是中国古代博物学记事传统思维方式之一,《山海经》常用此种思维描述事物,如描述"建木":

有木,其状如牛,引之有皮,若缨、黄蛇。其叶如罗,其实如栾,其木若苴,其名曰建木。(《山海经·海内南经》)

按:此处介绍建木,言其根部如牛般壮大;其树皮若用力撕拉,会像人褪冠缨或像黄蛇蜕皮般整片脱落;其叶片如山梨树叶①;其木如,刺榆是种落叶乔木,高可达15米,材质硬。《齐民要术》中载:"刺榆木甚牢朋,可以为犊车材。"②牛、蛇、罗、栾、蓝等早被时人熟知,以之描述建木,易为人们理解。综观《山海经》,释物多用宜物思维。这样不仅让所释对象易于理解,还可展现物种丰富性。

作为早期地志学著作,《山海经》有序记载中国古代国地理、动植物、矿物、医药等内容,被誉为地理、物产知识方面的百科全书,而且有很多鸟、兽、草、木、鱼类的记载。《陆疏》训释草木鸟兽虫鱼,在参考《山海经》中动植物相关记载时受其"宜物"思维方式影响,是自然而然的。事实上,"宜物"思维在《陆疏》中不可胜举:

叶似当卢,子如覆盆子。(【茑与女萝】)

其一种,叶如鸡苏,茎大如箸,长四五尺。其一种,茎大如钗股,叶如蓬蒿,谓之聚藻。(【于以采藻】)

叶大如手……茎大如匕柄。(【薄采其茆】)

其下本大如箸。(【蒹葭苍苍】)

其茎叶似竹。(【菉竹猗猗】)

按:不难看出,《陆疏》中此类文字与上面《山海经》的文字、思维方式乃至句式极为相似。这种思维方法立足于现实,通过观察客观事物或现象,援物比类,展现不同事物某些方面相似或类同处,对中国古代博物学形成有重要影响。《陆疏》训释名物多重实际观察,也可说是此种思维精神的渗透。

(三)知识、巫术不分的博物传统

《山海经》展现的博物学,不同于现代以自然科学为基础的博物学,介绍事物往往结合特定生活需要,展现对某物的理解与想象,知识

---

① 据《尔雅·释木》:"樕,罗。"《陆疏》:"樕,一名赤罗,一名山梨。"可知"罗"即为山梨树。
② 贾思勰:《齐民要术》卷五,《四库全书》第730册,第58页。

中往往充斥神怪现象。《五藏山经》多言某物食之或佩之可不迷、不蛊、不畏、已聋、已疥(治癣疥)、已痔、已肿(治浮肿)、已心痛等，现代医学研究认为有些有效验①，未必全是无稽之谈，而有些纯属迷信。如：

有兽焉，其状如禺而白耳……食之善走。(《山海经·南山经》)

有兽焉，其状如马而白首，其文如虎而赤尾，其音如谣，其名曰鹿蜀，佩之宜子孙……其中多玄龟，其状如龟而鸟首虺尾，其名曰旋龟，其音如判木，佩之不聋，可以为底。(《山海经·南山经》)

有兽焉，其状如狸而有髦，其名曰类，自为牝牡，食者不妒。(《山海经·南山经》)

按：上述材料描述四种动物：狌狌像猴，长着一双白耳朵，人若食其肉，会变得健走；鹿蜀像马而头白色，身上虎纹如而红尾，声音像人唱歌，穿戴其毛皮宜于子孙繁衍；旋龟形状像普通乌龟，却鸟头蛇尾，叫声像劈木头之声，将它佩戴身上能使耳不聋，还可治愈脚底老茧；类身形像狸猫，头上有毛，一身同具雌雄两性，人吃其肉，就不会妒忌。这些动物所具特异功效均无科学依据，但大致类于现在"吃什么补什么"的文化心理，如狌狌敏捷，故食之善走；类无儿女情长之事，故食之不妒。这些理解恰恰表现先民生活与思想，表现古代科学不甚发达而巫、医不分的博物传统。《北山经》言食用某鱼可御火(不怕火烧)、御兵(刀枪不入)等，皆如此类。

《山海经》描述事物，大体呈现这种风格：有一定知识含量，但含有神异想象。古人把原本平凡实物描述成怪物，相信其有神异力量，这是天地万物变异无常、超出其认知能力所致。他们既希望探索宇宙奥

---

① 胡亮:《〈山海经〉药食两用植物考证》，《中国中药杂志》2008年第10期。

秘,又对自然种种复杂现象无法理解,于是妄造众解。与现代博物学以科学实证为基础不同,这种博物传统背后正反映先民特定认知水平和文化心理,展现其知识、巫术不分的博物传统,其心理文化基础是万物有灵的神秘主义信仰。

《陆疏》有时也流露此种倾向:

若杀其子,则一邺致旱灾。(【鹳鸣于垤】)
仲明者,乐浪尉也。溺死海中,化为此鱼。(【有鳣有鲔】)
吏冥冥犯法即生螟,吏乞贷则生蟘,吏冥冒取人财则生蟊。(【去其螟螣及其蟊贼】)
此虫来著人衣,当有亲客至,有喜也。(【蟏蛸在户】)

从科学上,杀其子与旱灾并无因果关系,鲔鱼未必仲明所化,几种害虫与官吏表现未必有直接联系,虫子落在身上未必就有客人来。这些例子表明,《陆疏》训释名物,大体注重实证,但也掺杂异说传闻。不难看出,《山海经》知识、巫术不分的博物传统对其有一定影响。这与魏晋时人普遍相信神异有关。鲁迅谈论魏晋志怪之书时曾言:"其叙述异事,与记载人间常事,自视固无诚妄之别矣。"①《陆疏》这类志异记载,折射出当时的一种文化风潮,反映了当时人们认知的局限。

治学不深诸经,无以植基。陆玑是三国吴太子中庶子,此官西汉属太子太傅、少傅,东汉属太子少傅,三国沿置,掌侍从、奏事、谏议等,简言之,此职非通经博学者不堪任。陆玑立足治经,从《毛传》《郑笺》《尔雅》《本经》《方言》《山海经》等各类典籍中汲取丰富的营养,遵从传统又有突破,开辟以名物训诂治《诗》的新途径,在诗经学史上留下浓墨重彩的一笔。

---

① 鲁迅:《中国小说史略》,第22页。

第五章 《陆疏》对名物"食用"价值的偏好

《陆疏》在训释《诗经》鸟兽草木虫鱼时，有一个特殊现象，即较之《毛传》《郑笺》等传统注疏，更关注名物的"食用"价值，这种训释倾向拓宽了传统经学、名物学的研究路径和视角，折射出丰富的饮食文化信息。

前文已论，作为《诗经》博物学开山之作，《陆疏》训释名物时特别关注其实用价值，留意其在生活、生产中的作用，比如有的可用于驱虫，有的可用以染色纺织以及器物制作，有的则可用于祭祀等。但相较于这些内容，《陆疏》训释鸟兽草木虫鱼时，尤为突出的内容是介绍其"食用"价值，关注其能否食用、怎么食用、味道如何等等。据笔者统计，除去动物食材，《陆疏》所记可食植物就达三十余种，对其烹饪方法、味道等也不吝笔墨，津津乐道。

《陆疏》对《诗经》中鸟兽草木虫鱼"食用"价值的偏好自然首先是由《诗经》这一经典的特殊性所决定的。《诗经》一向被看作现实主义艺术的代表，表现了中国古代先民多层面的丰富生活，先民与大自然中鸟兽草木的密切关系更是表露无疑。这些鸟兽草木不仅是自然之物，是季节转换的标志，更是大自然馈赠的食材，是先民赖以生存的重要食物资源。中国古代原始农业兴起较早，但五谷的种植很长时间都仅仅是野外果蓏采集的辅助。据《周书》载，神农氏"作陶冶斤斧，破木为耜、锄、耨，以垦草芥，然后五谷兴，以助果蓏之实。"[1]到《诗经》时代，种植业虽然有了较大发展，但采集的野外蔬果仍是人们日常食物

---

[1] 张英等撰：《御定渊鉴类函》卷三百九十五，《四库全书》第992册，第646页。

的主要来源,如诗篇中所记载的蕡、荇菜、卷耳、薇、荼、蕨、苕、笋等野生蔬菜,还有桃、李、栗、榛、梅、葛藟、檖等果品。《陆疏》解释上述名物,常常参照或表现当时人们的日常饮食习惯,这不仅使得"古典"的《诗经》名物变得直观可感,也使得古今产生了联结。

对《陆疏》这一训释倾向,研究者褒贬不一。沈思孝《诗经类考序》甚至评价《陆疏》"专饾饤"①。饾饤,本义指堆叠的食品,后来延伸出"饾饤之学"的说法,常用以批评考据中专注堆叠琐碎细事、缺乏义理阐释与融汇贯通的倾向。沈思孝评价《陆疏》"专饾饤",一方面说的是事实——《陆疏》确实特别偏爱"食物",一方面也显示出他对《陆疏》的批评态度。今天看来,这种否定性态度对《陆疏》而言,显然有失公允。因为《陆疏》对名物"食用"价值的留心,有别于他之前的经学家,而大大拓宽了传统诗经学训释的关注视角,从而使得《陆疏》在诗经学史上获得难以替代的重要地位。其训释中的历史细节以及折射出的丰富的饮食文化信息,更为后世诸多领域研究提供了重要参考资料。

所谓饮食文化,一般包括"食物原料开发利用、食品制作和饮食消费过程中的技术、科学、艺术,以及以饮食为基础的习俗、传统、思想和哲学"②。通俗而言,饮食文化是关于人类(或一个民族)在一定条件下吃什么、怎么吃以及这一过程所表现的习俗等食事的总和。因此,本章将结合《陆疏》所记,对当时庶民饮食结构、丰富的口味及传统食品的制作、饮食文化层次与思想进行探讨,由此进一步揭示《陆疏》独特而丰富的价值。

第一节　《陆疏》呈现的庶民饮食结构

饮食结构包含食物原料的基本种类与主要食物品种。《陆疏》虽然不是饮食专著,但很注重对可食动植物的食用方法、味道等进行描述,在一定程度上反映出当时庶民的饮食状况。透过《陆疏》所记,我

---

① 沈万鈳辑:《诗经类考》,复旦大学图书馆藏明万历刻本影印本,第一页。
② 赵荣光:《中国饮食文化概论》,第2页。

们可窥见当时庶民的饮食结构。

一、主食

（一）主食原料：粟、麦、豆

《陆疏》中出现的主食原料主要有粟、麦、豆等。

> 或可磨以为饭，如粟也。（【有蒲与荷】）

按：《陆疏》此则记载反映出两个重要的饮食信息。一是莲子可磨以为饭，其制作和食用方式类似制"粟"米饭。二是其以"如粟"为参照，也表明"粟饭"是当时人们的日常食物。粟，即北方所谓谷子，其壳为糠，脱壳为小米，可用来煮饭、酿酒等。《说文解字》云："米，粟实也，象禾实之形。"[1]粟是中国北方史前代表性农作物，夏商周至春秋时期仍是北方主要粮食作物，在百姓日常口粮中比重远超麦面。《管子·地员篇》记载了12个粟品种。秦汉时期，麦虽上升至北方主要粮食作物之一，但仍居粟之后；南方仍以水稻为主。到魏晋南北朝，麦成为北方最主要的粮食作物，粟仍居重要地位。粟的单产与口感都较好，故能长久居于主食地位。南朝刘宋时何子平因父母不能常食白米，故"月俸得白米，辄货市粟麦"[2]，自己不忍独食俸禄所得白米，便将之卖出换成粟麦为食。这也说明在当时粟麦比白米价格低，故庶民更多以之为主食。此则《陆疏》所记隐隐透出一个事实：汉魏时期，粟仍是人们的重要口粮；不过对庶民而言，粟饭也并非绰有余裕的食物，有时需要将莲子仿照粟磨粉制成食物，可作辅助，以扩充食物来源。

> 黄鸟，黄鹂鹠也，或谓之黄栗留……当葚熟时，来在桑间，故

---

[1] 许慎撰，段玉裁注：《说文解字段注》第七篇上，第350页。
[2] 沈约：《宋书》卷九十一，中华书局，1974年，第2257页。

里语曰:"黄栗留,看我麦黄葚熟?"(【黄鸟于飞】)

按:此处《陆疏》为了说明黄鸟是应节趋时之鸟,引用这句民谚里语。由此句注释可推知,麦是当时当地普遍种植的作物。麦作为传统"五谷"之一,包括大麦、小麦、燕麦等品种,是北方黄河流域广大地区的主要粮食作物,有着较为悠久的种植传统。新石器时代晚期麦已在黄河流域种植,距今约四五千年的甘肃民乐东灰山四坝文化遗址已发现大小麦遗存,距今三千五百年左右西藏昌果沟遗址发现炭化小麦(图5.1)。《周礼·天官·大宰》曾将之列入"九谷",郑玄注云:"九谷,黍、稷、秫、稻、麻、大小豆、大小麦。"①不过,在《诗经》时代,麦尚未普遍种植,"麦饭"仅是供天子食用的珍稀饭食,连诸侯都不能常食。《礼记·内则》"饭目"下《孔疏》云:"诸侯朔食四簋,黍、稷、稻、粱,此则据诸侯。其天子则加以麦、菰为六。"②天子每月初一所食六簋中,"麦饭"属特加饭食。汉代以后,随着大小麦种植推广,麦才逐渐成为人们的主食。到了魏晋,麦就成为北方最主要的粮食作物了(图5.2)。不过,麦在西汉时期,主要煮成"麦饭"食用,而非后代以"面食"出现。百姓所食麦饭原料多为大麦,因其口感粗粝,故颜师古《急就篇》注曰:"麦饭豆羹,皆野人农夫之食也。"③到西汉中叶以后,小麦才被磨成面粉制成面食,但小麦粉因价格昂贵而非百姓日常食料。赵荣光认为,麦面较多为庶民所食,当在汉魏之后④。史料记载,魏晋南北朝时期,麦的一大吃法是用麦粉作饼,出现汤饼、煎饼、春饼等⑤。农谚俚语常常反映出一些比较稳定的自然和生活节奏。麦黄、葚熟大约都在四月至六月,《陆疏》引用此句,目光是颇"接地气"的,从这句带有俏皮意味的里语中,我们一方面可以窥见当时农人的生活方式、饮食结构,也可以感受到他们面对收获时的欢欣愉悦。头

---

① 郑玄注,贾公彦疏:《周礼注疏》卷二,阮元校勘:《十三经注疏》,第29页。
② 郑玄注,孔颖达疏:《礼记注疏》卷二十七,阮元校勘:《十三经注疏》,第524页。
③ 史游撰:《急就篇》卷二,岳麓书社,1989年,第133页。
④ 赵荣光:《中国古代庶民饮食生活》,商务印书馆国际有限公司,1997年,第24页。
⑤ 张承宗、魏向东:《中国风俗通史(魏晋南北朝卷)》,上海文艺出版社,2001年,第26页。

年收获的黄粟，若加上新鲜的麦饭、麦饼，还有可以采摘的桑葚，都是对自己辛勤劳作的犒赏。

图 5.1　西藏昌果沟遗址炭化小麦　　图 5.2　魏晋墓画像砖上的妇女揉面场景

　　茎叶皆似小豆，蔓生；其味亦如小豆藿，可作羹，亦可生食。(【言采其薇】)

　　按：《陆疏》此则包含两种菜蔬：薇和豆藿。薇即野豌豆苗，藿是豆类作物的叶子。《陆疏》记载当时人们采薇制羹、生食的情形，以小豆茎叶比其形，以豆藿之味比其味，表明豆是当时常见的食物原料。豆进入中国人的食谱历史久远，《豳风·七月》云"七月亨葵及菽"，"菽"即豆类总称，又可特指大豆（图 5.3）。"豆饭""豆粥""煮豆"之语更是史不绝书，但因直接食用煮熟的大豆容易胀气，价格较低，故豆饭藿羹在古代一直是穷人餐桌的主要食物。《战国策·韩一》中张仪论说韩国曰："民之所食，大抵豆饭羹藿。"①秦汉时期，大豆是重要的备荒作物，《氾胜之书》云："大豆保岁易为，宜古之所以备凶年也。"②从人工栽培豆类的历史看，大豆在新石器时代就已有栽培，战国时大兴，到秦汉时期栽培面积达到高峰。东汉崔寔《四民月令》中记有很多豌豆品种（图 5.4），主要产地在北方，各种豆类或煮或炒，或粒食，或粉食，或酿制豆豉、豆酱、榨油等，青黄不接时常为救荒粮食。因此，《陆疏》多次对《诗经》所涉豆类作物加以解释，如"卬有旨苕"条除提到豆藿，还提到劳豆（野黄豆），反映豆类在当时庶民饮食中占有重要地位。

---

① 刘向集录：《战国策》卷二十六，第 934 页。
② 石声汉：《氾胜之书今释（初稿）》，科学出版社，1956 年，第 22 页。

图 5.3 《诗经植物图鉴》中的薮　　图 5.4 正开花结荚的豌豆

《陆疏》所记粟、麦、豆三种均为"五谷"之一,自先秦至汉魏,均是北方主要粮食作物。《周礼·天官·冢宰下》郑玄注"五谷"云:"麻、黍、稷、麦、豆也。"①《陆疏》这几条记载在一定程度上可反映粟、麦、豆是当时特别是北方人的重要口粮。又据《中国食料史》的考察分析,到魏晋南北朝,北方以麦作为主,兼种粟、豆、麻等作物②,《陆疏》亦可为一证。

值得注意的是,《陆疏》所记之麻,是纤维用麻,用于织布、编织等用途,而非食材:

今南越纻布,皆用此麻。(【可以沤纻】)

取茅莠为巢,以麻紩之,如刺袜然。(【鸱鸮】)

按:"五谷"中的"麻"原是纤维植物,先秦时期粮食不足时,人们也采摘麻子为食。《豳风·七月》《大雅·生民》分别有"禾麻菽麦""麻麦幪幪"之句,此处麻与五谷并提,亦指粮食植物。《诗经植物图鉴》记载,麻叶加面粉或米粉可制成各种糕饼,根去皮后可作救荒食物③。魏晋时期,大麻仍在栽培食用,《齐民要术》就把纤维用麻与食子之麻分两节论述。《陆疏》侧重介绍麻之编织用途,而未介绍麻之食用价值,从一侧面说明,麻大约在当时已不是人们的主要食物(图 5.5)。

---

① 郑玄注,贾公彦疏:《周礼注疏》卷五,阮元校勘:《十三经注疏》,第 73 页。
② 俞为洁:《中国食料史》,上海古籍出版社,2011 年,第 148 页。
③ 潘富俊:《诗经植物图鉴》,第 187 页。

《中国食料史》也认为,秦汉时大麻子的食用已不多见①。

图 5.5 《植物名实图考》②中的粟、大麻

此外,《陆疏》还提到一种补充主粮的植物——橡子:

> "山有榛"之榛,枝叶似栗,树子似橡子,味似栗。(【树之榛栗】)

按:《陆疏》这几句介绍一种榛栗的外形、味道,以橡子为参照。中国史前遗址已发现橡子、栗的遗存,如距今约六七千年河姆渡文化遗址常可发现成坑的橡子遗存,这说明橡子在新石器时代中期仍是主粮的重要补充。随着农业发展,农作物逐渐成为人们主要而稳定的食物来源后,橡子因味道不佳,烹制又极麻烦,便逐渐退出人们的主食榜单。《陆疏》此则并未介绍橡子之味,只用以描绘榛栗的外形,似乎表明橡子在三国时期已很少有人食用。不过,即便到明朝,橡子仍是救荒食物,明代《救荒本草·木部》就曾记载橡子"取子换水浸煮十五次,淘去涩味,蒸极熟食之,厚肠胃肥健人,不饥"③,详细介绍橡子的食用方法与功用。

(二)主食品种:饭、糜、糁、茹

《陆疏》中出现的主食品种主要有饭、糜、糁、茹等。

---

① 俞为洁:《中国食料史》,第 99 页。
② 吴其濬编:《植物名实图考》,浙江人民美术出版社,2014 年,第 31 页,第 69 页。
③ 朱橚:《救荒本草》卷下,明嘉靖四年(1525)刊本,第廿六页。

或可磨以为饭，如粟也……又可为糜，幽州、扬、豫取备饥年。(【有蒲与荷】)

按：《陆疏》此则介绍莲子可磨成粉，再烧成饭食，或做成莲子糜（粥），幽州、扬州、豫州等用以渡过饥荒。莲子饭、粟饭、莲子糜，这些都是当时庶民的主食。古代很多粮食均可烧制成饭，《礼记·内则》所记就有黍、稷、稻、粱、白黍、黄粱、稰、穛等品目，还可在这些食材中加入豆类烧成豆饭。东汉王充《论衡·量知篇》曾记叙"饭"的做法："谷之始熟曰粟，舂之于臼，簸其粃糠，蒸之于甑，爨之以火，成熟为饭，乃甘可食。"[1]魏晋南北朝，饭是人们的主食，普通民家烧饭多用陶制釜甑。甑为古代蒸饭器具，其底七孔，以通蒸汽（图 5.6）。

图 5.6 西汉彩绘三角纹陶甑[2]　　图 5.7 殷墟孝民屯出土的陶鬲

在中国饮食史上，糜比饭出现得早，在甑出现前，多用鬲（古代三条中空腿的烹饪器具）烹煮流质食物（图 5.7）。《释名》云："糜，煮米使糜烂也。"[3]《尔雅·释言》曰："鬻，糜也。"郭璞注："淖糜。"[4]淖糜即比较稀的粥。在甑广泛使用之前，饭、菜未分开烹制，而是谷米中加入野生菜蔬合煮成菜粥、加入各类野生鲜果干果合煮成果粥、加入各种肉类合煮成肉粥等。这与当时百姓仍普遍使用陶制炊器有关，因为水收干时，陶器容易碎裂，因此只能用陶器煮食粥糜。此外，秦、汉及其后相当长时间，平民甚至富贵阶层在荒难之时往往食用"豆粥"，即

---

[1] 刘盼遂：《论衡集解》卷十二，第 255 页。
[2] 朱伯谦主编：《中国陶瓷全集（秦汉卷）》，上海人民美术出版社，2000 年，图六八。
[3] 刘熙：《释名》第四卷，王先谦撰集：《释名疏证补》，第 207 页。
[4] 郭璞注、邢昺疏：《尔雅注疏》卷二，李学勤主编：《十三经注疏》，第 90 页。

谷米和大豆共煮,或仅煮大豆;而贫民更往往以少量谷米掺以大量野蔬熬成菜粥为应急之食。《陆疏》所记正反映了当时劳苦大众以菜蔬为糜这一现实。在《陆疏》时代,连年战乱与灾疾,普通百姓常困于饥荒,常以野菜粥充饥。

    季春始生,可糁蒸以为茹。(【于以采蘋】)
    米面糁蒸,为茹嘉美。(【于以采藻】)

按:《陆疏》此两则描述了当时的食俗:糁蒸。糁类似现代的汤饭。《说文解字》云:"糁,以米和羹也。"①上古的羹,一般指带汁的肉,可用牛、羊、猪肉烹制,加入米屑煮熟,即为糁。糁又可指制作汤饭的原料碎米屑,《礼记·内则》郑注云:"凡羹齐宜五味之和,米屑之糁。"②先秦谷物脱壳主要用杵臼,这一过程会产生许多碎米屑,即糁。《陆疏》这两则所记之糁仅以蘋、藻煮成菜羹,加入米屑,蒸熟而食,应是庶民口粮。而"米面糁蒸"可能类似后世蒸菜饼或蒸花卷,因为汉魏时期人们已掌握蒸制面食技术。

《陆疏》中还多次出现一种庶民食物"茹":

    可鬻作茹。(【采采芣苢】,见图5.8左)
    生食之香而脆美,其叶又可蒸为茹。(【言刈其蒌】)
    可鬻为茹。(【采采卷耳】)
    三月中,蒸鬻为茹。(【采葑采菲】)
    肥可生食,亦可蒸为茹。(【薄言采芑】)
    今宛州人蒸以为茹。(【北山有莱】)
    煮为茹,滑美。(【芃兰之支】)
    可瀹为茹,滑而美也。(【言采其蓬】,见图5.8右)
    其叶初生,可以为茹。(【其下维榖】)

---

① 许慎撰,段玉裁注:《说文解字段注》第七篇上,第351页。
② 郑玄注,孔颖达疏:《礼记注疏》卷二十七,阮元校勘:《十三经注疏》,第523页。

网鱼得鲂,不如啗茹。(【维鲂及鲟】)

按:"茹"本义是"吞食"。《尔雅》:"啜,茹也。"①《方言》云:"吴越之间凡贪饮食者谓之茹。"郭注:"今俗呼能粗食者为茹。"②《中国上古烹食字典》释之:"人食之通名。"③综上文献,"茹"本义为动词"喂养""吞咽""食"(吃)等义,后引申为名词"食物"。因为所"茹"之物一般为粗食,故"茹"若作名词,一般指野蔬类粗劣食物。《陆疏》中的"茹"两种含义皆有,如"春生作羹,茹微苦"("集于苞杞"条)中即为动词;但大多作名词,指用野蔬煮熟或蒸熟的食物,如上文所列"采采苤苢"至"维鲂及鲟"条等例。

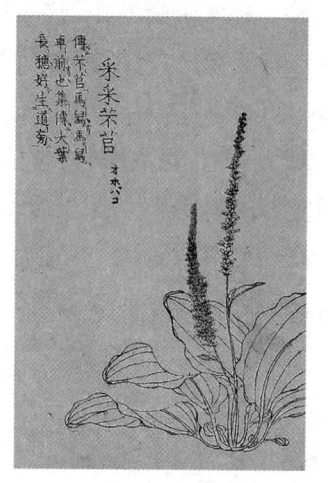

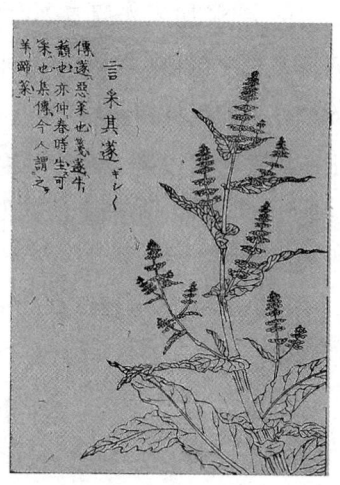

图5.8 《毛诗品物图考》中的苤苢(左)、蓫(右)

二、副食

(一)菜蔬

这里的菜为各种蔬菜的总称。《说文解字》云:"菜,草之可食

---

① 胡奇光、方环海:《尔雅译注·释言第二》,第106页。
② 扬雄撰,郭璞注,戴震疏证:《輶轩使者绝代语释别国方言》卷七,王云五主编:《丛书集成初编》,第68页。
③ 林银生等编著:《中国上古烹食字典》,中国商业出版社,1993年,第3页。

者。"段注:"此举形声包会意,古多以采为菜。"①早期人类有过近乎食草动物一般不停觅食的历史,在相当长时期内,先民所食蔬菜多为野蔬,可以说,除一般谷物、果类,植物界无毒品种几乎均可为菜。后来随着生产力发展,采摘食物剩余,逐渐出现园囿培育品种。《中国蔬菜栽培学》记载,河南安阳商都遗址发掘出的甲骨文中有"囿""圃"字样,说明三千余年前已有园艺式集约栽培菜园②。两汉时期,园田蔬菜逐渐成为百姓日常菜蔬的主要来源。

《陆疏》记载可食菜蔬三十余种。潘富俊推测葫芦瓜、芫菁、萝卜、荷、大豆、韭菜等菜蔬在《诗经》时代就已开始人工培植③。此后不断有蔬菜培植的记载,如芥与蓼,曹植《籍田赋》有"好甘者植乎荠,好苦者植乎荼,好香者植乎兰,好辛者植乎蓼"之句④;谢灵运《山居赋》记载了人工培植的蓼、蕺、荾、荠、荳、菲、苏、姜、绿葵、白薤、寒葱、春藿 12 种蔬菜。

匏叶,少时可为羹,又可淹鬻,极美,扬州人食。至八月,叶即苦,故曰"苦叶"。(【匏有苦叶】)

按:此则《陆疏》解释匏叶的食法及味道:匏叶嫩时可作汤,又可以淹鬻。但到八月,匏叶就又老又硬又苦了。匏即葫芦,《毛传》云:"匏谓之瓠。匏叶苦不可食也。"⑤匏叶虽苦,但还是《陆疏》时代贫民的果腹之菜(图5.9)。淹鬻,可能是焯水去除苦味后再调味。苦味本来不是很好的口感,《陆疏》中记有不少苦菜:苦杞(茄微苦)、荼(苦菜)、匏叶(苦叶)、葭(微苦)等,从中既可看到当时人们生活的艰苦,又可感受到人们在艰苦岁月开拓舌尖美味所作出的努力。《齐民要术》中也记有匏叶酸羹的做法:"用羊肠二具,饧六斤,瓠(按:同匏)叶六斤。

---

① 许慎撰,段玉裁注:《说文解字段注》第一篇下,第43页。
② 中国农业科学院蔬菜花卉研究所主编:《中国蔬菜栽培学》,中国农业出版社,2010年,第34页。
③ 潘富俊:《诗经植物图鉴》,第10页。
④ 李昉等撰:《太平御览》卷八百二十四,中华书局,1960年,第3674页。
⑤ 孔颖达:《毛诗正义》卷二,阮元校勘:《十三经注疏》,第87页。

葱头二升,小蒜三升,面三斤,豉汁、生姜、橘皮,口调之。"①辅以羊肠、饧,加以葱头、小蒜、面、豉汁、生姜、橘皮等调料,已经是瓠叶汤羹的豪华升级版了。虽然具体烹制方法没有列出,但仅从调味品的丰富程度来看,可推知烹制方法不简单。

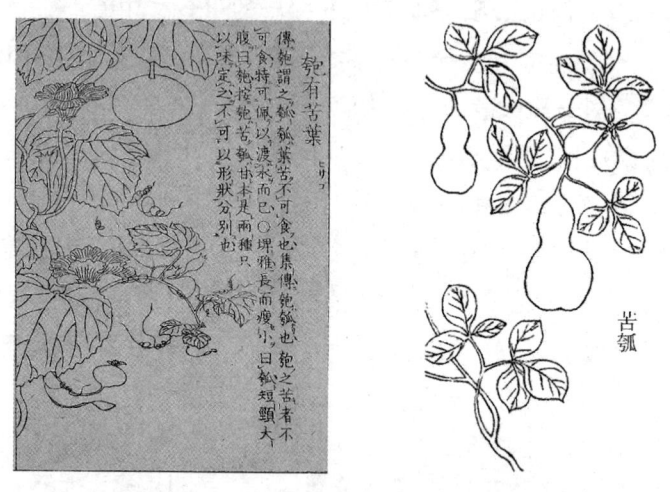

图5.9 《毛诗品物图考》中的匏(左)、《植物名实图考》中的苦瓠(右)

其根为藕。(【有蒲与荷】)

按:《陆疏》这几句介绍一种菜蔬:藕。我国认识和利用荷的历史十分悠久,河姆渡文化遗址曾发现荷、菱等花粉化石,距今逾五千年的"仰韶文化"遗址曾发现碳化莲子。荷究竟何时在我国普及人工培植尚无确论,但北魏贾思勰《齐民要术》已记有"种藕法""种莲子法"。《陆疏》此条非常详细地介绍了蒲茎、莲子的食用方法,而未介绍藕的食法,未审何故。

葑,蔓菁,幽州人或谓之芥。菲似葍,茎粗叶厚而长有毛。三月中,蒸鬻为茹,甘美,可作羹。(【采葑采菲】)

---

① 贾思勰:《齐民要术》卷八,《四库全书》第730册,第110页。

按：此则《陆疏》介绍两种蔬菜：葑与菲。葑即芜菁，芜菁自西周以来就是一种重要菜蔬，一年四季均可种植，又易于生长，自古是中原地区的家常蔬菜。王祯《王氏农书》介绍芜菁一年四季可食："春食苗，夏食心，谓之薹子；秋可为菹，冬根宜蒸食。"①《诗草木今释》描述其形态："块根多肉，白色或红色，为扁圆锥形或圆形。"②芜菁食法多样，可生吃，可煮熟，也可腌制成酸菜，或制成干菜。《齐民要术》中记载了用芜菁配肉羹、配饭、作汤菹等加工方法。《陆疏》此则并未介绍其食用方法，可能葑在《陆疏》时代是一种非常普及的菜蔬，又食法多样，故不记之。因其好种好收，古人还将之作为救荒本草。菲，《诗经》时代已是常见蔬菜，块根及叶均可生食或煮食，焦循《毛诗补疏》训"菲"为萝卜。这两种菜蔬大约都是《陆疏》时代广为种植、食用的菜蔬（图5.10）。

图5.10 《诗经植物图鉴》中的葑（左）、菲（右）

《陆疏》对"葵"并无专门介绍，仅在介绍"蕨"时言："可食如葵。"葵是古人家常蔬菜，《豳风·七月》云"七月亨葵及菽"，《素问》中将葵视为"五菜"（葵、藿、薤、葱、韭）之一。《尔雅翼》云："葵为百菜之主，味尤甘滑。"③王祯《王氏农书》云："葵为百菜之主，备四时之馔。"④这些记载均表明葵在古人生活中占有重要地位。《齐民要术》

---

① 王祯：《王氏农书》卷八，《四库全书》第730册，台湾商务印书馆，1986年，第370页。
② 陆文郁编著：《诗草木今释》，天津人民出版社，1957年，第20页。
③ 罗愿撰，石云孙校点：《尔雅翼》卷四，黄山书社，2013年，第51页。
④ 王祯：《王氏农书》卷八，《四库全书》第730册，第373页。

中已详细介绍秋葵、冬葵的种植方法。《陆疏》没有详细介绍此物,想来那个时代庶民餐桌常见此菜,故不必多说。

《陆疏》所记野蔬品种很多,有荇菜、卷耳、蒿类(蘩、莪、青蒿、牡蒿)、野豌豆、蕨、车前草、苹、荼、苢、藻、萝藦、蒲、苔、莫、蓫、葛藟、苃、莱、笋等。有些可生食,如:

其茎叶绿色,可生食,如小豆藿也。(【邛有旨苕】)

按:此则《陆疏》介绍苕之食法与味道,言其茎叶味如小豆藿。潘富俊认为就是紫云英,其嫩叶可食,也是优良的绿肥、动物饲料及蜜源植物。①

有些可蒸煮为茹,如:

可鬻为茹,滑而少味。(【采采卷耳】)
其叶又可蒸为茹。(【言刈其蒌】)
今兖州人蒸以为茹,谓之莱蒸。(【北山有莱】)
瀹为茹,美滑于白榆。(【山有枢】)
米面糁蒸,为茹嘉美。(【于以采藻】)
煮为茹,滑美。(【芃兰之支】)
可瀹为茹,滑而美也。(【言采其蓫】)
其叶初生,可以为茹(【其下维榖】)。

有些既可生食,又可蒸煮为食,如:

可生食,又可蒸食。(【于以采蘩】)
茎可生食,又可蒸食。(【菁菁者莪】)
肥可生食,亦可蒸为茹。(【薄言采芑】)

---

① 潘富俊:《诗经植物图鉴》,第 191 页。

生食之香而脆美,其叶又可蒸为茹。(【言刈其蒌】)
始生,可以为羹,又可生食。(【言采其莫】)
茎叶皆似小豆……可作羹,亦可生食。(【言采其薇】)

按:《陆疏》以上几则介绍了生食、蒸煮均可的野蔬,可窥见当时庶民对生活的要求止于果腹而已,没太高要求。这些野蔬比较常见、易寻,而且在当时也算不得高档菜蔬,故成为当时庶民餐桌常见菜品。比如"薇",今名野豌豆,其嫩茎叶气味似豌豆,可作蔬菜或入羹,《陆疏》就记载了这种食用方法。

有些可腌制成下酒菜,如:

䉛以苦酒,豉汁浸之,可以就酒及食。(【唯笋及蒲】)

按:《陆疏》此则介绍酸笋的做法:用微酸的"苦酒"烹煮,而后放入豉汁浸泡,就是很好的下酒菜。笋是传统美食,我们祖先很早就知道其食用价值。按其生长季节可分为冬笋、春笋。《陆疏》此则所记应为四月生的春笋。而蒲,大约指的是蒲笋,水生蒲草的嫩根茎,做法大约类同笋。

䉛其白茎,以苦酒浸之,脆美,可案酒。(【参差荇菜】)

按:此则《陆疏》介绍酸荇菜制作方法及口味,与制酸笋类似。荇菜自古就是美味下酒菜,但到宋代基本无人食之。

可糁蒸以为茹,又可用苦酒淹以就酒。(【于以采蘋】)

按:此则《陆疏》介绍蘋可糁蒸成菜羹,又可制成酸泡菜。蘋也是自古以来的野蔬美味,《吕氏春秋》云:"菜之美者,昆仑之蘋。"①蘋可蒸熟吃,也可酸腌以作下酒菜。

有些未具体描述食用方法,如:

香中炙啖。(【食野之蒿】)
角似小豆角,锐而长。(【匪莪伊蔚】)
可食如葵。(【言采其蕨】)
其叶如车前草大,其味亦相似。(【言采其蓫】)
得霜甜脆而美。(【谁谓荼苦】)

按:《陆疏》以上几则虽未介绍这些野蔬的食用方法,但鉴于当时庶民的生活条件,估计也同前面介绍过食法的菜蔬差不多,或生食,或糁蒸,或制成酸泡菜等。至于苦菜,古代除了蒸煮成菜,还用来包裹浇好调料的猪肉以去腥,如《礼记·内则》云"濡豚包苦实蓼",郑注云:"苦,苦荼也,以包豚杀其气。"②不过,《礼记》所记这么讲究地食用猪肉,都属于"豪华奢侈"的做法,或为贵族享用,或为祭祀等。《陆疏》记载的苦菜吃法,大约都是"平民"版本。

可食,微苦。(【视尔如荍】)

按:此则《陆疏》介绍荍的味道。荍即锦葵,应该不是冬葵。《诗经植物图鉴》描述锦葵"花丛生叶腋,花小,淡红色"③,与《陆疏》所记不同。

郗文倩教授谈到《诗经》中以采摘野菜作为诗意的起兴与过渡时说:"透过这些舌尖上的味道,人们了解了世代相传的传统生活方式,而这种方式又渐渐形成东方人独特的味觉审美,以及特有的生存

---

① 高诱注:《吕氏春秋》卷十四,上海书店,1986年,第142页。
② 郑玄注,孔颖达疏:《礼记注疏》卷二十七,阮元校勘:《十三经注疏》,第523页。
③ 潘富俊:《诗经植物图鉴》,第207页。

智慧和价值观念。"①《陆疏》所记野蔬品种较多,说明去野外采摘是当时庶民重要的生活来源。而其仔细记录野蔬的多样食法,或生食,或蒸煮成菜羹,或腌制成类似泡菜之类,可见,为了能果腹,人们想尽办法将野外蔬果改造成为食物,并尽可能使之变成美味,或更耐保存。从其记载中,我们能感受到当时庶民开拓食材的智慧,与顽强生存的意志。

《陆疏》所涉及的多为各类菜蔬而肉食偏少,这也符合当时一般的饮食结构,即贵族或年长者才有可能比较经常吃到肉食,庶民能吃到的主要是蔬食。这种情况到近代也未有根本性改变。又据赵荣光统计,公元前人们常食的40余种蔬菜中,野生采集品种占比60%多②。但在古代,野菜对庶民而言大多是为了果腹。正常年景吃糠咽菜尚且是常态,饥荒年岁靠野蔬制成粗陋食物用以果腹就更不必说了。从《陆疏》所记人工栽培与野生采集品种数量来看,这种情况到三国时期大体如此。魏晋时期时局动荡,战乱频仍,百姓生活朝不保夕,饥馁相迫,糠菜野蔬都时常难以为继。此后漫长岁月,随着农业发展与土地不断开垦,野蔬品种与数量在人们日常菜蔬中比重逐渐降低,但始终是劳苦大众的重要菜品,尤其在饥馑时期。如明代《救荒本草》一书详录413种可供百姓于灾荒时期果腹全命的植物。而徐光启《农政全书》则记载正德年间饥荒之民"率皆采摘野菜以充食,赖之活者甚众"的情形③。清代康熙年间《荒政丛书》也记载百姓"以二三升拌和野菜煮食,则是三斗杂料可供一家五七口数日之费"的境况④。可以说,中国漫长的历史中,野蔬或多或少承载着苦难与贫穷的记忆。《陆疏》为我们打开一扇窗,让我们看到,在本来已有比较成熟的蔬菜种植技术的魏晋,庶民的菜篮子仍然大量依靠野外采集,当时农事之普遍萧条可见一斑。

---

① 郗文倩:《食色里的传统》,中华书局,2018年,第222页。
② 赵荣光:《中国古代庶民饮食生活》,第33页。
③ 徐光启:《农政全书》卷六十,崇祯陈子龙平露堂刊本影印本,第一页。
④ 俞森:《荒政丛书》卷二,清道光戊申(1848)孟秋瓶花书屋校刊本,第八页。

（二）肉类

《陆疏》中明确提出可食的禽、兽不过寥寥数种：

> 又用蒸鸡、豚，最佳者。东海诸岛上亦有椒树……岛上麕、鹿食此椒叶，其肉自然作椒橘香也。(【椒聊之实】)

按：《陆疏》此则表明，人们当时已会用花椒作配料蒸鸡、豚以提香。中国以鸡、猪为食有悠久的历史，史料记载，我国史前时期猪、牛、羊、鸡就已驯化成功。到《陆疏》时代，猪与鸡的饲养已很普遍，人们烹食鸡(图5.11)、豚的方式已很成熟。《晋书·惠帝纪》记载惠帝逃难至获嘉，"有老父献蒸鸡，帝受之"[①]。《陆疏》又指出东海沿海居民捕食岛上獐、鹿等大兽的情形，且于"野有死麕"条云"麕，獐也，青州人谓之麇"，可见獐的分布极广，而当时人们"猎獐"比较普遍。獐是一种小型鹿科动物，与鹿一样，其肉可食。史料记载，从旧石器时代开始，鹿就是先民的狩猎对象。《陆疏》时代，猎獐而食不过是古老生活习俗的延续。

图5.11 魏晋墓画像砖上宰杀鸡的场面

> 故林虑山下人语曰："四足之美有麃，两足之美有鹬。"(【有集维鹬】)

按：此则《陆疏》指出两种肉食：鹬与麃。鹬是一种野鸡(图5.12)，属

---

① 房玄龄等：《晋书》卷四，第103页。

鸟纲鸡形目雉科,尾长,肉美。《陆疏》言麕"似鹿而小",《尔雅·释兽》云:"麠,大麕。"①麕是一种鹿。《史记·武帝纪》云:"郊雍,获一角兽,若麃然。"集解:"韦昭曰:'楚人谓麋为麃。'又《周书·王会》云麃者若鹿。"②综合这些文献,麕应该是鹿一类动物。据《陆疏》所记,鷮与麕是当时重要的狩猎对象,因其味美而深受人们喜爱。

图 5.12 《诗经动物释诂》(左)、《毛诗品物图考》(右)中的鷮

肉美如雁。(【鸿飞遵渚】)

按:此则《陆疏》指出两种肉食:鸿与雁。鸿与雁非常相似,但并非同一种鸟类。关于鸿、雁的区别,《毛传》云:"大曰鸿,小曰雁。"③《本草纲目》云:"雁状似鹅,亦有苍、白二色。今人以白而小者为雁,大者为鸿。"④这些记载表明,雁与鹅很像,约定俗成大的称鸿,小的称雁。鸿、雁都是鸭科大型候鸟,其肉可食(图 5.13)。先秦时期,鸿、雁常用以烹制成美食,但不是庶民经常可食之物。《吕氏春秋·孝行览》云:"舍故人之家,故人喜,具酒肉,令竖子为杀雁飨之。"⑤记载杀雁待友

---

① 胡奇光、方环海:《尔雅译注·释兽第十八》,第 390 页。
② 司马迁撰,裴骃集解,司马贞索隐,张守节正义:《史记》卷十二,中华书局,1959 年,第 457—458 页。
③ 孔颖达:《毛诗正义》卷十一,阮元校勘:《十三经注疏》,第 373 页。
④ 李时珍:《本草纲目》卷四十七,第 2565—2566 页。
⑤ 高诱注:《吕氏春秋》卷十四,第 155 页。

的情形。此条《陆疏》将二者并举介绍其肉美,看来二者都是当时相对比较容易获得的肉食原料。

鸿　　　　　　　　雁

图 5.13　《诗经动物释诂》中的鸿、雁

其肉甚美,可为羹臛,又可为炙。汉供御物,各随其时,唯鸮冬、夏常施之,以其美故也。(【翩彼飞鸮】)

按:《陆疏》此则介绍鸮的味道、食用方法,并指出鸮因其味美,是汉代御厨房常年备用的食物。鸮为猛禽(图 5.14),《诗经词典》训之为猫头鹰[1]。因其夜间发出哀鸣般的叫声,与"食母而后能飞"(《说文解字》)的不孝之鸟"枭"均被视为不祥之鸟。《诗经动物释诂》将它们均归入鸟纲、鸮形目、鸱鸮科。古人食鸮之俗起于先秦,盛行于汉代。唐代《岭表录异》转述《汉书》中朝廷五月五日作枭羹赐百官的史实,并云:"古者重鸮炙及枭羹,盖欲灭其族类也。"[2]认为古人爱食鸮这类恶禽,大概因内心厌恶它们而想灭其族之故。陈连山在《端午》中指出,选择端午这个"恶日"吃恶鸟,不仅是为了消灭它,更是要消灭它所代表的恶人、恶行[3]。其实,视农历五月是恶月,战国时代就已形成一些以恶制恶、以毒攻毒的风俗。五月五日吃枭羹,正是一种以毒攻毒的策略。《陆疏》所记表明,汉魏时期以鸮羹、鸮炙为食之风比较盛

---

[1] 董治安主编:《诗经词典》,山东教育出版社,1989 年,第 31 页。
[2] 刘恂著,鲁迅校勘:《岭表录异》卷下,广东人民出版社,1983 年,第 22 页。
[3] 陈连山:《端午》,刘魁立主编:《中国节典》,安徽教育出版社,2008 年,第 106 页。

行。透过这些文字,不难想见那个兵连祸结的时代,人们渴望辟邪祛恶、渴求太平生活的强烈愿望。

图 5.14 《诗经动物释诂》中的鸮

  熊……冬多入穴而蛰,始春而出脂,谓之熊白。罴有黄黑,有赤黑,大于熊。其脂如熊白,而麤理,不如熊白美也。(【有熊有罴】)

  按:《陆疏》此则指出两种肉食:熊与罴。熊与罴(图 5.15)都属哺乳纲食肉目熊科动物,但不是同一种动物,《陆疏》介绍罴比熊大。《诗经动物释诂》认为熊是狗熊,罴为棕熊①。古人以熊掌为佳肴,但它不是普通人的食物。《左传·文公元年》:"冬十月,以宫甲围成王,王请食熊蹯而死。"杜预注:"熊掌难熟,冀久将有外救。"②认为楚成王死到临头想吃熊掌,是想拖延时间等待外援。《左传·宣公二年》:"宰夫胹熊蹯不熟,杀之。"③记载晋灵公因厨师未煮熟熊掌而杀之的暴虐行径。熊不易猎杀,故属于较为珍贵的猎物,能吃上熊掌的一般是王公贵族。陆玑为吴太子中庶子,应该有机会品尝到如此贵重的食品,才能比较细腻地描述其味。

---

① 高明乾、佟玉华、刘坤:《诗经动物释诂》,第 230—233 页。
② 杜预注,孔颖达疏:《春秋左传注疏》卷十七,阮元校勘:《十三经注疏》,第 299 页。
③ 杜预注,孔颖达疏:《春秋左传注疏》卷二十一,阮元校勘:《十三经注疏》,第 364 页。

熊　　　　　　　　罴

图 5.15　《诗经动物释诂》中的熊、罴

其膏可煎和。(【狼跋其胡】)

按:《陆疏》此则介绍狼之油脂可作荤油,用于烹调美味。"煎和"即煎煮调味。《周礼·天官》云:"内饔掌王及后世子膳羞之割亨煎和之事。"郑玄注:"煎和,齐以五味。"①在先秦,"煎"不是指用油煎,而是指将水分收干,引申为用水熬煮。狼很早即为猎捕对象,《周礼·天官·冢宰》载兽人职责:"冬献狼,夏献麋,春秋献兽物。"贾公彦疏引《内则》云:"狼之所用,惟据取膏。"②指出人们仅取狼之油脂,而非食用其肉。林银生认为虽然周代宫廷烹饪已用膏油,但至南北朝时还未普及③,估计《陆疏》所记用狼膏煎和的食物,既非普通菜品,也不是庶民食物。

从《陆疏》所记可食用的禽、兽肉类来看,大多来自狩猎。狩猎是古代先民获取肉食的主要来源,史料记载,旧石器时代遗址普遍发现动物遗骨,如马、鹿、牛、羊、狼、狐、熊、驴等。新石器时代,鹿、野猪、野牛是人们最主要的狩猎对象。先秦时期,民间与宫廷狩猎活动非常频繁,但《诗经》时代,这些狩猎所得,主要还是供贵族享用。《豳风·七月》对此有详细描述:

一之日于貉,取彼狐狸,为公子裘。二之日其同,载缵武

---

① 郑玄注,贾公彦疏:《周礼注疏》卷四,阮元校勘:《十三经注疏》,第 61 页。
② 同上书,第 65 页。
③ 林银生等编著:《中国上古烹食字典》,第 445 页。

功,言私其豵,献豜于公①。

农民在农历十一月以后出门打猎,打到狐狸,要给公子制作皮袍;打到野兽,要把大的献给农奴主,小兽自己私藏。此外,《七月》里还记叙,农民即便快过年时杀了羔羊,也要献给贵族享用,自己能吃上的肉食分量极少。

《陆疏》时代庶民在平常依然很少能吃到肉食。《陆疏》记载了寥寥数种禽、兽类肉食原料,但多来自狩猎,并且不是庶民能随便享用之物。由于肉食对普通百姓而言极为奢侈,故《陆疏》还记载了当时人们捕捉昆虫"开荤"的习俗:

今人烧炙啖之,美如蝉也。(【蜉蝣之羽】)

图 5.16 《诗经动物释诂》中的蜉蝣

按:此则《陆疏》介绍当时人们捕食蜉蝣(图 5.16)烧炙而食的情形。《尔雅》郭璞注"蜉蝣"云:"丛生粪土中,朝生暮死,猪好啖之。"②《陆疏》亦引樊光语,指出它是粪中蠋虫。《陆疏》所记表明汉魏时期人们食用此类昆虫的习俗,主要是烧烤而食。他还说,其味"美如蝉",可见当时以烤蝉为食是更为寻常的,也是普通平民百姓较为易得的。据《中国食料史》记载,我国史前时期先民就有捕食昆

---

① 高亨注:《诗经今注》,上海古籍出版社,1980年,第200页。
② 《宋监本尔雅郭注·释虫第十五》,中华民国二十年(1931)故宫博物院影印本,第十二页。

虫类为食的历史①,是重要的蛋白质来源。蝉即为人们主要捕食对象(图5.17)。庄子记载"疴偻承蜩"(《庄子·达生》)的情形,《礼记·内则》所记燕食中就有蝉。而据现代科学检测,昆虫体内蛋白质含量远超鱼、蛋类,蚂蚁蛋白质含量约为30%,蝉蛋白质含量高达约70%。

图 5.17　缪宇墓画像石中儿童捕蝉图(左)、汉代釉陶燔蝉炉(右)

《陆疏》所记鱼类共8个条目,明确指出可食水产有如下几种:

可蒸为臛,又可为鲊。子可为酱……大者为王鲔,小者为鲱鲔,一名鮥。肉色白,味不如鳣也。(【有鳣有鲔】)

按:此则《陆疏》介绍鳣的形体、食用方法和鲔的肉色、味道。鳣现在又称为黄鱼、牛鱼等,肉质鲜美,其卵极为名贵。鲔即今之鲟鱼,《陆疏》说其味道比不上鳣(图5.18)。李时珍《本草纲目》亦记载鳣鱼:"其肚及子盐藏亦佳。其鳔亦可作胶。其肉骨煮炙及作鲊皆美。"记载鲔鱼:"味亚于鳣,鬐骨不脆。"②看来《陆疏》之言不虚。

图 5.18　《诗经动物释诂》中的鳣(左)、鲔(右)

---

① 俞为洁:《中国食料史》,第15页。
② 李时珍:《本草纲目》卷四十四,第2458—2459页。

鲂……鱼之美者……鳠似鲂厚而头大,鱼之不美者。(【维鲂及鳠】)

按:此则《陆疏》介绍鲂的味道和鳠的形体、味道(图5.19)。鲂又名鳊鱼,是鲤科鲂属淡水鱼类,《陆疏》介绍它肉味鲜美。鳠又名鲢,鲤科鲢属淡水鱼类,《陆疏》认为它味道不美。其实味道美不美多凭个人好恶,《陆疏》言其味道不美,还引用里语"网鱼得鳠,不如啗茹"证之,大概鳠在当时属于一种下等鱼,且容易捕获,连庶民都普遍觉得它的味道不太好。

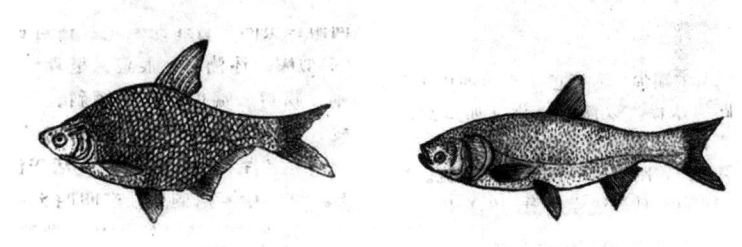

图5.19 《诗经动物释诂》中的鲂(左)、鳠(右)

今九真、交趾以为柸盘宝物也。(【成是贝锦】)

按:此则《陆疏》介绍多种贝类,是当时南越一带的下酒好菜。《陆疏》所记以上几条,鲤是主要的淡水鱼种,龟鳖是珍味,为时人喜爱。透过这几种水产美味,可窥见当时捕捞业的状况。我国史前人就有捕捞鱼、虾、龟、蚌等水产食用的历史,新石器时代渔捞业便已兴起,浙江余姚河姆渡遗址曾发掘大量龟鳖类、鱼类、蚌类等水生动物遗骸。先秦时期水产品主要来自野生捕捞。《诗经》所载水产品种繁多,有鳣、鲔、鳟、鲂、鲤、鳢、鲨、鲦、鰋、鲦、鳠、鳖、贝锦等。不少古籍有人们捕鱼的记载,《管子·禁藏》云:"渔人之入海……宿夜不出者,利在水也。"[1]《荀子·王制篇》云:"东海则有紫、綌、鱼、盐焉,然而中国

---

[1] 黎翔凤撰,梁运华整理:《管子校注》卷十七,第1015页。

得而衣食之。"①紫即紫贝,紶亦为蚌蛤之属。古以龟贝为货,故曰以之为衣食。秦汉渔捞业已有一定发展,汉代人工养鱼已有一定经验,出现《范蠡养鱼经》这部世界现存最早的养鱼专著。《说文解字》记载了90多个鱼类名称。《陆疏》所记可食的鱼贝类在肉类中占较大比重,还出现庶民都不太爱吃的鲔,说明水产是当时庶民改善伙食的重要食料(图5.20)。

图5.20 湖北武昌出土的三国吴庖厨俑剖鱼场面

图5.21 济宁东汉墓出土的连厕猪圈明器

不过,整体看,《陆疏》所记折射出当时庶民以菜蔬为主的现实,肉类食物庶民不易获得,虽可借助渔捞猎捕作些改善,但在其饮食结构中比重很小。其实,秦汉时期,猪(图5.21)和鸡已普遍饲养,而北方农家多养羊。《中国风俗通史(魏晋南北朝卷)》记载,当时由于鸡容易喂养,故民间肉食以鸡为主,而北方把豚作为主要肉食品种②。广大劳苦民众或许饲养少量禽畜,但往往须用以换取生活、生产必需品,而非自食。肉类于庶民而言属于奢侈食品,他们平常很少有食用机会,往往只能在好年成、年节日才偶尔食肉。《陆疏》所记,反映了这种情况到汉魏时期依然没多大变化。

此外,《陆疏》所记还折射出当时南北的饮食差异。自先秦以来,南北饮食就存在一定差异。张华《博物志》就记载了当时南北这种

① 王先谦撰,沈啸寰、王星贤点校:《荀子集解》卷五,第162页。
② 张承宗、魏向东:《中国风俗通史(魏晋南北朝卷)》,第70页。

饮食风格差异:"东南之人食水产,西北之人食陆畜。"①这种差异往往与地理条件及地域文化观念息息相关。俞为洁研究史料后也指出,北方肉类原料以大型兽畜类为主,南方更注重禽类(图5.22)和水产②。《陆疏》所记可食兽类仅有獐、鹿、熊、狼四种,且无详细烹食方法;其他均为禽、水产,常介绍具体烹饪方法和味道。大概因为作者本是南方人,故熟悉江南饮食,且多能亲尝;而对北方饮食知之不多,或来自文献记载,或来自口耳相传。

图5.22 浙江萧山出土的西晋青瓷鸡笼明器

值得一提的是,古代庶民食肉难得,可《陆疏》阐释动物,常以科普心态介绍其外形、习性,未将之列为食材。其实,秦汉时期南方仍和先秦时期一样嗜食禽肉,马王堆 M1 随葬漆盘中野禽竟达 11 种之多,其中有鸳鸯、鹤、斑鸠等③。魏晋时期,贵族饮食普遍奢华,食必四方珍异之风盛行,而《陆疏》所释飞禽走兽近 40 条中,明确列出可食者仅 8 个条目,大约很多都没有被当时的人们看作食材,亦或可见作者对鸟兽生灵的一种关怀态度。

(三)水果、茶、酒

1. 水果

《陆疏》中出现的果品有苌楚(羊桃)、樱桃、郁李、葛藟、棠梨、榛、栗、木瓜、李、梅、樕等。

---

① 张华撰,范宁校证:《博物志校证》卷一,中华书局,1980 年,第 12 页。
② 俞为洁:《中国食料史》,第 88—89 页。
③ 《长沙马王堆一号汉墓出土动植物标本的研究》,文物出版社,1978 年,第 43—44 页。

苌楚,今羊桃是也。(【隰有苌楚】)

按:此条《陆疏》介绍苌楚就是羊桃,羊桃就是猕猴桃。陶弘景云:"甚似家桃,又非山桃,子小细,苦不堪噉。"①《陆疏》此条介绍其花、叶、茎的形态,没有介绍其味道,可能因其味道不好而当时人们较少采食。

大如李子,可食。(【唐棣之华】)
如李而小,如樱桃正白。(【常棣】)

按:此两条《陆疏》介绍唐棣、常棣两种水果,都像李子,唐棣大小跟李子差不多,常棣比李子小。这是古人常食水果,《诗经》中已出现,《尔雅》已有训释。《中国上古烹食字典》认为二者均是郁李②。唐棣之果小,但多浆可食。

甘棠也,少酢滑美。赤棠子涩而酢无味。(【蔽芾甘棠】)

按:此则《陆疏》介绍甘棠果稍有酸味而好吃,赤棠果酸涩难以入口。

截著热灰中,令萎蔫。净洗,以苦酒、头汁蜜之,可案酒食。密封藏百日乃食之,甚美。(【投我以木瓜】)

按:此则《陆疏》介绍酸木瓜的制作方法及味道。《诗草木今释》云:果味多涩,不宜生食,宜蜜渍③。潘富俊云:果味酸涩,不宜生食,经

---

① 陶弘景编,尚志钧、尚元胜辑校:《本草经集注(辑校本)》,人民卫生出版社,1994年,第377页。
② 林银生等编著:《中国上古烹食字典》,第390页。
③ 陆文郁编著:《诗草木今释》,第42页。

水煮或浸渍糖液后方能食用①。虽然古今所记食法不同,但因木瓜果味多涩,《陆疏》时代已将之制成酸泡菜作下酒菜,密封储藏百日再吃,味道极美。

> 叶如艾,白色,其子赤,可食,酢而不美。(【莫莫葛藟】)

按:《陆疏》此则描述葛藟味道酸而不美。葛藟(图5.23)即野葡萄,其叶、实均与葡萄相似,果实酸,可用之酿酒,或作果蔬食用。汉代张骞从西域带回葡萄种,野葡萄才逐渐被替代。晋代郭义恭《广志》已记载多种人工种植葡萄品种。但《陆疏》所记表明,庶民当时仍采摘野葡萄为食。

图5.23 《诗经植物图鉴》中的葛藟

> 其一种……味亦如栗……其一种……作胡桃味。(【树之榛栗】)

按:《陆疏》此则介绍两种榛的味道。榛、栗在战国时期是很重要的果品。《战国策·燕策》云:"北有枣栗之利,民虽不由田作,枣栗之实,足食于民矣。"②说野生枣栗是当地人的重要口粮,百姓即使不耕

---

① 潘富俊:《诗经植物图鉴》,第115页。
② 刘向集录:《战国策》卷二十九,第1039页。

作,也可足食。《左传·庄公二十四年》云:"女贽不过榛、栗、枣、脩,以告虔也。"①榛、栗可作为古时女子谒见人所常送礼物,可见其广受欢迎。据史料记载,榛、栗在《陆疏》时代已人工种植。《陆疏》此则还介绍当时五方皆有栗,吴、越被城表里皆栗,渔阳、范阳、桂阳、倭、韩国诸岛上之栗,还有茅栗、佳栗等,不厌其烦介绍这么多品种,可见当时的栗深为人们喜爱,是常见果品。

  其实大如李。色赤,食之甘。(【食郁及薁】)
  曝干为腊,置羹臛韲中。又可含以香口。(【摽有梅】)
  其实如梨,但实甘小异耳……极有脆美者,亦如梨之美者。(【隰有树檖】)
  子著枝端,大如指,长数寸,啖之甘美如饴。(【南山有枸】)

按:以上几则《陆疏》介绍郁、梅、檖、枸几种水果,而出现李、杏、梨几种水果。秦汉时期,李、栗、杏均为"五果"之一,《灵枢经·五味》云:"五果,枣甘,李酸,栗咸,杏苦,桃辛。"②马王堆汉墓发现随葬品中有砂梨、梅、杨梅等遗存。《陆疏》所记,表明三国时期李、杏、梨、桃等仍是百姓的重要果品。《齐民要术》已有李、梅、杏、梨、栗等果树种植法。

  故里语曰:"黄栗留,看我麦黄葚熟?"(【黄鸟于飞】)

按:此则《陆疏》出现一种人工种植果品:桑葚。桑为古代最早栽培的树种之一,桑葚为桑树的果实,桑葚味甜汁多,是人们常食的一种水果。

  《诗经》所载果品植物很多,但大多是野生品种。俞为洁认为,《诗经》中果品植物,大概只有栗、榛、枣、桃、檖、李几种是人工栽培或

---

① 杜预注,孔颖达疏:《春秋左传注疏》卷九,阮元校勘:《十三经注疏》,第173页。
② 《黄帝素问灵枢经·五味第五十六》,明万历二十九年(1601)吴勉学校本第八卷,第十三页。

保护的,因为《诗经》提到这些蔬果,常与园、圃、树(种植)等字联系在一起①。但到《陆疏》时代,人工种植的品种较《诗经》时代增加了不少,如梨、棠、杏、葡萄、苌楚、胡桃等;而仍有不少水果从自然采摘,对庶民而言,野生水果如同野生蔬菜一样仍是其重要生活来源。

2. 茶

《陆疏》所记可用于泡茶的有山樗叶、椒叶:

> 吴人以其叶为茗。(【蔽芾其樗】)
> 蜀人作荼,吴人作茗,皆合煮其叶以为香。(【椒聊之实】)

按:《陆疏》以上两条描述当时吴、蜀地区已流行饮茶,应该都是采用中国唐代以前最普遍的煮茶法,最初直接采鲜叶(或晾干)煮饮。后来衍生出将晒干的茶叶捣碎,制成茶饼,想喝时加葱、姜、橘子一起煮饮的方法,《广雅》对此方法记载颇详:"先炙令赤色,捣末置瓷器中,以汤浇覆之,用葱、姜、橘子芼之。"②煮茶法没有后世繁复严苛的茶艺茶道,也没有宋代点茶法那么复杂的程序,在魏晋时期比较流行。《陆疏》"椒聊之实"条已明确出现"煮其叶"等字眼,验证了此时的茶俗。

我国是茶的故乡,是世界最早发现、利用、栽培茶树的国家。史前时期的茶泛指诸类苦味野生植物性原料。俞为洁推测,我国饮茶习俗可能最早出现在汉代巴蜀地区。《竺国纪游》有"番民以茶为生,缺之必病"的记载③。因巴蜀是烟瘴之地,故当地居民通过煮饮茶水来除瘴已有数千年的历史。《尔雅·释木》云:"槚,苦荼。"郭注:"树小如栀子,冬生叶可煮作羹饮。今呼早采者为荼,晚取者为茗。"④槚即茶的古称。这种茶叶味苦,故蜀人称之为苦茶。两汉三国时期,饮茶开

---

① 俞为洁:《中国食料史》,第63页。
② 陆羽撰,沈冬梅校注:《茶经校注》卷下,中国农业出版社,2006年,第5页。
③ 周蔼联:《竺国纪游》卷二,嘉庆九年(1804)癸丑仲冬江安傅氏活字版印行本,第二十三页。
④ 郭璞注、邢昺疏:《尔雅注疏》卷九,李学勤主编:《十三经注疏》,第278页。

始在文人、官宦之家兴起。汉代四川人王褒《僮约》有"烹茶尽具……武阳买茶"①的记载。长沙马王堆汉墓发现成箱茶叶随葬品。《三国志·吴书》云:"曜素饮酒不过二升,初见礼异时,常为裁减,或密赐茶荈以当酒。"②吴主孙皓每宴群臣,不管酒量大小,每人须饮酒七升。韦曜不善饮酒,常受照顾,允许少饮,或密赐茶以当酒。魏晋南北朝时期,饮茶习俗逐渐推广,茶水甚至成为商品。赵荣光认为中国数千年饮茶历史大体经过食饮(当作菜蔬的羹煮)、药饮(用为疗疾啜饮)、茗饮(作为消遣和嗜好)三个历史阶段③。在医食合一的时代,人们很容易发现茶类植物具有止渴、清神、除瘴、利便等药效。赵荣光认为,巴蜀最早煮饮,与其向来是疾疫多发的烟瘴之地有关④。蜀人煮茶饮用以去瘴气,久而成习,茶变成日常饮品。《陆疏》"椒聊之实"出现"蜀人煮茶"用椒叶的习俗,或为提香,或为去瘴,或为茗饮,不能一概而论,主要看饮茶主体和饮茶情境而别。

3. 酒

《陆疏》不少地方提到酒,大致有三种场合或用途:一为日常饮用,二为祭祀,三为酿制与贮存:

> 蘮其白茎,以苦酒浸之,脆美,可案酒。(【参差荇菜】)
> 以充祭祀缩酒用。(【白茅包之】)
> 若以为屋柱,则一屋之酒皆薄。(【南山有枸】)

按:第一则提到以酸泡荇菜下酒,第二种提到用白茅包裹礼物用以祭祀缩酒,第三种谈到酿酒与储存。中国酿酒技术出现于原始社会后期,而商代已能使用发酵剂酿酒。河北藁城台西村遗址发现过商代中期酿酒作坊遗址和酵母遗存⑤。商代已出现觚、爵等青铜酒具。

---

① 梅鼎祚编:《西汉文纪》卷十三,《四库全书》第 1396 册,第 467—468 页。
② 陈寿撰,裴松之注:《三国志》卷六十五,第 1462 页。
③ 赵荣光:《中国古代庶民饮食生活》,第 69 页。
④ 赵荣光:《中国饮食文化概论》,第 84 页。
⑤ 邢润川、唐云明:《从考古发现看我国古代酿酒技术》,《光明日报》1980 年 4 月 1 日。

《礼记·月令》详细记载周人"酿酒六必":"秫稻必齐,曲糵必时,湛炽必絜,水泉必香,陶器必良,火齐必得。"①大致是说必须精选酿酒,必须选择酿酒的适当季节,必须保持泡浸、炊熟用具清洁,必须选择香美的泉水,发酵、盛酒所用陶器必须完好,炊米、发酵时火候必须适当。西汉发明了饼曲发酵法。《汉书·食货志》记载了我国现存最早的曲、米配方:"一酿用粗米二斛,曲一斛,得成酒六斛六斗。"②当地还出现不少名品酒(图5.24)。到魏晋南北朝时期,酿酒技术更成熟,品种更丰富,《齐民要术》所记酒名有黍米酒、糯米酒、神曲粳米醪等近四十种。《陆疏》所记从侧面反映了当时酿酒技术比较普及,酒是人们日常生活中的重要物资,劳苦大众时常能喝些小酒,甚至自酿,不过大多属村醪浊酒,而非上层社会精酿品种。

图 5.24 河南密县打虎亭汉墓出土酿酒图画像石

需要指出的是,《陆疏》未指出当时酿酒原料,但很可能是黍,因为《诗经》时代至秦汉时期酿酒原料主要是黍、稻。黍是中国北方史前代表性粮食作物,据现有考古资料,距今8000多年甘肃秦安大地湾遗址

---

① 郑玄注,孔颖达疏:《礼记注疏》卷十七,阮元校勘:《十三经注疏》,第345页。
② 班固撰,颜师古注:《汉书》卷二十四下,第1182页。

出土的黍时代最早①。黍米黏性大,是史前北方居民最理想的酿酒原料。因黍的单产与口感均不及粟,到西汉,小麦已上升为北方主要粮食作物之一,其重要性仅次于粟,而黍已退至很次要位置,所种黍主要用于酿酒。到魏晋南北朝,黍仍是重要酿酒原料,《齐民要术》所记诸多酿酒原料中,黍出现次数最多。

综上,《陆疏》所体现的庶民食物结构,不过表现中华饮食史上的一个小小阶段的食俗,其特点既有原始、粗糙的一面,又有古朴、淳厚的一面。它承袭传统,又流传后代。诚如郗文倩教授所言:"人们在餐桌前一俯一仰,觥筹交错,或是停杯投箸,凝神品味,却也未必意识到,眼前的茶食汤酒接续着传统,更未必意识到,自己正处在这历史的延长线上。"②细读《陆疏》,既能了解到《诗经》一些名物的状貌,又可在字里行间窥见当时庶民的饮食结构,看到一幅幅生动而富有烟火气的画面。

第二节 《陆疏》所涉丰富的口味与传统食品制作

我国是传统美食之邦,自古每个时期都有丰富而各具特色的美食。现在初步统计,中国传统的基本烹调方法有煮、蒸、熬、炖、煨等三十余种,而开发的菜品更是异彩纷呈、不可胜数。《陆疏》对《诗经》中很多动植物的味道、烹饪方法等进行较为详细的介绍,记录了当时大量的口味与庶民传统食品制作方法。

一、《陆疏》中丰富的口味

《说文解字》云:"味,滋味也。"③"味"的早期含义指"滋味""美

---

① 甘肃省博物馆、秦安县文化馆大地湾发掘组:《一九八〇年秦安大地湾一期文化遗存发掘简报》,《考古与文物》,1982年第2期。
② 郗文倩:《食色里的传统》,第7页。
③ 许慎撰,段玉裁注:《说文解字段注》第二篇上,第58页。

味"。中国很早就有"五味"之说。《礼记·礼运》云:"五味六和。"郑注云:"五味,酸、苦、辛、咸、甘也。"①"味"在《陆疏》丁本共出现16处,基本解释为"滋味""味道"。如:

> 其叶如车前草大,其味亦相似。(【言采其䕡】)
> 的中有青,长三分如钩为薏,味甚苦。(【有蒲与荷】)
> 香美,味颇似蒌蒿。(【菁菁者莪】)
> 可瀹为茹,滑而少味。(【采采卷耳】)
> 其味亦如小豆藿。(【言采其薇】)
> 今人缫以取茧绪,其味酢而滑。(【言采其莫】)
> 甚香,其味似橘皮。(【椒聊之实】)
> 味亦如栗,作胡桃味。(【树之榛栗】)
> 赤棠子涩而酢无味。(【蔽芾甘棠】)
> 古语云"枳枸来巢",言其味甘,故飞鸟慕而巢之。(【南山有枸】)
> 肉色白,味不如鳣也。(【有鳣有鲔】)

综览《陆疏》会发现,全书所载味道远比"五味"丰富,以上几条已包含苦、香美、酸、涩酸等滋味,而《陆疏》明确描述食物味道词有:酢、涩、脆、甘脆、脆美、美、甘美、香美、滑、滑美等。

(一)酢、涩、滑

> 今人缫以取茧绪,其味酢而滑。始生,可以为羹,又可生食。(【言采其莫】)

按:"莫"是当时一种野菜,可生食,也可作羹。此则《陆疏》介绍当时人们通过缫丝工艺提取蚕丝,蚕茧(或处理后的丝线)带有酸滑之

---

① 郑玄注,孔颖达疏:《礼记注疏》卷二十二,阮元校勘:《十三经注疏》,第432页。

味。"酢"即醋,酸味很浓。《说文解字》段注:"凡味酸者皆谓之酢。"①酸滑应该是当时人们熟悉的口感。

其子赤,可食,酢而不美。(【莫莫葛藟】)

按:此则《陆疏》介绍野葡萄味道,味酸,不太好吃。

甘棠也,少酢滑美。赤棠子涩而酢无味。(【蔽芾甘棠】)

按:此则《陆疏》介绍甘棠稍微酸滑,口感不错;但赤棠酸涩无味。酸是"五味"之一,很多人喜欢。将之运用得好,亦可烹制出无比美味。先秦的酸味调味品名"醯",汉代又称之为"苦酒"。《中国上古烹食字典》亦云:"酢是酸浆,为调味品。"②涩是一种使舌头感到不滑润、不好受的滋味,是一种发干、收缩之感,更像一种触觉。滑与涩相对,但它引起的感觉可能是美味,也可能寡味,如:

叶可以生食。又可鬻,滑美。(【薄采其茆】)

按:此则《陆疏》介绍茆叶煮食比较滑美。

可鬻为茹,滑而少味。(【采采卷耳】)

按:此则《陆疏》介绍卷耳煮食味道,口感滑,不好吃。但《诗》云"采采卷耳,不盈顷筐"(《周南·卷耳》),卷耳是古代妇女常去采集的野蔬,应为贫苦人家常见菜蔬。

(二)脆、甘脆、脆美

这几种口味《陆疏》丁本共出现7处:

---

① 许慎撰,段玉裁注:《说文解字段注》第十四篇下,第795页。
② 林银生等编著:《中国上古烹食字典》,第28页。

生啖之,甘脆……的,五月中生。生啖脆。(【有蒲与荷】)
　　䰞其白茎,以苦酒浸之,脆美,可案酒。(【参差荇菜】)
　　茎似箸而轻脆。(【食野之苹】)
　　生食之香而脆美。(【言刈其蒌】)
　　得霜甜脆而美。(【谁谓荼苦】)
　　极有脆美者,亦如梨之美者。(【隰有树檖】)

按:脆是易碎又爽口,甘脆是脆中带甜,二者均给人带来愉悦之口感,故"脆""美"常连用。王祯《王氏农书》记载魏文帝称赞真定郡梨"大如拳,甘若蜜,脆若菱"①,甜脆的真定郡梨给魏文帝留下极深刻的印象。

(三)美、甜美、嘉美、滑美、香美、甘美、极美

　　密封藏百日乃食之,甚美。(【投我以木瓜】)
　　赤黑甜美。(【茑与女萝】)
　　为茹嘉美。(【于以采藻】)
　　又可䰞,滑美。(【薄采其茆】)
　　及秋香美,可生食,又可蒸食。(【于以采蘩】)
　　三月中,蒸䰞为茹,甘美。(【采葑采菲】)
　　又可淹䰞,极美。(【匏有苦叶】)
　　其尾长,肉甚美。(【有集维鷮】)
　　长颈,肉美如雁。(【鸿飞遵渚】)
　　细鳞,鱼之美者。(【维鲂及鱮】)
　　今人烧炙啖之,美如蝉也。(【蜉蝣之羽】)

按:《说文解字》云:"美,甘也。"段注:"甘者,五味之一,而五味之美皆曰甘。引伸之,凡好皆谓之美。"②"美味"本指甜味,后引申为美

---
① 王祯:《王氏农书》卷九,《四库全书》第730册,第384页。
② 许慎撰,段玉裁注:《说文解字段注》第四篇上,第154页。

好的味道。《陆疏》对可口菜肴统称为"美",这种美味或来自于甘、香、脆、鲜等感觉,或来自苦、滑口感;从食料看,有素食,有肉食,但以菜蔬为主;从烹制方法看,有蒸煮新鲜蔬菜,有腌制酸菜、泡菜,还有烧烤昆虫。美味不是绝对的,食物或美味、或难吃可能有些共性,但往往也因人、因时而异。《陆疏》所记美味食物,却多为庶民果腹的粗陋野蔬,反映了当时劳苦大众在艰苦岁月为改善自己伙食所做的努力,以及坚忍达观的人生态度。

此外,《陆疏》中未明确介绍但暗含的味道有咸与辛:

蔓生泽中下地咸处。(【食野之苓】)
其甲可以磨姜。(【有鳣有鲔】)

按:咸味是"五味"之一,是人类维持生理活动的必需品,史前人类就有制盐历史。《陆疏》介绍食物,虽未单独介绍咸味,仅此处一现"咸"字,但当时已流行豉汁,这是时人食"咸"味之证。姜是主辛味调料,"辛"即今天所说辣味。此外,《陆疏》中还出现蒜、蓼等辛香调料,可为当时人食"辛"之证。

《陆疏》中出现如此丰富的口味词,仅"味美"还有甜美、嘉美、滑美、香美、甘美等细微差别,表明历史行进到汉魏,人们对味觉的开发已达到比较精细化的程度。

二、《陆疏》中传统食品的制作

《陆疏》不仅介绍不少食材,还出现不少与传统食品制作有关的内容,包括烹饪技法、调味料的使用以及几种风味食物,展现那个时代饮食文化的一个侧面。

(一)《陆疏》所涉烹饪技法

追求美食是人的本能,在漫长饮食史上,我国劳动人民创造了丰富多样的烹饪技法。《礼记·内则》介绍"八珍"制法,已包含煎、炸、炮、炖、烹、腌、烘、烙、烤九种烹饪法。而《陆疏》丁本中出现的烹饪技法有:炙、煮(鬻)、蒸、瀹、淹、蜜、挼等。

1.炙

> 其肉甚美,可为羹臛,又可为炙。(【翩彼飞鸮】)
> 今人烧炙噉之,美如蝉也。(【蜉蝣之羽】)

按:此两则《陆疏》分别介绍烤鸮、烤蜉蝣。自从人类发明了火,烤应是最早出现的烹饪方法。狭义的"烤"指将食料挨近火源使变干或致熟,广义"烤"是总称,包括炙、炮、燔等方法,它们基本属一类,但略有别。《礼记注疏》对炮、燔、炙分别注曰"裹烧之也""加于火上""贯之火上"①。"炮"即裹烧,即将食物裹上泥草之类后再放在火上烧,类似现在"叫花鸡"的做法。"燔",作动词亦为"烤",远古无锅,人们将洗过的米、切开的肉放在烧热的石头上燔熟而食。"炙"作动词也是"烤",《说文解字》云:"炙,炮肉也。从肉在火上。"②"炙"下从火,上从肉,表明此法是火与被熟物直接接触,即将食物用棍、签等串起来或举或架在火上烧,类似现在烤羊肉串。"炙"作名词即烤熟的肉。炙、炮主要用于动物食品加工,而燔则动植物食品均可使用。秦汉时期已有较丰富的烹饪经验,不仅菜蔬、肉类烹食方法繁多,还有程序较为复杂的烹饪方法,比如"脂",《释名》云:"衔炙细密肉。和以姜、椒、盐、豉已,乃以肉衔裹其表而炙之也。"③就是用姜、椒、盐、豉等调制成馅,外面包上鱼、肉,在火上炙烤。在《陆疏》时代,对劳苦大众而言,应该没那么多肉类可供其烤食,在制作上也没那么讲究,偶尔猎取飞禽、捕食昆虫烤食,大约就是难得的美味了(图5.25)。

---

① 郑玄注,孔颖达疏:《礼记注疏》卷二十一,阮元校勘:《十三经注疏》,第417页。
② 许慎撰,段玉裁注:《说文解字段注》第十篇下,第520页。
③ 刘熙:《释名》第四卷,王先谦撰集:《释名疏证补》,第211页。

图 5.25　魏晋墓画像砖上的烤肉场面

2. 煮(鬻)

> 此二藻皆可食煮。(【于以采藻】)
> 蜀人作茶,吴人作茗,皆合煮其叶以为香。(【椒聊之实】)
> 可鬻作菇。(【采采芣苢】)
> 鬻而以苦酒浸之,如食笋法。(【有蒲与荷】)
> 鬻其白茎,以苦酒浸之,脆美,可案酒。(【参差荇菜】)
> 叶可以生食。又可鬻,滑美。(【薄采其茆】)
> 可鬻为菇,滑而少味。(【采采卷耳】)
> 少时可为羹,又可淹鬻,极美。(【鲍有苦叶】)
> 鬻为菇,滑美。(【芄兰之支】)
> 鬻以苦酒,豉汁浸之,可以就酒及食。(【唯笋及蒲】)

按:煮(鬻)是《陆疏》中很常见的烹饪技法,《陆疏》丁本累计出现 11 次。《说文解字》云:"鬻,或从水。"段注:"水在鬲中,会意。"①《中国上古烹食字典》认为"鬻"是"煮"的本字,又认为古人所谓"煮"不是水煮,而是干煎,与"熬""炒"为同一事②。综合文献来看,"煮"与"鬻"虽大体同义,但略有别。同样加水,"煮"法可能制成羹汤,而"鬻"可能要收汁。《陆疏》陶本二字通用,但毛本、丁本作为修订

---

① 许慎撰,段玉裁注:《说文解字段注》第三篇下,第 119 页。
② 林银生等编著:《中国上古烹食字典》,第 446、449 页。

本,"椒聊之实"条用椒叶制茶用"煮"而非"鬻",而其他条做菜用"鬻",似乎表明毛本、丁本作者认同这种区别。

《中国上古烹食字典》列出煮法:"通过器皿,加水,带汁,用猛火。"①煮既需要火加热,又需要一定容器受热,故煮法虽萌芽于狩猎采集时代,但真正兴起于陶器发明之后的新石器时代。先秦时期多用煮法,周天子常享用的各种鼎食之羹,是煮食的代表。《陆疏》时代庶民多用煮这种烹饪技法,还有现实原因,一则煮菜不像炒菜一样费油;二则魏晋时期铁锅未普及于平民灶台,百姓烹饪器具仍以陶制为主,陶器不耐高温,故而适宜水煮;三则煮是最省粮食的烹饪法,因为煮食需加水,使食物变稀,而且还可掺入蔬果煮成羹,同样的食料可烹制出更多食物。随着生产的发展、更多功能的炊器打造出来,菜、饭逐渐分离,而煮法也衍生出炖、涮、煲等多种烹饪法,广泛运用于各种菜肴与主食制作。

3. 瀹

可瀹为茹,滑而美也。(【言采其蓫】)
瀹为茹,美滑于白榆。(【山有枢】)

按:以上两则《陆疏》出现"瀹"这种烹饪技法。"瀹"其实常用作"煮"义,《通俗文》云:"以汤煮物曰瀹。"②《字林》曰:"瀹,煮也。""瀹茗"即煮茶,"瀹茹"即煮成羹。朱骏声《说文通训定声》认为"瀹"当"煮"讲是"鬻"的假借字③。

4. 蒸

可糁蒸以为茹。(【于以采蘋】)

---

① 林银生等编著:《中国上古烹食字典·序》,第8页。
② 服虔:《通俗文》,黄奭辑:《黄氏逸书考》三十五辑,民国甲戌年(1934)江都朱氏补刊本,第十三页。
③ 林银生等编著:《中国上古烹食字典》,第461页。

米面糁蒸,为茹嘉美……饥时,蒸而食之。(【于以采藻】)

又可蒸食。(【食野之苹】)

又可蒸食。(【于以采蘩】)

茎可生食,又可蒸食。(【菁菁者莪】)

其叶又可蒸为茹。(【言刈其蒌】)

蒸鬻为茹,甘美。(【采葑采菲】)

可蒸以御饥。(【言采其蓷】)

亦可蒸为茹。(【薄言采芑】)

今兖州人蒸以为茹,谓之莱蒸。(【北山有莱】)

又用蒸鸡、豚,最佳者。(【椒聊之实】)

大者千余斤,可蒸为臛。(【有鳣有鲔】)

按:"蒸"是《陆疏》中经常出现的烹饪方法。蒸在煮的基础上发展起来。《说文》:"烝,火气上行也。"现写作"蒸"。即用水蒸气热力把东西加热或使熟。"蒸"的古字作"烝",与"升""登"同源,从词义特点可看出,这种方法是靠上行火气使物变熟。蒸法出现在甑出现之后,甑底有七孔,上面需铺上用草或竹编成的箅,防止食物掉落。《说文解字》释"箅"云:"蔽也,所以蔽甑底。"段注:"甑者,蒸饭之器,底有七穿,必以竹席蔽之,米乃不漏。"[1]甑(见图5.6)出现后,饭、菜开始分家,人们开始吃上干饭。古代有黄帝发明釜甑的说法,谯周《古史考》云:"黄帝作釜甑,始蒸谷为饭,烹谷为粥。"[2]其实,中国新石器时代陶甑就已出现,此时的陶甑,与一般陶器外形差不多,仅在器底刺些孔洞,以便蒸汽自下上通。烹饪时将甑底套在釜口,下煮上蒸(图5.26)。距今五六千年的崧泽文化居民所用陶甑通常做成无底筒形,用竹木制成箅嵌在甑底,使用时将甑套入三足鼎口,这种炊具即为甗。甗在商周时代又以青铜铸成,成为一种重要的青铜炊具和礼器。《陆疏》中如此频繁出现"蒸"法,加之当时炊具材料的改进,说明"蒸"在《陆疏》时

---

[1] 许慎撰,段玉裁注:《说文解字段注》第三篇下,第202页。
[2] 李锴:《尚史·轩辕本纪》,清乾隆癸巳年新镌悦道楼藏板影印本,第二—三页。

代已成为人们非常普遍的烹饪方式。

图 5.26　河姆渡遗址出土的灶、釜、甑

《陆疏》以上几条,正反映劳苦大众用平常菜蔬烹制出美食的努力。使用蒸法烹制菜肴,更能保留食材原味,质地嫩软,味道鲜美。汉代很流行用蒸肴,"蒸羊""蒸熊""蒸鸡""蒸鹅""蒸鱼"累见文献,不过这些肉食一般由上层社会享用,百姓所能享用的多是蒸蔬菜而已,《陆疏》中出现的菜蔬几乎都可蒸食,侧面反映了这一史实。

虽然先秦时期已具有煎、炸、炮、炖、烹、腌、烘、烤九种烹法,不过,从文献记载看和出土文物看,能享用煎、炸美味者一般是上层社会人物。本来,因油的沸点比水高出两倍多,速熟效果比水好得多,故油煎、油炸食品口感一般比水煮更香脆。先秦时人们所食油脂多为动物脂肪,到魏晋南北朝,植物油已较多用于烹饪。俞为洁认为随着金属炊具和植物油的普及,南北朝时开始出现炒菜①。炒菜法翻开庶民饮食新的一页,能大大改善菜肴营养与口感,可以说在中华饮食史上具有里程碑意义,成为千百年来中式菜肴标志性烹饪法。但《陆疏》所记平民饮食多用蒸、煮或生食,少用煎、炸、炒,一则与平民少有机会吃到油有关;二则汉魏时期铁锅未普及于平民灶台,百姓烹饪器具仍以陶制为主,无法以油脂作高温烹调。当然,用蒸、煮法烹制食物,相较于炮、烤,煮熟的食物更易消化,且因许多营养物质溶解在汤里,更易于吸收。但是,这不是《陆疏》时代庶民首先要考虑的问题,对他们而

---

① 俞为洁:《中国食料史》,第 203 页。

言,如何蒸煮成可果腹的食物才是最重要的。

5. 淹

又可用苦酒淹以就酒。(【于以采蘋】)

鲍叶,少时可为羹,又可淹䊒。(【匏有苦叶】)

按:此二则《陆疏》介绍"淹"制法,第一则介绍腌制酸蘋,第二则介绍腌煮鲍叶。"淹"与"腌"相通,均有用盐浸渍食物之义。《说文解字》云:"腌,渍肉也。"段注:"今'淹渍'字当作此。'淹'行而'腌'废矣'。"①我国很早就有腌制食品的习俗,《周礼》中有不少腌制食品的记载。长时间腌制,会析出食物原料细胞中的水,食物风味发生变化。这类腌制以加盐为主,主要利用食盐高渗透压、微生物发酵和蛋白质水解等一系列生化反应,最终使食物形成独特口味。后来,"淹"泛指用加调料的水浸泡食物的方法,这类腌制加盐较少,可据需要加入其他辛香调料,甚至加入粥或曲促使其发酵,菹、䐹均属此类。《陆疏》所记蘋、苦叶经过腌制加工即成为庶民美食。

6. 蜜

以苦酒、头(作者注:繁体作頭,为豉之讹)汁蜜之,可案酒食。(【投我以木瓜】)

按:"蜜"在此语境似为"腌制"之义,因此处所用原料为苦酒、豉汁。

7. 挼

挼去腥气。(【于以采藻】)

---

① 许慎撰,段玉裁注:《说文解字段注》第四篇下,第185页。

按:此则《陆疏》介绍"藻"的加工方法。"挼"即揉搓。《说文解字》解释"挼"云:"一曰两手相切摩也。"①"藻"也是一种救荒本草,有腥气,通过揉搓可去腥。这一处理食料技法现在一些菜品烹制中还常用到。

(二)《陆疏》所涉调味料

1. 基础类:盐、梅、栗、饴等。此类调料为食物提供咸、酸、甜基本味道。"盐"在《陆疏》中未直接出现,但盐是自古以来一种必需调料,《陆疏》时代也不例外,且《陆疏》中出现"咸""豉汁"等调料,因为做豉汁一般要用到盐,《食经》中就有用盐调入蒸熟的豆中制作豆豉的记录,下文另有介绍。其他调料所在文本如下:

曝干为腊,置羹臛虀中。(【摽有梅】)
啖之甘美如饴。(【南山有枸】)
其一种……味亦如栗……其一种……作胡桃味。(【树之榛栗】)

按:这几则《陆疏》介绍了梅、饴、栗几种调味料。这些调味料先秦已广泛使用。《尚书·说命下》云:"若做和羹,尔惟盐梅。"注:"盐,咸;梅,醋。羹须咸醋以和之。"②梅有酸味,可充当醋。《晏子春秋》云:"和如羹焉,水、火、醯、醢、盐、梅。"③梅既可制成果脯,又可作调料。古代用梅煮鱼肉,已有考古证实。如河南安阳殷墟一个铜鼎中发现一个梅核④,陕西高家堡晚商墓葬中好几件铜鼎中同时发现兽骨和一些梅核⑤。用梅煮鱼可去腥,用梅煮肉类,肉、骨易烂。饴在先秦时已出现,最初由糯米制造,后来有些地方也用麦制造。秦汉时制饴更

---

① 许慎撰,段玉裁注:《说文解字段注》第十二篇上,第641页。
② 孔安国注,孔颖达疏:《尚书注疏》卷十,阮元校勘:《十三经注疏》,第142页。
③ 孙星衍、黄以周校:《晏子春秋》卷七,上海古籍出版社,1989年,第49页。
④ 中国社会科学院考古研究所安阳工作队:《1969—1977年殷墟西区墓葬发掘报告》,《考古学报》1979年第1期。
⑤ 陕西省考古研究所编著:《高家堡戈国墓》,三秦出版社,1995年,第135页。

普遍,《四民月令》云:"先冰冻作凉饧,煮暴饴。"①"凉饧"是一种较硬厚的饧,"暴饴"是煎熬时间较短、浓缩度较低的"薄饧"。《说文解字》中记载了饴糖种类及制作方法。到魏晋南北朝,饴糖制作与食用更普遍,《齐民要术》记载了四种饴糖制作法,但寻常百姓不一定能常食,人们有时会用带甜味的果品烹调菜蔬。栗本来是果品,因有甜味,人们有时将之作为糖类调料。

2. 辛香类:花椒、姜、蒜、蓼。此类调料直接采摘植物使用,用以增加菜肴美味。

可著饮食中,又用蒸鸡、豚,最佳者。(【椒聊之实】)

按:《陆疏》此则介绍"椒"的食用方法。椒即现在花椒,其果实与茎之外皮均可为香料,用它作为蒸鸡、豚的调料,是保留其营养与风味的最佳方式。这一烹制法沿用到了现在,实践证明,蒸鸡肉、猪肉时放入花椒,鸡肉的鲜嫩、猪肉的醇厚原香更突出。这一方法是以温和的烹饪方式激发食材的天然补益之性,既符合传统烹饪智慧,又契合现代营养科学。花椒的辛温与肉类的补益通过蒸汽渗透结合,更易被脾胃消化。我国栽培椒的历史悠久,《诗经》中多次出现"椒",湖南长沙马王堆西汉墓、广西贵县罗泊湾西汉墓均曾出土花椒。

其甲可以磨姜。(【有鳣有鲔】)

按:此则《陆疏》出现一种重要调料:姜。姜有辣味,常作调味品,先秦已常见食用。《吕氏春秋》云:"和之美者,杨朴之姜。"②战国时已人工种植,《墨子·天志》:"今有人于此,入人之场园,取人之桃李瓜姜者,上得且罚之。"③姜还是一种保健品,可御湿,在西汉种植量

---

① 崔寔原著,石声汉校注:《四民月令校注》,中华书局,1965年,第68页。
② 高诱注:《吕氏春秋》卷十四,第142页。
③ 吴毓江撰,孙启治点校:《墨子校注》卷七,中华书局,1993年,第322页。

很大,《史记·货殖列传》云:"若千亩卮茜,千畦姜韭,此其人皆与千户侯等。"①可窥见当时生姜、韭菜、栀子、茜草等农产品已批量种植。姜自古以来是中国人重要的食物原料,其食法多样,生啖熟食,可蔬可和,可果可药,醋、酱、糟、盐、蜜煎、调和,无不宜。《陆疏》此则虽未介绍姜之食用方法,但言鲔甲可以磨姜,可想见姜是灶台边常见调料。

初生似蒜。(【言采其蕨】)

按:此则《陆疏》出现另一种调料:蒜。蒜,古人列入"荤菜",即有辛辣味之菜。《说文解字》曰蒜"荤菜也",又云:"菜之美者。"②先秦时蒜已进行园圃栽培,汉代张骞从西域带回大蒜,大蒜渐渐取代我国原产小蒜。东汉崔寔《四民月令》中有大小蒜、杂蒜记载。古人用之配合肉类去腥,也能增加菜肴美味。

河内人谓大蓼为栎,椒、樧之属也。(【山有苞栎】)

按:此则《陆疏》介绍蓼之属种、别名。蓼有许多品种,水蓼为"五辛"(葱、蒜、韭、蓼、芥)之一,古时烹煮鸡、豚、鱼鳖时常用以填充腹部以去腥膻。此则"大蓼"乃"椒、樧之属",应该也是香料。这些辛香料均有除腥、提香、促进食欲及保健功能,如姜暖胃、花椒驱风等,《陆疏》时代已广为使用,现在花椒类香辛料还是人们日常生活的重要佐料。

3. 酿造类:酱、苦酒、豉汁。此类调料均用粮食经过发酵制作,用以增加菜肴美味。

子可为酱。(【有鳣有鲔】)

---

① 司马迁撰,裴骃集解,司马贞索隐,张守节正义:《史记》卷一百二十九,第 3272 页。
② 许慎撰,段玉裁注:《说文解字段注》第一篇下,第 47 页。

按：此则《陆疏》介绍鳢鱼子可为酱原料。先秦时，酱本义指肉酱。《说文解字》云："酱，醢也。从肉酉。酒以和酱也。"段注："醢无不用肉也。"①醢是将鱼、肉等原料经过腌制、发酵而成。古代有丰富的制酱经验。《周礼·醢人》注云："作醢及臡者，必先膊干其肉，乃后莝之，杂以粱曲及盐，渍以美酒，涂置瓶中，百日则成矣。"②大致是说，制作醢、臡，要把肉片晒干后切碎，然后和上曲、盐、酒，盛入酱缸百日，浸渍发酵，就会制成咸鲜的肉酱。这种酱的主要原料是肉类，百姓基本吃不起。酱又是泛称，包括醢、醯两类调料。醯在先秦泛指一切酸味调料，可用以调和鱼、肉以去腥。后来酱成为用豆、果、麦、米、鱼等所制各种酱的通称。它是古人饮食的重要调料，《论语·乡党》云："不得其酱，不食。"注："鱼脍非芥酱不食。"③秦汉时出现以大豆和面粉为原料的酱。因大豆是秦汉时主要粮食作物，价格相对低廉，因此豆酱能成为百姓日常食品。南北朝时期，酱演化出许多不同种类，《齐民要术》亦有制作豆酱、麦酱、榆子酱、肉酱、鱼酱、虾酱等具体方法。

鬻而以苦酒浸之，如食笋法。（【有蒲与荷】）
鬻其白茎，以苦酒浸之，脆美，可案酒。（【参差荇菜】）
季春始生，可糁蒸以为茹，又可用苦酒淹以就酒。（【于以采蘋】）

按：苦酒就是现在说的醋。《释名·释饮食》云："苦酒，淳毒甚者，酢，苦也。"④酿酒过程中，酒中乙醇若污染了醋酸菌而被氧化成醋酸，就变成醋，汉代称之为苦酒或醯。苦酒常被人们用作酸味调料烹制美味。我国先秦时期有很丰富的用醋经验，《周礼·天官》载："醯人……共齑、菹、醯物六十瓮。"⑤醯在先秦时是一切酸味调料的泛称。

---

① 许慎撰，段玉裁注：《说文解字段注》第十四篇下，第795页。
② 郑玄注，贾公彦疏：《周礼注疏》卷六，阮元校勘：《十三经注疏》，第89页。
③ 刘宝楠：《论语正义》，中华书局，1990年，第411页。
④ 刘熙：《释名》第四卷，王先谦撰集：《释名疏证补》，第217页。
⑤ 郑玄注，贾公彦疏：《周礼注疏》卷四，阮元校勘：《十三经注疏》，第57页。

据《说文解字》记载，当时醯是用谷物煮粥并加入酒强化发酵而成。从《陆疏》记载来看，当时醋的使用已相当常见，劳苦大众亦能常食。而至魏晋南北朝，酿醋技术得到很大发展，《齐民要术》中醋已达二十余种，富含淀粉谷物如粟、黍、大麦等，富含糖分的水果、蜂蜜，富含乙醇的酒与酒糟均可为制醋原料，还出现速成醋法。

鬻以苦酒，豉汁浸之，可以就酒及食。（【唯笋及蒲】）
以苦酒、头汁蜜之，可案酒食。（【投我以木瓜】）

按："投我以木瓜"条中的"头（頭）"当为"豉"。豉汁类似现代酱油。《中国上古烹食字典》云："豉，今俗称豆豉，是用豆类经蒸煮、发酵制成的调味料。古代调味起初只用酱，秦汉以来始有豉。"[1]有咸豉、淡豉，《说文解字》言"豉"乃"盐配幽尗"，指咸豉。秦汉时期，我国大豆种植大量推广，当时大豆除作为下层百姓日常食用主粮与备荒粮食外，还有一个重要用途就是酿制豆酱与豆豉。豆豉在汉代已成为大众化食品，《陆疏》所记能反映豉与豉汁在三国时普及情况。虽然三国时已有"蜜渍"瓜果蔬菜法，但"投我以木瓜"中"蜜"应该不是"蜜渍"之意，因为上文明显指出所用原料为苦酒、豉汁，而非蜂蜜等糖类原料。到南北朝时期，豉的种类有豆豉、麦豉、咸豉、香豉等8种，而豉汁运用更广泛，《齐民要术》所载猪蹄酸羹、鸭臛、鳢鱼臛、蒸鸡、薤白蒸等数十种荤、素菜品中，均用豉汁或豉清着色、去腥、调味、生香。通过《陆疏》发现，当时人们常将苦酒与豉汁合用。

总之，先秦以来调味品开发大兴，很多品种在《陆疏》时代已被庶民普遍使用。这不仅有效改进了食品口味，也大大开拓了食谱，一些本来膻、涩、苦、淡之物经过调味品辅助，变成可口之食。调味品在日常饮食中普及，这对改善终年饮食寡淡粗陋的劳苦大众的口感尤其意义重大。

---

[1] 林银生等编著：《中国上古烹食字典》，第90页。

(三)《陆疏》中几种风味食物

风味食品指按特殊方式制作的食品,每个时期、每个地方都有其特色风味食品,它是人们生活中重要组成部分,也反映一定的饮食文化。

1. 鲊

> 可蒸为臐,又可为鲊。(【有鳣有鲔】)

按:此则《陆疏》介绍鳣可制成鲊。《释名》云:"鲊,菹也,以盐米酿鱼以为菹,熟而食之也。"[①]鲊与菹制法相似,是经加工制作便于贮藏的鱼食品,如腌鱼、糟鱼便是。

鲊最早出现于秦汉,到魏晋南北朝已被普遍食用。在饥馑连连的三国时期,劳苦大众能捕捉到巨鳣为食,应该是无比幸运之事。鲊自出现便一直为我国社会各阶层所喜爱,其制作工艺不断随喜好被改进。晚明高濂《遵生八笺》所记"鱼鲊"制法非常复杂,当是古代制法的加强版。鱼鲊是古代保鲜智慧的体现,也反映了中国传统饮食中"发酵增味"的独特审美,至今在湖北、湖南等地仍有类似工艺传承。后来,人们还在鱼鲊基础上开发出以肉为原料的鲊,《齐民要术》记有作猪肉鲊法。

2. 臐

《陆疏》中"臐"出现3次:

> 曝干为腊,置羹臐蘁中。(【摽有梅】)
> 其肉甚美,可为羹臐。(【翩彼飞鸮】)
> 可蒸为臐,又可为鲊。(【有鳣有鲔】)

按:第一条《陆疏》介绍梅可用作配料置于羹藿之中;第二、三条介

---

① 刘熙:《释名》第四卷,王先谦撰集:《释名疏证补》,第210页。

绍䴗、鳢可制成羹臐。《说文解字》云："臐，肉羹也。"①指不加菜的肉羹。王逸曰："有菜曰羹，无菜曰臐。"《中国上古烹食字典》认为臐是"稍干一点的无菜的肉羹"②。不加菜，且收干汁，类似现在"红烧""干焖"肉类，这些食材、这种烹饪法都不是庶民所能享用的，应该不是《陆疏》时代庶民能常食用的菜肴。《陆疏》出现次数极少，也可从侧面反映这一情况。

3. 羹

《陆疏》中还出现"羹"这种风味食物，除上文所列"摽有梅""翩彼飞䴗"条外，还有两条：

春生作羹，茹微苦。（【集于苞杞】）
可以为羹，又可生食。（【言采其莫】）

按：此两条《陆疏》介绍用杞、莫两种野蔬制作菜羹。这是一道传统美食。羹在先秦可指带汁肉、纯肉汁、荤素原料单独或混合煮成浓汤等菜肴。上古的羹，一般指带汁的肉，可用牛、羊、猪肉作羹。有和五味的羹，即肉中加菜、醋、酱、盐、梅。《礼记·内则》郑注云："凡羹齐宜五味之和，米屑之糁。"③此外，还有大羹、铏羹、菜羹等。大羹指肉汁中不加任何调味，铏羹指肉汁中加菜并和以五味，盛在铏（按：古代盛羹器具）中，可用于祭祀和招待宾客。还有一种菜羹，是贫苦人的口粮。南朝朱修之其姊贫穷，以菜羹粗饭招待他，他说："此乃贫家好食。"④这话或许带着情绪，也在一定程度上反映当时庶民饮食现状。《陆疏》所记，多为菜羹，这是那个时代贫苦人家的日常口粮。

赵荣光说："庶民的传统食品因广泛运用、传承久远而成为一个民族最具代表性的食文化典型形态。"⑤庶民阶层包容社会绝大多数成

---

① 许慎撰，段玉裁注：《说文解字段注》第四篇下，第185页。
② 林银生等编著：《中国上古烹食字典》，第621页。
③ 郑玄注，孔颖达疏：《礼记注疏》卷二十七，阮元校勘：《十三经注疏》，第523页。
④ 沈约：《宋书》卷七十六，第1970页。
⑤ 赵荣光：《中国古代庶民饮食生活》，第40页。

员,其饮食传统传承数千年,无论从饮食文化的共时性还是从其历时性看,均是一个民族饮食文化的典型形态。我们透过《陆疏》所记的丰富的调味料、食品口味、各种烹饪技法等,能感受到当时人们的味觉审美。虽然大多时候只有粗劣食材,但人们想方设法烹制成美味,这种对舌尖美味的追求是生存的需要,也是对美好生活的执着追求与期许,其间包含着人们因地制宜的生存智慧与无穷创造力。

第三节 《陆疏》体现的庶民饮食文化层次及其饮食思想

饮食文化层次指由于人们经济、政治、文化地位不同而自然形成的饮食生活不同社会层次。庶民饮食思想指庶民实际生活体现出来的观念与传统。《陆疏》在介绍食物种类、制作方法、食用方式等内容时,或在无意中体现了庶民饮食文化层次及其饮食思想。

一、《陆疏》体现的庶民饮食文化层次

要讨论《陆疏》所记体现的饮食文化层次,首先要了解中国古代社会饮食文化所分的层级。赵荣光将中国古代社会饮食文化大致分为果腹层、小康层、富家层、贵族层、宫廷层等五个层级[①]。果腹层处最底层,其基本成员是广大劳苦民众。果腹层指仅能以最低标准维持其生活与生产所必需食物量与质的阶层,这一层占全民族人口绝大多数。小康层主要由中小型地主、小商贩、小业主、小官吏等构成,其饮食水准略高于果腹层,其生活通常无断炊之虞,也需精打细算;隔三差五可改善伙食,年节喜事可更丰盛、讲究。果腹层与小康层共同组成庶民群体。

由于古代社会生产力低下,人们的生活物质整体比较贫乏。主要受自给自足农业经济制约,生产力水平整体限制了畜牧业的发展,肉

[①] 赵荣光:《中国古代庶民饮食生活》,第 3 页。

类整体属稀缺食物,基本向上层社会倾斜。广大劳苦民众能吃到的肉食很少,因为饲养禽畜要消耗许多糠麸、园蔬野菜甚至粮食等饲料,而这些物质往往是其度荒口粮。即便他们饲养少量禽畜,往往要换成钱以缴纳赋税和购买日常生活、生产必需品。因此,除年节婚寿等特殊时日,果腹层平常生活很少与荤腥沾边。果腹层民众吃力、缓慢地推动历史文明前进,其饮食文化模式具有超稳定性。蒸、煮等原始社会就有的烹调法一直是其基本烹调法,陶制烹食器具、土灶也有十分悠久的历史,庶民的饮食方式长期原始而粗陋,还常因自然或社会原因得不到保障。

《陆疏》所记食材多来自野外采集渔猎,特别是菜蔬多为野生植物,且烹饪方式非常简单,多煮为菜羹,或蒸食。有些加工稍复杂,如笱,加醋煮,再用豉汁浸,制成酸泡菜。有些甚至直接生食,如苹、蘩、莪、薇之类。这些食物口感不一定好,或滑而少味,或味甚苦,但庶民常以之为食。《陆疏》还记载一些食用方式动词"茹""啗""噉"等,多表示不经细嚼、大口吞咽粗劣食物之义,这也打上平民饮食的印记。因此,从食物结构、食品制作到饮食方法看,《陆疏》所载食物多五谷杂粮与菜蔬,鲜见上层社会的山珍海味;多以粗糙、原始的方法简单加工,少以上层社会精益求精的方法烹制;食用时多狼吞虎咽,少细嚼慢品,整体明显体现出庶民层次饮食文化特征。

二、《陆疏》体现的庶民饮食思想

《陆疏》所记饮食原料及烹饪方法,为我们理解古代庶民阶层的饮食文化提供了独特视角,从中我们可窥见当时庶民饮食思想。

(一)求饱

《陆疏》所记食物多为粗陋食物,食材很多是野蔬,其烹饪方式也很简单,反映了当时庶民聊以求饱的饮食思想。

> 始生者,可生食,又可蒸食。(【食野之苹】)
> 今人缫以取茧绪,其味酢而滑。始生,可以为羹,又可生食。

(【言采其莫】)

今宛州人蒸以为茹,谓之菜蒸。(【北山有莱】)

瀹为茹,美滑于白榆。(【山有枢】)

《陆疏》以上几条,从食物原料看,味道微苦的锦葵(荍)、酸滑的酸模(莫),甚至草叶(莱)、树叶(枢、穀之叶)等均纳入采食视线,被掺入主食。烹制手法也极简单,很多野蔬采来或生食,或用苦酒、豉汁腌一下就成了美味下酒菜。《陆疏》中食物烹饪方式比较单一,蔬菜如蘋、蘩、芨、蒌、菲等多蒸、煮而食,而非其他烹制法,尽管我国先秦时期已有煎、炸、炮、炖、烹、腌、烘、烙、烤九种烹饪法,而魏晋时期已积累了较丰富的烹饪经验,可能还出现炒菜法,但《陆疏》丁本鬻(煮)食共出现11次,蒸共出现15次。这种清汤寡油的烹制法却为当时劳苦大众所最常用,这种粗陋饭食是他们的日常美食。说明当时劳苦大众对食物要求很低,能果腹即可。《陆疏》还描写庶民饮食方式茹、噉、啗:

春生作羹,茹微苦。(【集于苞杞】)

生噉之,甘脆。(【有蒲与荷】)

故里语曰:"网鱼得鲔,不如啗茹。"(【维鲂及鲔】)

"茹"本义是"吞食",且所"茹"者一般为粗陋食物。"噉"是"啖"的异体字,一般指大口吞食,不会细嚼慢咽。"啗"亦为"啖"的异体字,特指总感不足、不经细嚼、进食量很大的狼吞虎咽。"茹""噉""啗"都是不太文雅的吃法,更多是劳苦大众的饮食方式。这些饮食方式也从另一侧面展现出庶民饮食仅为求饱的饮食思想。

与《陆疏》所记庶民粗陋食物相比,当时士族在饮食上追求精致、豪奢远非庶民所能想象。他们放纵味蕾,将吃推到奢华的极致。曹植《七启》这篇辞赋开列一席繁缛富丽菜肴:

芳菰精稗,霜蓄露葵。玄熊素肤,肥豢脓肌。蝉翼之割,剖纤析微。累如叠縠,离若散雪。轻随风飞,刃不转切。山鶏斥鷃,珠翠之珍。寒芳苓之巢龟,脍西海之飞鳞,臛江东之潜鼍,腾汉南之鸣鹑……①

这篇辞赋中的食材包括山珍、野味、河鲜,佐料包括"紫兰丹椒",刀工精湛,生鱼片堪比秋蝉之翼,令人瞠目结舌。甘酸咸辛,调味齐全,芳香四溢。相比而言,《陆疏》所记庶民饮食在嗜吃的士族眼里恐怕非人食之物也。

数千年来,囿于封闭的小农经济,广大劳苦大众所拥有的生产资料及生存能力十分有限,他们时常在饥馑线边缘挣扎。靠天吃饭的经济模式使他们日常生活缺乏根本保障。晁错曾向文帝如此描述农民处境:

> 伐薪樵,治官府,给繇役;春不得避风尘,夏不得避暑热,秋不得避阴雨,冬不得避寒冻,四时之间亡日休息;又私自送往迎来,吊死问疾,养孤长幼在其中。勤苦如此,尚复被水旱之灾,急政暴虐,赋敛不时,朝令而暮改。当具有者半贾而卖,亡者取倍称之息,于是有卖田宅、鬻子孙以偿责者矣②。

西汉初建立,统治阶级采取一系列休养生息措施,百姓尚且因灾疾、赋敛过得如此窘迫,困难时要靠卖田宅、子孙还债,更遑论汉末兵戈不息、天灾连连、生产遭严重破坏的时期。因此,《陆疏》时代,劳苦大众饮食水准仅求饱而已,盐齑淡饭、饭糗茹羹是其饮食常态。

(二)备荒

如何在不断侵袭的饥荒面前活下去,是《陆疏》时代庶民需要迫切考虑的问题。《陆疏》中明确写到备荒的条目有:

---

① 萧统编,李善注:《文选》卷三十四,第1579页。
② 班固撰,颜师古注:《汉书》卷二十四上,第1132页。

> 又可为糜，幽州、扬、豫取备饥年。(【有蒲与荷】)
> 扬州饥荒，可以当谷食。饥时，蒸而食之。(【于以采藻】)
> 饥荒之岁，可蒸以御饥。(【言采其蒿】)

以上几则描述劳苦大众从自然采摘一切可食之物以备荒。他们将莲子磨成粉储存，也加工采来的藻类于饥荒时期当谷食，还时常采摘野蔬、野果充饥，力求为灾荒之年省些救命口粮，即便粗陋、口感不好的食物也是美味。如《陆疏》引《诗经》云"堇荼如饴"。"堇"在魏晋时还是一种家种蔬菜，但味苦，口感不好，《中国上古烹食字典》据《本草纲目》所引宋代苏恭"堇菜野生，非人所种"，推断至少宋代"堇"已不作为家种蔬菜了①。这说明随着生产力发展，味道不够美的蔬菜品种逐渐被淘汰；也说明魏晋以前，老百姓的菜篮子何其贫乏。

中国漫长历史上，广大劳苦大众的温饱一直缺乏根本保障，贫弱的小农经济始终无法将他们从半饥饿中解救出来。正常年景往往入不敷出，遇上灾疾难免雪上加霜。汉魏时期，天灾战乱连年，加之统治者残酷剥削，百姓普遍陷于贫困，食不果腹，不少文献记录了这一史实：

> 莽末，天下连岁灾蝗，寇盗锋起。地皇三年，南阳荒饥，诸家宾客多为小盗②。
> 中平以来，天下乱离，民弃农桑。诸军并起，率乏粮谷，无终岁之计，饥则寇掠……民多相食，州里萧条③。
> 秋七月，冀州大蝗，民饥，使尚书杜畿持节开仓廪以振之④。

汉魏时期，农业衰凋，土地失耕，灾荒屡见，农民流亡，不能穷举。

---

① 林银生等编著：《中国上古烹食字典》，第302页。
② 范晔撰，李贤等注：《后汉书》卷一上，第2页。
③ 徐天麟撰：《东汉会要》卷三十四，上海古籍出版社，1978年，第493页。
④ 陈寿撰，裴松之注：《三国志》卷二，第80页。

兵灾、饥饿、疾疫等致死无数,导致人口剧减,土地荒芜,社会生产遭到严重破坏,而这一切又形成恶性循环。至于民不聊生、饿殍遍野、人相为食之惨状,更可想见。曹植古诗《送应氏》云:

  ……侧足无行径,荒畴不复田。游子久不归,不识陌与阡。中野何萧条,千里无人烟……①

董卓胁迫汉献帝从洛阳搬到长安时,曾焚毁整个洛阳城。曹植写此诗时,此事过去已逾二十年,但洛阳还是荒凉如初。由此诗可窥见当时动乱中百姓流离、田野荒芜之状。既无耕种,焉有收获?百姓遭遇的饥馑可想而知。《陆疏》时代,时常在饥馑线边缘挣扎的劳苦大众有很强的备荒意识,除上文明确提到采莲子、采藻、采蕇以备饥荒,平时多做菜羹、糁蒸等食物,何尝不是为了节省主粮,留以备荒。

(三)节俭

这种将菜蔬掺入主食,煮成菜羹,或蒸成菜饼,以节省主粮的做法,也体现了庶民的节俭意识。《陆疏》中亦有这样记载:

  季春始生,可糁蒸以为茹。(【于以采蘋】)
  米面糁蒸,为茹嘉美。(【于以采藻】)

《陆疏》此两则描述百姓仅以蘋、藻煮成菜羹,加入米屑,蒸熟而食。而"米面糁蒸"可能类似后世蒸菜饼。本来,干饭、纯粮对长期未真正饱食、甚至挨饿的人而言,往往比稀食、杂粮更有吸引力;但对庶民而言,细水长流是很重要的持家理念,平时多吃稀食、粗杂粮,能节约很多开支以备荒年。而且采用蒸食既因生活物质贫乏所限,比如没有那么多油可供炒菜;但也是为了节俭。对他们而言,蒸食可节省主粮才最重要。现在山东地区至今还流传这句谣谚:"蒸吃省,烙吃

---

① 萧统编,李善注:《文选》卷二十,第974页。

费,连锅下面才得对。"①蒸食往往发得个大,且不用耗油,从制作成本来看,较烙食更俭省。虽然蒸食可以杀死食物中的寄生虫,也可较完整地保存食物的营养与原味,但这不是古代庶民首先要考虑的原因。此外在百姓看来,最省的方法是煮,因为煮食需加水,使食物变稀,而且还可掺入蔬果煮成羹,同样食料可烹制出更多食物,比蒸成干饭、馒头、烙成煎饼自然要省得多。"忙时吃干,闲时喝稀""糠菜半年粮"就是庶民生活现状和饮食心理写照。《陆疏》所记食品制作方法,蒸、煮很常见,也反映了当时庶民饮食文化中节俭的思想。

中华民族饮食文化最深厚的根基,深深植根于庶民日常生活中。《陆疏》呈现的庶民饮食文化层次及其思想,展现那个时期庶民特定饮食习惯与风貌,以及具有悠久历史渊源又延续久远的民族食俗,更揭示了一种跨越时空、绵延不绝的文化生命力。从日常餐饭到食材选择、烹饪技艺,庶民饮食实践既是物质生存的智慧凝结,亦是精神认同的文化载体。这些源自土地与劳作的朴素食俗,以其"日用而不觉"的渗透力,构筑了中华饮食文化最本真的底色,并在代际传承中不断焕发新的生机。对这一脉络的梳理,既是对历史肌理的还原,也是对民族文化基因的溯源——饮食之道,终归于民。

---

① 赵荣光:《中国古代庶民饮食生活》,第180页。

第六章　《陆疏》对后世《诗经》名物学的影响

《陆疏》作为第一部《诗经》名物学专著,常为后世文献征引。《四库全书总目》云:"《诗正义》全用其说,陈启源作《毛诗稽古编》,其驳正诸家,亦多以玑说为据。"①其实,这些文献不仅包括《孔疏》《诗缉》《毛诗稽古篇》《毛诗品物图考》等《诗经》研究专著,也包括农学专著《齐民要术》、礼仪及社会风俗专著《玉烛宝典》、佛经训诂专著《一切经音义》、古代类书《太平御览》等,可以说《陆疏》对后世影响遍及多个领域、多种学科。现有几篇论文对此问题进行简要概说,但均未结合具体文本对之进行深入分析与论述。因此,本章力图结合具体文本进行分析,论述《陆疏》对《诗经》名物学的具体影响。

唐代《孔疏》定《诗》于一尊,其相关名物训释全用《陆疏》,故搁置不论。后世《诗经》名物研究专著不少,限于篇幅,本章于宋、元、明、清《诗经》名物研究专著中各选一部代表性文字类著作,又选取清代徐鼎《毛诗名物图说》、日本冈元凤《毛诗品物图考》等图说类专著。所选著作,从朝代看,自宋至清;从内容看,涵盖《毛诗》、朱熹《诗经集传》、六家诗;从呈现形式看,有文字类、图说类;从国别看,有中有外。通过这些著作,盖可以窥《诗经》名物学之概貌,而探寻《陆疏》对后世《诗经》名物学影响之轨迹。

其他名物学著作,如林兆珂《毛诗多识编》本《陆疏》而衍;王夫之《诗经稗说》、陈大章《诗传名物集览》、焦循《毛诗草木鸟兽虫鱼释》等,均或多或少借鉴《陆疏》,此不详论。虽然"五四"以来不少研究

---

① 《四库全书总目》,《四库全书》第1册,第324页。

《诗经》名物的专著或多或少吸纳了《陆疏》训释的营养,如除扬之水《诗经名物新证》有时征引《陆疏》外,陆文郁《诗草木今释》、潘富俊《诗经植物图鉴》、高明乾、佟玉华、刘坤《诗经动物释诂》,吴厚炎《〈诗经〉草木汇考》,亦常征引《陆疏》作为一家之言。但考虑到它们较之传统《诗经》名物研究已呈现新变化,突出的表现是考辨名物时进行学科交叉研究,把地理学、考古学、民俗学、人类学、社会学、生物学等现代科学融入其中;且它们与《陆疏》文本书写风格也很不同,故未将这些著作纳入本章研究视野。

第一节　文字类著作

本节拟选取北宋蔡卞《毛诗名物解》、元代许谦《诗集传名物钞》、明代冯复京《六家诗名物疏》、清代多隆阿《毛诗多识》进行探讨。《毛诗名物解》是第一部以"名物"命名之专著,《钦定四库全书提要》称北宋研究名物训诂的学者仅蔡卞与陆佃两家,但据陆佃之子陆宰之《序》,《埤雅》乃注《尔雅》而成,而胡朴安评价蔡氏《毛诗名物解》乃"踵陆氏之例为之"[①],与《陆疏》关系更密切。《诗集传名物钞》是元代《诗经》名物研究的代表作,以朱熹《诗经集传》为蓝本,综合参考《陆疏》《经典释文》等资料,侧重联系名物的社会属性解释名物。而朱熹《诗集传》是"诗经宋学"的代表作,历经元、明两朝甚至清初而不衰,其注释名物多采陆说。《六家诗名物疏》涵盖"六家诗"名物研究专著,是明代《诗经》名物研究的代表作。《毛诗多识》共收《诗经》名物四百十六条,占《诗经》名物十之七八,为历来考订《诗经》名物规模最大之作。

一、蔡卞《毛诗名物解》

蔡卞(1048—1117),字符度,兴化仙游人。所撰《毛诗名物解》

---

① 胡朴安:《诗经学》,王云五主编:《万有文库》第一集,第 100 页。

二十卷,是宋代《诗经》名物训诂代表作,分为《释天》《释草》《释木》等十一类,这种分类体例,《尔雅》《陆疏》均有,可视为对蔡书的共同影响。

《毛诗名物解》大旨以王安石《字说》为宗,也大量照抄陆佃《埤雅》之文,且侧重联系名物的社会属性阐发诗义,而非训释名物的自然属性,这与《陆疏》侧重阐释名物生物特征迥异;但仔细比较两书,不难发现二者的传承痕迹。虽然《毛诗名物解》直接征引《陆疏》者仅"鹬""螽斯""莎鸡"数条,但可据此推测作者曾参考《陆疏》,这也从一个侧面说明《陆疏》作为训释《诗经》名物的第一部专著,又去古未远,而成为后世《诗经》名物训释绕不过去的参考资料。《毛诗名物解》有些条目训释名物,虽未注明资料来源,但也有《陆疏》训释的影子,大致有如下几种类型:

(一)化用。此类《毛诗名物解》看似没有直接征引《陆疏》,但与《陆疏》所释多相通。

柔韧宜为索,沤及曝尤善也。(【白华菅兮】)
菅沤畜而柔忍,故以之为索。(《毛诗名物解·卷四》"菅")

按:此则《毛诗名物解》介绍"菅"质地"柔忍",可为绳索,制作时要采用"沤畜"之法,与《陆疏》所训如出一辙。

木皮厚数寸,可为车辐,或谓之栲栎。(【山有栲】)
辐材也,南山有栲,言其坚久也。(《毛诗名物解·卷五》"栲")

按:此条《毛诗名物解》对"栲"材质、用途的训解与《陆疏》非常一致,指出"栲"材质坚固耐久,是制作车辐的好材料。

(二)补释。此类《毛诗名物解》对名物某些训解与《陆疏》部分相同,但比《陆疏》训释更详实。

梓实桐皮曰椅。(【梓椅梧桐】)
椅,梓实桐皮,非梓之正,非正而外若同焉,有椅之意。(《毛诗名物解·卷五》"椅")

按:此则《毛诗名物解》在《陆疏》基础上补释"非梓之正,非正而外若同焉"的特点。

一名仓庚……齐人谓之抟黍。(【黄鸟于飞】)
仓庚所以鸣其时也,故凡记时者皆言仓庚……仲夏黍登而声伏,故谓之抟黍。(《毛诗名物解·卷六》"黄鸟")

按:此则《毛诗名物解》较之《陆疏》,更详细介绍黄鸟又名仓庚、抟黍得名之由。

麕,獐也,青州人谓之麜。(【野有死麕】)
崔豹《古今注》曰:鹿有角而不能触,麜有牙而不能噬。麜,麕也,齐人谓麕为麜。麜如小鹿而美,故从麃也;章,美也。(《毛诗名物解·卷十》"麕")

按:此条《陆疏》仅介绍"麕"之异名,而《毛诗名物解》却引用崔豹《古今注》对麜的习性进行训释,另外训释麜之异名、形态、命名理据,比《陆疏》更翔实。

(三)订正。此类《毛诗名物解》订正《陆疏》讹误。

蓷似萑,方茎白华,华生节间。(【中谷有蓷】)
蓷,茺蔚也,萑也,茂于沃壤,当夏中和之时,旱则干,水则死,有和平之性。(《毛诗名物解·卷四》"蓷")

按:此条《毛诗名物解》订正《陆疏》"蓷似萑"之说,认为"蓷"即

"萑",二者为一物。其实《尔雅·释草》明言:"萑,蓷。"而清人赵佑亦有考证:"《尔雅》萑、蓷一物,不应言似。"①《毛诗名物解》作出这种判断,有补《陆疏》之遗者。

纵观全书,《毛诗名物解》吸纳《陆疏》者不多,有时吸纳《毛传》《郑笺》《尔雅》之意而另释。而有些条目《毛诗名物解》也如《陆疏》一样侧重训释生物习性、特征,而非《诗》义,如:

鹄劲如瘿,鹅颡如瘤,今鹅,江东呼鴚。长头,善鸣,又喜转旋其项,故古之学书者法以动腕,羲之好鹅者,以此亦取其自然而有行列……(《毛诗名物解·卷七》"鹅")

按:此则训释鹅之外形、异名、习性,训释角度与《陆疏》相似。只不过此类沿博物思路进行训释的条目在《毛诗名物解》中整体偏少。

陈振孙认为此书议论穿凿附会,征引琐碎,于《经》无补。此非无据,如其释"猱"云"而猱善猜,故从犬"②,释"兔"云"兔口有缺,吐而生子,故谓之兔"③,此类实为臆解。章太炎主张:"诠释旧文,不能离已有之训诂而臆造新解。"④蔡卞此书,舍弃《尔雅》《说文解字》等先儒训诂而穿凿臆解之处不少,是其局限;但《钦定四库全书提要》认为此书在名物研究上仍有一定学术价值:"然其书虽王氏之学,而引证发明,亦有出于孔颖达、陆玑之外者。寸有所长,不以人废言也。"⑤肯定此书较之《孔疏》《陆疏》另有发挥,不应以人废言。近现代著名文字训诂学家胡朴安也如此评价:"蔡氏著《毛诗名物解》,踵陆氏之例为之,而征引加博。"⑥我们认为,《毛诗名物解》不仅在分类上有参考《陆疏》者,有些条目的训释角度也同《陆疏》相类,训释名物之别名、形

---

① 赵佑:《草木疏校正》上,《续修四库全书》第64册,第五页。
② 蔡卞:《毛诗名物解》卷九,《四库全书》第70册,第571页。
③ 同上书,第568页。
④ 黄侃述,黄焯编:《文字声韵训诂笔记》,第223页。
⑤ 蔡卞:《毛诗名物解》,《四库全书》第70册,第535页。
⑥ 胡朴安:《诗经学》,王云五主编:《万有文库》第一集,第100页。

态、质地、颜色、用途等方面;还有些条目训释内容多有与《陆疏》相同者,如鸟类鹗、兽类麟、狼、麕等,虫类蟏蛸、蟋蟀、蟦蛴等;可说从训释体例、角度到具体内容均有借鉴《陆疏》之处。

二、许谦《诗集传名物钞》

许谦(1270—1337年),字益之,金华人。所撰《诗集传名物钞》(以下简称《许钞》)八卷,依经次考释朱熹《诗经集传》(以下简称《朱传》)中的名物,涉及天文、地理、典章、乐器、本草等方面,是元代《诗经》名物训诂代表作。《钦定四库全书提要》对之评价颇高:"是书所考名物音训,颇有根据,足以补《集传》之阙。"[①]《许钞》将名物训释和阐释诗义结合起来,侧重联系名物的社会属性解释名物,这些均与《陆疏》从博物角度、侧重介绍鸟兽草木虫鱼生物特性及用途迥异。

《许钞》训释名物,广征博引,力求真解,此点与《陆疏》如出一辙。前文已论,《陆疏》重先儒古注,其所征引包括《毛传》《郑笺》《尔雅》《方言》《说文解字》《释名》《山海经》《越绝书》《本经》《夏小正》《京房易传》《京房占》《韩诗》《三苍》《大戴礼记·王度记》《礼记·月令》《郊特牲》《内则》《春秋传》《外传》《货殖传》《淮南子》等古籍文献,《楚辞》、司马相如、扬雄、张衡、贾谊之赋等文学作品,蔡邕、张奂、犍为文学、舍人、樊光、刘歆等学者之考证;而《许钞》亦重前人古注,其所征引涵盖《毛传》《郑笺》《公羊传》《周礼注疏》《礼记》《夏小正》《白虎通》《汉书·地理志》《史记》《水经注》《孔疏》《经典释文》《通典》《尔雅注疏》《尔雅翼》《诗本义》《诗缉》《陈旸乐书》《诗地理考》等古籍文献,以及王安石、李樗、吕祖谦、严粲等人的研究成果,同样表现出严谨务实的学术精神。

《许钞》文辞简练,既重视先儒训诂成果,又不盲从,多少受《陆疏》影响。如前所论,《陆疏》基于《毛传》而疏,但不盲从,对《毛传》有选取、有改释。作为《诗经》名物训释第一部专著,《陆疏》表现出的质

---

① 《钦定四库全书提要》,《四库全书》第76册,第1页。

疑精神无形浸润于后世名物学研究。朱熹传《诗》亦如此,亦很重视汉儒所作训诂,曾云"汉魏诸儒,正音读、通训诂、考制度、辨名物,其功博矣"①,但绝不盲从,对众多文献,多精心剔择。马宗霍评之:"盖朱子之学,博综旁通,不欲以道学自限,其平居教人治经宜先看注疏,尤非空谈性命。"②《朱传》训诂选择性吸收《毛传》《郑笺》《陆疏》《经典释文》《孔疏》等先儒训诂成果,如《卫风·硕人》"葭菼揭揭",《朱传》释"菼":"菼,薍也,亦谓之荻。"③《毛传》:"菼,薍也。"《尔雅·释草》:"葭,芦。"郭璞注:"苇也。"《尔雅·释草》:"菼,薍。"郭璞注:"似苇而小。"④郭璞认为葭、菼非一种草。《陆疏》:"葭,一名芦菼,一名薍。薍,或谓之荻。"朱子采《毛传》《陆疏》之说而弃郭璞之说,而《许钞》则认为"蒹,薕荻,一物而三名也。初生为菼,长大为薍"⑤,也就是说,《许钞》不从《陆疏》《朱传》,认为"蒹"与"荻"为一物,而"菼"与"薍"为一物。可以说,在名物训诂上,《陆疏》开质疑先儒古注风气之先,这种质疑精神也对《许钞》产生一定影响。

《许钞》全书出现"陆玑"二十余次,其借鉴《陆疏》,主要有如下几类:

(一)节录。《许钞》训释名物或受朱熹影响。朱熹《记解经》云:"窃谓须只似汉儒毛、孔之流,略释训诂名物,及文义理致尤难明者。"⑥出于文字简练需要,《许钞》征引其他文献,大多节录。训释鸟、兽、草、木、虫、鱼,多节录《尔雅》《郭注》《孔疏》《诗缉》等文献的说法。如释"荇",仅节录《陆疏》"鬻其白茎,以苦酒浸之,脆美,可案酒"数句⑦;训"黄鸟""蕴""萎蒿""菲""麟"等,摘引《孔疏》所引《陆疏》。这种情况在《许钞》中很常见。

---

① 朱熹:《论孟精义序》,《四库全书》第 198 册,第 3 页。
② 马宗霍:《中国经学史》第十编,《民国丛书》编辑委员会:《民国丛书》第二编,上海书店,1990 年,第 115—116 页。
③ 朱熹集传:《诗经》,上海古籍出版社,2013 年,第 73 页。
④ 郭璞注,邢昺疏:《尔雅注疏》卷八,李学勤主编:《十三经注疏》,第 264 页。
⑤ 许谦:《诗集传名物钞》卷四,哈佛大学图书馆珍藏康熙己卯年(1699)通志堂抄本,第六页。
⑥ 朱熹:《晦庵集》卷七十四,《四库全书》第 1143 册,第 524 页。
⑦ 许谦:《诗集传名物钞》卷一,第十三页。

(二)存善。《陆疏》在唐宋时期已有不同版本,《许钞》择善而从。如"芄兰":

> 陆玑:蔓生,叶青绿色而厚,摘之白汁出,食之甘脆,鬻为茹,滑美。其子长数寸,似瓠子。(《许钞·卷二》)

按:此则《孔疏》《尔雅注疏》所引《陆疏》,仅"一名萝摩,幽州人谓之雀瓢"数字,而《诗缉》所引云:

> 陆玑曰:芄兰,一名萝摩,幽州人谓之雀瓢,蔓生,叶青绿色而厚,摘之白汁出,食之甜脆,鬻为茹,滑美。其子长数寸,似瓠子①。

按:相较之下,《孔疏》《尔雅注疏》所引《陆疏》过简,无"蔓生"已下文;《诗缉》较详细地介绍了苏兰的形态、味道、食用方法等。《许钞》择《诗缉》所引而录。《陆疏》毛本、赵本、丁本、罗本亦呈现此面目。

(三)增益。《许钞》有时会据《尔雅郭注》增益《陆疏》,使训释更详实。如训"凫":

> 凫似鸭而小,长尾,背有文。又曰:大小如鸭,青色,卑脚,短喙,水鸟之谨愿者也。(《许钞·卷一》)

按:此则《陆疏》仅"大小如鸭,青色,卑脚短喙,水鸟之谨愿者也"等文,《许钞》《尔雅郭注》增益"似鸭而小,长尾,背有文"等外形特征。

(四)质疑。《陆疏》本《毛传》,认为"螽斯"是"蚣蝑"。《许钞》认为"蚣蝑"乃"蜇螽",与"螽斯"不同;"螽斯"乃"阜螽",此说既质疑《孔疏》误从《毛传》,又表明《陆疏》将"螽斯""阜螽"别为两物不同。

---

① 严粲:《诗缉》卷六,《四库全书》第 75 册,第 90 页。

此外《陆疏》认为"螽斯"是蝗类,《许钞》质疑此说:"今见蝗群飞则有声,不见切股作声也。"①质疑《陆疏》所记不合实际。

《许钞》所考不乏新见,有些考辨为《陆疏》校勘留下有价值参考。如《陆疏》云:"蓷似萑。"(《陆疏》卷上)《朱传》云:"蓷,雉也。叶似萑。"②《许钞》正曰:

> 《尔雅》:"萑,蓷。"盖草本名萑,又名蓷。毛氏以"雉"字代"萑"字,故《传》从之。"叶似萑",《尔雅注》及《诗疏》皆作"叶似荏"。今《传》中"萑"字误。盖"雉"即"萑",不可谓之"似萑"也。《尔雅疏》:"臭秽草,充蔚也,又名益母。"荏者,白苏紫苏类也。(《许钞·卷三》)

按:《许钞》以《尔雅》正《陆疏》"蓷似萑"之物,因为蓷与萑为一物。《尔雅注》《诗疏》正《朱传》误"叶似荏"为"叶似萑",又以《尔雅疏》所训表明"蓷"(充蔚)与"荏"(白苏紫苏类)并非一物为证。《陆疏》今诸本除罗本外,均为"叶似萑",此点对后世校勘《陆疏》有启发意义,后人赵佑、罗振玉亦从此说。这类考证可折射出《陆疏》在后世的传承轨迹。

需要指出的是,《许钞》所引《陆疏》,多冠以"疏"字,或来源于《孔疏》《尔雅注疏》所引《陆疏》。《许钞》于"纲领"中引《孔疏》后注云:"后凡孔颖达疏,虽引他书,但云疏。若今自引它经而下连'疏'字,则他书之疏也。"③《许钞》中"疏",既可指《孔疏》,又可指他书之疏,要看语境。有时指《孔疏》,如训"草虫"引《疏》:

> 《尔雅》:草虫,负蠜。注:常羊也。小大长短如蝗,奇音,青色,好在茅草中。(《许钞·卷一》)

---

① 许谦:《诗集传名物钞》卷一,第十九页。
② 朱熹集传:《诗经》,第89页。
③ 许谦:《诗集传名物钞》卷一,第一页。

《孔疏》(全书《毛诗正义》统一简称《孔疏》):《释虫》云:"草虫,负蠜。"郭璞曰:"常羊也。"陆机云:"小大长短如蝗也。奇音青色,好在茅草中。"①

按:《许钞》此处所引之"疏"即指《孔疏》。《孔疏》引用《尔雅》《郭注》《陆疏》训释"草虫",而《许钞》几乎全引《孔疏》其文。此类还有"薇""鱣鲔"等名物之训释。有时指《尔雅注疏》,如训"荻":

《尔雅》:"萧,萩。"《疏》:"萩一名萧,今人所谓萩蒿是也……"(《许钞·卷三》)

按:《许钞》此处所引之"疏"连在《尔雅》之后,指《尔雅注疏》。《许钞》引《尔雅注疏》以证《朱传》误"萩"为"荻"。此类还有"虋""魴"等名物之训释。

有时直书陆玑之名征引,或来自《经典释文》所引,如训"蕨":

陆玑:周秦曰蕨,齐鲁曰鳖。(《许钞·卷一》)

按:此条《孔疏》未引《陆疏》,而《经典释文》引之,《许钞》或征引《经典释文》所引。

总之,《陆疏》虽在元代亡佚,但《许钞》多从《孔疏》《尔雅注疏》等文献摘引,采用节录、存善、增益、质疑等方式选择性吸纳《陆疏》成果;且其引用数量大大超过《毛诗名物解》,可看出随着时代迁移,《陆疏》对后世名物学影响呈逐渐加强的趋势。

三、冯复京《六家诗名物疏》

冯复京(1573—1622),字嗣宗,常熟人。所撰《六家诗名物疏》

---

① 孔颖达:《毛诗正义》卷一,阮元校勘:《十三经注疏》,第 51 页上。

(以下简称《冯疏》)五十五卷(图6.1),为明代《诗经》名物研究代表作之一。"六家"为《齐诗》《鲁诗》《韩诗》《毛诗》《郑笺》《朱传》。该书立足汉代经学,博采传注百家,参以新义;不分门类,但依经次,细致考辨《诗经》一千九百余种名物,考证精详,堪称明末《诗经》名物集大成之作。焦竑认为《冯疏》取《陆疏》及郑樵《昆虫草木略》而广之,且在鸟兽草木之外,新增象纬、堪舆、居食等很多门类,故高度评价《冯疏》"足以补陆、郑之遗,而起其废疾"①,肯定该书在《诗经》名物研究上所取得的成就。

图6.1 哈佛图书馆藏明代万历刊本《六家诗名物疏》书影

《冯疏》"引用书目"明确列出"陆玑《草木虫鱼疏》",居草木类参考书之首;《冯疏》全书,"陆玑"出现近一百三十次,《陆疏》出现四十余次,可见《陆疏》是《冯疏》的重要参考书目。其征引《陆疏》,主要有两种方式:

(一)全引。此类照录《陆疏》全文,如"雎鸠":

---

① 焦竑:《诗名物疏序》,冯复京:《六家诗名物疏》,哈佛图书馆藏明代万历刊本,第二—三页。

> 陆机《疏》云：鸤鸠，大小如鸱，深目，目上骨露。幽州人谓之鹫。而杨雄、许慎皆曰：白鹭似鹰，尾上白。(《冯疏·卷一》)

按：此则直引《陆疏》文字，又补充扬雄、许慎所训。《冯疏》此条将《陆疏》之文置于《尔雅》《郭注》《禽经》《毛传》《郑笺》《韩诗说》《风土记》《草木虫鱼图》《朱传》《诗缉》《左传注》《列女传》《淮南子》等文献之中，作为一家之言。此则文字全同于《孔疏》所引《陆疏》，而与《陆疏》今诸本有不少差异，可见《冯疏》征引《陆疏》，还以《孔疏》所引为参照。此类全引条目还有"螽斯""薇""唐棣""菲""荼""流离"等条。

(二) 节录。此类照录《陆疏》部分文字，如"鸤鸠"：

> 陆机《疏》云：今梁、宋之间谓布谷为鸤鸠，一名击谷，一名桑鸠。(《冯疏·卷五》)

按：此条与《陆疏》陶本相较，未引"鸤鸠，鹄鹪"及"按"以下文字。此类情况还有"阜螽""甘棠""唐""栗""椅""桐"等条。

《冯疏》所引文字不同于《陆疏》今本者，或从《孔疏》所引《陆疏》，如"雎鸠""鹑"等条。陶本主要据《孔疏》而辑，《冯疏》此举，堪补陶本之遗。或因节录，如"蓫"。冯氏自言征引它书常采取节录方式："或芟繁就简，或移后从前，或著论隐括其言，或他章错综其义。"[1]因此，其所引文献很多与原书相比异文较多，若要考证，须查核原书。

《冯疏》引用《陆疏》大体呈现以下特点：

其一，无论全引还是节录，《冯疏》对《陆疏》文字基本直接引用，这是其引用文献的主要方式。将《陆疏》作为一家之言，置于《尔雅》《毛传》《郑笺》《说文解字》《广雅》《埤雅》《尔雅翼》等先儒训诂成

---

[1] 冯复京:《六家诗名物疏》卷一，第二页。

果之中,《冯疏》所引皆列出所据,而不略去作者名姓,体现其严谨学术态度与尊重别人成果的精神。

其二,侧重名物生物特征与习性,不列别名。《陆疏》往往不厌其烦列出同一名物别名,而《冯疏》基本略去不引,与其侧重考辨名物之实有关。

其三,除引用《陆疏》为考证依据外,《冯疏》往往对《陆疏》提出质疑。除上文"雎鸠",又如释"鸠",在征引《毛传》《尔雅》及郭注、某氏曰、孙炎曰、《月令》《证类本草》《广雅》《埤雅》《周书·时训》、许慎云等训诂中,征引《陆疏》之后,又云:

故曰班鸠,与此鹘鸠全异,机之言非。今此鸟喜朝鸣,故曰鹘嘲也。(《冯疏·卷十七》)

按:此条《冯疏》综合《尔雅》《广雅》《埤雅》等文献,认为《陆疏》"鹘鸠,一名斑鸠"之说非,而斑鸠与鹘鸠全异。又如"阜螽",《冯疏》按云:"陆机直谓为蝗,殊不思蝗是灾虫。"[①]此类按语《冯疏》中不少,这些质疑,均体现作者不盲从先儒研究成果的精神。

刘毓庆评价《冯疏》"过于依赖于文献,而又无力疏通其间关系,故虽博而多有不通"[②]。的确,冯复京遇众家歧说而无从考证者,往往质疑而不定是非,但愚以为这恰恰体现名物研究之难,和作者严谨学术态度。质疑、存疑不仅为后人提供考辨线索与资料,也推动《陆疏》及《诗经》名物研究走向深入。

四、舒穆禄·多隆阿《毛诗多识》

舒穆禄·多隆阿(1794—1853),字文希,岫岩(今属辽宁省庄河市)人,道光五年(1825年)得"拔萃科"榜首。世袭经学,百家传注,无不备览。其著《毛诗多识》十二卷,悉依经次,共收《诗经》名物四百

---

① 冯复京:《六家诗名物疏》卷五,第十二页。
② 刘毓庆:《从经学到文学——明代〈诗经〉学史论》,商务印书馆,2003年,第154、156页。

十六条,占《诗经》名物十之七八,洪湛侯称之"当为历来考证《诗经》名物规模最大的著作"①。

《毛诗多识》多全引或节录《陆疏》,与《毛传》《郑笺》《尔雅》及郭注、《说文解字》《左传》《禽经》《诗缉》等文献并列,作为一家之言。《毛诗多识》不仅征引《陆疏》数量较《毛诗名物解》《诗集传名物钞》等专著大有增加,而且其训释理念、态度多有与《陆疏》切合处。可以说,《陆疏》对《毛诗多识》的影响不仅仅是作为必备书目为后者提供文献参考,而且其训释态度、理念等已融入《毛诗多识》的血液。换句话说,《毛诗多识》对《陆疏》的继承不仅止于文字层面,还上升到训释思想、精神层面。

《毛诗多识》对《陆疏》训释思想、精神的借鉴,主要有以下几方面:

(一)重博引众说。《陆疏》秉承毛诗学广征文献考证治学传统,训释名物尽可能广征博引,以资考辨。这一训释理念很好地为多隆阿所传承。董宇炜《阳宅拾遗叙》对《毛诗多识》考证成就评价颇高:"凡葩经所载草木鸟兽,异名同物,莫不援古证今,以求诸实。"②此论诚是。多隆阿再序云"于陆玑《草木疏》,尝病其简略"③,故其考证名物注重广征博引,唯恐不详,往往尽可能征引前儒训诂成果,相互参照,细辨优劣。如"螽斯":多隆阿征引《毛传》《郑笺》《尔雅》及郭注、《陆疏》《孔疏》《诗缉》与苏辙、朱熹之说,肯定严粲以螽斯为蝗甚当,同时指出阜螽与螽斯并非一物,又进一步指出阜螽、斯螽、螽斯之别,考辨精详。在此基础上,认为诗人取"螽"以兴后妃子孙之众,驳斥《郑笺》谓"蚣蝑独不妒忌"乃杜撰之辞④。

(二)重实证考察。除尽量广泛征引先儒文献,《陆疏》很注重目验实证,唯恐所考名物不实。前文已论,陆玑对名物形态、味道、生长

---

① 洪湛侯:《诗经学史》,第537页。
② 王树楠、吴廷燮、金毓黻等纂:《奉天通志》,沈阳古旧书店,1983年,第4776页。
③ 多隆阿:《毛诗多识·再序》,《续修四库全书》第72册,第564页。
④ 多隆阿:《毛诗多识》卷一,《续修四库全书》第72册,第569页。

节律、生活环境及习性介绍,很多建立在长期深入观察的基础上。多隆阿亦秉承此理念,认为传闻不如亲见,视影不如察形,而察物尤为重要,其《自序》云:"窃思考据之学,原贵多闻,而尤贵多见。居近山川原隰之间,羽毛动植之物,日与耳目相习,留心察之。"①亲证目验是多隆阿释疑求真的重要方法,他对名物的解释很多来于亲身考察,如"螟蛉"之辨。"螟蛉"自《郑笺》云"蒲卢取桑虫之子,负持而去,煦育养之,以成其子"始②,许慎、扬雄、陆玑诸家皆主"虫化蜂"之说。陶弘景经过观察,认为螟蛉自生子,如粟粒,捕取螟蛉,以饲其子,此说后人多有从者。多隆阿有感于后人所见与先儒有异,便长期观察书房衔土为巢之蜂,经目验实证,云:

  见蜂始生之子寄于他虫身者,形如米粒,黄白色,长而不圆。少大者形如巨蛆,再大者有头足,再大则生翼,欲出矣。其未成者虫蛛盈窠,将成者虫蛛为蜂子,蚀残蜂已飞去,则此穴已空,惟余虫蛛蜕皮也。是蜂长成之候,则虫蛛无余。陶氏诸家之说,洵不诬矣③。

  多隆阿经过反复观察,认同螟蛉自生子,形如米粒,寄于它虫,以之为食,成蜂而后飞,并非许慎、陆玑诸家所言,螟蛉乃桑虫所化。多隆阿经过长期观察,又广参群籍所载,证明陶弘景诸家之说无误,而《说文解字》《陆疏》等文献为非。这种实证考察的训释精神既是对《陆疏》等先儒学术成果表现出来的训释精神的传承,又促进了《诗经》名物、《陆疏》的研究。

  (三)重名物今名。《陆疏》训释重一物多名,尤其重视列出与古名对应的时名。如"芣苢"《陆疏》不厌其烦列出"马舄""车前""当道"等名,还加上"今药中车前子是也"之句,便于时人辨识。而《毛诗

---

① 多隆阿:《毛诗多识·自序》,《续修四库全书》第72册,第563页。
② 孔颖达:《毛诗正义》卷十二,阮元校勘:《十三经注疏》,第419页。
③ 多隆阿:《毛诗多识》卷九,《续修四库全书》第72册,第639页。

多识》在这点上与《陆疏》可谓同声相应。多隆阿往往于古号中杂以俗名,如介绍"鳣鲔"之俗称:

> 俗呼鳣为阿巴尔鱼,呼鲔为乞黎妈鱼,总名曰鲟鳇,又曰秦黄,又曰黄鱼①。

按:此则多隆阿将当时人们熟知的俗名与《诗经》名物对应,便于人们辨识,也增加了训释的直观性与趣味性。

(四)不盲从古说。陆玑为《毛诗》作疏,训释以《毛传》所释为起点,但不盲从《毛传》。前文论及《陆疏》对《毛传》所释有全取补释、选取补释、全舍改释三种,特别是"驳马",《毛传》认为是兽;陆玑则以里语、诗中句式及内容相对称特点为证,认为驳马是树而非兽。多隆阿训释名物亦持此理念,认为学者解经,不可俟信古说。其于"苤苢"条后云:"古说不可尽信,而徒据旧闻者亦未必无遗憾也。"②这种不盲从古说,不徒据旧闻注释名物之法,体现了乾嘉征实求是的学术精神。本来,后世学者考证名物,所据文献除《毛传》《郑笺》外,首推《尔雅》,次则《陆疏》《说文解字》,及诸家本草注释;但其说往往互异,不能相通。故不盲从古说,细致考辨,对名物研究而言非常必要。

(五)不妄加论断。陆玑对自己不太清楚的问题往往持"宁阙勿强"的态度,如对本草药效介绍非常慎重,仅言己所知。多隆阿对无充分证据作出判定之物,往往"备载先儒之说,不加论断,以俟后贤折衷"③。在这点上,又能看到《毛诗多识》对《陆疏》训释精神的影子。多氏对不甚明了之物,不妄加论断,仅备载先儒之说,这种严谨训解名物态度,不能说全承自《陆疏》,但也不能说没有《陆疏》的浸润。

总之,《毛诗多识》不盲从、不妄断和重援古证今、目验实证的考据

---

① 多隆阿:《毛诗多识》卷四,《续修四库全书》第72册,第589—590页。
② 多隆阿:《毛诗多识·自序》,第569—570页。
③ 同上书,第563页。

态度与方法,与《陆疏》有较深的血缘,虽不能说全从《陆疏》而来,但既然视《陆疏》为重要参考书,必然深受其影响。也因其广参群籍,严谨考证,它成为清代《诗经》名物学一个突出的代表。

第二节　图说类专著

最早系统运用图学方法研究《诗经》的著述,是唐代《毛诗草木虫鱼图》,可惜早已亡佚。之后明代钟惺《诗经图史合考》、清代徐鼎《毛诗名物图说》、高朝瓔《十五国风诗经地理之图》等图学著作,它们在不同方面均或多或少借鉴《陆疏》。日本渊在宽《诗疏图解》每条首列《陆疏》原文,下附日文考证与图绘。而徐鼎《毛诗名物图说》(以下简称《图说》)与冈元凤《毛诗品物图考》(以下简称《图考》)被一些学者视为《诗经》图学研究中两部总结性著作。本节将围绕这两部书,探究《陆疏》对图说类名物著作的影响。需要指出的是,虽然这两部著作中所涉及的一些训诂理念、方式等并非《陆疏》首创或独有,但因《陆疏》是这些名物学著作的重要参考书,故可以说《陆疏》在这方面也对其有一定影响。

一、徐鼎《毛诗名物图说》

徐鼎,字峙东,清江苏吴县人。其著《毛诗名物图说》九卷,以物名为标题,依照经次,不按《陆疏》草、木、鸟、兽、虫、鱼顺序,而以鸟、兽、虫、鱼、草、木为序图说名物,收录255种动植物,一物一图。《毛诗》图说,南朝梁有《毛诗图》三卷,唐有《毛诗草木虫鱼图》二十卷,均已亡佚,徐鼎此书是现存最早的《毛诗》图说著作,有重要文献价值。

据洪湛侯统计,《图说》征引之书达126种,其中《尔雅》见135次,郭璞注见105次,《陆疏》见98次,《埤雅》见95次[①]。《陆疏》被征引频率仅次于《尔雅》及郭注,成为《毛诗名物图说》核心参考书目。

---

① 洪湛侯:《诗经学史》,第536页。

《图说》对《陆疏》的借鉴主要有以下几方面:

(一)训释理念。《陆疏》秉承古文经学广征文献考证的治学传统。既重据古援今,又重目验实证。而《图说》不仅博采群籍,援今释古,且询诸刍荛,甚至目验实证,方行图写。

1.博采古籍。徐鼎自言:"名号难识者,荟说以参之。爰据《山经》暨唐宋《本草》,有或未备,考州郡县志,诹之土人。"①《图说》宗主汉学,引用《毛传》《郑笺》《孔疏》之外,据庄雅州统计,《图说》引用《陆疏》《雅》学、本草系列及《说文解字》之说达600余次,而引用《朱传》仅13次②。而《山海经》《禹贡》《夏小正》《礼记·月令》《周书》、李巡注、樊光注、《方言》《禽经》《博物志》《淮南子》《春秋繁露》《韩诗章句》《韩诗外传》、杜预《左传注》《列女传》《诗缉》《太平御览》、范处义《诗补传》、《通志》等被高频引用典籍之外,《晋安海物异名记》《格物总论》《化书》《龟经》《相贝经》《相鹤经》《养鱼经》《仓颉解诂》等较冷僻之书,亦纳入视界,可以说经传子史、《山经》《本草》、方志等,凡益于训释,则博搜慎取。扬之水《诗经名物新证》比较《图说》与《图考》两书时曾说:"比较而言徐图的文字说明更详细一些,即所谓'博引经、传、子、史外,有阐明经义者,悉据拾其辞'。"③此为中肯之论。

2.目验实证。《图说》博采典籍之外,亦重目验实证。徐鼎自序云:"凡钓叟、村农、樵夫、猎户,下至舆台皂隶,有所闻,必加试验而后图写。"④通过目验实证,以补征引文献的不足。这点与《陆疏》一脉相承。如:

> 形如鸡而小,毛斑色,短尾。雄者足高,雌者足卑。其性畏寒,其雄善斗。夜则群飞,昼则草伏。人能以声呼取之,畜令斗搏。今吴中呼为鹌鹑。(《图说·卷一·鸟》"鹑")

---

① 徐鼎:《毛诗品物图说·发凡》,乾隆辛卯年刻本,第二页。
② 庄雅州:《"毛诗名物图说"与"毛诗品物图考"异同论》,《诗经研究丛刊论文》2015年第二十七辑。
③ 扬之水:《诗经名物新证》,第2页。
④ 徐鼎:《毛诗品物图说·序》,第二页。

按：此则《图说》详细介绍鹑之雌雄、形体、习性、俗名，其"夜则群飞，昼则草伏""人能以声呼之"等生活习性的描述，非目验不能写出，我们似乎看到《陆疏》释"鹤"影子：

> 形状大如鹅，长三尺，脚青黑……常夜半鸣……其鸣高亮，闻八九里，雌者声差下。今吴人园囿中，及士大夫家皆养之。(【鹤鸣于九皋】)

按：《陆疏》"鹤鸣于九皋"条，详细介绍鹤之形态、身长、高度，细到鹤之脚、顶、目、羽毛的颜色；介绍其鸣声特点；最后点出鹤乃当地人园囿之中常养之物种，表现《陆疏》极重目验实证的特点。此外，《图说》对"鹑"的关注点都与《陆疏》对"鹤"的关注点很相似，二者都涉及这一动物的形体、脚的长度、夜晚的行为、雌雄某一方面的区别，最后以"今吴(中)人"收束，联系实际进行佐证。对不同名物展开训释却有这么多相似点，应该不是偶然，而是《图说》着意模仿《陆疏》的结果。

3. 援今释古。徐鼎常以方俗之言沟通古今称名之异，如"乌"："以吴地所产验之，有此三种乌，即今呼谓老鸦也。"(卷一第六页)"鲂"："今吴中呼为鳊鱼。"(卷四第一页)"鲋"："今吴中呼为白鲢。"(卷四第三页)"熏鼠"："今吴中呼为地鼠。"(卷二第十页)"蕨"："今吴人呼之为鳖脚菜。"(卷五第四页)"凫"："今俗呼为野鸭阵。"(卷一第八页)《图说》中类似这样提及吴地、吴中、吴人、吴俗近30次，提及今人、俗呼、里语、谚云、语云、南方者10余次，均为援今释古之例。吴地是徐鼎故乡，吴语是其母语，加之他喜欢田野调查，故常以方俗之称来沟通古今、四方、雅俗之异。这样既为考释增添一类证据，又增强了训释的通俗性。

(二)训释方式。前文已论，《陆疏》训释，常用直训、义界、宜物三种训释方式，《图说》亦不乏其例，依次聊举几例：

1. 直训。即对事物种属、形态、颜色、声音、质地、用途、产地等方面进行直观介绍。《陆疏》可谓开此风气之先，《图说》踵其后，侧重对动植物性状进行具体描述。

> 此虫湿生,多足,大者长半寸余,灰色,背有横纹蹙起,常惹着地鼠背,故有妇、姑诸名。室无人扫多有之。(《图说·卷三·虫》"伊威")
>
> 葛根外白内紫,其叶三尖,其花累累成穗,红紫色,其子色绿。绩其皮以为布。(《图说·卷五·草上》"葛"见图 6.2 左)

按:此两则分别对伊威之大小、花纹、习性、所在,葛之根、叶花、子的形状或颜色,葛皮之用途,进行直训,让这两种名物具体可感。

2. 义界。即用一句或几句话来阐明词义界限,对概念内涵作出阐述或定义[①]。黄建中认为,在名物训诂中,以事物种属、形状、颜色、数量、大小、性别、性格、情态、声音、质地、材料、用途、产地、相关时间、所在等方面下定义,设立界说,就是一种义界[②]。前文已论,《陆疏》多用此方式训释名物,而《图说》也常用此法:

> 特鲂鲔之类。(《图说·卷四·鱼》"鳏")
> 猛兽也。(《图说·卷二·兽》"貔")

按:此三则分别对鳏、貔之种属,葭之不同种类及相应名称进行界定,以揭示它们的物类,与《陆疏》中主训词+义值差这种下定义的格式非常相似。

3. 宜物。即以人们习见动、植取象比类,通过比喻、联想、比况等方式形象描述。

> 狸身虎面。(《图说·卷二·兽》"猫")
> 前阔后狭,颇如蝉状。(《图说·卷三·虫》"蜮")

[①] 郭在贻:《训诂学(修订本)》,第 46 页。
[②] 黄建中:《训诂学教程》,荆楚社,1988 年,第 173 页。

形如草上小青虫。(《图说·卷三·虫》"螟")

按:此三则以宜物方式分别描述猫、蛾、螟之形态,非常直观,与《陆疏》很多条目非常相似。虽说宜物这种训释方式并非《陆疏》首创,但既然《陆疏》是《图说》的重要参考书,便自然给《图说》一定影响。

(三)具体内容。《陆疏》既是《图说》案头书,《陆疏》很多说法被《图说》继承。有时用以考辨,有时在《陆疏》基础上发挥,如"纻"(图6.2右),在独引《陆疏》后按云:

苎麻作纻,可以绩纻,故名纻。凡麻细者为絟,粗者为纻。剥其皮必先沤之于水,使之柔韧,绩以为布。今吴中呼为绩苎是也。(《图说·卷六·草中》"纻")

按:将之与《陆疏》比较,不难发现《图说》"苎麻作纻""剥其皮必先沤之于水,使之柔韧,绩以为布"等描述,不过是对《陆疏》"纻,亦麻也""今南越纻布,皆用此麻"的阐发。

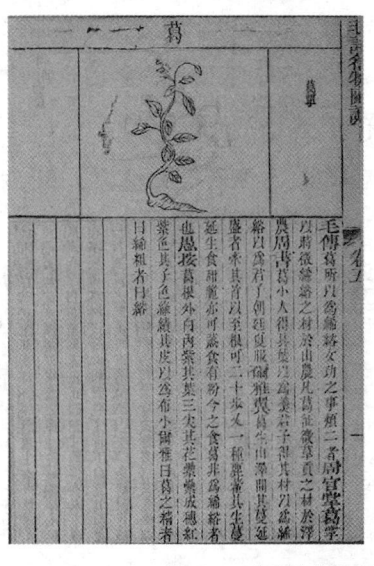

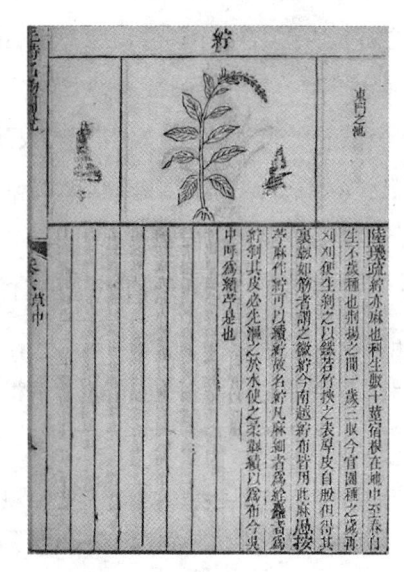

图6.2 《毛诗名物图说》中的葛(左)、纻(右)

从训释理念到训释方式，《图说》均有借鉴《陆疏》之处。可贵的是，《图说》并不盲从《陆疏》，认为《陆疏》训释不当处，则详加考辨并下案语。如"鹗"，徐鼎经过考证《尔雅》《孔疏》《异物志》等文献，认为"《陆疏》以鹗为鹛者非"（卷一第九页）。这些借鉴《陆疏》的表现，较之前人名物著作对《陆疏》的继承情况，要深入许多。

二、冈元凤《毛诗品物图考》

冈元凤(1737—1787)，字公翼，号白洲、淡斋，日本浪华河内人，日本江户时代汉学家，以医为业，嗜名物学。其著《毛诗品物图考》（简称《图考》），以《毛诗》为底本，分草、木、鸟、兽、虫、鱼六部，共收诗258条，配图211幅。

据初步统计，《图考》引用《朱传》计171条，直接引用《陆疏》或以陆玑之说为证者约30处。因《朱传》本身很多训释乃吸纳《陆疏》，故亦可说《图考》引用《朱传》者有些内容间接吸纳《陆疏》。此外，《图考》有时会指出这种因袭关系，如"蔚"，《图考》征引《朱传》后按云："牡菣二种，一为齐头蒿，一为马新蒿，陆玑所释即马新蒿，《集传》因之耳。"①此类算《图考》综合参考《陆疏》与《朱传》。从这些征引情况大致推测，《陆疏》在《图考》所释条目中出现率不低。《图考》一般节录《陆疏》，其对《陆疏》的借鉴，大致有以下几种情况：

（一）吸纳广证训释理念。《陆疏》作为古文经学毛诗学一支，秉承其广征文献考证治学传统。

名物随时代变迁，有古今、雅俗之异，故考辨名物，须仔细考辨典籍所载，准确描述名物性状。冈元凤一方面尽可能吸纳前人学术成果。广泛征引《毛传》《郑笺》《尔雅》《埤雅》《尔雅翼》《尔雅注疏》《通雅》《礼记》《夏小正》《说文解字》《名医别录》《四时纂要》《孔疏》《本草衍义》《本草图经》《本草纲目》《吕氏家塾读诗记》《诗缉》《通志略》《陆疏广要》《物类品骘》《韩非子》《管子》《孟子》《左传》《鲁语》《淮

---

① 冈公翼纂辑：《毛诗品物图考》，平安杏林轩、浪华五车堂刻本，1785年，第六页。

南子》《焦氏易林》《颜氏家训》《裴氏新书》《古今注》《三国志》《易通卦验》《易纬》《急就篇》《六书故》《字汇》《正字通》《说约》《酉阳杂俎》《典籍便览》《致富全书》《五杂俎》《因树屋书影》《花镜》《花史》等文献,力求荟萃群书所载而折衷之,使训释有据。其自序云:"毛、郑、朱三家为归,有异同者,会萃群书而折之,采择其物,图写其形,要以识其可识者耳。"①当然,由于对一些文献缺乏抉择,所训不免芜杂之弊。另一方面,注重目验实证。日本儒学家柴邦彦序云:"公翼业医,其于本草固极精极博,如于此图乃绪余,左右逢原者,犹尚考核不苟,皆照真写生。至于郊畿不常有,若白山之鸟、常陆之獐,则必征之其州人,遐陬绝境,虽远不遗。"②紫邦彦极赞冈元凤研究名物考核不苟精神,言冈氏日常所见自不必说,即便地处偏远不常见之物,也一定向其州人征询。

(二)借鉴训释方式与体例。前文已论,《陆疏》训释方式主要有直训、义界、宜物三种,其训释常围绕事物名称(包括异名)、生长地、形态、味道、日常用途等方面展开训释,或证以文献,或联系实际,通俗易懂。《图考》以引用文献记载为主,有时以按语另释,其训释方式、体例与《陆疏》如出一辙。如"鹜":

秃鹜,一名扶老,状如鹤而大,头项皆无毛,张翼广五六尺,举头高七八尺,鸟之大者。《鲁语》"海鸟曰爰居,止于东门之外",是也。(《图考·卷三·鸟部》)

按:此则《图考》围绕"秃鹜"之异名、形态直训,后证之以文献,其体例与《陆疏》亦相似。又如训"谖草":

合欢,树名。(《图考·卷一·草部》"焉得谖草")

---

① 冈公翼纂辑:《毛诗品物图考》,第二页。
② 同上书,第二—三页。

按：此则《图考》以义界思维界定"合欢"属性，与《陆疏》一样使用判断句格式。

又如"贝母"：

> 贝母今多有之，名捌紫由栗，茎叶俱如百合，花类钢铃兰心，根聚贝子。(《图考·卷一·草部》"言采其蝱")

按：此则介绍贝母今名，茎叶、花、根形态，宜物思维的运用，让训释更形象、直观，"××如××"亦合《陆疏》用语习惯。

总之，细致推敲《图考》为数不多的训释文字，发现其训释思维、甚至体例与《陆疏》极为相似。

(三)沿用相关术语。《图考》中有些训释术语、分类术语、形态术语均沿用《陆疏》。

1. 训释术语。除上文"如"外，还有"为""似""曰""即""谓之""也""云""名"等，如"黍"：

> 黏者为黍，不黏为稷。(《图考·卷一·草部》"彼黍离离")

按：此则《图考》以"××为××"判断句进行训释，且两种相反属性对举，这是《陆疏》常用的训释方式，如《陆疏》"有蒲与荷"："其花未发为菡萏，已发为芙蕖。"

> 芩，无地不生，有二种，大曰和被十黄，小曰迷被十黄，叶如竹而柔软，宜牛马食之。(《图考·卷二·草部》"食野之芩")
> 芩草，茎如钗股，叶如竹，蔓生泽中下地咸处，为草真实，牛马皆喜食之。(【食野之芩】)

按：《图考》释"芩"，训释术语"曰""如"与《陆疏》同。此外，"牛马食之"句式与《陆疏》亦相类。

芑是苦菜而青白色者,即白芑。(《图考·卷二·草部》"薄言采芑")

按:此则《图考》使用"××即××"判断句形式。

莞……此方人谓之紫呼貌。(《图考·卷二·草部》"下莞上簟")

按:此则《图考》使用"谓之"句式。
总之,细读《图考》,会发现其训释术语多有沿袭《陆疏》处。此不一一罗列。
2.分类术语。《陆疏》常见分类术语"科生""蔓生"等,亦时被《图考》沿袭,如"茜",《图考》云:

茜,一作蒨,方茎,蔓生,叶似枣,每节四五叶对生,至秋开花,结实如小椒。(《图考·卷一·草部》"茹藘在阪")

按:此则除沿用"蔓生","似""如"也是《陆疏》常用训释术语。
3.形态术语。有"赤白""毛刺"等。如"棠":

实如小楝子,有赤白,味不佳。(《图考·卷三·木部》"蔽芾甘棠")

甘棠……但子有赤白美恶。(【蔽芾甘棠】)

按:此则《图考》对"棠实"颜色描述参考《陆疏》。
《图考》借鉴《陆疏》而不盲从之,有时对《陆疏》进行考异,如"蓷":

蓷,当作萑,《孔疏》引《尔雅注》,误荏作蓷,《集传》亦讹耳。《郭注》本作萑,《埤雅》亦同。(《图考·卷一·草部》"中谷有蓷"）

按：《陆疏》今本除罗本外皆作"萑"，此则《图考》据文献认为"萑"当作"萑"，亦是对《陆疏》进行考异。

有时对《陆疏》进行补佚。如"莱"：

《陆疏广要》诸韵书俱引《草木疏》云"莱,藜也"，今《疏》本文不载,可见《陆疏》逸去者甚多。（《图考·卷二·草部》"北山有莱"）

按："藜也"二字，《陆疏》现行诸本除罗本外均不载，《图考》指明所出文献，并推断《陆疏》逸去者甚多，这些发现与事实，为《陆疏》辑佚提供线索。

（四）作为图写依据。要图物之形，先得知其为何物。《图考》往往据《陆疏》以断某物之类属。如"駮"，《毛传》以为"兽"，《图考》先列《毛传》《朱传》之说，指出《朱传》乃因袭《陆疏》。后引《陆疏》为证："山有苞棣，隰有树檖。皆山隰之木相配，不宜谓兽。"①其图说自表明《毛传》"駮，如马，倨牙，食虎豹"之训为非。又如"流离"，《朱传》以为漂散之义，非鸟名；《图考》按语引《尔雅》、郭璞注及《陆疏》"自关而西谓枭为流离"，并按断："流离之为鸟，不可改也。"②明《朱传》之非（图6.3）。

冈元凤以医者之身从事《诗经》名物研究，自有得天独厚优势。郑樵就曾评论过这一现象："大抵儒生家多不识田野之物，农圃人又不识《诗》《书》之旨，二者无由参合，遂使鸟兽草木之学不传。惟《本草》一家，人命所系，凡学之者务在识真，不比他书，只求说也。"③读书人大抵少农耕经验，疏于田野知识；而医者因本草之学乃人命所系，自然注重实证、求真，而多不会囿于纸上谈兵。如此，研究《诗经》名物，自

---

① 冈公翼纂辑：《毛诗品物图考》，第十五页。
② 同上书，第五页。
③ 郑樵：《昆虫草木略·序》，第三—四页。

图 6.3 《毛诗品物图考》中"隰有六驳"(左)、"流离之子"(右)条目

比纯儒多一份实际经验。其对《陆疏》的借鉴,不仅体现吸纳《陆疏》记载,更深入到训释理念、思维、术语等方面。也说明《陆疏》对名物学之影响远及日本。

《图说》于乾隆三十六年(1771)出版,1808年在日本覆刻梓行;《图考》1785年出版。两书均图文并茂,能增加训释直观性、可读性,这是图说类著作自身优势。两书均重视实证、考辨名实、区分品种、描述性状,均在《诗经》名物学领域取得较高成就。扬之水《诗经名物新证》比较《图说》与《图考》两书时曾说:"徐氏教学为业,而自幼用心《诗经》名物;冈元凤毕生从医,精于本草,两家都很注意实践,并且颇有实事求是的精神。"[①]但与《图考》时有注明"未详"者不同的是,《图说》所录,徐氏无不用心稽考,绝无阙疑者。这一方面体现作者所占有文献多寡之异,一方面也体现徐鼎考证功夫之深。而两书对事物名称、形状、特征,考据崇实,言必有征,明显吸纳《陆疏》训释理念与思维,均可视为《陆疏》对《诗经》名物学图说类著作有较深影响的显证。

---

① 扬之水:《诗经名物新证》,第2页。

欧阳修《博物说》言："草木虫鱼，《诗》家自为一学。"①本章通过对《诗经》名物学文字类、图书类代表著作进行研究发现，《陆疏》对后世《诗经》名物学影响大体呈以下几个特点：

其一，《陆疏》越来越受后世名物学者重视，表现为被征引数量呈递增趋势，被借鉴方式从单一文献征引到吸纳训释思想与理念等逐步多元化过程。比如，蔡卞《毛诗名物解》很少《陆疏》或陆玑其名，而多化用；《许钞》征引数量较蔡卞略增多，多为节录；《冯疏》数量更多，多为直接引用，对《陆疏》有更多质疑。

其二，对《陆疏》借鉴涵盖训释理念、体例、术语与质疑精神等多方面，体现《陆疏》的影响由表层越来越深入。

其三，诸家对《陆疏》训释批判继承，对一些有争议的训释进行探讨，如"草虫"，《图说》认为"诸家说草虫纷纷，惟《陆疏》似蝗者为是"（卷三第一页）；如"阜螽""明是蚱蜢无疑也"（卷三第二页）。但整体而言，多沿用旧说，对《陆疏》考辨不够，多作为一家之言存列于诸多古籍文献，而鲜有突破。

可以预见，随着时间推移，《陆疏》将对后世《诗经》名物学产生持久而深远的影响。

---

① 欧阳修：《文忠集》卷一百二十九，《四库全书》第1103册，第309页。

结　语

陆玑是三国吴太子中庶子,或出身吴郡甲族。他博学通经,造就《陆疏》这颗诗经学史上璀璨的明珠,《诗经》名物学史上一个里程碑式的存在。说《陆疏》是明珠,是因为它相对《诗经》章句、训诂、义疏诸学只算小众,《诗经》名物研究自古不是《诗经》研究主流;但它突破汉儒关注名物人文意义的传统,侧重对《诗经》所涉一百五十余种动植从名称、形态、生长地、效用等自然属性进行详细训释,在《诗经》名物研究史上光灿夺目。

《陆疏》作者是三国吴人陆玑。它能在三国时横空出世,既是魏晋经学流变、时代学术风气转向的结果,又与东吴官方的推重有一定关系,还与作者安民济世的情怀相关,而传统名物训诂学、地志学、农学、本草学构成《陆疏》坚实的学术基础。《陆疏》在流传中有二十余种不同称谓,主要为图简省、方便,一般不会带来歧解。诸文献训释名物所引《毛诗义疏》或为《陆疏》别名,或为汇集包括《陆疏》在内诸多注释的《毛诗义疏》,但应该不是舒援、沈重《毛诗义疏》。通过考察《毛诗草虫经》佚文发现,该书与《陆疏》不重经义训释风格不同,应该与《陆疏》不是同一本书,但可能吸纳了《陆疏》一些训释。《陆疏》是《诗经》名物训诂专著,常运用三国时期俚语、俗语、口语训释《诗经》中的动植物别名、特点,本质也是词义训诂,故学界多将之归入训诂学。《陆疏》不少内容涉及《诗经》中鸟兽草木虫鱼得名由来、异名别称、名实关系等,又被纳入《诗经》名物学范畴。《陆疏》对《诗经》动植物的具体特征及效用等进行详细训释,被誉为《诗经》博物学开山之作。但《陆疏》作为经学研究成果,不是专门研究农牧业生产技术与经验、食品加工与贮藏的农书,也不是现代意义上专门研究生物结构、功能、发生、发展规律的科学。

《陆疏》今本已非陆玑原书,其传本亡佚时间可能在明万历、天启年间,最迟不会超过毛晋时代。《陆疏》今本主要据《孔疏》等文献辑录。《陆疏》今本条目名皆取《诗经》某句,大体与《诗经》篇目对应,当是后人辑录所为。《陆疏》今本当以陶本为祖本,陶本系列以续学海本或宝颜堂本最古。丁本既吸收前人成果对祖本陶本进行精校,又较之其他校本能更大限度遵从祖本陶本的直系——续学海本,更能反映祖本原貌,从校勘学、版本学意义而言,堪称善本。《陆疏》志林本不过出自地方丛书,影响不大,又非善本,不可能"空降"为祖本。此外,丛书本当属续学海本一支,志林本当属宝颜堂本一支。志林本与丛书本同源而异流,无传承关系。

《陆疏》的训释系统涵盖多个方面。《陆疏》训释理念主要表现为确定名称、博引广证、经世致用三个方面。因时有古今,地有南北,加之《诗经》年代迢远,所载鸟兽草木因辗转而名昧。要训释《诗经》中的动植物,首先要确定作者时代与之对应的名称,这是《陆疏》突出的训释理念。虽然很多异名不是《陆疏》首创或首录,但《陆疏》尝试解释一些名物的命名理据。《陆疏》秉承古文经学博引广证的治学传统,加之《神农本草经》《方言》等古籍求真务实精神的渗透,很注重目验实证。《陆疏》写作现实动因服务于生活、生产,尤其堪当救荒指南,因此《陆疏》所释具有鲜明的实用倾向。《陆疏》编排体例为分类成篇、聚类编排,使全书层次鲜明,便于读者弄清不同类群生物的特点;而其释义体例为注重定名、兼顾形用,体现"名实一体"的名实观。《陆疏》吸纳传统词义训诂中直训、义界、宜物等方式专训《诗经》名物,既是一种创造,又为后世《诗经》名物训诂树立典范。《陆疏》所用训释术语很多《尔雅》早已采用,但又有不同于《尔雅》的表达,从而丰富了训诂术语的表达方式。《陆疏》训释务平实忌奇诞,重实证戒臆断,宁阙疑不强解,虽有些训释不够清晰、科学,但以其详实训释对后世诸多学科产生深远影响。

《陆疏》征引文献涵盖经学、辞书、子书、辞赋、民谚等领域,可谓援据浩汗,渊源有自。《陆疏》专注于《诗经》名物训诂,且重考证,多存古书逸典,打上鲜明的古文经学印记。《陆疏》以《毛传》《郑笺》训诂为起点,或补释、或改释,大体以为"传"作"疏"形式,助力我们理解《毛传》,进而理解诗义。《陆疏》沿用《尔雅》随类相从、分类言事体例,借鉴《尔雅》释雅以俗、释古以今方式,吸纳《尔雅》相关注释,在表述时还参考《尔雅》一物分言、一物多诂、聚类分训方式,但又不同于《尔雅》大体以别名训本名的方式,而更加详细描述动植物形态及效用等特征,将名物训诂在《尔雅》基础上推进一大步。《陆疏》所载切近民生,积极吸纳《本经》以人为本、注重实证、药食同源、讲究功用思想,并谨慎参考《本经》所释,体现作者严谨治学态度。《陆疏》训释名物力求符合《诗》"言其方物"特点,谨慎吸纳《方言》中方俗异名,并参照其训释思路。此外,《山海经》的描述思路、宜物思想及知识、巫术不分博物传统等对《陆疏》也有一定影响。总之,《陆疏》从各类典籍汲取丰富营养,遵从传统又有突破,在诗经学史上留下浓墨重彩的一笔。

《陆疏》训释《诗经》中鸟兽草木虫鱼时,较之《毛传》《郑笺》等传统注疏,更关注其"食用"价值。这种训释倾向拓宽了传统经学、名物学的研究路径和视角,折射出丰富的饮食文化信息。《陆疏》所记主食原料有粟、麦、豆,主食品种有饭、糜、糁、茹等,多为庶民所食粗陋食物。《陆疏》记载可食植物达三十余种,且多用蒸、煮或生食,少用煎、炸、炒,这说明到了《陆疏》时代,野外采摘依然是当时庶民重要生活来源;且庶民吃到油脂的机会应该较少,其烹饪器具仍以陶制为主。《陆疏》所记可食肉类很少,且大多是狩猎所得,表明当时渔捞猎捕或可改善庶民伙食,但在其饮食结构中所占比重很小。《陆疏》时代,不少水果仍从自然采摘;吴、蜀地区已采用煮茶法;《陆疏》所记的酒大致有日常饮用、祭祀等用途。《陆疏》记载的食物原料及烹饪方法反映当时庶民求饱、备荒、节俭等饮食思想。总之,《陆疏》呈现的庶民饮食文化,展现当时特定的饮食习惯与风貌,以及延续久远的民族食俗,也反映古代民众开拓食材的智慧与顽强生存的意志。上述内容使得《陆疏》在诗经学史上获得难以替代的重要地位,成为后世诸多领域研究的重要参考资料。

《陆疏》对后世《诗经》名物学的影响极为深远。后世研究《诗经》名物的著作,多将《陆疏》作为一家之言存列于诸多古籍文献,对《陆疏》考辨不够。但整体而言,《陆疏》被后世名物学者征引数量呈递增趋势,被借鉴的方式从单一征引《陆疏》文本到吸纳其训释方式与理念、质疑其中一些训释。可以预见,随着时间推移,《陆疏》将对后世《诗经》名物学产生持久而深远影响。

《陆疏》详察名物,渊源有自;作疏立解,流惠深远。但《陆疏》作为经学研究成果,它对理解《诗经》经义有何助益?《陆疏》对挖掘《诗经》文学意蕴有何助益?虽不能说"诗三百"所有名物均有比兴意义,但公认具有比兴意义之名物,其比兴意义的生成与名物自然属性的关联不能忽视。将《陆疏》与《诗经》文学特性结合进行研究,或是有待开掘、有意思的课题。

附录1:《陆疏》历代志、序、跋等辑录

此附录特辑录历代现存《陆疏》志、序、跋、证、记,有些加上按语,以备读者一阅。以下所收,大致依作者出生或文献成书时间先后顺序排列,并尽量据古本或世行较好版本进行雠校。有些已被《历代诗经著述考》收录,本书亦以资参考。缺漏难免,俟贤者补正。

1. 陆德明《经典释文》云:"陆玑《毛诗草木鸟兽虫鱼疏》二卷。"注云:"字元恪,吴郡人,吴太子中庶子,乌程令。"①

2. 魏徵等《隋志》云:"《毛诗草木虫鱼疏》二卷,乌程令吴郡陆机撰。"②文渊阁《四库全书》本《隋志·卷三十二考证》:"《毛诗草木虫鱼疏》二卷,注乌程令吴郡陆玑撰。"下注云:"监本'玑'讹'机'。"按:宋晁公武《郡斋读书志》:"《毛诗草木鸟兽虫鱼疏》二卷,吴陆玑撰。或题曰'陆机',非也。"③

3. 成伯屿《毛诗指说》云:"陆玑作《草木疏》二卷,亦论虫鱼鸟兽。然土物所生,耳目不及,相承迷悟,明体乖殊,十得六七而已。"注云:"玑字元恪,吴郡人,吴太子中庶子,乌程令。"④

4. 刘昫等《旧唐书·经籍志》云:"《毛诗草木鸟兽虫鱼疏》,陆机撰。"⑤而中华书局1973年版《旧唐书》:"《毛诗草木鸟兽虫鱼疏》,陆玑撰。"但注释云:"'玑'字各本原作'机',《隋志》《新志》《经典释文》

---

① 陆德明:《经典释文》,第10页。
② 魏徵等撰:《隋书》卷三十二,第917页。
③ 张映斗:《隋书·卷三十二考证》,《四库全书》第264册,第606页。
④ 成伯屿:《毛诗指说·传受第三》,第十四—十五页。
⑤ 刘昫:《旧唐书·经籍志》,王云五主编:《丛书集成初编》,第10页。

均作'玑',据改。"①

5. 王尧臣等《崇文总目》云：

《毛诗草木鸟兽虫鱼疏》二卷。吴太子中庶子乌程令陆玑撰。世或以玑为机,非也。机自为晋人,本不治《诗》,今应以玑为正。然书但附《诗》释谊,窘于采获,似非通儒所为者。将后世失传,不得其真欤②?

6. 欧阳修、宋祁《新唐书》云："陆玑《草木鸟兽鱼虫疏》二卷。"③

7. 郑樵《通志》云："陆玑者,江左之骚人也,深为此患,为《毛诗》作《鸟兽草木虫鱼疏》。然玑本无此学,但加采访,其所传者多是支离。"④

8. 晁公武《郡斋读书志》云："《毛诗草木鸟兽虫鱼疏》二卷,右吴陆玑撰。或题曰陆机,非也。玑仕至乌程令。"⑤

9. 尤袤《遂初堂书目》云："陆玑《草木虫鱼疏》。"⑥

10. 陈振孙《直斋书录解题》云：

《毛诗鸟兽草木虫鱼疏》二卷。题吴郡庶子陆玑撰。案:《馆阁书目》称吴中庶子,乌程令,字元恪,吴郡人,据陆氏《释文》也。其名从玉,固非晋之士衡,而其书引郭璞注《尔雅》,则当在郭之后,亦未必为吴时人也。《孔疏》《吕记》多引之⑦。

按:陈振孙认为,陆玑不是晋陆士衡,但因其书中引用《尔雅》郭璞

---

① 刘昫:《旧唐书·经籍志》,中华书局,第 2017 页。
② 王尧臣等:《崇文总目》卷一,《四库全书》第 674 册,第 8 页。
③ 欧阳修、宋祁:《新唐书》卷五十七,第 1429 页。
④ 郑樵:《通志》卷七十五,第 865 页。
⑤ 晁公武:《郡斋读书志》卷一上,清康熙六十一年(1722)陈师曾重刻本,第十七页。
⑥ 尤袤:《遂初堂书目》,《四库全书》第 674 册,第 440 页。
⑦ 陈振孙:《直斋书录解题》卷二,第 36 页。

(276—324,两晋人)注,则自当在郭璞之后,非三国吴人。

11. 王应麟《玉海》于"陆玑《毛诗草木虫鱼疏》二卷"下注云:"吴太子中庶子,乌程令,书目同。按:《释文》玑字元恪,易《释文》引之。"①

按:此书所录有别于《经典释文》,一是对陆玑的字持保留意见,一是书名少了"鸟兽"二字,似有所据之本。

12. 马端临《文献通考》云:

《毛诗草木鸟兽虫鱼疏》二卷。《崇文总目》:吴太子中庶子乌程令陆玑撰。世或以玑为机,非也。机自为晋人,本不治《诗》,今应以玑为正。然书但附诗释义,窘于采获,似非通儒所为者。将后世失传,不得其真欤?陈氏曰:《馆阁书目》称玑字元恪,吴郡人,据陆氏《释文》,非晋之士衡,而其书引郭璞注《尔雅》,则当在郭之后,亦未必吴时人也。《孔疏》《吕记》多引之②。

按:宋元之际马端临撰《文献通考》,其所录《陆疏》情况,仅全引自《崇文总目》、陈振孙之语,别无他注,未知其见过《陆疏》传本否。

13. 脱脱等《宋史》云:"陆玑《草木鸟兽虫鱼疏》二卷。"③
14. 陶宗仪《说郛》云:"陆玑《草木虫鱼疏》。"④
15. 姚士粦《毛诗草木虫鱼疏·跋》:

予箧中有《毛诗草木虫鱼疏》一卷,题曰吴太子中庶子乌程令吴郡陆玑元恪撰。凡草之类八十,木之类三十有四,鸟之类二十有三,兽之类九,鱼之类十,虫之类十有八。按:陈氏《书录解题》谓此书多引郭氏,似非吴人。若予所藏,未尝一条引及郭氏。

---

① 王应麟辑:《玉海》卷三十八,第724页上。
② 马端临:《文献通考》卷一百七十九,第1545页。
③ 脱脱等:《宋史》卷二百二,第5045页。
④ 陶宗仪:《说郛》卷十下,上海涵芬楼藏板,民国十六年(1927年),第三页。

且后有鲁、齐、韩、毛四《诗》授受，与《汉书·儒林传》相为表里①。

按：姚士粦认为自己所藏本只有一卷，未见引用郭璞注，有质疑陈振孙"陆玑未必三国吴时人"之意。姚氏还认为该本《陆疏》末附四家诗授受源流，与《汉书·儒林传》所记极为相合。据姚氏言，该卷《陆疏》总计174条，且仅一卷，未分卷，而远超《陆疏》现行诸本所载131—142条之数。陶本乃现行诸本之祖，仅132条。姚氏所见，当时《陆疏》古本，未知何时传本。

16. 曹学佺曰："《诗》之疏也，自陆玑始，而人议其略。"②自认定《陆疏》作者名"玑"。

17. 毛晋《陆疏广要·序略》云：

陆玑《草木鸟兽虫鱼疏》一书，向来传播诗人之耳，声若震霆，思一见而不可得。余乍得而鼓掌，曰：将逮二酉之岩，适五都之市，可以荡目邀魂，披发吾十年聋瞽。及展卷读之，阶前梧影未移，而卷帙已告竣矣。呜呼！昔人所谓窘于采择，非通儒所为，信非虚语。况相传日久，愈失其真，安忍葬之虫鱼腹中，湮没无遗耶？时余方订正《十三经注疏》，于《诗经》尤不敢释手，遂因陆氏所编若干题目缮写本文，旁通《尔雅》、郭、郑诸子暨有补经学之书，芟其芜秽，润其简略，正其淆讹。又参之确闻的见，自户庭以及山巅水涯，平畴异域，凡植者、浮者、飞者、走者、鸣而跃者，潜伏而变化者，无不搜列，命之曰《广要》。更有陆氏所未载，如葛、桃、燕、鹊之类，循本经之章次而补遗焉，置之几上。虽不敢曰娄氏之五侯鲭，或差胜于东坡之晶饭矣。追维秦焰之余，说《诗》者无虑数十家，自大毛公、小毛公连镳并辔，俾齐、鲁、韩三杰亦退避三舍，一时学者尚崇毛氏，系之曰"毛诗"，迄今不易。岂料千百年

---

① 朱彝尊：《经义考》卷一百一，第十一页。
② 曹学佺：《毛诗鸟兽草木考序》，载吴雨：《毛诗鸟兽草木考》，万历磊老山房刻本，第四页。

来,绝无绳武之孙,窃比于解颐折角之伦哉!余小子妄率井见,欣然为陆氏执鞭,亦仅效王景文十闻之一耳。倘令吾宗两公见之,得毋诧耳。孙之不肖,其犹正墙面而立也欤?崇祯己卯孟秋既望后学毛晋撰①。

按:毛晋此序说明本书编撰原由及主要内容:自己所得乃《陆疏》残本,不全。《陆疏》本来窘于采择,非通儒所为,况相传日久,愈失其真。不忍其湮没无遗,故因陆氏所编若干题目缮写本书。另外依《诗经》章次而补充陆氏未载内容。

毛晋《陆疏广要(卷下之下)·跋》:

右《毛诗疏》二卷,或曰吴太子中庶子乌程令陆玑作也,或曰唐吴郡陆玑作也。陈氏辨之曰:"其书引《尔雅》郭璞注,则当在郭之后,未必吴时人也。"但诸书援引多误作"机"。案:机字士衡,晋人,本不治《诗》,则此书为唐人陆玑字元恪者所撰,无疑矣。后世失传,不得其真,故有疑为赝鼎者。或又曰:赝则非赝,盖摭拾群书所载,漫然厘为二卷,不过狐腋豹斑耳。其说近之。海隅毛晋识②。

按:毛晋一则认为《陆疏》乃唐人陆玑字元恪者所撰,二则《陆疏》今本乃辑录群书所载,而非陆玑原书。当时《陆疏》原书已失传,今本有人认为是伪作,有人认为是后人漫收群籍所载,毛晋倾向后说。

18. 沈炳震《九经辨字渎蒙》云:"陆玑《毛诗草木鸟兽虫鱼疏》二卷。"注云:"字元恪,吴郡人,吴太子中庶子,乌程令。"③

19. 赵佑《草木疏校正·自叙》云:

---

① 毛晋:《陆氏草木虫鱼疏·序略》,第一一五页。
② 毛晋:《毛诗草木鸟兽虫鱼疏(卷下之下)·跋》,第八十九页。
③ 沈炳震:《九经辨字渎蒙》卷十二,《四库全书》第194册,第345页。

陆玑《毛诗草木鸟兽虫鱼疏》二卷,元陶宗仪载在《说郛》,及明末毛晋为之《广要》,入《津逮秘书》。今世现行,唯此二本,以校陆德明、孔颖达、邢昺、郑樵、罗愿众家所引,皆具其中。有引未及尽者,可藉以补其阙,正其讹。亦有明见诸引而此亡之者,盖非完书。陶本舛错脱叶特多,毛本较善,然于陶本之失,仍未能悉加厘正也。考玑之本末,不见于史传。《隋·经籍志》有其书名、卷数,而时代未详,唯《释文·序录》注称字元恪,吴郡人,吴太子中庶子乌程令。《崇文总目》《馆阁书目》以为据。嗣是,马端临《通考》、今朱彝尊《经义考》并载之,定为吴时人。而陈振孙《解题》独谓其引郭璞注《尔雅》,当在郭以后。今考其书多引《三苍》、犍为文学及樊光、许慎等,又有魏博士济阴周元明,独未一称郭璞,唯其说多与郭同,亦有异者。德明、颖达在唐初,皆勤勤征述之。《释文》每引,必举书名,罕斥名姓。其与郭璞并列者,恒以先郭,则其传之远可知,且已编入《隋志》,而陶氏、毛氏犹并题唐人,亦妄矣。二卷中于《诗》名物,甚多未备,编题先后复不依经次,疑本作者未成之书,久而不免散佚,好事者为就他书缀缉,间涉窜附,痕迹宛然。则《总目》所谓后世失传,不得其真者。然并以其附经释谊,窘于采获,似非通儒所为,又过。爰取二本异同,校以诸家别录,而是正之。凡应改定题目、增订文字可疑之处,悉附见于本文中,率以《诗》、《尔雅》疏、《释文》为之主,并系之案。至毛氏所论得失,自有《广要》在,如唐棣、常棣,已与予《诗细》适合,不暇复论。间有赘及,读者亦可览而知所裁也。乾隆四十四年己亥三月①。

按:赵佑此序主要观点如下:(1)亦有明见诸引而现行陶、毛本无,大概《陆疏》本非完书。(2)赵佑所见《陆疏》今本,不外陶、毛二本,此外,别无其他辑本。(3)陶本舛错脱页特多,毛本较善,然于陶本

---

① 赵佑:《草木疏校正·自叙》,《续修四库全书》第64册,第一——二页。

之失,仍未能悉加厘正也。此论透漏一点:毛本对陶本有"厘正"过程,故毛本应祖于陶本。当然,若此时毛晋能见到《陆疏》原书或古本残本,可能会以之为祖本,但又据毛晋跋及《四库全书总目》所言,毛本乃毛氏自编,毛氏当未见《陆疏》原书或古本残本(此论在第二章第二节有论,此不赘述)。(4)《经典释文》明确记载陆玑乃三国吴人,且每引《陆疏》,必将之置于郭璞《尔雅注》之前,亦可说明《陆疏》成书必早于郭《注》;《陆疏》所引有《三苍》、犍为文学、樊光、许慎、魏博士济阴周元明,而未提及郭璞,故陶本、毛本题陆玑为唐人误。(5)鉴于《陆疏》二卷于《诗》名物,甚多未备,编题先后复不依经次,怀疑原本未成之书,加之后世散佚,今本非陆玑原书,不过从他书缀辑,甚至夹杂缀辑者之改动和增益。赵氏因感《草木疏》之陶、毛两本不尽完善,爰取两本异同,参以诸家别录,详加校正,并以《诗》《雅》《疏》释义,间附己见于后。书中计录动植物一百二十余种,末附鲁诗、齐诗、韩诗、毛诗,可供动植物研究参考。

赵佑又于书名后列陶、毛本题名,并加案语:

> 唐字非,当曰吴吴郡陆玑。《隋志》:"《毛诗草木虫鱼疏》二卷,乌程令吴郡陆玑撰。"《崇文总目》:"吴太子中庶子乌程令陆玑撰。"世或以玑为机,非也。机自为晋人,本不治《诗》,今应以玑为正云。二本知正其名而不知论其世,又玑撰者,《疏》也;《广要》则子晋所撰也,今总题于上,而言玑撰,失讲之甚①。

按:赵佑认为《陆疏》作者当为三国吴陆玑,陶、毛本题为唐吴郡陆玑,误。《陆疏广要》题名陆玑撰也不妥,因为它与《陆疏》并非同一本书。

于目录《鲁诗》《齐诗》《韩诗》《毛诗》后注曰:

---

① 赵佑:《草木疏校正》上,《续修四库全书》第64册,第二页。

《说郛》不为目录,唯分上、下卷,草、木上,鸟、兽、虫、鱼下,末为四家《诗》授受四篇。《广要》自以所广较繁,因就上、下复分为上、下,而仍不易二卷之本来,为之目录,唯末四篇不入目,今为补之。案:《经义考》载姚士粦言,其箧藏陆氏《疏》本,凡草之类八十,木之类三十有四,鸟之类二十有三,兽之类九,鱼之类十,虫之类十有八。今则草载四十九题,余皆多寡参差。陶本又脱去"食野之芩"一条,以"无折我树杞"误重为"集于苞杞",毛本稍补正之。若其中题之失实、文之误窜,以《诗(疏)》《尔雅疏》所引校之,随在皆是。兹故存毛本之目,而复随文略加厘正于后①。

按:赵佑主要观点:自己在陶本、毛本基础上补全目录,并在毛本基础上随文略加厘正。

赵佑于《草木疏校正》最后一条"领如蝤蛴"后加案语:

《经义考》于沈重《毛诗义疏》下云:按:《隋书·经籍志》载,《毛诗义疏》凡七部,其著撰人姓氏者二家,舒瑗、沈重是也。《七录》又有张氏。今见于徐氏《初学记》所引者,其诠栗云……考贞观中作《正义》,又陆氏《释文》每采沈氏之说,疑徐氏所引亦沈氏书也。右盖朱氏误以陆氏书为沈氏书。沈氏书久佚,唯《释文》详载其音而义则稍略,以《关雎》序首所载沈重云云。论《诗》无大小序之异者为最不刊,予于《诗细》亟表章之。孔氏《正义》之采沈氏者绝少,唯陆氏《疏》,则时及之。今自其诠栗云以下,无一非明见《陆疏》中为《正义》《释文》所尝采者,而其间字句脱讹特多,则相传之本有得失,徐坚未能是正。要之非引沈书,或沈书在当日有引陆者,要不得舍现存之陆,而反移以归久佚之沈。朱氏之误,盖由《初学记》误以《草木疏》为《毛诗义疏》,未及考《毛诗义疏》之实袭《草木疏》。又《〈尚书·禹贡〉正义》及《春秋穀梁

---

① 赵佑:《草木疏校正》上,《续修四库全书》第64册,第三—四页。

传疏》之引《草木疏》,多称陆玑《毛诗义疏》云云,则陆氏书亦得有《义疏》之名,诸家未必不因此出入致淆。朱氏既知作《毛诗义疏》者非一家,而沈氏名较著,遂举以属之,过矣。其于《毛诗草虫经》下又称,是书徐坚《初学记》尝引之。然所举诠猱诠凤两条,仍即《陆疏》,亦见《正义》《释文》中者,盖陆氏《疏》为南北朝人久所引重,《隋志》之《毛诗草虫经》,犹《唐志》之《毛诗草木虫鱼图》,郑夹漈所谓盖本陆玑《疏》而为图者。然则陆氏此书之见尊信于儒林,亦云至矣。吾独服《正义》《释文》二书之述陆氏,必举其书名,故读而易考。《尔雅疏》亦然,犹见古道。他书则有述旧而径据为己说,以致辗转而忘其祖,宋元来著书家每坐此弊。陆书之阙讹难悉考,未必不由俗儒误之,为可叹也①。

按:赵佑认为:(1)因《经典释文》常采用沈氏之说,本怀疑徐氏所引《陆疏》源自沈氏书,而非陆玑原书;但因沈书久佚,《孔疏》很少引用沈氏,而《经典释文》《孔疏》多引《陆疏》,因此《初学记》所引不是出自沈书,而是出自《陆疏》。(2)《初学记》今自其诠"栗"以下文字,皆明见于《陆疏》中为《正义》《释文》所采用者,其间字句脱讹特多,则《陆疏》传本有增损,徐坚未能辨正。(3)《初学记》误以《草木疏》为《毛诗义疏》,未知《毛诗义疏》实际是承袭《草木疏》。(4)《草木疏》又有《毛诗义疏》之名,而《隋书·经籍志》所载《毛诗义疏》共七部,诸家可能因此混淆。朱彝尊既知《毛诗义疏》一家,而仅因沈氏名气较大,便以为《初学记》所题《毛诗义疏》为沈氏作,误。(5)《隋志》之《毛诗草虫经》即《唐志》之《毛诗草木虫鱼图》。(6)《陆疏》今本阙讹难考,很大程度由于后人引述时未列作者名、书名,却将《陆疏》径据为己说,以致辗转而忘其祖本。而徐氏引文与《陆疏》现行诸本对校,异文较多,或为节录,或为转述。

20. 钱大昕《跋〈尔雅疏〉单行本》云:

---

① 赵佑:《草木疏校正》下,《续修四库全书》第64册,第三十三—三十四页。

> 此书引陆氏《草木疏》，其名皆从木旁，与今本异。考古书"机"与"玑"通，马、郑《尚书》"叡玑"字皆作"机"，《隋书·经籍志》"乌程令吴郡陆机"，本从木旁。元恪与士衡同时，又同姓名，古人不以为嫌也。自李济翁强作解事，谓元恪名当从玉旁，晁氏《读书志》承其说，以或题陆机者为非，自后经史刊本遇元恪名辄改从玉旁。予谓考古者但当定《草木疏》为元恪作而非士衡作，若其名则皆从木旁。而士衡名字尤与《尚书》相应，果欲示别，何不改士衡名耶？即此可征邢叔明诸人识字犹胜于李济翁也。①

按：钱氏主要观点：认为作者当为陆元恪陆机，与陆士衡陆机同。出现争议，主要因李济翁强作解，谓元恪名当从玉旁，晁氏《读书志》承其说，而后经史刊本遇元恪名辄改从玉旁。

21. 王谟《毛诗草木鸟兽虫鱼疏·跋》云：

> 右《毛诗草木鸟兽虫鱼疏》二卷，见《经典释文》云吴太子中庶子乌程令陆玑撰。玑字元恪，吴郡人，《隋志》及《通志·艺文略》俱题作"陆机"，非也。书流传甚古，自《释文》、孔氏《诗疏》、邢昺《尔雅疏》时时引证，元陶宗仪始采入《郭》，明毛子晋更为《诗疏广要》刊入《津逮秘书》中，而何氏《汉魏丛书》反弃不收，今本盖从《唐宋丛书》采补，仍陶本也。据《经义考》，姚士粦言所藏陆氏《疏》本凡草之类八十，木之类二十有四，鸟之类二十有三，兽之类九，鱼之类十，虫之类十有八。检今本数皆不符，又不知姚氏所据何本。此书向未见有单行善本，今江右大宗师仁和赵鹿泉先生著述最富，于毛诗学用功尤深，既著有《诗细》，又校正此疏。参合陶氏《说郛》、毛氏《广要》二本，并取《释文》及孔、邢二疏所引，句栉字比，加以案断，至精至详，然后此书得稍完善。间出书

---

① 钱大昕撰，吕友人二校点：《潜研堂集》第二十七卷，第464页。

稿,属湖州丁进士杰小山覆校。丁君遂为雕板,吉安白鹭书院。谟因间请颁发学官,广为流布,以嘉惠士子,先生意更不以为可。然学者而欲多识于鸟兽草木之名,则于是书,不可不知所宗尚也。汝上王谟识。①

按:王谟主要观点:(1)作者名当为"陆玑"。(2)自己所辑《汉魏丛书》从《唐宋丛书》采补,《陆疏》沿袭陶本。(3)赵佑本"至精至详",堪为善本。

22. 桂馥《书〈陆氏诗疏〉后》云:

《陆氏诗疏》散见于诸书,陶宗仪、毛晋摘录成帙,各有疏谬,今据所闻,随条分记,以表异同。《疏》"芑"云……馥按:陆、《孔疏》无此语,或出舒瑗、沈重《疏》中。《初学记》"烛"类引陆士衡《毛诗草木疏》"木蓼捣为烛,明如胡麻烛"。案:《草木疏》原题陆玑,玑字元恪,吴郡人,吴太子中庶子,乌程令,与士衡自是两人。陈振孙谓其书引郭璞《尔雅注》,当在郭后。《初学记》何据,指为士衡?②

按:桂馥认为《陆疏》由陶宗仪、毛晋从诸书中摘录成帙。他参考《尔雅》《说文解字》《齐民要术》《博物志》《孔疏》《艺文类聚》《太平御览》《初学记》等文献对《陆疏》对35条进行考证,多"随条分记,以表异同",标出异文而已,间附己见。桂馥虽未在此明说陆玑当是何时人,但他明确陆玑不是陆士衡。

23. 焦循《陆氏草木鸟兽虫鱼疏疏·自序》云:

陆氏名玑,字元恪,吴乌程令。《隋书·经籍志》《经典释文》、成氏《毛诗指说》所举悉同。或曰唐时人(毛晋《陆疏广要》

---

① 王谟辑:《增订汉魏丛书》第九册,第一一二页(按:引文出自《陆疏》正文后跋)。
② 桂馥:《晚学集》卷三,王云五主编:《丛书集成初编》,第八十六页。

跋)。今考《齐民要术》引之,则非唐人可知。历来传其书二卷,唐、宋《艺文志》及《玉海》《文献通考》诸书皆著录,则其书似未亡者。乃今此书一刻于陶宗仪《说郛》,一刻于陈继儒《眉公秘笈》,一刻于毛晋汲古阁《津逮秘书》。察而核之,讹舛相承,次序凌杂,明系后人撺拾之本,非玑之原书也。又《隋志》以下,称此书皆曰《毛诗草木鸟兽虫鱼疏》,《诗正义》则称陆玑《疏》,《释文》或称《草木疏》,《齐民要术》《艺文类聚》《太平御览》或称《毛诗义疏》,徐坚《初学记》、陆佃《埤雅》或称《草虫经》,互证之,实为一书。秀水朱检讨分别之于《经义考》中,未免拘其名,不能察其义。余以元恪之书既残阙不完,而后世为是学者复不能精析考订,因撰《草木鸟兽虫鱼释》。既成,又据毛晋所刻之本,参以诸书,凡两月而后定,附之卷后。有未备,阅者正焉。乾隆甲寅仲冬月江都焦循记①。

按:焦循主要观点:(1)陆氏名玑,字元恪,吴乌程令,非唐人。(2)至少南宋未亡佚,因《玉海》《文献通考》诸书皆著录。(3)此书一刻于陶宗仪《说郛》,一刻于陈继儒之《眉公秘笈》,一刻于毛晋汲古阁《津逮秘书》。里面讹舛相承,次序凌杂,明系后人撺拾之本,非陆玑原书。(4)《毛诗草木鸟兽虫鱼疏》又被称为陆玑《疏》、《草木疏》、《毛诗义疏》、《草虫经》。

焦循又于《毛诗草木鸟兽虫鱼释·序》曰:

> 陆玑《疏》大约后人撺拾之本,非元恪原书。末载《齐》《鲁》《韩》《毛》授受,乃抄袭两汉书《儒林传》。陆为《毛》疏,不必及三家。而吕东莱《读诗记》所引《陆疏》言《毛诗》授受者,与此大异,知撺拾者并未见《读诗记》也,为条辨于后。嘉庆己未十一月江都焦循叙②。

---

① 焦循:《陆氏草木鸟兽虫鱼疏疏·自序》,《续修四库全书》第65册,第445页。
② 焦循:《毛诗草木鸟兽虫鱼释·序》,《续修四库全书》第65册,第468—469页。

按:此段文字主要信息:《陆疏》后所载齐、鲁、韩、毛授受源流,乃抄袭《儒林传》;今本为摭拾之本,摭拾者未见《读诗记》。

24.《皇朝通志》云:

吴陆玑《毛诗草木鸟兽虫鱼疏》,明北监注疏本引作"陆机",今据《隋志》《唐志》校正。又振孙谓其书引《尔雅》郭璞注,当在郭后,不应称吴人。考书中所引,并无郭璞一字,陈氏所云未免失实①。

按:《皇朝通志》认为作者当为三国吴郡"陆玑",且否定陈振孙认为陆玑当在郭璞后的观点。

25. 阮元《毛诗正义》"校勘记"中"陆机疏云"条:

毛本"机"误"玑",闽本、明监本不误。案:考《隋书·经籍志》作机,《释文·序录》同,唯《资暇集》有当从玉旁之说,宋代著录元恪书者多采之。毛本因此改作玑。其实与士衡同姓名耳,古人所有,不当改也。余同此,《释文》亦或误,今正②。

按:阮元认为陆玑当与晋代陆士衡同姓名,当作"陆机",《经典释文》或误。

26. 臧庸《书毛本〈草木虫鱼疏〉后》云:

《释文·序录》:"陆机《毛诗草木鸟兽虫鱼疏》二卷,字元恪,吴郡人。吴太子中庶子,乌程令。"是元恪三国时人。其《疏》"中谷有蓷"引魏博士济阴周元明,系称述同时人之言,故姓氏之外,兼详爵里。北魏贾思勰著《齐民要术》,屡征此书,而此本题唐吴郡陆玑撰,误也。元恪之名,本从木旁,尝见影宋钞《释文》及宋

---

① 《皇朝通志》卷一百十一,《四库全书》第645册,第498页。
② 孔颖达:《毛诗正义》卷一,阮元校勘:《十三经注疏》,第29页。

椠板《尔雅疏》皆作陆机,而陈振孙《书录解题》谓其名从玉,固非晋之士衡。然机之为名,本取《尚书》"旋机"之义,玉旁俗,作古今人名同者甚夥,不当以晋之陆机为嫌,致相殊异也。陈氏又谓其书引郭璞注《尔雅》,则当在郭之后,未必为吴时人。镛堂尝别纂陆氏之书,试稽元恪所引《京房易传》一,《京房占》一,《韩诗》及《三苍说》一,《大戴礼·夏小正·传》一,《礼·王度记》一,《月令》二,《郊特牲》一,《内则》一,又《礼记》二,《礼》一,《春秋传》二,《外传》一,《尔雅》十,《三苍》二,《淮南子》一,《楚辞》一,司马相如赋二,扬雄、张衡赋各一,贾谊所赋一;其引两汉儒毛公、郑氏外,扬雄、许慎一,又扬雄二,许慎十一,蔡邕二,张奂一;引说《尔雅》者,犍为文学、舍人二,樊光二,刘歆一,而无郭璞;又引说者二,旧说三,或云二,里语六,乡语一,俗语二,语云一,齐人谚一,林虑山下人语一,上党人一。考其所引群言,皆在两汉以前,吴、魏之际,则元恪之为吴人,又何疑乎?盖汉、魏古籍,唐季尽亡,陈氏所见,亦非原书,即同今本之出后人缀辑者,而误采郭璞之言,故疑之耳。又陆氏既本《毛诗》作《疏》,则此书之次,当依毛氏之经。今乃草、木、虫、鱼各自为类,而第一章"参差荇菜"又落在"方秉蕑兮"之后,则益无条理,明出后之好古者所杂录矣。善读者节取之,而不全据之可也。余师学士卢绍弓以此本赐读,为书其后,如此①。

按:臧庸认为《陆疏》作者当为三国陆机。一则《经典释文·序录》作"陆机";二则《陆疏》"中谷有蓷"条引魏周元明之说,且列出官爵和乡里,陆机与周是同时人的可能性很大;三则《齐民要术》多次征引《陆疏》,证明《陆疏》至少在北魏之前,故所见本题为唐吴郡陆玑误;四则,臧氏曾见影宋钞《经典释文》及宋椠板《尔雅疏》皆作陆机;五则然陆机之名,本取《尚书》"旋机"之义,不能为了与晋士衡陆机区

---

① 臧庸:《拜经堂文集》卷二,《续修四库全书》第1491册,第532页。

别而题为"陆玑"。六则考察陆氏所引群言,皆出自两汉以前,吴、魏之际,则元恪应当为三国吴人,无疑义。又认为陈振孙所见,亦非陆氏原书,而是后人缀辑本,因为汉、魏古籍,唐代尽亡。

对其版本问题,臧庸认为汉魏古籍,唐季尽亡,陈氏所见,亦非陆氏原书,与今本一样,同出于后人缀辑。因里面羼入了郭璞之言,故生疑问。陆氏既依《毛诗》作《疏》,则此书条目顺序,当依《毛诗》。但今本按草、木、虫、鱼分类,而第一章"参差荇菜"又落在"方秉蕳兮"之后,这种条目不依经次分类、甚至错乱的现象说明,《陆疏》今本当是后人杂录。

查看宛陶本所引,《京房易传》《京房占》《礼记》《礼》《淮南子》语云等无,《月令》、蔡邕一,旧说四,或云七,许慎九,不同于臧氏所见本,可见《陆疏》流传过程中有缺损。

27.《四库全书总目》云:

> 吴陆玑撰。明北监本《诗正义》全部所引,皆作"陆机"。考《隋书·经籍志》:"《毛诗草木虫鱼疏》二卷。"注云:"乌程令吴郡陆玑撰。"陆德明《经典释文·序录》:"陆玑《毛诗草木鸟兽虫鱼疏》二卷。"注云:"字元恪,吴郡人,吴太子中庶子,乌程令。"《资暇集》亦辨"玑"字从玉,则监本为误。又毛晋《津逮秘书》所刻,援陈振孙之言,谓其书引《尔雅》郭璞注,当在郭后,未必吴人,因而题曰"唐陆玑"。夫唐代之书,《隋志》乌能著录?且书中所引《尔雅》注,仅及汉犍为文学、樊光,实无一字涉郭璞,不知陈氏何以云然。姚士粦跋已辨之,或晋未见士粦跋欤?原本久佚,此本不知何人所辑,大抵从《诗正义》中录出。然《正义·卫风·淇澳》篇引陆玑《疏》:"淇澳,二水名。"今本乃无此条,知由采摭未周,故有所漏,非玑之旧帙矣。又《卫风》"椅桐梓漆"一条,称今云南牂柯人绩以为布。考《汉书·地理志》,益州郡有云南县;《后汉书·郡国志》,永昌郡有云南县;皆一邑之名。《唐书·地理志》:姚州云南郡,武德四年以汉云南县地置。盖至是始

升为大郡,而袁滋《云南记》、窦滂《云南别录》诸书作焉。玑在三国,即以云南配牂牁,似乎诸家传写,又有所窜乱,非尽原文。然勘验诸书所引,一一符合,要非依托之本也。末附四家《诗》源流四篇,而《毛诗》特详。考王柏《诗疑》,已诋玑所叙与《经典释文》不合,王应麟《困学纪闻》亦议其误以曾申为申公,则宋本已有之,非后人所附益矣。虫鱼草木,今昔异名,年代迢遥,传疑弥甚。玑去古未远,所言犹不甚失真,《诗正义》全用其说,陈启源作《毛诗稽古编》,其驳正诸家,亦多以玑说为据。讲多识之学者,固当以此为最古焉①。

按:《四库全书总目》所考,主要有如下几个观点:(1)关于《陆疏》作者,《隋志》《经典释文》《资暇集》均有明确记载,明监本作"陆机",实误。(2)毛晋《津逮秘书》题曰"唐陆玑"为误。因为唐代之书,《隋志》怎能著录?且书中所引《尔雅》注,仅及汉犍为文学、樊光,实无一字涉及郭璞,故陆玑不可能是唐人。姚士粦题跋已考辨过此问题,毛晋可能未见姚氏题跋。(3)此书不知何人缀辑,但大抵从《孔疏》中辑出,但有采摭未周者。诸家传写有所窜乱,非尽陆玑原文。诸书所据《陆疏》本,非陶氏依托之本。(4)《陆疏》末附四家诗源流,宋本即有,非后世缀辑者所增补。

28.周中孚《郑堂读书记》云:

吴陆玑撰,题唐人,误也(玑,字元恪,吴郡人,官太子中庶子,乌程人)。《四库全书》著录。《隋志》所载无"鸟兽"二字,玑作机,盖字之误。新、旧《唐志》,《通志》,《宋志》俱无"毛诗"二字,《释文》《崇文目》《读书志》《书录解题》《通考》俱有之,与今本合。《诗正义》引作《草木疏》,省文耳。其书,凡草之类四十八,木之类三十一,鸟之类二十二,兽之类七,鱼之类八,虫之类

---

① 《四库全书总目》,《四库全书》第1册,第324页。

十六,计共一百四十二则。后有鲁、齐、韩、毛四《诗》授受源流四则,与《汉书·儒林传》相表里。《崇文目》谓其"但附诗释谊,窘于采获,似非通儒所为者。将后世失传,不得其真欤",窃谓此说诚然。元恪原书久佚,此本多从《诗正义》中采辑成编。然以《诗正义》核之,搜撷尚多遗漏,迄今诸家传写,不免有所窜乱,又非欧公撰《崇文目》时所见之本矣。然元恪生当吴代,去两汉尚近,于诗人所咏诸物类,尚能得其梗概,故《诗正义》全据此书。邢氏《尔雅疏》亦采录之。陈长发《毛诗稽古编》,其注释名物,亦多以是《疏》为主焉。《普秘笈》《盐邑志林》《唐宋丛书》均收入之,皆就是本展转相刻,俱未见佳。唯赵鹿泉(佑)所校正者,方为善本云①。

按:周中孚主要观点:(1)陆元恪名为"玑",而非"机",且非唐人。(2)《陆疏》总计一百四十二条。(3)元恪原书久佚,此本多从《孔疏》中采辑,且尚有遗漏。诸家传写有不少窜乱。(4)《陆疏》历代被引用、收录简况。(5)赵佑本为善本。时丁本未出,周中孚主要拿《普秘笈》本、《盐邑志林》本、《唐宋丛书》本、陶本、毛本进行比较。

29. 马国翰《目耕帖》卷二十二云:

《文献通考》:"《诗草木鸟兽虫鱼疏》二卷,吴太子中庶子乌程令陆玑撰。世或以玑为机,非也。机自为晋人,本不治诗。"陈氏曰:"据陆氏《释文》,非晋之士衡。而其书引郭璞注《尔雅》,则当在郭之后,亦未必吴时人也。"段氏玉裁《诗经小学》"陆机",《隋书·经籍志》作"机",《释文·序录》同,唯《资暇集》有当作玉旁之说。宋代著录元恪书者,多采之毛本,因此改作玑,其说与士衡同姓名耳。翰按:《隋志》:"《毛诗草木鸟兽虫鱼疏》二卷,乌程令吴郡陆机撰。"宋本《释文》:"陆玑《毛诗草木鸟兽虫鱼疏》二

---

① 周中孚:《郑堂读书记》卷八,《清人书目题跋丛刊》(第八辑),第129—130页。

卷,字元恪,吴郡人,吴太子中庶子,乌程令。"宋本《释文》必不误,《隋志》偶误作"机"。济翁唐人,必有所考,仍当作玉旁"玑"为是。元恪吴人,其书中引及郭璞者,当由后人羼入耳。世行本残缺失次,有意校定之而未暇也。明吴雨推广增补为《毛诗鸟兽草木考》二十卷,先鸟兽而后草木,遵夫子标多识之目,记叙皆依诗次,其书十倍于元恪。又毛晋撰《毛诗草木虫鱼疏广要》四卷,就陆书润其简略,正其淆讹;于所未载如葛桃燕雀之类,循本经之章次补之。徐士俊作《三百篇鸟兽草木记》,凡鸟之属三十九,兽之属二十七,草之属九十六,木之属五十二,后附虫鱼。虽不及二书之博洽,而文笔可观①。

按:马国翰主要观点:(1)依据宋本《经典释文》,认为《陆疏》作者是陆玑,《隋志》题为"陆机",误。(2)李济翁《资暇集》对此有考证,当作"玑"。济翁为唐人,其考为是。(3)《陆疏》中征引引及郭璞之句,当由后人羼入。

马氏所论未经严谨考证,值得商榷。相对后代而言,唐代虽据三国较近,焉知陆德明、李济翁所考必然正确?假设为是,又焉知宋本《释文》必据唐本《释文》?他自言"世行本残缺失次,有意校正之而未暇",可见他并未对世行本内容进行详考,其对《陆疏》征引郭璞的看法,很可能沿袭前人。

30. 丁晏《毛诗草木鸟兽虫鱼疏叙》云:

《隋书·经籍志》:"《毛诗草木虫鱼疏》二卷,乌程令吴郡陆玑撰。"《唐书·艺文志》:"陆玑《草木鸟兽虫鱼疏》二卷。"宋《崇文总目》云:"世或以玑为机,非也。机本不治《诗》,今应以玑为正。"案:《初学记·烛类》引陆士衡《毛诗草木疏》。唐人已误为"机",幸有陆氏《释文》"玑字元恪",爵里甚明。今所传二卷,即

---

① 马国翰:《目耕帖》卷二十二,光绪九年癸未(1883)长沙娜嬛馆补校刻本,第二十六页。

玑之原书。后人疑为掇拾之本,非也。《尔雅》邢疏引陆玑《义疏》,《齐民要术》《太平御览》并称《义疏》,兹以《陆疏》之文证之,诸书所引,仍以此《疏》为详。《疏》引刘歆、张奂诸说,皆古义之仅存者,故知其为原本也。间有遗文,后人传写佚脱尔。玑三国时吴人,释《诗》者自毛、郑后,以此书为最古。乌可不宝贵而熟玩之乎?其与毛异义者,易"菉,王刍"之《传》,谓菉竹为一草;易"六驳,马"之《传》,谓"六驳"为木名。亦不尽依故训。其下篇叙齐、鲁、韩、毛四《诗》源流,至为赅洽。《释文》序录四《诗》,东汉从略。此《疏》合班、范《儒林传》,综贯无遗。其叙《毛诗》,谓授自孟仲子。《毛传》引孟仲子天命之说、禖宫之文;《郑谱》引孟仲子"於穆不似",谓孟仲子子思弟子。《汉书》具载经师,而不及孟仲、曾申、根牟、荀卿,赖此《疏》以传之也。唐孔氏《正义》谓《汉书·儒林传》,毛公不言其名,而此《疏》称,鲁国毛亨为《故训传》,以授赵国毛苌。徐坚因之,《初学记》载《毛诗》授受,悉同此《疏》。元朗、冲远所未闻,得此《疏》而始备。惟其去汉未远,是以述古能详,尤信其为原书也。蒙年逾六旬,目瞀意倦,炳烛之明,手自雠校,考之《诗疏》《释文》及唐宋类书,比勘是正。旧有毛晋《津逮秘书》本、王谟《汉魏丛书》本。王本讹漏殊甚,脱去《鹿鸣》"食野之苓"疏,蒲蒻鹘鸠,亦有佚脱。今悉依毛刻本。毛脱去"木瓜"一条,据《御览》引补入。订其讹字,增其阙文,多识正名,勉为小子之学。后之挚求毛故者,幸无弃焉①。

按:丁氏主要观点:(1)据《经典释文》,"陆机"当为"陆玑"无疑。(2)今所传《陆疏》二卷,乃陆玑原书,非后人掇拾之本。因为《尔雅注疏》《齐民要术》《太平御览》均引用过陆玑《义疏》,但以今本《陆疏》最详;且《陆疏》引用刘歆和张奂之说,均为存世不多古义。此理由有待商榷。较之诸书详引陆玑《义疏》,今本《陆疏》最详,不代表今本就

---

① 丁晏:《毛诗陆疏校正》,第一——二页。

是陆玑原书,一则《陆疏》流传中存在转引、简引可能,且难免讹误。陆玑原书在流传过程中能多大程度保存原貌,恐难细核;但说流传过程无增损,亦难为信。二则《陆疏》今本最详,有补《孔疏》所未备者,可能正是后世穷搜博采古文献掇拾的结果。此外,若以《陆疏》今本引刘、张古义为一证,亦难成立,焉知刘、张之说非后人据本辑录?且《陆疏》所引刘、张之说不过吉光片羽,自难现《陆疏》全貌。故此不能成为《陆疏》今本为陆玑原书之理由。(3)《陆疏》释物,亦不尽依《毛传》,如谓"菉竹"为一草,谓"六驳"为木名,均异于《毛传》。(4)《陆疏》下篇叙齐、鲁、韩、毛四《诗》源流,契合班、范《儒林传》所载,至为赅洽。(5)以毛本为底本,参考诸文献订讹补阙。

31. 清人陶福祥《毛诗草木鸟兽虫鱼疏考证·序》云:

说《诗》诸书,其专训名物者,以陆机《诗疏》为最古。唐、宋说《诗》家,采其书者,孔氏《诗疏》、严氏《诗缉》所引最多(吕氏《读诗记》引《陆疏》亦多,然较之《孔疏》,文省而字句皆同,不过由《孔疏》转引耳。惟严氏《诗缉》有补《孔疏》之遗者,是严氏所据为《陆疏》原本也)。入元后,其书遂亡(晁、陈二家书目并著录此书,是南宋时尚存)。今之辑本,不外陶、毛两家(陶氏收入《说郛》,毛氏收入《津逮秘书》,其后《唐宋丛书》《汉魏丛书》所收《陆疏》皆祖陶本,《学津讨原》所收《陆疏广要》,即重刊毛本)。毛本在后,于陶本颇有校正之功,但序次仍照陶本,舛误不一而足。如标题不依《经》次,《疏》文编次亦不考《经》句之先后(如"莫莫葛藟"一条,当标"葛藟累之"之类)。证之《孔疏》,往往抵牾,辑此书者,未知始自何人,至今尚沿其误。夫陆书本疏名物,何必标《经》文全句。考辑本割裂混淆,皆由全句标题所致(如"梓椅梧桐"一条,因陆不疏"漆",遂截去"漆"字,添上"桐"字之类;"有熊有罴","如蜩如螗"两条,陆疏"罴"不疏"熊",疏"螗"不疏"蜩",遂取《诗义疏》阑入之类)。宜依陆书分类,每类中依《经》次编定,物名不必牵连全句,体例方善(今本"常棣""螽斯"各条,只标物名,当是《陆疏》原例)。凡此皆人所共晓。其最要者,在补其遗,删其伪,正其误,考其异。兼此四者,而《陆疏》始有定本。窃谓此书辑于既亡之后,每条当注明某书所引,庶可征信于后人。今以诗类诸书所引《陆疏》为主,再考各书所引以正之(各书所引有泛称《诗义疏》者,其文往往与《陆疏》合,考《隋志》著录《毛诗义疏》凡七部,内五部不著撰人名氏,目次均在陆后,是《义疏》袭《陆疏》语耳。观《尔雅翼》《初学记》《事类赋注》《太平御览》,《陆疏》与《诗义疏》并引,即两书不同之明证)[1]。

按:陶福祥主要观点如下:其一,《陆疏》版本流传情况。他认为,《陆疏》原书南宋尚存,严粲《诗缉》所引便据《陆疏》原书;《陆疏》原书入元亡佚;《陆疏》现行辑本不外陶宗仪、毛晋两家;毛本后于陶本,序次仍照陶本。其二,《陆疏》辑本舛误不少,如标题不依《经》次,《疏》文编次亦不考《经》句之先后,与《孔疏》所引往往不一致。其三,主张《陆疏》可按草、木、鸟、兽、虫、鱼六大类编排,每类依《经》次编定,物名不必标《诗经》全句。

陶福祥较清晰勾勒出唐、宋以来《陆疏》流传轨迹,对比较《陆疏》现行诸本优劣有重大参考意义。但仅以严粲《诗缉》所引《陆疏》有增补《孔疏》所引遗漏之处便断定严氏所据为《陆疏》原书,理由似不充分。焉知严粲所引,不是旁采其他资料,而定为《陆疏》原书?然《续修四库全书总目提要》评价陶氏《考证》"考订皆确然有据"[2],在另得新证之前姑从其说。若严粲所见为《陆疏》原书,则应异于孔颖达所见原本。也就是说,由唐至宋,《陆疏》有不同版本出现。此外,他认为《陆疏》今本非陆玑原书,但未陈陶、毛两家据何而辑,亦未知辑此书者始自何人。

32. 罗振玉《毛诗草木鸟兽虫鱼疏新校正叙》云:

---

[1] 赵所生、薛正兴主编:《中国历代书院志》第14册,第407—408页。
[2] 《续修四库全书总目提要·毛诗草木鸟兽虫鱼疏考证》,中国科学院图书馆整理:《续修四库全书总目提要》第19册,第505页上。

儿时学治《诗》，毛、郑外，兼受陆机《毛诗草木鸟兽虫鱼疏》（"陆机"，各本作"陆玑"。段氏玉裁、阮氏元均考订作"机"。今证之古籍，如倭刻唐释慧琳《一切经音义》、隋杜台卿《玉烛宝典》等书所引，并作"陆机"，与段、阮说合）。机生于三国，去古不远，两汉以来，先师古说略见于此。顾世鲜善本，近习见者，明毛晋《陆疏广要》本、国朝王谟《汉魏丛书》重刻《说郛》本，均纰漏触目。山阳丁氏晏以二本不便学者，援据古籍作《陆疏校正》二卷，讹文夺字，均有匡补，而淆别仍复错出……玉爰以暑暇，不揣荒芜，纠诸经疏，及诸类书凡所征引，为比量异同，刊补讹佚。弥月以来，匡订数百十处。其有显然讹误而古籍无征引者，谨阙所疑，不敢冯臆擅改，以诒金根之讥。此《疏》旧本百三十三题。丁氏据《齐民要术》引增"投我以木瓜"一题，据《经典释文》引补"浸彼苞薯""骊骊牡马""野有死麕"三题。玉又据倭刻隋《玉烛宝典》注引补"手如柔荑""四月秀葽"二题，据宋严粲《诗缉》引补"隰有榆"一题，据《通志》引补"燕燕于飞"一题，据《韵会举要》引补"鹑之奔奔"一题。旧本又误析"山有栲"为"山有栲""蔽芾其樗"二题，误合"爰有树檀""隰有六驳"为一题。今均为改正，统得百四十有二题。校既毕，颜之曰《新校正》。用宋林亿校《素问》例，且别于丁本也。光绪丙戌夏，上虞罗振玉①。

按：罗振玉主要观点：(1)作者当为陆机。(2)世行本不外明毛晋《陆疏广要》本、《说郛》本，均纰漏触目，故广参文献，作《新校正》。

33.茅原定《诗经名物集成序》云："古传吴太子乌程令陆玑，作《毛诗草木疏》，又唐吴郡陆机作《草木鸟兽虫鱼疏》。陈氏辨之曰，引《尔雅》郭璞注，则郭以后人也。诸书多误玑作机，机即士衡，晋人也。"②

---

① 罗振玉：《罗振玉学术论著集》第四集，第225页。
② 蔺文龙编著：《清人诗经序跋精萃》，第524页。

附录2:《诗经》名物学述论

孙作云统计,《诗经》共记载动植物252种;其中植物为143种,内含草类85种、木类58种;动物109种,内含鸟类35种、兽类26种、虫类33种、鱼类15种①。虽与上文胡朴安的统计数据有出入,但《诗经》中名物蔚为大观,为世所公认。语言是文化的载体,《诗经》保留了农耕文化、礼乐文化等不同文化类型,《诗经》名物训诂是了解那个时代风俗民情、文化精神的一条通衢。同时,《诗经》义蕴精奥,不辨其名物,难解言外之意。朱熹曾云:"解《诗》,如抱桥柱浴水一般,终是离脱不得鸟兽草木。"②清代徐鼎亦曰:"诗人比兴,类取其义,如《关雎》之淑女,《鹿鸣》之嘉宾,《常棣》之兄弟,《茑萝》之亲戚,《螽斯》之子孙,《嘉鱼》之燕乐,不辨其象,何由知物? 不审其名,何由知义?"③因此,自先秦始,历代均出现《诗经》名物研究成果。综观《诗经》研究历史长河,名物研究虽非主流,但细水绵延,著述亦繁。而今人对之梳理或较简略,或评价有待商榷。因此,本书在整理历代《诗经》名物著述基础上,对《诗经》名物研究史大致分如下几个阶段展开述论。

一、先秦两汉:萌生期

此期间未出现(或留存)《诗经》名物研究专著。《诗经》名物研究主要蕴含于诗意训解著作,现存以《毛诗故训传》(以下简称《毛传》)最早。作为第一部系统注释《诗经》的专著,该书以解释字词与诗义为主,对《诗经》名物随文简释。因《毛传》距《诗经》产生时代不

---

① 孙作云:《诗经研究》,河南大学出版社,2003年,第7页。
② 黎靖德编,王星贤点校:《朱子语类》,中华书局,1986年,第2096页。
③ 徐鼎:《毛诗名物图说》,乾隆辛卯年(1771)刊本影印本,第一页。

甚遥远，且其所作训诂多取自先秦群籍，故其名物之释为后世留下十分珍贵的参考。但《毛传》常以"美刺言诗"，不可避免渗入名物训诂；且训诂过简，加之历时弥久，往往让后人难以理解，如其释"荇菜"为"接余也，流求也"，实同未释；但它始开《毛诗》名物考据之风，直接影响其后两千余年《诗经》名物研究。

与《毛传》大致同时期成书的辞书之祖《尔雅》，其体例大抵如王国维所言"释雅以俗，释古以今"，按类别分为"释诂""释天""释草""释木""释虫""释鱼""释鸟""释兽"等19篇。郭璞《序》曰："若乃可以博物不惑，多识于鸟兽草木之名者，莫近于《尔雅》。"[1]一般认为，《尔雅》诞生，标志着名物学的建立。作为一部"正名命物"之作，虽非训《诗》的名物专著，其所释名物很多出于《诗经》，成为后世《诗经》名物训诂必参宝典。

又有于东汉集结成书的最早中药学著作《神农本草经》，载药365种，其中植物254种，分草、木、果、谷、菜等类，详释其命名、药性、服用方法等，可为解释《诗经》植物借鉴。而建安七子之一刘桢撰《毛诗义问》十卷，今佚，仅能依靠辑本，窥其概貌。马国翰辑佚本序云："从《水经注》《北堂书钞》《艺文类聚》《初学记》《太平御览》诸书辑得十二节。训释名物，与陆玑《毛诗草木鸟兽虫鱼疏》相似。盖当时儒者究心考据，犹不失汉人家法云。"[2]刘书训释名物参考《毛传》，但较之更详，堪为其后治《诗》者参考。如"六月食郁及薁"条中"郁"，刘书释曰："郁，其树高五六尺，其实大如李，正赤，食之甜。"[3]《陆疏》释为："郁，其树高五六尺，其实大如李。色正赤，食之甘。"《陆疏》此条未见《孔疏》引用，而与刘书句式相近，内容多有重合，《陆疏》今本中"郁"疑后人将《孔疏》所引刘书羼入。清代桂馥也认为《毛诗正义》释"郁"文字引自刘桢《毛诗义问》，实非《陆疏》文。[4] 此点陶福祥《毛诗草木

---

[1] 《宋监本尔雅郭注》，中华民国二十年（1931）故宫博物院影印本，第一页。
[2] 马国翰：《玉函山房辑佚书》卷十四，第296页。
[3] 同上书，第298页。
[4] 桂馥：《书〈陆氏诗疏〉后》，蔺文龙编著：《清人诗经序跋精萃》，第14页。

鸟兽虫鱼疏考证》亦云："其为后人以刘桢语窜入,昭昭矣。"①

此外,《尔雅》之后,出现了《方言》《说文解字》《释名》等辞书。扬雄《方言》是中国首部汉语方言比较词典,大体仿《尔雅》体例分释词语,其中不少内容为名物训释。今本卷四释衣服,卷五释器皿、农具等,卷八释兽,卷九释车、船、兵器等,卷十一释虫。有些内容为后世训释《诗经》名物所参考,如《孔疏》释"鸤鸠"就引《方言》云"戴胜"之说。② 许慎《说文解字》是中国第一部系统分析汉字字形和考究字源之书,里面有很多解释名物本义的内容,《陆疏》《孔疏》释《诗经》名物,多处引用其说,如《陆疏》释"螟"时引许慎云："吏冥冥犯法则生螟,吏乞贷则生蟘。"③《孔疏》释"阜螽"时引许慎云："蝗,螽也。"④东汉末年刘熙《释名》亦仿《尔雅》体例,专究事物名源,分释天、释地、释山、释水等27类,所训重日常名物事类,吴末已广为流布。《四库全书提要》云："以同声相谐推论称名辨物之意,中间颇伤于穿凿,然可因以考见古音,又去古未远,所释器物亦可因以推求古人制度之遗。"⑤该书从语音角度推求字义及得名之由,虽不乏穿凿之说,如"斧,甫也。甫,始也。凡将制器始用斧伐木已,乃制之也"(《释用器》)之类,但它记录了很多汉代通用语词,可与《尔雅》《说文》等古籍相参证;加之其参校方俗,考合古今,析名物之殊,辨典礼之异,故可因其所释名物推求古代制度。以上辞书均为《诗经》名物训诂的重要辅助书。

总之,先秦两汉无专训《诗经》名物的著作出现。郑樵评曰："鸟兽草木乃发兴之本,汉儒之言《诗》者既不论声,又不知兴,故鸟兽草木之学废矣。"⑥郑氏虽指出汉儒不重《诗经》名物训诂的事实,但其言太过。事实上,《毛传》《毛诗义问》这类兼顾《诗经》名物研究著作的出现,《尔雅》《释名》以名物分类训诂为主体的辞书问世,《神农

---

① 赵所生、薛正兴主编:《中国历代书院志》第14册,第412页。
② 阮元校勘:《十三经注疏·诗经注疏》,艺文印书馆,2013年,第46页。
③ 许慎撰,段玉裁注:《说文解字段注》第十三篇上,第703页。
④ 同上书,第707页。
⑤ 《钦定四库全书题要·释名》,《四库全书》第221册,台湾商务印书馆,1986年,第383页。
⑥ 郑樵:《昆虫草木略·序》,天明五年(1785)刻本,第2—3页。

本草经》以求真精神解释本草的中医学专著的结集,《方言》《说文解字》训诂专书的流传,为《诗经》名物学的独立奠定了坚实基础,可称为《诗经》名物专门研究萌生期。

二、魏晋六朝:开山期

魏晋时期,诗经学有一大转变:《诗经》研究由汉人崇尚经义训诂政教,转为六朝疏注。洪湛侯认为,汉人传注,以本经为主,为解经而作;而魏晋时期郑、王之争,已转为明注,即为辩驳郑、王注文是非而作;到南北朝,学者所据依几乎不能超越汉魏诸家说解一步,多数《诗》家,或守一家之注而诠解,或广征博引而发挥,徒有述作,实罕发明。从此,经学传注之体日衰,六朝义疏之体日盛[1]。在此潮流中,诗经学开始出现名物、音韵、礼俗等专门研究,其中名物研究学者有陆玑、韦昭、朱育等。

基于先秦两汉名物训诂成果,第一部考证《诗经》名物的专著——《陆疏》二卷横空出世。这是魏晋流传下来唯一一部《诗经》名物学文献。该书虽以《毛传》为本,却并不拘之,杂取众家,谨慎扬弃。不仅分类注释《诗经》中草木鸟兽虫鱼,还尽可能详载每种动植物一物多名、形态、习性、生长地及效用。作为《诗经》名物学开山之作,较之《毛传》《尔雅》着眼于以别名训本名、较笼统简单解释名物以及《释名》立足因声训释物名,《陆疏》训释内容更详细,训释方式更多元。丁晏《毛诗陆疏叙》评之:"释《诗》自毛郑以后,以此书为最古。乌可不宝贵而熟玩之乎?"[2]治《诗》,尤其研究多识之学者,不可不研习之。

韦昭、朱育影响不大,其著《毛诗答杂问》已亡佚,现仅见马国翰《玉函山房辑佚书》辑本中十三则和一些文献所载书名与作者,如朱彝尊《经义考》载"《隋志》注《毛诗答杂问》吴侍中韦昭、朱育等所

---

[1] 洪湛侯:《诗经学史》,第234页。
[2] 丁晏:《毛诗陆疏校正》,第一页。

撰"①数语,《六家诗名物疏》引用书目注有"韦昭《毛诗答杂问》"寥寥七字②。据《玉函山房辑佚书》所辑内容,《毛诗答杂问》呈现如下阐释特点:其一,兼衍诗义,并非训释《诗经》名物专书。如"野有蔓草"条目云:"国多兵役,男女怨旷,于是女感伤而思男,故出游于洧之外,讬采芬香之草,而为淫妷之行。时草始生,而云蔓者,女情急欲以促时也。"其二,多引《毛传》《郑笺》,再结合当时生活实际指出该物效用,或指出该物今名。如"无衣无褐"条云:"《笺》云:'褐,毛布也。'贱者之所服也,今罽亦用之。"罽是毛织地毡一类东西,作者结合当时实际补充"褐"当时用于编织毛毡。"鞹鞃有幪"条云:"《笺》云:'靺,茅蒐染草也。靺,声也。'茅蒐,今绛草也。急疾呼茅蒐成靺也。"其三,或仅点出该物今名。如"无田甫田维莠骄骄"条云:"甫田维莠今何草?答曰:今之狗尾草也。"其四,记载别人解释。如"先生如达"条云:"薛综答韦昭:羊子初生达,小名羔,未成羊曰羜,大曰羊,长幼之异名……"③综观《玉函山房辑佚书》所辑条目,《毛诗答杂问》虽旨在解释《诗经》名物,但主要基于毛、郑,作者增阐内容较少,亦少有严谨文献或实地考证痕迹,故传之不远。

又马国翰辑佚本序曰:"《毛诗草虫经》一卷,撰人缺。隋、唐《志》皆不著录。《初学记》及《埤雅》引之。则六朝人所作,至北宋其书尚存也。今佚。辑录四节。其说《狼跋》《鹿鸣》,究悉物理,多识益见一斑矣。"④从书名及马国翰序言看,《毛诗草虫经》是《诗经》名物学专著,探究事物规律道理、展现名物知识。《初学记》引其对"猴"之解释曰:"猱,猕猴也,楚人谓之沐猴。老者为獑胡,獑胡骏捷也,其鸣嗷嗷而悲。"⑤此条所释较之《孔疏》所引《陆疏》,内容多有出入,《孔疏》未取其说。

---

① 朱彝尊:《经义考》卷一百一,乾隆四十二年(1777)刊本,第 11 页。
② 冯复京:《六家诗名物疏》,《四库全书》第 80 册,第 5 页。
③ 本段所引《毛诗答杂问》文前四条见于马国翰:《玉函山房辑佚书》卷十五,《续修四库全书》1201 册,第 336 页,第五条见于同书第 337 页。
④ 刘毓庆:《历代诗经著述考(先秦—元代)》,第 109 页。
⑤ 徐坚:《初学记》卷二十九,明嘉靖十年(1531)锡山安国桂坡馆刊本,第十九页。

此外,魏张揖《广雅》、晋郭璞《尔雅注》(以下简称《郭注》)在名物训释方面继续掘进。《尔雅》本以五经名物训诂为主,所集不够完备;且从西汉初到三国,已逾400年,不见于《尔雅》的新词、新义日益增多。《广雅》依《尔雅》体例,补所未备,集百家训诂,采八方殊语,详录品核,以著于篇,意在增广《尔雅》。清人王念孙如是评论《广雅》价值:"盖周秦两汉古义之存者,可据以证其得失;其散逸不传者,可借以窥其端绪。则其书之为功于训诂也大矣。"[1]《广雅》为后人考证周秦两汉古词义提供了丰富资料。《尔雅》成书较早,文字古朴,加之长期辗转流传,文字脱落舛误难免,故郭璞之前已有犍为文学、刘歆、樊光、李巡、孙炎等为之作注。郭璞认为旧注犹未详备,且存纷谬、漏略,于是缀集异闻,会粹旧说,考方国之语,采谣俗之志,并参考前人旧注,对《尔雅》作了新注。郭璞专注《尔雅》近20年,丰富和发展了《尔雅》对各种动植物的具体描述。因之注解,许多古老动植物得以名称复活。总之,《广雅》《郭注》在名物训诂方面所取得的成就,为后世《诗经》名物研究提供了重要参考资料。

综上,魏晋时期研究《诗经》名物专著数量不多,硕果仅存,但《陆疏》自诞生起,便以高屋建瓴姿态影响其后千余年《诗经》名物学研究,魏晋也因此成为《诗经》名物专门研究开山期。

三、隋唐五代:守成期

隋唐五代,《诗经》著作寥寥可数,据刘毓庆《历代诗经著述考》所载,这一时段现今仅存四部:陆德明《毛诗音义》三卷、《孔疏》四十卷、成伯玙《毛诗指说》一卷、贾岛《二南密旨》一卷。这些成果较诸前儒淹雅浩博的著述,实算沧海一粟,何况均非《诗经》名物研究专著。但这一时期在《诗经》名物研究史上却是不可或缺的守成期,主要因为《孔疏》这部定《诗》于一尊的皇皇巨著。

《孔疏》全部保留《毛传》《郑笺》注文,并遵循"疏不破注"的原

---

[1] 王念孙:《广雅疏证·序》,《续修四库全书》第191册,第2页。

则为这些注文作疏。它吸取前人训诂义疏精粹,可谓集汉魏六朝诗经学成果大成,是汉魏六朝诗经学文献库。唐以前很多"毛诗学"资料,几乎仅《孔疏》贮存。很多早已亡佚的著作得以从中辑出,包括《陆疏》。皮锡瑞评价南北朝诸经义疏在经学史上重要意义时说:"当汉学已往,唐学未来,绝续之交,诸儒倡为义疏之学,有功于后世甚大。"①其实借用此句评价《孔疏》于《诗经》名物学的意义亦未尝不可。唐人疏注旨在推阐毛、郑之意,虽于《诗经》名物研究并无多少新成果,但汇集不少汉魏六朝名物研究成果,让奠定《诗经》名物专门研究基础的《陆疏》得以保存并流传,使《诗经》名物研究薪火相传至今成为可能。

此外,程修己撰《毛诗草木虫鱼图》二十卷、《毛诗物象图》,以图谱形式展现各色名物,均佚。《新唐书·艺文志》载:"《毛诗草木虫鱼图》二十卷。开成中,文宗命集贤院修撰并绘物象,大学士杨嗣复、学士张次宗上之。"②而《唐朝名画录》曰:"太和中,文宗好古重道,以晋明帝朝卫协画《毛诗图》草木鸟兽虫鱼、古贤君臣之象,不得其真,遂召程修己图之,皆据经定名,任意采掇。由是冠冕之制、生植之姿,远无不详,幽无不显矣。"③并列出其所画人物、鞍马、花木、草木、鸟兽等题材,据此可知,《毛诗草木虫鱼图》撰者是程修己,里面呈现《诗经》中大量"生植"图像。南宋著名史家、目录学家郑樵曰:"《毛诗虫鱼草木图》盖本陆玑《疏》而为图,今虽亡,有陆玑《疏》在,则其图可图也。"④据郑氏之言,该图谱依《陆疏》为之,正是《陆疏》在唐代受官方重视而推广之一证。

综上,隋唐五代虽为《诗经》名物研究守成期,但于《诗经》名物学传承与发展功不可没。

---

① 皮锡瑞著,周予同注释:《经学历史》,第186页。
② 欧阳修、宋祁:《新唐书》卷五十七,第1430页。
③ 朱景玄:《唐朝名画录》,《四库全书》第812册,第370页。
④ 郑樵:《通志》卷七十一,第832页。

四、宋元时代:发展期

宋代诗经学一大变革是由汉代训诂、六朝义疏转为阐述义理。宋元之际,朱学盛极一时。《四库全书总目》云:"有元一代之说《诗》者,无非《朱传》之笺疏。"①而朱熹认为"(诗)虽别无义,而意味深长。不可于名物上寻义理"②。在此学术背景下,宋元时代《诗经》名物研究成果寥寥,主要有陆佃、蔡卞、郑樵、王质、许谦等人的著作。

陆佃撰《诗物性门类》八卷。陈振孙《直斋书录解题》于《埤雅》条下云:"陆佃撰。曰《释鱼》《释兽》,以及于鸟、虫、马、草、木,而终之以《释天》,所以为《尔雅》之辅也。此书本号《物性门类》,其初尝以《释鱼》《释木》二篇上之朝。编纂将就,而永裕上宾,不及再上。既注《尔雅》,遂成此书。"③据陈氏注,《物门类性》即《埤雅》原型,此书基于注释《尔雅》而成,内容涉及虫、鱼、马、木、草等名物。但据陆佃之子陆宰之《序》,《物性门类》与《埤雅》乃不同之书,《物门类性》乃陆佃未成之书,最初仅《释鱼》《释木》完稿;而《埤雅》乃注《尔雅》而成,且"《埤雅》比之《物性门类》,盖愈精详,文亦简要"④。如果陆宰之说为实,《埤雅》与《诗物性门类》即便是两本不同之书,也都包含丰富的训释名物的内容。宋代研究多识之学者不多,陆佃这(两)本书算宋代多识之学代表作。《四库提要》评价《埤雅》:"其说诸物大抵略于形状而详于名义,寻究偏旁,比附形声,务求其得名之所以然,而曼衍纵横,旁推其理以申之,多引王安石《字说》。"⑤此书详究偏旁及得名义理,略于勾画形状,其撰写体例与《陆疏》迥异;其解释名物,随文释义,旨在推阐《诗》义,且所援引,多非名物训诂专著,而多引《字说》,不免穿凿。

蔡卞所撰《毛诗名物解》二十卷,是宋代《诗经》名物训诂的代表作。全书分为《释天》《释草》《释木》《释鸟》《释兽》《释虫》《释鱼》

---

① 《钦定四库全书总目》卷十六,《四库全书》第1册,第343页。
② 黎靖德编,王星贤点校:《朱子语类》卷一百十七,第2813页。
③ 陈振孙:《直斋书录解题》卷三,第88页。
④ 陆宰:《埤雅·序》,王云五主编:《丛书集成初编》,第2页。
⑤ 《钦定四库全书提要·埤雅》,《四库全书》第222册,第60页。

《释马》等十一类。陈振孙认为此书议论穿凿附会,征引琐碎,于《经》无补。《四库提要》却认为:"其书虽王氏之学,而征引发明,亦有出于孔颖达、陆玑之外者。寸有所长,不以人废言也。"①《四库提要》称北宋研究名物训诂学者仅蔡卞与陆佃两家,这是对蔡卞学术地位的充分评价;且认为此书较之《孔疏》《陆疏》另有发挥,虽蔡卞为人奸邪,犯天下公恶,但不应以人废言。关文瑛《通志堂经解提要》称之"与陆玑《草木虫鱼疏》相伯仲,不得谓于经无补也"②。近现代著名文字训诂学家胡朴安也如此评价:"蔡氏著《毛诗名物解》,踵陆氏之例为之,而征引加博。"③应看到,此书首次以"名物"用于书名,征引丰富,贯穿经义,会通物理,具有一定学术价值。

郑樵撰《诗名物志》,刘毓庆认为即《通志》中的《昆虫草木略》部分。该书分为草类、木类、虫鱼类、禽类等八类,每一条目均致力于名物辨名及描述性状。郑樵自评此书:"观《本草成书》《尔雅注》《诗名物志》之类,则知樵所识鸟兽草木之名,于陆玑、郭璞之徒有一日之长。"④郑樵自认为此书比之陆玑、郭璞之作,仍有过人之处。朱德润评价郑氏名物考据成就曰:"今观郑氏《传》引山川草木虫鱼之辨……诚可以发挥后学之未究,而涣明千载之微词奥义者也。"⑤认为此书既补前人研究空白,又有助于探求《诗经》微词奥义。但《四库提要》评之:"《草木昆虫略》则并《诗经》《尔雅》之注疏,亦未能详核。盖宋人以义理相高,于考证之学罕能留意。樵恃其该洽,睥睨一世,谅无人起而难之,故高视阔步,不复详检,遂不能一一精密,致后人多所讥弹也。"⑥认为此书不过合并《诗经》《尔雅》注疏,未精密考证,故疏漏难免。从学术渊源看,周云逸认为此书大体参照《证类本草》排序,故《昆虫草木略》与《证类本草》的关系,比它与《陆疏》《尔雅注疏》更为

---

① 蔡卞:《毛诗名物解》,《四库全书》第 70 册,第 535 页。
② 刘毓庆:《历代诗经著述考(先秦—元代)》,第 158 页。
③ 胡朴安:《诗经学》,王云五主编:《万有文库》第一集,第 100 页。
④ 郑樵:《夹漈遗稿》卷三,清嘉庆间南汇吴氏艺海珠尘本。
⑤ 见朱彝尊:《经义考》卷一百六,第二页。
⑥ 《钦定四库全书提要·通志》,《四库全书》第 372 册,第 4 页。

接近①。

王质《诗总闻》二十卷。其《闻物》《闻用》诸篇关乎《诗经》名物。王质训释名物博搜详咮,注意结论合情合理,不求奇喜新,无端臆测;训释重点在有疑处而非已形成共识之物。其所释名物,参考了《毛传》《陆疏》等前儒成果,但时有补释,时有质疑。如"芣苢"条,《毛传》释为"车前也,宜怀任焉",《孔疏》云:"言宜怀妊者,即陆玑《疏》所云治难产是也。"②《毛传》意指车前可治不孕,王质《诗总闻》对之加以反驳。他说"此草至滑利,在妇人则下血,非宜子之物",且"子息盖天数,非可以药物之术致之"③,认为生儿育女自有天数,非药物所能催生。刘毓庆评此书"在宋儒《诗》学著作中,最具创意,不拘一格,新见叠出,颇多启迪,然多臆见"④。王质多参考前人《诗经》名物训诂成果,所作补释或不知何据,或近穿凿,而其质疑《毛传》之论亦缺乏严谨论证,故其书对后世《诗经》名物研究参考价值不大。

元代许谦撰《诗集传名物钞》八卷,主要考证《诗经》名物音训,不乏创见,堪补朱熹《诗经集传》(以下简称《朱传》)之遗。许书以《朱传》为蓝本,综合参考《陆疏》《经典释文》《孔疏》《毛诗名物解》等资料,将名物训释和阐释诗义结合起来,侧重联系名物的社会属性解释名物。《四库提要》对之评价颇高:"是书所考名物音训,颇有根据,足以补《集传》之阙。"⑤《郑堂读书记》亦云:"正音释,考名物度数,粲然毕具,足以羽翼《朱传》于无穷矣。"⑥高度评价其对名物考证的增补之功。总之,许书旁搜博采考证《诗经》名物,以补《朱传》未备,旁采逸义,而终以己意,有一定文献价值。

此外,王应麟撰《诗地理考》六卷,此为首部《诗》地理名物专著,博

---

① 周云逸:《郑樵〈通志·昆虫草木略〉的本草学渊源及价值——以草类为研究中心》,《复旦学报(社会科学版)》,2014年第2期。
② 阮元校勘:《十三经注疏·诗经注疏》,第41页。
③ 王质:《诗总闻》卷一,《四库全书》第72册,第444页。
④ 刘毓庆:《历代诗经著述考(先秦—元代)》,第224页。
⑤ 《钦定四库全书提要·诗集传名物钞》,《四库全书》第76册,第1页。
⑥ 周中孚:《郑堂读书记》卷八,《清人书目题跋丛刊》(第八辑),第139页。

采《禹贡》《尔雅》《经典释文》《水经注》及其他涉及《诗经》山川、郡国等文献，汇编成书，亦为《诗经》名物研究提供地理参考。不过，该书大致杂采诸书，少有考辨，被周中孚讥为"博而寡要，劳而少功"①。

宋元时期，《诗》名物研究还出现一些图谱类成果。主要有：宋代杨甲撰、毛邦翰补《毛诗正变指南图》一卷，据朱彝尊引陆元辅说法，此图谱四十七篇，包括《释草名》《释木名》《释鸟名》《释兽名》《释虫名》《释鱼名》等②；另据陆元辅言，有不知何人所辑《纂图互注毛诗》二十卷，首之以《毛诗举要图》二十五，有《十五国风地理图》《閟宫路寝之图》《朝服之图》《冠冕弁图》《乐舞之图》等③，此谱偏于建筑、器用、服饰，未见鸟兽草木虫鱼图；又有《甫田图》，王恽《跋甫田图后》曰"至于禽鱼草木车服豆笾之盛，一一视之，皆具古意，又有可观、可兴者"④，由此图跋，可知图中有鸟兽虫鱼等名物。

这一时期亡佚或未见的《诗经》名物著述还有：王应麟《毛诗草木鸟兽虫鱼广疏》六卷，《经义考》注"未见"，刘琳、沈治宏《现存宋人著述总录》未著录，刘毓庆《历代诗经著述考》注"佚"。南宋杨泰之《诗名物编》十卷，《经义考》注"佚"。元代杨璲撰《诗传名物类考》，《经义考》注"未见"。

综上，宋元时代《诗经》名物研究成果不多，却对先儒成果大量增益、补缺、订误，为《诗经》名物学的重要发展期。

五、明代：蓬勃期

明代诗经学整体以《朱传》为主，至明中叶始，复古之风日盛，宗毛、郑成为《诗经》研究新倾向。正是这一时期，涌现不少《诗经》名物研究成果，不管是数量还是内容的详审，较之前代，均胜一筹，堪称《诗经》名物研究蓬勃期。著述主要有如下几类：

---

① 周中孚：《郑堂读书记》卷八，《清人书目题跋丛刊》(第八辑)，第138页。
② 朱彝尊：《经义考》卷二百四十三，第七页。
③ 参见刘毓庆：《历代诗经著述考(先秦—元代)》，第338页。
④ 王恽：《秋涧集》卷七十一，《四库全书》第1201册，第72页。

(一) 名物专著,专训《诗经》名物。

林兆珂撰《毛诗多识编》七卷,本《陆疏》而衍,分草、木、鸟、兽、虫、鳞介等部,主要汇录《毛传》《尔雅》《陆疏》《埤雅》《尔雅翼》等前人名物训诂成果,少有作者考证。所释名物,不少为《陆疏》所未释,故有增补《陆疏》之功。蓝文炳则评之"罗旧闻而会通,稡离词而缀辑,齐累见以为限,详万物而立言"①,极力称许此书宏富。此书搜罗旧闻累见而详释万物,但谈不上"会通",事实如《四库提要》所评"贪多务博,颇乏持择"②,书中间有《淮南子》《文选注》《鸡跖集》《楚辞集注》等非名物训诂专书所训,难免驳杂,不够精审。

冯复京撰《六家诗名物疏》(以下简称《冯疏》)五十五卷,《四库全书》称之为广蔡卞《毛诗名物解》而作,影响较大。《六家诗名物疏引用书目》明确列出"陆玑《草木虫鱼疏》",居草木类参考书之首,《天禄琳琅书目后编》卷十二称《冯疏》"意在广陆玑、蔡卞之书"③,亦非无据。"六家"者,除《毛诗》外,其余五家为《齐》《鲁》《韩》《郑笺》《朱传》。鸟兽草木虫鱼而外,象纬、堪舆、居室、饮食、衣服、音乐、兵戎之类,莫不具列。其训释采诸《尔雅》及郭注、《陆疏》《本经》《经典释文》等文献,以资互证,末加按语。冯氏自叙云:"予今具释列为三十二门,门各若干事,《诗》之名物,殚于此矣。"④他自述写作此书,详加搜辑,鲜或缺遗,又芟烦就简,以裨益于经学为宗旨,绝不离经畔正,鸟兽草木产于穷荒绝域者不录。《四库全书总目》评价《冯疏》征引颇为赅博,周中孚《郑堂读书记补逸》评曰:"依经文条次,而间附考证,亦多有根柢,较陆、郑、蔡三家书,实为过之。"⑤认为此书考据有实,实际超越陆、郑、蔡三家。就内容而言,《冯疏》考证精详,堪为《诗经》名物学精品。

---

① 林兆珂:《毛诗多识编》,清华大学图书馆藏明刻本影印本,见四库全书存目丛书编纂委员会编:《四库全书存目丛书·经部》第62册,第3页。
② 《钦定四库全书总目》卷十七,《四库全书》第1册,第369页。
③ 彭元瑞等撰:《天禄琳琅书目后编》卷十二,清嘉庆二年(1797)刻本影印本,第八页。
④ 冯复京:《六家诗名物疏·叙例》,哈佛图书馆藏明代万历刊本,第一页。
⑤ 周中孚:《郑堂读书记补逸》卷四,《清人书目题跋丛刊》八,第113页。

吴雨撰《毛诗鸟兽草木考》二十卷。分《鸟考》《兽考》《虫考》《鳞考》《草考》《木考》等内容。曹学佺《序》称,此书乃吴雨悼《陆疏》失传,故收诸散见,引伸、推广之作①。该书综合参考并遴选《毛传》《郑笺》《尔雅》及郭注、《陆疏》《孔疏》相关资料,有时加按语,以示己见。所引资料既经剔选,故文献价值不高。且《四库全书总目》评曰:"然如鸡本家禽,而繁文旁衍;鼠原常物,而异种横增,骈拇枝指,殊为可已不已。"②认为此书收入鸡、鼠等家禽常物,繁文旁衍,异种横增,不免繁琐多余。

黄文焕著《诗经考》十八卷,专考《诗经》名物典故,包括世系、畿甸、人物、天时地利、兵农礼乐、动植等方面,以《诗经》篇第为序,各标其目而解。黄自叙撰写此书艰辛过程:"兹再探五都鸿宝,旁搜二酉琳琅,焦心劳神,陟层城之巅以闳览;焚膏继晷,抉东壁之奥以编摩。"③其参考之广、考证之勤,斯已少见。训释名物广引《毛传》《郑笺》《陆疏》《说文解字》《埤雅》《朱传》《左传》《列女传》等文献,少有鉴别。《四库全书总目》评之"征引颇为繁富,惟爱博嗜奇,颇伤冗杂"④,对它评价不高,认为它不及何楷《世本古义》博洽。

毛晋撰《毛诗草木鸟兽虫鱼疏广要》(以下简称《广要》)四卷。该书以《陆疏》为本,按名物在《诗经》中出现顺序,广援文献释之。毛晋自序云:"遂因陆氏所编若干题目缮写本文,旁通《尔雅》、郭、郑诸子暨有补经学之书,芟其芜秽,润其简略,正其淆讹。又参之确闻的见,自户庭以及山巅水湄,平畴异域,凡植者、浮者、飞者、走者、鸣而跃者,潜伏而变化者,无不搜列,命之曰《广要》。更有陆氏所未载,如葛、桃、燕、鹊之类,循本经之章次而补遗焉。"⑤据此自序,毛晋既对《陆疏》固有条目进行增补、正讹,又另增加《陆疏》未载内容,繁征博

---

① 曹学佺:《毛诗草木鸟兽考序》,吴雨:《毛诗鸟兽草木考》,明万历磊老山房刻本,第一——二页。
② 《钦定四库全书总目》卷十七,《四库全书》第1册,第373页。
③ 黄文焕:《诗经考叙》,黄文焕撰,黄景昉校订:《诗经考》,明崇祯刊本影印本,第四页。
④ 《钦定四库全书总目》卷十七,《四库全书》第1册,第374页。
⑤ 毛晋:《毛诗草木鸟兽虫鱼疏广要》,《津逮秘书》(二),汲古阁崇祯己卯年(1639)刻本影印本,第二——三页。

引,不厌冗长,以《左传》《周礼》《尔雅》《淮南子》《埤雅》等文献参证,间出己意;每条注后,另有按语。因采摭既多,难免繁杂,《四库全书总目》评之嗜异贪多,每伤支蔓,有些训释于经义渺无所关。该书内容虽不免繁杂,但训释较严谨、翔实。

胡文焕撰《诗识》三卷。全书采《朱传》重要名物类编,分天文、时令、占候、地理、风俗、宫室、人物、人事、身体、饮食、称呼、姓氏、礼制、军旅、制作、器物、农桑、五谷、花木、飞禽、走兽、鳞介、昆虫、珍宝等三十七类。《续修四库全书总目提要》评之曰:"所见甚陋,其区目之未善,又不必辨矣。"①认为其说浅陋,条目分类不大好。

薛寀著《诗经水月备考》四卷,重在列考《诗经》所涉名物与职官、人物等。《续修四库全书总目提要》介绍云:"依《风》《雅》《颂》之次,于各篇中涉于典故事迹者,征引群书,以备参考。训诂义理,概从略焉。"②该书侧重征引与名物有关典故,而略于训诂,于名物研究参考价值不大。

(二)包含名物考辨内容的综合研究著作

沈万鈳辑《诗经类考》三十卷,于三百篇所载名物典故,分二十六门编录。此书非《诗经》名物学专著,但包含《服饰考》《器具考》《禽虫考》《草木考》等内容。训释名物杂引《毛传》《尔雅》及郭注、《陆疏》《说文解字》《淮南子》《礼记》《管子》《博物志》《埤雅》等典籍,缺乏持择。《四库全书总目》评之:"凡所援据,不能尽本经传,故往往不精不详。如天文类释'三五小星',引《释名》曰'星者,散也';《说文》曰'万物之精,上为列宿'。如此之类,与经义无涉,实为泛滥。"③批评此书所征引不能全部本于经传,又考证不全,故注释不够精审、详备,很多解释流于泛滥,与经义无关。总之,该书虽本《诗名物疏》而作,却不及原书。

何楷撰《诗经世本古义》二十八卷,非《诗经》名物训诂专著,而是

---

① 胡文焕:《诗识》,《续修四库全书总目提要》第 15 册,第 553 页。
② 薛寀:《诗经水月备考》,《续修四库全书总目提要》第 15 册,第 12 页。
③ 《钦定四库全书总目》卷十七,《四库全书》第 1 册,第 370 页。

阐发毛、郑诸儒诗义之作。其自序云："凡余说《诗》，是不一术，先循之行墨以研其义，既证之他经以求其验，既又考之山川谱系以摭其实，既又寻之鸟兽草木以通其意，既又订之点画形声以正其误，既又杂引赋诗断章以尽其变。诸说兼详，而《诗》中之为世为人、若礼若乐，俱一一跃出。"①道出其书主要内容，广收博引，并录诸说，综合考察诗义、名物、字形等方面，而名物研究则为"通其意"，服务于诗义、风俗、人事、礼乐研究。该书多引《毛传》《尔雅》《释名》《广雅》《埤雅》《月令》《夏小正》《左传》等典籍，详考《诗》中名物，有一定文献价值。《四库提要》评之："凡名物训诂，一一考证详明，典据精确，实非宋以来诸儒所可及。"②对其《诗经》名物训诂成就予以很高评价。

贺贻孙撰《诗触》六卷。该书非专释名物之书，对名物训释较简，每篇先列《小序》，次释名物，次发挥诗意。贺在《凡例》中云："考核禽鱼草木及诸名物，必稽于《孔疏》《大全》《尔雅》《稗雅》《本草》《字汇》诸书，具录于本诗之后，与所笺释低书一格，以示采择虽无关诗旨，但备博览而已。"③据此《凡例》，可知本书考稽名物，主要征引文献，以备博览，少有己见。

李若愚撰《诗经演义辨真》十三卷，分训解、直讲、讲句、设譬、全旨、章旨、题旨通考等部分。《诗经演凡例》云："通考，自人品与图时会，以及器用鸟兽草木，俱系参考诸书，采录以广多识。"④据此说，此书主要考辨经义章旨，非名物训诂专著，但"通考"部分对器用鸟兽草木进行解释，不过皆采录诸书以广多识，少有新见。

另有佚名撰《诗经名物疏》八卷，杨晋龙《明人诗经著作目录初稿》云："先解经，次解传，博采诸儒，于名物尤详。"⑤该书博采前人成果解释经义，并详考相关名物。又有佚名撰《三百篇物考》，该书诠释《诗经》名物，兼及经义，凡草木鸟兽虫鱼之属，天文、舆地、服饰、礼乐、

---

① 何楷：《诗经世本古义·序》，《四库全书》第 81 册，第 4 页。
② 《钦定四库全书提要·诗经世本古义》，《四库全书》第 81 册，第 2 页。
③ 贺贻孙：《诗触·凡例》，见《诗触》卷一，清咸丰刻本影印本，第二页。
④ 刘毓庆、贾培俊：《历代诗经著述考（明代）》，中华书局，2008 年，第 289 页。
⑤ 同上书，第 479 页。

器具、车马、兵制之类,皆一一考订。考证鸟兽草木主要依据《陆疏》,考证舆地则旁采《尔雅》《说文》《水经》、方志,考证天文、服饰、礼乐、器具之类则本"三礼"。《续修四库全书总目提要》评之考订名物"多引证赅洽,言言征实"①,肯定其名物考证之功。

(三)以图谱呈现名物样态的著作

此类著作主要有钟惺《诗经图史合考》二十卷、陈重光辑《毛诗正变指南图》六卷,章达、卢谦辑《诗经图》一卷。《诗经图史合考》广引《毛传》《郑笺》《尔雅》及郭注、《陆疏》《诗缉》《列女传》《淮南子》《通志》《学记》《初学记》等文献解释《诗经》名物,有时配图。《四库全书总目》曰:"是书杂考《诗》之名物典故,亦间绘图,故称《图史合考》。然名虽释经,实则隶事。"②认为本书名曰释经,不过杂引众多典故,与经义无关,对研究《诗经》参考价值不大。《毛诗正变指南图》图说《诗经》中阴阳、日景、衣服、兵农、巡守、名堂、辟雍等名物。《四库全书总目》云:"一卷全录《小序》首句,二卷作诗次序,皆本郑氏《诗谱》,三卷世次,四卷族谱,五、六卷杂释名物。俱为简略,惟五卷释刻漏稍详。"③评说此书有两卷简略杂释名物,加之有些编次丛杂,义例浅陋,故影响不大。《诗经图》中有十五国风地理图、冠服图、兵器服图、鸟名、兽名、虫名、鱼名、草名、木名、菜名、谷名等,为研究《诗经》名物提供一些图片资料。

此外,明代亡佚或未见的《诗经》名物著述有:黄乔栋撰《诗经名物考》,黄洪宪撰《学诗多识》,黄圣年撰《诗骚本草通》,耿汝愚著《诗经鱼虫考》,刘宁之《诗经多识录》,《历代诗经著述考(明代)》均注"佚"④;盛于斯撰《毛诗名物考》,秦沅撰《诗经多识》,《历代诗经著述考(明代)》注"未见"⑤。

洪湛侯认为明代《诗经》名物著述多疏略之作,"不可与清代考

---

① 《续修四库全书总目提要》(第19册),第423页。
② 《钦定四库全书总目》卷十七,《四库全书》第1册,第371页。
③ 同上书,第362页。
④ 刘毓庆、贾培俊:《历代诗经著述考(明代)》,第94,136,286,295,473页。
⑤ 同上书,第475,477页。

据学家所撰之专书同日而语"①。但明代多识之学较之前代,无论研究者人数还是研究成果,均大大超越前代,堪为《诗经》名物研究蓬勃期。

六、清代:鼎盛期

清代考据学盛行,诗经学获得长足发展,朱杰人评价这一时期《诗经》研究成就:"无论是文字训诂、名物制度,还是考据辑佚、义疏音韵,乃至博物学、天文学、地理学等都有皇皇巨著问世,足以傲视古人而垂范来者。"②因清代研究《诗经》名物著述呈井喷之势,故参考洪湛侯《诗经学史》,大致分两个阶段简述代表性著述,其他仅列名录,以备参考。

(一)清前期

这一时期研究《诗经》名物专著主要有姚炳《诗识名解》、毛奇龄《续诗传鸟名》、陈大章《诗传名物集览》。《诗识名解》分鸟兽草木四部,共十五卷,主要参考《尔雅》及郭注,综合引用《毛传》《广雅》《陆疏》《通志》《朱传》等文献,考辨《诗经》名物,广援精核,兼探诗义。《四库全书提要》评之因爱奇嗜博,不免"失之蔓衍""然核其大致,可取者多"③,参考时宜略芜存菁。《续诗传鸟名》三卷,引用《毛传》《尔雅》《陆疏》《通志》等文献,考证《诗经》鸟类,旨在续《毛传》而正《朱传》。虽不乏杜撰、穿凿之说,但《四库全书提要》评之"大致引证赅洽,颇多有据"④。《诗传名物集览》共十二卷,分鸟、兽、虫、鳞介、草、木六类训释《诗经》名物,采辑《毛传》《郑笺》《尔雅》及郭注、《陆疏》《埤雅》诸说,参以《左传》《礼记》《山海经》《庄子》《列子》《吕氏春秋》《淮南子》等文献之证,搜载过繁,体近类书,有些条目失于偏执、乖舛。《四库全书提要》评之"征引既众,可资博览,虽精核不足,而繁

---

① 洪湛侯:《诗经学史》,中华书局,2002年,第430页。
② 蒋见元、朱杰人:《诗经要籍解题》,上海古籍出版社,1996年,第5页。
③ 《钦定四库全书提要·诗识名解》,《四库全书》第86册,第314页。
④ 《钦定四库全书提要·续诗传鸟名》,《四库全书》第86册,第276页。

富有余"①。

非考证《诗经》名物专书主要有王夫之《诗经稗疏》、顾栋高《毛诗类释》、黄忠松《诗疑辨正》。《诗经稗疏》计四卷,考证《诗经》名物、礼制、叶韵等,以辨正名物训诂为主。很多地方综合引用《毛传》《郑笺》《尔雅》《郭注》《说文解字》《陆疏》《埤雅》《吕览》等文献,以补先儒诸说之遗。《四库全书提要》评价有些条目未免近凿,但大体"皆确有依据,不为臆断"②。《毛诗类释》计二十一卷,专门分类考释《诗经》经、传所涉名物、典制如天文、地理、山水、祭祀、官制、车马、草木鸟兽之类,兼阐诗义。该书稽核诸说,附以己按,详为辨证。《四库全书提要》评之"采录旧说,颇为谨严"③。《诗疑辨正》计六卷,该书主于考订名物,折衷诸说是非,故以《辨证》为名。《四库全书提要》评之"考正讹谬,校定异同,其言多有依据"④。总之,此三书虽为清前期训释名物较善之本,但均非系统考证名物专书。

(二)清中晚期

这一时期在《陆疏》基础上整理、增补类,最知名的有赵佑、丁晏、焦循三家。赵佑作《毛诗草木鸟兽虫鱼疏校正》二卷,因感《陆疏》陶、毛两本舛错脱弃较多,故取两本异同,参以诸家别录详加校正,间附己见,凡录名物一百三十三题。其自叙云:"凡应改定题目,增订文字,可疑之处,悉附见于本文中,率以《诗(疏)》《尔雅疏》《释文》为之主。"⑤总之赵佑此书于陶、毛讹误,颇多订正,其考订多为学界公认,是研究《陆疏》较有影响的阶段性成果。丁晏撰《毛诗草木鸟兽虫鱼疏校正》二卷,据《经典释文》《太平御览》引补四条,总计一百三十七条。丁氏充分利用前人校勘成果,严加校订《陆疏》佚文,凡他书引有《陆疏》者,均一一校注于各句之下,且讹文夺字,均有匡补。《诗

---

① 《钦定四库全书提要·诗传名物集览》,《四库全书》第 86 册,第 544 页。
② 王夫之:《诗经稗疏》,同治四年湘乡曾氏刊本影印本,第二页。
③ 《钦定四库全书提要·毛诗类释》,《四库全书》第 88 册,第 5 页。
④ 《钦定四库全书提要·诗疑辨正》,《四库全书》第 88 册,第 212 页。
⑤ 赵佑:《草木疏校正·自叙》,《续修四库全书》第 64 册,第二页。

经要籍提要》评价丁本是"最完善、最精审的版本"①。焦循撰《陆氏草木鸟兽虫鱼疏疏》二卷,总计一百四十九条。主要据《陆疏》毛本,参以诸书,考订《陆疏》文字。此书以草、木、鸟、兽、虫、鱼为序,依诗文篇目次序编排。每条题下增列《毛传》传文,并逐条列出后代征引《陆疏》文献,或阐明《陆疏》疏毛微旨,或辨陆、毛异同。如"参差荇菜"条,循按:"陆氏名其书曰《义疏》,所以疏毛义也,故毛训'荇'为'接余',此则自'接余'为疏。"②对陆玑作《疏》意图进行疏解。总之,此书在编排上较《陆疏》之前各本有创新,考订严谨、简练,颇见功力。

自成编排体例训释《诗经》名物者,以多隆阿、徐鼎最著名。徐鼎用时二十年作《毛诗名物图说》九卷,分鸟、兽、虫、鱼、草、木六类,收录名物二百五十五种,一物一图,将物名标于图上,博考《尔雅》及郭注、《禽经》《陆疏》《孔疏》《埤雅》《诗辑》《礼记》《左传注》《太平御览》等典籍,勤问于钓、农、樵、猎,分列注释于下,并加己按于后。总之,此书考订精详,言必有征,图文相配,有重要文献价值。多隆阿撰《毛诗多识》十二卷,共收《诗经》名物四百十六条,占《诗经》名物十之七八,当为历来考订《诗经》名物规模最大之作。其自序云:"羽毛动植之物,日与耳目相习,留心察之,悉得梗概……为疆域所限者,则为备载先儒之说,不加论断。"③该书综引《毛传》《郑笺》《尔雅》及郭注、《陆疏》《左传注》《禽经》等文献,又重目验实证,严谨考订,为《诗经》名物学重要专著。

其他以"名物""多识""草木鸟兽"类命名著述主要有:徐士俊《三百篇鸟兽草木记》一卷,赵执信《毛诗名物疏钞》,程瑶田《释虫小记》,石韫玉《多识录》九卷,焦循《陆玑疏考证》二卷、《毛诗物名释》不分卷、《毛诗草木鸟兽虫鱼释》十二卷,陆以諴《毛诗鸟兽草木本旨》十三卷,陈奂《毛诗九谷考》一卷,朱桓《毛诗名物略》四卷,俞樾《诗名物证古》一卷,方琪《读诗释物》二十一卷,许瀚《辨尹畹阶

---

① 夏传才、董治安主编:《诗经要籍提要》,第26页。
② 焦循:《诗陆氏疏疏》,《续修四库全书》第65册,第446页。
③ 多隆阿:《毛诗多识·自序》,《续修四库全书》第72册,第564页。

毛诗名物辨》一卷,黄春魁《毛诗鸟兽草木考》四卷,牟应震《毛诗物名考》七卷,尹继美《诗名物考略》二卷,董桂新《毛诗多识录》十六卷,王仁俊《毛诗草木今名释》一卷,王泉之《增补鸟兽草木虫鱼疏》二卷,王维言《毛诗名物状》三卷,张玉纶《毛诗多识》十二卷。考察天文、地理名物方面专著主要有:焦循《毛诗地理释》四卷,洪亮吉《毛诗天文考》一卷,朱右曾《诗地理征》七卷,桂文灿《毛诗释地》六卷,尹继美《诗地理考略》二卷、图一卷,孙常叙《扬州焦氏读诗地理考札记》等。

此外,据张晓敏博士统计,18世纪初期,日本出现诗经学第一部名物学专著——《诗经小识》(稻若水执笔)。随后一百余年,出现一大批有影响的名物学研究成果,如松冈恕庵《诗经名物考》、江村如圭《诗经名物辩解》、小野兰山《诗经名物辩解正误》、藤沼尚景《诗经小识补》、渊在宽《陆氏草木鸟兽虫鱼疏图解》、冈元凤《毛诗品物图考》、井冈洌《毛诗名物质疑》、三谷朴《诗经草木多识会品目》、茅原定《诗经名物集成》、细井徇《诗经名物图解》等①。据其博士论文《日本江户时代〈诗经〉学研究》统计,日本现存《诗经》名物学著作有多30种,其中代表性的则有11种之多②。

七、"五四"至今:新变期

这一时期《诗经》研究重大转变是从立足经学到重视其文学价值。封建王朝崩溃,经学无从附庸,"现代诗学"摆脱经学桎梏,转向文学研究。较之《诗经》诗篇分类、艺术手法、诗篇时代与地域、多学科综合等热门研究领域,《诗经》名物研究相对低落,但呈现新变化。

首先,传统意义名物考辨已非简单文字训诂,而是进行学科交叉研究,把动物学、植物学、地理学、考古学、民俗学、人类学、社会学、生物学等现代科学融入其中。此类成果大量涌现,专著有扬之水《诗经名物新证》、童士恺《毛诗植物名参》、俞寿沧《诗经名物记》、陆文郁

---

① 张小敏:《日本江户时代〈诗经〉学研究》,《东北师大学报(哲学社会科学版)》,2015年第4期。
② 张小敏:《日本江户时代〈诗经〉学研究》,山西大学博士学位论文,2013年,第162页。

《诗草木今释》,吴厚炎《诗经草木汇考》,高明乾、佟玉华、刘坤《诗经动物释诂》《诗经植物释诂》,潘富俊《诗经植物图鉴》等;单篇论文有薛蛰龙《毛诗动植物今释》,黄侃《稷通释》《释鸤鸠》,齐思和《毛诗谷名考》,孙作云《〈诗经〉中的动植物》,郑树文《诗经黍稷辨》,胡相峰《诗经与植物》,龙建春《螽斯考》,张崇琛《"薇"与〈诗经〉中的采薇诗》、王凤产《〈诗经〉中"鸠"的生物学辨析》等。天文、地理名物论文有张常清《〈诗经〉中的"露"》,刘金沂、王胜利《〈诗经〉中的天文学知识》,郑思虞《毛诗天文考》,林志纯《诗经地理研究》,孙关龙《〈诗经〉山名考》《〈诗经〉中的泉水资料》等,还有日本野尻抱影《〈诗经〉中的星》。此外,当代还零星出现研究《诗经》名物的学位论文,有邢细浩《〈诗经〉名物之动物研究》,秦秀丽《〈诗经〉木本植物类名物词汇研究》,吕华亮《〈诗经〉名物与〈诗经〉成就》等。这种研究方法推动更深入理解《诗经》名物文化内涵,也促进《诗》义阐发及《诗经》文学特性研究。

其次,这一时期自然名物研究因以现代科学为指导,考辨更具科学性,对名物之生物属性如种类、外形、产地等描述更细致,并试图将《诗经》中草木虫鱼与现代动植对应起来。如潘富俊《诗经植物图鉴》,作者广泛参考《毛传》、《陆疏》、徐鼎《毛诗名物图说》、陆文郁《诗草木今释》等文献,运用现代生物学知识,对《诗经》植物名称、用途进行分类,并用小档案形式呈现植物形态、性状、用途、分布地区等,图文相配,引领读者穿越时间走廊,遨游《诗经》植物园。

再次,这一时期人工名物考辨多能运用"二重证据法",将典籍与出土文物结合起来加以辨说,也大都配以文物图片,可观性强。成果以单篇论文为主,大都选择《诗经》中某种或某类名物进行考辨,主要有郑思虞《〈毛诗〉车乘考》,翟相君《〈诗经〉之役车》,杨文胜《试探〈诗经〉中的先秦车马》,方正己《"耜"、"犁"考辨》,林维民《〈诗经〉服饰二考》,张桂萍《〈诗经〉中的衣饰》,李婷婷《〈诗经〉乐器考论》等。扬之水《诗经名物新证》亦是单篇论文结集,因有大量古代典籍、出土文物支撑,其考证极具功力,令人信服。

综观"五四"以前《诗经》名物研究史,主要呈现以下几个特点:

(一)以博物为旨归,不论或鲜论诗义。如《陆疏》专以"多识"为务,对《诗经》所涉一百五十四种动植从名称、形态、产地、用途等方面进行详释,相当生物简册;《冯疏》踵其路,条目甚全,考据赅博,也不考虑诗义,"至诗人之意,则存而不论"。牟应震《毛诗物名考》时有顾及诗之比兴,但吉光片羽而已,终未深入。此类著作见物而不见诗,考证再详,亦不能复原此物在诗中的生命。

(二)资料堆砌,蔓衍驳杂。不少著述不过皆采录诸书以备博览,少有考辨与新见。如林兆珂《毛诗多识编》,杂引众多相关文献,一些文学编著之注释也见引用,缺乏选择,种类纷揉,训故踳驳。

(三)交织经义,比附道德。如蔡卞《毛诗名物解》,侧重阐述经义而疏于介绍名物自然属性,如释荇:"荇菜谓之茆芥,顺阳而长,本系阴,而固有清洁不可陷溺之德,故以况淑女,以荐神明。"①主要据《郑笺》《孔疏》阐释"荇"之德性,而对之生物属性介绍很少。

而五四以来《诗经》名物研究成果,无论从研究对象、研究方法、成果呈现形式均较之前代大有转变,堪称《诗经》名物研究新变期。但整体而言有如下不足:

其一,对《诗经》名物仍缺乏宏观把握、系统研究,专著成果少;当代《诗经》研究多为译注类成果,分析名物审美意义时鲜能结合其自然属性。

其二,急于求新、求通俗,而对先儒《诗经》名物训诂成果整理、吸纳不足,考辨粗疏或没有考辨。20世纪80年代之后《诗经》研究者普遍自觉关注语词的文学和文化研究,在此风气下,有些注析类著作在训释名物时,除训解字词之意,还注重分析诗句所体现的艺术特征和文化内涵。如程俊英、蒋见元《诗经注析》注释《周南·卷耳》"采采卷耳,不盈顷筐"时云:"卷耳,今名苍耳,一种草本植物。嫩苗可食,也可入药……诗人心事重重,思念远行的丈夫,虽然采了又采,却总是采不

---

① 蔡卞:《毛诗名物解》,《四库全书·经部》第70册,第547页。

满一个浅框,所以《毛传》说这两句是'忧者之兴'。"①该书虽时能参考《毛传》《尔雅》《说文解字》等文献训释名物,但仅简引而不考辨、详释。

其三,研究内容多集中于名物考辨、文化意蕴探源方面,而对《诗经》名物于鉴赏《诗经》艺术的价值研究寥寥无几,目前仅有吕华亮博士《〈诗经〉名物与〈诗经〉成就》中一章较系统谈及此问题。《诗经》作为中国现实主义诗歌开山之作,研究其名物与文学艺术的关系,恰恰十分重要,毕竟大量运用比兴手法是其一大特色,且对后世诗歌创作产生深远影响。

基于此,愚以为未来《诗经》名物研究当注意以下几点:

(一)要进行文献整理。自汉至清,《诗经》名物训诂积累了大量研究成果。当今《诗经》名物研究应梳理、考辨先儒名物训诂成果,淘杂除冗,择善而从,揭示其内在发展轨迹,并在此基础上拓展、深化。若无扎实可信的训诂为基点,《诗经》文学研究终为空中楼阁。当今一些《诗经》名物研究学者,力争用现代植物学诠释《诗》中草木,然古今异时,乡土殊产,故此类研究不仅需现代植物学、农学、医药学等方面知识,更需以文字、音韵、训诂为基。

(二)要适当吸纳经学成果。其实,这已是当代不少学者共识,王长华教授曾评价当今学术氛围中,"《诗经》学重新回归'经学'似乎有着'螺旋式上升'的意味"②。但现状是,对《诗经》名物文化内涵挖掘尚少,吸纳经学成果更少。名物研究首先要力争贴近当时历史与文化原生态面貌,这就要求研究本身不能忽视《诗经》特有的"经学"文化品格。当今《诗经》名物训诂不能陷入传统经学研究老路,但又不能全然舍弃经学成果而孤军深入,毕竟只有真正理解名物文化内涵才谈得上理性扬弃。

(三)要试图在名物自然属性上挖掘文化内涵与文学意蕴。虽不

---

① 程俊英、蒋见元:《诗经注析》,第10页。
② 王长华:《六十年来〈诗经〉研究的反思与展望——以〈文学遗产〉刊发〈诗经〉研究论文为主要讨论对象》,《河北师范大学学报(哲学社会科学版)》,2014年第4期。

能说"诗三百"所有名物均有比兴意义,但公认具有比兴意义之名物,其比兴意义的生成与名物自然属性的关联不能忽视,如此才能更准确、深刻体会名物比兴意义,进而理解《诗》义。毕竟感物造端、比兴托讽是《诗经》一大特色,且对后世诗歌创作产生深远影响。将《诗经》传统名物训诂与《诗经》文学特性结合进行研究,是有待开掘、有意思的系统工程。

参考文献

一、古典文献

1.《毛诗草木鸟兽虫鱼疏》,陆玑撰,陈继儒编,姚士粦、沈启先校:《宝颜堂秘笈·普集》,万历庚申年(1620)刻本影印本。

2.《毛诗草木鸟兽虫鱼疏》,陆玑撰,王云五主编:《丛书集成初编》,商务印书馆,1936年。

3.《毛诗草木鸟兽虫鱼疏》,《景印文渊阁四库全书》(以下简称《四库全书》)第70册,台湾商务印书馆,1986年。

4.《毛诗草木鸟兽虫鱼疏广要》,毛晋撰,《津逮秘书》(二),汲古阁崇祯己卯年(1639)刻本影印本。

5.《草木疏校正》,赵佑撰,《续修四库全书》第64册,上海古籍出版社,2002年。

6.《诗陆氏疏疏》,焦循撰,《续修四库全书》第65册,上海古籍出版社,2002年。

7.《毛诗陆疏校正》,丁晏校正,咸丰五年(1855)刊本。

8.《毛诗正义》,孔颖达疏,阮元校勘:《十三经注疏》,台北艺文印书馆,2013年。

9.《毛诗正义》,孔颖达疏,李学勤主编:《十三经注疏》,北京大学出版社,1999年。

10.《毛诗正义》,《四库全书》第69册,台湾商务印书馆,1986年。

11.《诗经》,朱熹集传,上海古籍出版社,2013年。

12.《诗经注析》,程俊英、蒋见元,中华书局,1991年。

13.《诗经今注》,高亨注,上海古籍出版社,1980年。

14.《毛诗指说》,成伯屿述,日本兼葭堂明和丁亥(1767)抄本。

15.《毛诗名物解》,蔡卞撰;《四库全书》第 70 册,台湾商务印书馆,1986 年。

16.《昆虫草木略》,郑樵撰,兰山先生校,众芳轩藏板,天明五年(1785)秋刻本。

17.《诗总闻》,王质撰,《四库全书》第 72 册,台湾商务印书馆,1986 年。

18.《韩鲁齐三家诗考》,王应麟撰,中国国家图书馆藏元刻本影印本。

19.《诗缉》,严粲撰,《四库全书》第 75 册,台湾商务印书馆,1986 年。

20.《诗传旁通》,梁益撰,《四库全书》第 76 册,台湾商务印书馆,1986 年。

21.《诗集传名物钞》,许谦撰,哈佛大学图书馆珍藏康熙己卯年(1699)通志堂抄本。

22.《毛诗多识编》,林兆珂纂,《四库全书存目丛书》第 62 册,齐鲁书社,1997 年。

23.《六家诗名物疏》,冯复京辑著,哈佛图书馆藏明万历刊本。

24.《诗经类考》,沈万钶辑,复旦大学图书馆藏明万历刻本影印本。

25.《毛诗鸟兽草木考》,吴雨撰,明万历磊老山房刻本。

26.《诗经世本古义》,何楷撰,《四库全书》第 81 册,台湾商务印书馆,1986 年。

27.《诗经考》,黄文焕撰,黄景昉校订,明崇祯刊本影印本。

28.《续修四库全书总目提要·诗经水月备考》,《续修四库全书总目提要(稿本)》第 15 册,中国科学院图书馆整理,齐鲁书社,1996 年。

29.《诗经偶笺》,万时华撰,明崇祯六年(1633)李泰刻本影印本。

30.《诗触》,贺贻孙撰,清咸丰刻本影印本。

31.《续修四库全书总目提要·诗识》,《续修四库全书总目提要

(稿本)》第 15 册,中国科学院图书馆整理,齐鲁书社,1996 年。

32.《续修四库全书总目提要·三百篇物考》,《续修四库全书总目提要(稿本)》第 19 册,中国科学院图书馆整理,齐鲁书社,1996 年。

33.《毛诗稽古编》,陈启源撰,《四库全书》第 85 册,台湾商务印书馆,1986 年。

34.《诗经稗疏》,王夫之撰,清同治四年(1865)湘乡曾氏刊本影印本。

35.《钦定四库全书提要·续诗传鸟名》,《四库全书》第 86 册,台湾商务印书馆,1986 年。

36.《诗识名解》,姚炳撰,《四库全书》第 86 册,台湾商务印书馆,1986 年。

37.《诗传名物集览》,陈大章撰,《四库全书》第 86 册,台湾商务印书馆,1986 年。

38.《毛诗类释》,顾栋高撰,《四库全书》第 88 册,台湾商务印书馆,1986 年。

39.《诗疑辨正》,黄忠松撰,《四库全书》第 88 册,台湾商务印书馆,1986 年。

40.《诗经小学》,段玉裁撰,清嘉庆二年(1797)武进臧氏拜经堂刻本。

41.《毛诗草木鸟兽虫鱼释》,焦循撰,《续修四库全书》第 65 册,上海古籍出版社,2002 年。

42.《诗毛氏传疏》,陈奂撰,台湾商务印书馆,1933 年。

43.《毛诗名物图说》,徐鼎辑,清乾隆辛卯年(1771)刊本影印本。

44.《毛诗多识》,多隆阿,《续修四库全书》第 72 册,上海古籍出版社,2002 年。

45.《读诗释物》,方琬撰,清道光四年武宁方氏刻本。

46.《毛诗草木鸟兽虫鱼疏考证》,陶福祥撰,赵所生等主编:《中国历代书院志》第 14 册,江苏教育出版社,1995 年。

47.《续修四库全书总目提要·毛诗草木鸟兽虫鱼疏考证》,《续修四库全书总目提要(稿本)》第 19 册,中国科学院图书馆整理,齐鲁书社,1996 年。

48.《诗地理考略》,尹继美撰,清同治三年(1864)鼎吉堂刻本影印本。

49.《清人诗经序跋精萃》,蔺文龙编著,中国书籍出版社,2015 年。

50.《尚书注疏》,孔安国传,孔颖达疏,阮元校勘:《十三经注疏》,艺文印书馆,2013 年。

51.《禹贡论》,程大昌撰,《四库全书》第 56 册,台湾商务印书馆,1986 年。

52.《仪礼注疏》,郑玄注,贾公彦疏,阮元校勘:《十三经注疏》,艺文印书馆,2013 年。

53.《礼记注疏》,郑玄注,孔颖达疏,阮元校勘:《十三经注疏》,艺文印书馆,2013 年。

54.《礼记正义》,郑玄注,孔颖达疏,李学勤主编:《十三经注疏》,北京大学出版社,1999 年。

55.《夏小正经文校释》,夏纬瑛,农业出版社,1981 年。

56.《周礼注疏》,郑玄注,贾公彦疏,阮元校勘:《十三经注疏》,艺文印书馆,2013 年。

57.《周易正义》,王弼注,孔颖达疏,李学勤主编:《十三经注疏》,北京大学出版社,1999 年。

58.《周易窥余》,郑刚中撰,《四库全书》第 11 册,台湾商务印书馆,1986 年。

59.《春秋左传注疏》,杜预注,孔颖达疏,阮元校勘:《十三经注疏》,艺文印书馆,2013 年。

60.《春秋公羊传注疏》,何休注,徐彦疏,阮元校勘:《十三经注疏》,艺文印书馆,2013 年。

61.《驳五经异义疏证》,皮锡瑞,民国二十三年(1934)河间李氏古鉴斋刻本。

62.《经典释文》,陆德明撰,中华书局,1983 年。

63.《九经三传沿革例》，岳珂撰，清嘉庆甲戌年(1814)汪氏影宋刊本。

64.《九经辨字渎蒙》，沈炳震撰，《四库全书》第194册，台湾商务印书馆，1986年。

65.《十三经注疏正字》，沈廷芳撰，《四库全书》第192册，台湾商务印书馆，1986年。

66.《经学历史》，皮锡瑞著，周予同注释，中华书局，1959年。

67.《经义杂记》，臧琳撰，清嘉庆己未年(1799)刻本影印本。

68.《尔雅注疏》，郭璞注，邢昺疏，李学勤主编：《十三经注疏》，北京大学出版社，1999年。

69.《宋监本尔雅郭注》，中华民国二十年(1931)故宫博物院影印本。

70.《尔雅译注》，胡奇光、方环海撰，上海古籍出版社，2004年。

71.《急就篇》，史游撰，岳麓书社，1989年。

72.《輶轩使者绝代语释别国方言》，扬雄撰，郭璞注，戴震疏证，王云五主编：《丛书集成初编》，商务印书馆，1937年。

73.《说文解字段注》，许慎撰，段玉裁注，成都古籍书店，1981年。

74.《说文解字义证》，桂馥撰，齐鲁书社，1987年。

75.《钦定四库全书提要·释名》，《四库全书》第221册，台湾商务印书馆，1986年。

76.《释名疏证补》，王先谦撰集，上海古籍出版社，1984年。

77.《通俗文》，黄奭辑：《黄氏逸书考》三十五辑，民国甲戌年(1934)江都朱氏补刊本。

78.《钦定四库全书提要·埤雅》，《四库全书》第222册，台湾商务印书馆，1986年。

79.《埤雅》，陆佃撰，王云五主编：《丛书集成初编》，商务印书馆，1936年。

80.《尔雅翼》，罗愿撰，石云孙校点，黄山书社，2013年。

81.《广雅疏证》，王念孙撰，《续修四库全书》第191册，上海古籍出版社,2002年。

82.《战国策》,刘向集录,上海古籍出版社,1985年。

83.《竹书纪年》,沈约注,范钦订,明嘉靖中四明范氏天一阁刊本。

84.《越绝书》,袁康、吴平辑录,上海古籍出版社,1985年。

85.《史记》,司马迁撰,裴骃集解,司马贞索隐,张守节正义,中华书局,1959年。

86.《汉书》,班固撰,颜师古注,中华书局,1962年。

87.《三国志》,陈寿撰,裴松之注,中华书局,1959年。

88.《后汉书》,范晔撰,李贤等注,中华书局,1965年。

89.《后汉书志》,司马彪撰,刘昭注补,中华书局,1965年。

90.《帝王世纪辑存》,徐宗元辑,中华书局,1964年。

91.《宋书》,沈约撰,中华书局,1974年。

92.《晋书》,房玄龄等撰,中华书局,1974年。

93.《隋书》,魏徵等撰,中华书局,1973年。

94.《岭表录异》,刘恂著,鲁迅校勘,广东人民出版社,1983年。

95.《旧唐书》,刘昫等撰,中华书局,1975年。

96.《旧唐书》,刘昫等撰,王云五主编:《丛书集成初编》,商务印书馆,1936年。

97.《新唐书》,欧阳修、宋祁撰,中华书局,1975年。

98.《崇文总目》,王尧臣等撰,《四库全书》第674册,台湾商务印书馆,1986年。

99.《通志》,郑樵撰,中华书局,1987年。

100.《郡斋读书志》,晁公武撰,清康熙六十一年(1722)陈师曾重刻本。

101.《遂初堂书目》,尤袤撰,《四库全书》第674册,台湾商务印书馆,1986年。

102.《直斋书录解题》,陈振孙撰,上海古籍出版社,1987年。

103.《东汉会要》,徐天麟撰,上海古籍出版社,1978年。

104.《文献通考》,马端临,中华书局,1986年。

105.《宋史》,脱脱等撰,中华书局,1977 年。

106.《皇朝通志》,《四库全书》第 645 册,台湾商务印书馆,1986 年。

107.《尚史》,李锴撰,清乾隆癸巳年(1773)新镌悦道楼藏板影印本。

108.《经义考》,朱彝尊撰,清乾隆四十二年(1777)刊本。

109.《天禄琳琅书目后编》,彭元瑞等撰,清嘉庆二年(1797)刻本影印本。

110.《郑堂读书记》,周中孚撰,《清人书目题跋丛刊》(第八辑),中华书局,1993 年。

111.《文渊阁书目》,《四库全书》第 675 册,台湾商务印书馆,1986 年。

112.《四库全书总目》,《四库全书》第 1 册,台湾商务印书馆,1986 年。

113.《钦定续文献通考》,《四库全书》第 630 册,台湾商务印书馆,1986 年。

114.《荒政丛书》,俞森撰,清道光戊申(1848)孟秋瓶花书屋校刊本。

115.《小学考》,谢启昆撰,清光绪十五年(1889)石印本。

116.《竺国纪游》,周蔼联撰,清嘉庆九年(1804)癸丑仲冬江安傅氏活字版印行本。

117.《清史稿》第 43 册,赵尔巽等撰,中华书局,1977 年。

118.《四书章句集注》,朱熹撰,中华书局,2012 年。

119.《论语正义》,刘宝楠撰,中华书局,1990 年。

120.《论孟精义》,朱熹撰,《四库全书》第 198 册,台湾商务印书馆,1986 年。

121.《荀子集解》,王先谦撰,沈啸寰、王星贤点校,中华书局,1988 年。

122.《墨子校注》,吴毓江撰,孙启治点校,中华书局,1993 年。

123.《老子道德经注校释》,王弼注,楼宇烈校释,中华书局,2008年。

124.《吕氏春秋》,高诱注,上海书店,1986年。

125.《管子校注》,黎翔凤撰,梁运华整理,中华书局,2004年。

126.《晏子春秋》,孙星衍、黄以周校,上海古籍出版社,1989年。

127.《淮南鸿烈集解》,刘文典撰,冯逸、乔华点校,中华书局,1989年。

128.《春秋繁露义证》,苏舆撰,钟哲点校,中华书局,1992年。

129.《西京杂记校注》,刘歆撰,葛洪集,向新阳、刘克任校注,上海古籍出版社,1991年。

130.《论衡集解》,刘盼遂,北京古籍出版社,1957年。

131.《风俗通义校注》,应劭撰,王利器校注,中华书局,2010年。

132.《博物志校证》,张华撰,范宁校证,中华书局,1980年。

133.《搜神记》,干宝撰,汪绍楹校注,中华书局,1979年。

134.《抱朴子外篇校笺》,杨明照撰,中华书局,1997年。

135.《初学记》,徐坚撰,明嘉靖十年(1531)锡山安国桂坡馆刊本影印本。

136.《资暇集》,李匡乂撰,《丛书集成新编》第11册,台北新文丰出版公司,2008年。

137.《茶经校注》,陆羽撰,沈冬梅校注,中国农业出版社,2006年。

138.《唐朝名画录》,朱景玄撰,《四库全书》第812册,台湾商务印书馆,1986年。

139.《太平御览》,李昉等编纂,中华书局,1960年。

140.《朱子语类》,黎靖德编,王星贤点校,中华书局,1986年。

141.《黄氏日抄》,黄震撰,《四库全书》第707册,台湾商务印书馆,1986年。

142.《玉海》,王应麟纂,江苏古籍出版社·上海书店,1987年。

143.《困学纪闻》,王应麟著,翁元圻等注,上海古籍出版社,

2008年。

144.《说郛》,陶宗仪撰,上海涵芬楼藏板,民国十六年(1927)。

145.《说郛》,陶宗仪撰;《四库全书》第876册,台湾商务印书馆,1986年。

146.《续百川学海》,吴永辑,中国书店,2015年。

147.《物理小识》,方以智撰,《四库全书》第867册,台湾商务印书馆,1986年。

148.《尚白斋镌陈眉公订正秘笈》,陈继儒编,明万历三十四年(1606)刻本。

149.《亦政堂镌陈眉公普秘笈》,陈继儒编,明万历沈氏尚白斋刻本。

150.《盐邑志林》,樊维城编,上海涵芬楼影印明刻本,民国二十六年(1937)。

151.《御定渊鉴类函》,张英、王士祯等撰,《四库全书》第992册,台湾商务印书馆,1986年。

152.《增订汉魏丛书》,王谟辑,清乾隆辛亥(1791)重镌本。

153.《玉函山房辑佚书》,马国翰撰,《续修四库全书》1201册,上海古籍出版社,2002年。

154.《目耕帖》,马国翰撰,清光绪九年癸未(1883)长沙娜嬛馆补校刻本。

155.《聚学轩丛书》,刘世珩辑,清光绪丙申(1896)刊本。

156.《山海经校注》,袁珂校注,巴蜀书社,1992年。

157.《黄帝素问灵枢经》,明万历二十九年(1601)吴勉学校本。

158.《重广补注黄帝内经素问》,王冰注,明嘉靖刊宋本嘉业堂藏书。

159.《针灸甲乙经校注》,张灿玾、徐国仟主编,人民卫生出版社,1996年。

160.《神农本草经疏》,缪希雍撰,明代天启乙丑年(1625)海虞毛氏绿君亭刊本。

161.《神农本草经》,吴普等述,孙星衍、孙冯翼辑,商务印书馆,1937年。

162.《本草经集注》,陶弘景编,尚志钧、尚元胜辑校,人民卫生出版社,1994年。

163.《千金翼方》,孙思邈著,人民卫生出版社,1983年。

164.《备急千金要方校释》,李景荣等校释,人民卫生出版社,1998年。

165.《本草衍义》,寇宗奭撰,人民卫生出版社,1990年。

166.《汤液本草》,王好古撰,《四库全书》第745册,台湾商务印书馆,1986年。

167.《本草纲目》,李时珍著,人民卫生出版社,1975年。

168.《氾胜之书今释(初稿)》,石声汉著,科学出版社,1956年。

169.《四民月令校注》,崔寔原著,石声汉校注,中华书局,1965年。

170.《齐民要术》,贾思勰撰,《四库全书》第730册,台湾商务印书馆,1986年。

171.《王氏农书》,王祯撰,《四库全书》第730册,台湾商务印书馆,1986年。

172.《救荒本草》,朱橚撰,明嘉靖四年(1525)刊本。

173.《农政全书》,徐光启撰,明崇祯陈子龙平露堂刊本影印本。

174.《植物名实图考》,吴其濬编,浙江人民美术出版社,2014年。

175.《张衡诗文集校注》,张衡著,张震泽校注,上海古籍出版社,2009年。

176.《文心雕龙注》,刘勰著,范文澜注,人民文学出版社,1958年。

177.《文选》,萧统编,李善注,上海古籍出版社,1986年。

178.《西汉文纪》,梅鼎祚编,《四库全书》第1396册,台湾商务印书馆,1986年。

179.《东汉文纪》,梅鼎祚编,《四库全书》第1397册,台湾商务印书馆,1986年。

180.《文忠集》,欧阳修撰,《四库全书》第 1103 册,台湾商务印书馆,1986 年。

181.《夹漈遗稿》,郑樵撰,王云五主编:《丛书集成初编》,商务印书馆,1936 年。

182.《晦庵集》,朱熹撰,《四库全书》第 1143 册,台湾商务印书馆,1986 年。

183.《秋涧集》,王恽撰,《四库全书》第 1201 册,台湾商务印书馆,1986 年。

184.《抱经堂文集》,卢文弨撰,清乾隆己卯年(1759)刻本影印本。

185.《随园诗话》,袁枚著,顾学颉校点,人民文学出版社,1960 年。

186.《潜研堂集》,钱大昕撰,吕友仁校点,上海古籍出版社,2009 年。

187.《晚学集》,桂馥著,王云五主编:《丛书集成初编》,商务印书馆,1936 年。

188.《雕菰集》,焦循撰,王云五主编:《丛书集成初编》,商务印书馆,1936 年。

189.《揅经室集》,阮元撰,邓经元点校,中华书局,1993 年。

190.《拜经堂文集》,臧庸撰,《续修四库全书》第 1491 册,上海古籍出版社,2002 年。

191.《龚定庵全集类编》,龚自珍,中国书店,1991 年。

192.《輶轩语》,张之洞撰,《丛书集成续编》第 62 册,台北新文丰出版公司,1988 年。

二、工具书

1.《诗经词典》,董治安主编,山东教育出版社,1989 年。

2.《中国丛书综录》,上海图书馆编,上海古籍出版社,1986 年。

3.《简明古籍整理词典》,诸伟奇等编著,黑龙江人民出版社,

1990年。

4.《汉语大词典》第9卷,汉语大词典编辑委员会、汉语大词典编辑处编纂,汉语大词典出版社,1992年。

5.《现代汉语规范词典》,李行健主编,外语教学与研究出版社、语文出版社,2004年。

6.《中国字典史略》,刘叶秋著,中华书局,2016年。

7.《中国上古烹食字典》,林银生等编著,中国商业出版社,1993年。

三、近人专著

1.《诗经学》,胡朴安;王云五主编:《万有文库》第一集,商务印书馆,1930年。

2.《历代诗经著述考(先秦—元代)》,刘毓庆,中华书局,2005年。

3.《历代诗经著述考(明代)》,刘毓庆、贾培俊,中华书局,2008年。

4.《从经学到文学——明代〈诗经〉学史论》,刘毓庆,商务印书馆,2003年。

5.《中国经学史》,马宗霍,《民国丛书》第二编,上海书店,1990年。

6.《诗经学史》,洪湛侯,中华书局,2002年。

7.《诗经研究》,孙作云,河南大学出版社,2003年。

8.《诗经要籍解题》,蒋见元、朱杰人,上海古籍出版社,1996年。

9.《诗经要藉提要》,夏传才、董治安主编,学苑出版社,2003年。

10.《诗草木今释》,陆文郁编著,天津人民出版社,1957年。

11.《诗经名物新证》,扬之水,北京古籍出版社,1999年。

12.《〈诗经〉的科学解读》,胡淼,上海人民出版社,2007年。

13.《诗经动物释诂》,高明乾、佟玉华、刘坤,中华书局,2005年。

14.《诗经植物图鉴》,潘富俊,上海书店出版社,2003年。

15.《诗经名物意象探析》,李湘,台北万卷楼图书有限公司,

1999年。

16.《〈诗经〉宗教文化探微》,樊树云,南开大学出版社,2001年。

17.《"三礼"名物词研究》,刘兴均等,商务印书馆,2016年。

18.《尔雅毛传异同考》,丁忱,武汉大学出版社,1988年。

19.《古籍版本学》,黄永年,江苏教育出版社,2009年。

20.《中国文献学九讲》,张舜徽,中华书局,2011年。

21.《说郛考》,昌彼得,台北文史哲出版社,1979年。

22.《校勘学大纲》,倪其心,北京大学出版社,1987年。

23.《丰坊与姚士粦》,林庆彰,台北万卷楼图书公司,2015年。

24.《中国训诂学史》,胡朴安;王云五主编:《民国丛书》第三编,商务印书馆,1939年。

25.《新方言》,章太炎;上海人民出版社编,蒋礼鸿、殷孟伦、殷焕先点校:《章太炎全集》,上海人民出版社,2014年。

26.《文字声韵训诂笔记》,黄侃述,黄焯编,上海古籍出版社,1983年。

27.《黄侃国学文集》,黄侃著,黄延祖重辑,中华书局,2006年。

28.《训诂学》,郭在贻,中华书局,2005年。

29.《训诂学教程》,黄建中,荆楚书社,1988年。

30.《训诂学初稿》,周大璞主编,武汉大学出版社,1987年。

31.《训诂学概论》,齐佩瑢,中华书局,2004年。

32.《洪诚文集》,洪诚,江苏古籍出版社,2000年。

33.《训诂与训诂学》,陆宗达、王宁,山西教育出版社,1994年。

34.《训诂方法论》,陆宗达、王宁,中华书局,2018年。

35.《训诂学原理》,王宁,中国国际广播出版社,1996年。

36.《训诂简论》,陆宗达,北京出版社,2002年。

37.《训诂学》,郭芹纳,高等教育出版社,2005年。

38.《训诂方法新探》,杨琳,商务印书馆,2011年。

39.《训诂方法研究》,黄金贵,中华书局,2012年。

40.《古人名字解诂》,吉常宏、吉发涵,语文出版社,2003年。

41.《史学研究法》,姚永朴;《民国丛书》第一编,上海书店,1989年。

42.《奉天通志》,王树楠、吴廷燮、金毓黻等纂,沈阳古旧书店,1983年。

43.《北京猿人遗址综合研究》,吴汝康等,科学出版社,1985年。

44.《上海博物馆藏战国楚竹书(一)》,马承源主编,上海古籍出版社,2001年。

45.《上博简三篇校读记》,李零,中国人民大学出版社,2007年。

46.《长沙马王堆一号汉墓出土动植物标本的研究》,文物出版社,1978年。

47.《高家堡戈国墓》,陕西省考古研究所编著,三秦出版社,1994年。

48.《中国小说史略》,鲁迅,中华书局,2010年。

49.《唐前志怪小说史(修订本)》,李剑国,天津教育出版社,2005年。

50.《中国思想史》,葛兆光,复旦大学出版社,2013年。

51.《读书随笔》,刘师培,江苏广陵书社,2013年。

52.《刘师培史学论著选集》,刘师培著,邬国义等编校,上海古籍出版社,2006年。

53.《王国维儒学论集》,王国维著,彭华选编,四川大学出版社,2010年。

54.《罗振玉学术论著集》,罗振玉,上海古籍出版社,2013年。

55.《美学散步》,宗白华,上海人民出版社,1981年。

56.《孙权传》,张作耀,人民出版社,2007年。

57.《中国古代文体功能研究——以汉代文体为中心》,郗文倩,上海三联书店,2010年。

58.《古代礼俗中的文体与文学》,郗文倩,人民出版社,2015年。

59.《食色里的传统》,郗文倩,中华书局,2018年。

60.《中国食料史》,俞为洁,上海古籍出版社,2011年。

61.《中国饮食文化概论》,赵荣光,高等教育出版社,2003年。

62.《中国古代庶民饮食生活》,赵荣光,商务印书馆国际有限公司,1997年。

63.《中国风俗通史(魏晋南北朝卷)》,张承宗、魏向东,上海文艺出版社,2001年。

64.《中国节典》,刘魁立主编,安徽教育出版社,2008年。

65.《广东文征》,《广东文征》编印委员会,香港中文大学出版部,1974年。

66.《中国科学技术史(生物学卷)》,卢嘉锡主编,科学出版社,2005年。

67.《中国蔬菜栽培学》,中国农业科学院蔬菜花卉研究所主编,中国农业出版社,2010年。

68.《中国陶瓷全集(秦汉卷)》,朱伯谦主编,上海人民美术出版社,2000年。

四、硕博论文

1. 王强:《货殖名物研究》,博士学位论文,扬州大学,2005年。

2. 张小敏:《日本江户时代〈诗经〉学研究》,博士学位论文,山西大学,2013年。

3. 吕华亮:《〈诗经〉名物与〈诗经〉成就》,博士学位论文,山东大学,2008年。

五、期刊论文

1. 章太炎:《与章行严论墨学第二书》,《华国月刊》第1卷第4期。

2. 周光午:《关于秦汉间的系词"是"》,《武汉大学人文科学学报》1958年第1期。

3. 刘兴均:《关于"名物"的定义和名物词的界定》,《川东学刊(社会科学版)》1998年第1期。

4. 黄金贵:《初谈名物训诂》,《语言研究》2011年第4期。

5. 王长华:《六十年来〈诗经〉研究的反思与展望——以〈文学遗

产〉刊发〈诗经〉研究论文为主要讨论对象》,《河北师范大学学报(哲学社会科学版)》2014年第4期。

6. 郗文倩:《中国古代的博物观念及其知识分化》,《天津社会科学》2019年第3期。

7. 周云逸:《郑樵〈通志·昆虫草木略〉的本草学渊源及价值——以草类为研究中心》,《复旦学报(社会科学版)》2014年第2期。

8. 张小敏:《日本江户时代〈诗经〉学研究》,《东北师大学报(哲学社会科学版)》2015年第4期。

9. 夏纬瑛:《〈毛诗草木鸟兽虫鱼疏〉的作者——陆机》,《自然科学史研究》1982年第2期。

10. 王福应:《魏晋南北朝时期北方民族大迁徙与大融合论略》,《忻州师范专科学校学报》2000年第2期。

11. 孙辉:《魏晋博物学兴起原因探析》,《许昌学院学报》2007年第4期。

12. 胡宁:《从新出史料看先秦"采诗观风"制度》,《上海大学学报(社会科学版)》2017年第6期。

13. 彭喜双:《尔雅郑玄注研究述评》,《古籍研究》2008年第1期。

14. 徐建委:《文本的衍变:〈毛诗草木鸟兽虫鱼疏〉辨证》,《上海大学学报(社会科学版)》2018年第5期。

15. 王永:《〈山海经〉的性质与成书》,《贵州大学学报(社会科学版)》2012年第6期。

16. 陆理原:《〈陆疏〉平议》,《泰安师专学报》2000年第5期。

17. 王孙涵之:《今本〈毛诗草木鸟兽虫鱼疏〉辨伪》,《文史》2020年第2辑。

18. 孙新梅:《明代丛书〈宝颜堂秘笈〉考论》,《兰台世界》2019年第8期。

19. 胡长青:《〈毛诗草虫经〉为伪书考》,《诗经研究丛刊》(第一辑)2001年7月。

20. 赵运涛:《明刻〈唐宋丛书〉本陆〈疏〉错讹考——与〈盐邑志

林〉本陆〈疏〉的比较研究》,《中国诗歌研究》2018年第1期。

21. 华学诚:《论〈毛诗草木鸟兽虫鱼疏〉的名物方言研究》,《徐州师范大学学报(哲学社会科学版)》,2002年第3期。

22. 孟琢:《论正名思想与中国训诂学的历史发展》,《北京师范大学学报(社会科学版)》2019年第5期。

23. 黄世杰、赵乃蓉:《中国古代博物学记事原则:宜物——以解读〈山海经〉中"建木"系壳斗科植物"槠"为例》,《广西民族大学学报(哲学社会科学版)》2011年第6期。

24. 徐朝华:《〈尔雅〉中的训诂术语》,《南开语言学刊》2009年第2期。

25. 李少雍:《后稷神话探源》,《文学遗产》1993年第6期。

26. 余家骥:《〈诗经〉名物训诂史述略》,《内蒙古师大学报(哲学社会科学版)》1992年第4期。

27. 郝桂敏:《陆玑〈毛诗草木鸟兽虫鱼疏〉有关问题研究》,《盐城师范学院学报(人文社会科学版)》2011年第2期。

28. 徐公持:《汉代文学的知识化特征——以汉赋"博物"取向为中心的考察》,《文学遗产》2014年第1期。

29. 赵茂林:《〈毛传〉〈尔雅〉关系考辨》,《兰州学刊》2014年第8期。

30. 朱渊清:《魏晋博物学》,《华东师范大学学报(哲学社会科学版)》2000年第5期。

31. 罗琼、柳长华、顾漫:《汉代"经方"的著录与"本草"关系考》,《中华医史杂志》2010年第6期。

32. 燕宪涛、路新国:《〈神农本草经〉对中医饮食保健学的贡献》,《南京中医药大学学报(社会科学版)》2011年第4期。

33. 沈盛晖、徐长福、叶翔:《〈神农本草经〉24味中药在药膳中的应用》,《中医药管理杂志》2019年第11期。

34. 胡亮:《〈山海经〉药食两用植物考证》,《中国中药杂志》2008年第10期。

35. 黄琲:《试论〈毛诗草木鸟兽虫鱼疏〉的语言学价值》,《兰台世界》2015年20期。

36. 邢润川、唐云明:《从考古发现看我国古代酿酒技术》,《光明日报》1980年4月1日。

37. 甘肃省博物馆、秦安县文化馆大地湾发掘组:《一九八〇年秦安大地湾一期文化遗存发掘简报》,《考古与文物》1982年第2期。

38. 中国社会科学院考古研究所安阳工作队:《1969—1977年殷墟西区墓葬发掘报告》,《考古学报》1979年第1期。

39. 庄雅州:《"毛诗名物图说"与"毛诗品物图考"异同论》,《诗经研究丛刊》2015年第二十七辑。

40. 曾昭聪:《〈毛诗草木鸟兽虫鱼疏〉〈南方草木状〉中的词源探讨述评》,《华南农业大学学报(社会科学版)》2005年第4期。

41. 罗桂环:《古代一部重要的生物学著作——〈毛诗草木鸟兽虫鱼疏〉》,《古今农业》1997年第2期。

42. 杨柳青:《〈毛诗草木鸟兽虫鱼疏〉创作年代考——以佚文献为中心》,《励耘学刊》2023年第2辑。

43. 曹建国、易子君:《〈毛诗草木鸟兽虫鱼疏〉中的物观》,《岭南学报》复刊第十二辑。

44. 赵棚鸽:《底本的规范与传本的变异:陆玑〈毛诗草木鸟兽虫鱼疏〉唐代传播论》,《古籍整理学刊》2023年第5期。

45. 吕华亮:《陆玑〈毛诗草木鸟兽虫鱼疏〉相关问题考论》,《淮南师范学院学报》2022年第4期。

46. 王孙涵之:《重论〈毛诗草木鸟兽虫鱼疏〉作者之名》,《中国典籍与文化》2023年第4期。

六、外国资料

1.《毛诗品物图考》,冈公翼纂辑,平安杏林轩、浪华五车堂刻本,1785年。

2.《中华名物考》,青木正儿著,范建明译,中华书局,2005年。

后　记

　　硕士毕业后，为进一步提高自己专业素养，提升审美能力与生命品质，我几乎利用一切闲暇，勤于阅读，历尽艰辛，终于在2017年考取福建师范大学中国古代文学专业博士研究生。以近四十"高龄"的在职之身攻读中国古代文学博士学位，学养不足而文献浩瀚，压力自不待言。自明才非赡敏，思谢渊沉，闻见单浅，故而广阅群籍，沂流溯源，岁历四年，稿凡数易而终成。本书是在我博士学位论文基础上修订而成，虽不免"寡昧"之叹，然感恩之心不能已，于此仅恭疏一二：

　　感谢恩师郤文倩先生！先生未因我年龄大、起点低、基础薄而拒我于博士研究生门外，而是怀着学者仁心勉励我、提携我，将我引入中国古代文学学术殿堂。感谢先生一路以来对我的尽心栽培。她开示治学门径，指导我先博览文献以宏观把握研究对象，再视之为"活体"微观分析。面对我自言愚拙、对选题畏惧踌躇，先生坚定鼓励我直面好题，不要负担过重。她工作繁忙，腰椎易乏，仍鼓励我随时提问，且每问必复，每复必详。在她倾心指导下，很多问题逐渐由浑沌而清晰。她无私分享阅读书目与私人藏书，推荐我参加学术研讨会，以开拓我学术视野。她严慈共济，坚持督促我们写读书笔记，定期组织读书会，耳提面命同时，自带花生、核桃之类美食，让我们在温馨交流中体会学术的自由、深邃与美好。我读博期间发表的几篇小文，均由读书札记修改而成。我烦请她审阅的大小论文，先生均细致评点、指导修改方向，言之谆谆，切中肯綮，让我受益匪浅。本书研究，从选题、框架、观点等，莫不凝聚先生心血。出版之际，先生又无私出谋划策，对版式、内容提出积极建议。感谢先生对我人格的引领。在我因学习效率不高而焦虑不安时，总劝勉我"风物长宜放眼量"，要把握好节奏，调适身心,练就从容感。读博期间,遇到生活中的烦心事,若向先生倾诉,她必倾心为我释惑解忧。她温婉睿智,常三言两语,拨云见雾,让我豁然开释,重生奋斗的力量!先生告诉我,人生就是一场修炼,在学习中遍览沿途风景,以后自然脱胎换骨。她平易温润,善解人意,每次与她交谈,均如沐春风。深受先生人格感召,我逐渐以享受的心态、从容的步伐面对自己的学习与工作。

感谢恩师潘新和先生!先生是我硕导,他严谨治学,醉心编简,宁静素朴,淡泊儒雅,平易谦和。是他一路牵引,开启我言语生命意识。本书出版之际,忽然想起硕士毕业后一次与先生谈及写文章,先生微笑着说,写着写着就可以成书了。当时觉得遥不可及,能发表一些文章已很满足,没想到现在居然成真。是他为我量身写就非常个性化的考博推荐书,"明德穷理、求知问学"等话语历历在耳,寄托了他对我的殷切期望。是他待我如父亲一样仁慈、宽容,每次在我学习、工作中遇到困难向他请教时,总是慷慨无私施以援手,鼓励我勇往直前。

感谢福建师大所有教过我、帮助过我的老师们!他们的人格风范、治学态度、深厚学养时时感染、启发着我。特别是郑家建老师、李小荣老师像家长一样时时鼓励与鞭策我们合理安排学习进度。福建师大经学研究所郜积意老师、简逸光老师的课程为我打下一定经学、文献学基础,且两位老师慷慨赠与我许多文献资料电子本,为我的研究初步建立电子阅览资料库。福建师大图书馆的老师们,常以秒应速度为我传送各种文献。

感谢给我带来无限温暖的朋友们!安庆兄是我们带头大哥,他在大学任职,平时科研、教学等工作非常繁重,但仍倾心帮我答疑解惑,无私分享治学经验,热心指导我修改论文,提供力所能及的帮助。在我心里,他是我另一导师,诚毅君子。勤勤、海燕、小丽姐,在我精神困顿时总给予我温暖的支持,让我坚定向前。景鹏在学习、生活中给我很多帮助,经常劝慰我纾解压力,一张一弛。林桢治学勤谨,与他交流学业,我经常得到很多启发。远在北京的赵运涛老师,不吝分享有关资料。而同门兄弟姐妹的鼓励与扶持,助我走过最艰难的求学岁月。

感谢福建教育学院人事处、科研处的资助，让本书顺利出版。感谢语文研修部蔡春华教授、石修银教授，热忱为拙著出版出谋划策。

感谢北京大学出版社沈莹莹女士、周志刚先生，非常专业与敬业，为拙著出版劳心费力，提供一切便利，并力争使本书以最优面目问世。

感谢家人的无私奉献与巨大包容，他们几乎承担所有家务，让我学而无忧，安然写作；小女书存自律自励，尽量不干扰我的学习与工作，并带给我许多快乐。

读博期间，我曾诗云：悠悠涉长道，寂寂品馨芳。回望过往，其实我并不孤独，老师、朋友、家人们一直相伴相助。在此拙笔致谢，唯当继续孜孜以求，回馈众恩。

2025 年 2 月 17 日定稿